Love in the Afternoon
by Lisa Kleypas

優しい午後にくちづけて

リサ・クレイパス
平林 祥[訳]

ライムブックス

優しい午後にくちづけて

主要登場人物

ベアトリクス（ビー）・ハサウェイ……ハサウェイ家の四女
クリストファー・フェラン……英国陸軍大尉
ラムゼイ子爵レオ……ハサウェイ家の長男
アメリア……ハサウェイ家の長女
ウィニフレッド（ウィン）……ハサウェイ家の次女
ポピー……ハサウェイ家の三女
キャサリン（キャット）……レオの妻。ハサウェイ姉妹の元家庭教師
キャム・ローハン……アメリアの夫
ケヴ・メリペン……ウィニフレッドの夫。キャムの兄
ハリー・ラトレッジ……ポピーの夫。ラトレッジ・ホテルの経営者
ジョン・フェラン……クリストファーの兄
オードリー・フェラン……ジョンの妻。ベアトリクスの友人
プルーデンス・マーサー……ベアトリクスの友人
マーク・ベネット……クリストファーの友人
フェンウィック中佐……クリストファーの元上官

プロローグ

クリストファー・フェラン大尉
ライフル旅団第一大隊
クリミア半島マパン岬

一八五五年六月
親愛なるクリストファー

もう二度と、あなたに手紙を送ることはありません。
わたしは、あなたが思っている人間とはちがうのです。
恋文を書くつもりなどなかったのに、いつの間にかそうなっていました。紙につづった言葉が、あなたのもとへと向かう道程で鼓動となっていました。

帰国を待っています。帰ってきて。そして、わたしを見つけてください。

――署名なし

1

英国ハンプシャー　八カ月前

始まりは一通の手紙だった。

もっと正確に言えば、手紙での犬の話題だ。

「犬はどうなったの？」ベアトリクス・ハサウェイはたずねた。「飼い主はわかった？」

ベアトリクスの友人でハンプシャー州の花とうたわれるプルーデンスが、求愛者であるクリストファー・フェラン大尉の手紙から顔を上げた。

紳士たるもの、本来であれば未婚のレディと手紙のやりとりなどしてはならない。だが大尉は、義姉を仲介者としてプルーデンスに手紙を送りつづけてきた。

プルーデンスが顔をしかめる。

「ねえ、ビー。あなたったら、フェラン大尉より犬のほうがずっと気になるみたいね」

「フェラン大尉は、わたしに気にしてもらう必要なんてこれっぽっちもないもの」ベアトリクスは断言した。「ハンプシャー中のレディに気にかけてもらっているんだから。それに、戦地にも自ら志願して行ったんでしょう？　いまごろきっと、かっこいい軍服を着てご満悦のはずよ」

「どこがかっこいいもんですか」プルーデンスは口惜しそうにぼやいた。「かっこいいどころか、新しい軍服ときたら、それはもうひどいデザイン――深緑に黒の縫い取りよ。金モールも刺繍もない、それは地味なしろものなのよ。だから大尉に、どうしてそんなデザインなんですかって訊いてみたの。そうしたら、兵士たちが戦場で身を隠しやすいようにするためですって。まるで無意味だわ。だってこの国の兵士はみんなとても勇敢で誇り高いから、戦場で身を隠したりしないもの。でもクリストファーいわく――いえ、その、フェラン大尉いわく――あのデザインの目的は……ええと、なんて言ったかしら、フランス語みたいな言葉で……」

「カモフラージュ？」ベアトリクスはさえぎってたずねた。

「そうよ、どうして知ってるの？」

「動物も、敵から見つからないようにカモフラージュして姿を隠すことが多いの。たとえばカメレオンとかね。フクロウのまだら模様の羽も、木の幹と見分けがつきにくいでしょう？動物はそうやって――」

「ビーったら、頼むからいつもの講義はかんべんして」

「犬のことを教えてくれたらね」

プルーデンスが手紙を寄越す。「自分で読んだら？」

「でも、プルー」小さくたたまれ、手に押しつけられた手紙を、ベアトリクスは受け取るまいとした。「フェラン大尉はなにか個人的なことを書いているんじゃない？」

「だったらよかったんだけど！　気がめいるような話ばっかりよ。戦場の様子と悪い知らせと」

クリストファー・フェランは、こういうときにかばってあげようと思えるような男性ではまったくない。けれどもベアトリクスは指摘せずにはいられなかった。

「プルー、大尉は遠いクリミア半島で戦っているのよ。戦のときに、手紙に書けそうな楽しい話題なんてそうそうないはずだわ」

「いずれにしても、わたしは外国のことなんて興味ないし、興味があるふりをする気もないの」

ベアトリクスはしぶしぶ笑みを浮かべた。

「ねえ、本当に大尉の奥さんになりたいと思ってる？」

「当たり前じゃない……でもね、将校は普通、戦場になんか行かない。しゃれた軍服姿で街を闊歩《かっぽ》するだけよ。俸給のために戦地へおもむくことになったとしても、現地で果たすべき義務も、兵士たちと過ごす必要もまったくないの。フェラン大尉だってそうやって生きてきたはずだわ。だけど、クリミアの話を聞いてから変わってしまった」プルーデンスは肩をすくめた。「どうして戦争って、一番起こってほしくないときに起こるのかしら。まあ、大尉はもうじきハンプシャーに戻るはずだけど」

「本当？　どうしてわかるの？」

「父と母が、戦争はクリスマス前に終わるだろうって」

「その噂ならわたしも聞いた。でも、ロシア軍を見くびり、英国軍を買いかぶっているだけという可能性だってあるわ」

「愛国心がないのね！」プルーデンスはたしなめつつ、からかうように瞳を輝かせた。

「愛国心は関係ないわ。そもそもこの国の陸軍省は、勝利を手にしたいばっかりに、十分に計画を練ることもしないで三万人の兵士をクリミアに派遣したのよ。現地の事情もろくにわからない、勝つための確実な戦略もないままにね」

「ずいぶん詳しいのね」

「タイムズ紙のおかげよ。毎日、記事が載っているわ。プルーは新聞を読まないの？」

「政治欄はね。若いレディがそういう問題に興味を示すのは、品がないって親が言うから」

「うちでは毎晩、夕食のテーブルで政治の話題が出るわ。姉たちはもちろん、わたしもその議論に参加するの」ベアトリクスはそこであえていったん言葉を切り、いたずらっぽくほほえんで言い添えた。「持論を展開することだってあるくらい」

プルーデンスは目を丸くした。

「そうなの……でも、驚くほどのことではないわね。みんな言っているもの。ハサウェイ家は……よそとちがうって」

よそとちがう——ほかの人たちがハサウェイ家を形容して口にする言葉に比べれば、まだましなほうだ。ハサウェイ家は長男レオ、長女アメリア、次女ウィニフレッド、三女ポピー、四女ベアトリクスの五人きょうだいだ。両親が亡くなってから、きょうだいは驚くべき運命のいたずらに翻弄されてきた。生まれは平民だったが、遠い親戚に貴族がいた。そして予期せぬ出来事が重なり、長男のレオが子爵の位を継ぐことになった。当のレオも妹たちも、そのような立場にふさわしい教育はいっさい受けていなかったが、故郷プリムローズ・プレースの小村を離れ、ハンプシャー南部のラムゼイ領へと居を移した。

それから六年間をかけ、一家は上流階級でなんとかやっていけるだけのエチケットや作法を学んだ。とはいうものの、貴族らしいものの考え方とか、価値観や気取りはまるで持ちあわせていない。財産はあるが、富など血統や縁故の前ではなんの意味もない。また、ハサウェイ家と似たような境遇の家が社会的地位の高い家と縁組をすることで自分たちの地位も高めようとするのに対し、三女ポピーまでの四人が愛ある結婚を選んできた。

ではベアトリクスはどうかというと、そもそも結婚ができるかどうかすら疑わしい。彼女は上品なレディにはほど遠い。ベアトリクスは、一日の大半を馬に乗って、あるいは徒歩で、ハンプシャーに広がる森や湿地や牧草地をめぐって過ごす。人より動物といるのが好きで、けがをしたり親をなくしたりした生き物を保護しては、治療をほどこし面倒を見てやっている。野生で生きていけないと判断した場合にはペットとして飼うので、その後の世話も忙しい。空の下にいるとき、ベアトリクスは幸福感につつまれる。屋根の下にいるとき、彼女の人生は完璧とは言いがたい。

近ごろでは満たされぬ思いに、あるいは切望感に駆られて、いらだちを覚えることが多くなった。問題は、自分にふさわしいと思える紳士に一度たりとも出会えずにいること。ロンドン社交界で遭遇する、お育ちのいい青白い顔のお坊ちゃまはむろん対象外だ。郊外に住む頑健そうな男性たちには惹かれるものを感じるが、彼女が探し求める名状しがたいなにかを兼ね備えている人はいない。ベアトリクスの理想は、自分と同じくらい強い意志を持った男性だ。彼女は情熱的に愛され、求められ、奪われることを夢見ていた。

手のなかの、折りたたまれた手紙に視線を落とす。

ベアトリクスはクリストファー・フェランが嫌いなわけではない。ただ、自分とは住む世界がまるでちがう人間だとは思う。生まれながらに特権階級に属するフェランは、いかにもあか抜けており、社交の場でもベアトリクスとは対照的にじつに落ち着いている。ハンプシャーの裕福な家庭の次男坊で、母方の祖父は伯爵。父方の一族は海運業で大きな成功をおさめてきた。

つまりフェラン家は本来、爵位を継ぐ立場にはないのだが、現伯爵が亡くなったら長男のジョンがウォーリックシャーのリヴァートン領を継ぐことになっている。ジョンは穏やかで思慮深く、妻のオードリーをとても大切にしている。

けれども弟のクリストファーは、兄とはまるでちがう種類の人間だ。次男坊にはありがちな話だが、クリストファーは二二歳のときに英国陸軍の階級を金で買った。以来、旗手として軍で活躍してきた。閲兵式や訓練の折に騎兵隊旗を掲げるのが主な仕事だから、彼のようにたいそう容姿に恵まれた男性にはもってこいだろう。クリストファーはまた、ロンドンのレディたちの人気の的でもあった。正規の休暇届も出さずにしょっちゅうロンドンの街にくりだしては、踊ったり飲んだり、賭けに興じたり、上等な服を買ったり、恋愛沙汰で世間を騒がせたりしてきた。

ベアトリクスがクリストファー・フェランに会ったのはこれまでに二回。初対面は地元のダンスパーティで、ベアトリクスは彼に「ハンプシャー一、傲慢な男性」との評価を下している。二度めはピクニックで、彼に対する見方を変えることになった。すなわち、「世界一、傲慢な男性」だ。

「ハサウェイ家の末っ子は、変人だな」フェランがダンスパーティの席で連れにそう言うのを、ベアトリクスは小耳に挟んだ。

「かわいいし、個性的でいいと思うけどな」連れの男性が抗議した。「それに、あれほど馬について詳しい子はいないよ」

「だったら」フェランがつまらなそうに言いかえした。「応接間より廐舎にいるのがお似合いだ」

あれ以来、ベアトリクスはフェランを避けてきた。馬と同類扱いされたのが気に入らないわけではない。馬はあらゆる動物のなかでもとりわけ穏やかで気高い性質の、愛らしい生き物だ。それに、自分はとりたてて美貌を誇るほうではないものの、他人にない魅力がちゃんとある。黒い巻き毛と青い瞳を男性から褒められたのも、一度や二度ではない。

とはいうもののその程度では、フェランの輝くばかりの容姿に太刀打ちもできない。その面立ちはアーサー王伝説のランスロットを思わせた。あるいは大天使ガブリエルを。堕天使ルシファーを。前世は、天上で最も美しい天使だったのだろうと言う者もいるかもしれない。長身に銀色の瞳。髪は陽射しを浴びた冬の小麦のような琥珀色。軍人らしいたくましい体つきで、広い肩はがっしりとしており、腰から脚にかけてはすらりとしている。身のこなしはいかにも優雅だが、どこか捕食動物を彷彿とさせる、打ち消しがたい非情さを醸していた。

そんなフェランは先ごろ、各連隊で最も優秀な人材に選ばれ、ライフル旅団に配属された。「ライフルズ」と世間で呼びならわされる彼らは、自らの判断で行動できるよう訓練を受けた特殊な軍人たちの集まりだ。ライフルズは訓練において、部隊の前線よりもさらに先に陣を構え、標的範囲外にいる士官や馬を狙撃するよう教育される。射撃の名手であるフェランはその後、ライフル旅団の指揮官に昇格した。

昇格の一件を思うと、ベアトリクスはちょっと愉快だった。フェランにとってその栄誉は、ありがた迷惑にちがいなかったからだ。なにしろ彼は、黒い上着に金糸のモール刺繡がたっぷりほどこされた軽騎兵隊の華やかな軍服から、地味な深緑の軍服に着替えなければならなかったのだから。

「遠慮なく読んで」プルーデンスが化粧台の前に腰を下ろしながら促した。「わたしは散歩に出かける前に髪を直しちゃうから」

「直す必要なんてなさそうだけど」ベアトリクスは応じた。プルーデンスの金髪は編んで丁寧にねじってからヘアピンできれいに留められており、どこも乱れていない。「それに行き先は村よ。少しくらい髪が乱れていても、村の人たちは気づかないし、気づいてもなんとも思わないわ」

「言われなくてもわかってるわよ。それでも、どこの誰に会うかわからないでしょう？」

プルーデンスはいつもそうだ。身た目ばかり気にしている。ベアトリクスは笑みを浮かべ、かぶりを振った。

「わかった。あなたがそこまで言うなら、犬のくだりだけ読むことにする」

「犬のくだりにたどり着く前に眠っちゃうわよ」プルーデンスはちゃかし、器用な手つきでヘアピンを髪に挿した。

ベアトリクスはなぐり書きのような文面に視線を落とした。ひきつれたような文字が、細いとぐろを巻いていまにも紙から飛びだしてきそうだ。

プルーデンスへ

埃っぽいテントのなかに座りこみ、手紙に書くのにふさわしい話題はないだろうかと考えているところだ。だがなにも思いつかない。きみには美しい言葉が似つかわしい。しかしろくな言葉が浮かばない。だから、いつもきみを思っている、とだけ伝えておく。この手紙を握るきみの手を、手首から漂う香水の香りを想像してみる。静かな場所できれいな空気が吸いたい。やわらかい純白の枕がのったベッドが……。

ベアトリクスは無意識に両の眉をつりあげた。またたく間に、ハイネックのドレスの下に熱がこもってくる。彼女は手紙を読むのを中断し、友人のほうを見やった。「気がめいるような話は出てこないみたいだけど?」控えめに問いかけつつ、こぼれた赤ワインがリネンに広がるように頬を真っ赤に染めた。

「いい雰囲気なのは最初のところだけよ」プルーデンスがこたえる。「先を読んでみて」

……一昨日はセヴァストポリの海岸まで行軍し、アルマ川でロシア軍と戦った。わが軍の勝利だと言われたが、そうは思えない。隊の士官の少なくとも三分の二が命を落としたし、下士官も四分の一が死んだ。昨日は墓を掘った。戦死者や負傷者の名簿は、肉屋の勘定書《ブッチャーズ・ビル》と呼ばれている。英国軍のこれまでの戦死者は三六〇人。負傷兵が回復できなければ、その数はもっと増えることになる。

戦死者のひとり、ブライトン大尉が、アルバートという名前のテリア犬をここで飼っていた。世にも聞き分けの悪い、獰猛な犬だ。ブライトンの遺体が地中に下ろされると、犬は墓のとなりに座りこみ、何時間も鳴きつづけて、近づく人間がいれば相手かまわず嚙もうとした。この犬にうっかり、ビスケットをやってしまってね。おかげで、ばか犬につきまとわれる羽目になった。やつはいまもテントのなかに座り、どこか気のふれたような目でこちらを見ている。始終鳴いていて、わたしが近づこうとすると、腕に噛みつこうとする。いっそ撃ち殺してやろうかと思うが、命を奪うのはもううんざりだ。わたしが殺した人たちの家族は、きっといまごろ悲嘆に暮れているだろう。息子、兄弟、父親。こんなことをした自分は地獄行きが決まったようなものだ。戦争は、まだ始まったばかりだというのに。自分が変わっていくのがわかる。いいほうにではない。きみの知るクリストファー・フェランは永遠に戻ってこない。新しいクリストファー・フェランに、きみはあまり好意を抱けないかもしれない。

プルー……ここは死の臭いに満ち満ちている。

戦場には体の一部分や服の切れ端、靴底が散乱している。靴底は、銃弾に吹き飛ばされたときに剝がれてしまったんだろう。戦いが終わったあとの戦場には野花が咲き乱れると言われている。土が掘り起こされ、攪拌《かくはん》されるせいで、新しい種子が根づきやすくなるそうだ。死を悼みたい気持ちはあるが、そんな余裕はどこにもない。時間もない。感情をどこかに置き去りにしなければ、ここではやっていけない。

この世に平和な場所はまだ存在するのだろうか。きみからの手紙を待っている。刺繍の話でも、好きな歌の話でもなんでもいいから聞かせてほしい。ストーニー・クロスはいまごろ雨もようかい？　木々の葉はもう色づいてきたかい？

敬具

クリストファー・フェラン

手紙を読み終えるころ、ベアトリクスは胸の奥深くにおかしな感情がめばえていることに気づいた。フェランへの思いやりだ。

あの傲慢なフェランにこのような手紙が書けるとは、ベアトリクスは夢にも思わなかった。彼が見せた思いがけない弱さに、控えめな言葉の裏に隠された思いに、心揺さぶられた。

「返事を書かないと、プルー」ベアトリクスは最前よりもずっと丁寧な手つきで手紙をたたみなおした。

「いやよ。そんなことしたら、ますます暗い手紙が来るに決まっているもの。しばらく知らん顔をしておくわ。そうすれば彼も反省して、次は楽しい話題を書いてくるでしょ？」

ベアトリクスは眉根を寄せた。

「知ってのとおり、フェラン大尉のことはとくに好きでもないけど、こんな手紙を読んでしまったら……優しい言葉をかけてあげるべきよ、プルー。短くてもいいから、心安らぐ言葉を。いくらも時間がかかるわけじゃないんだし。それとね、犬のことだけど、わたしから助言が――」

「いまいましい犬のことなんて、一語も書くつもりはないから」プルーデンスはいらだたしげにため息をついた。「手紙ならあなたが書けばいいじゃない」

「わたしが？　フェラン大尉はわたしの手紙なんて読みたがらないわ。変人の手紙なんて」

「どうしてあなたを変人扱いするのかしらね。ピクニックにメデューサを連れていったのが……」

「メデューサは、世にも利口なハリネズミだわ」ベアトリクスは弁明した。

「ハリネズミに手を刺された紳士には、そうは思えないんじゃない？」

「そもそもあれはフェラン大尉がいけないのよ。ハリネズミを抱くときはね――」

「講義はけっこうよ。ハリネズミを抱くつもりなんてないから。それより大尉のことだけど
……そんなに言うなら、あなたが返事を書いて、わたしの名前を署名したらいいわ」

「筆跡がちがうって気づくんじゃない？」

「大丈夫。わたしからはまだ一度も返事を書いてないもの」

「だけど、彼はあなたのお相手でしょう？」ベアトリクスは抗った。「わたしも彼のことは
よく知らないし」

「そうでもないんじゃない？　あなたは彼のご家族とおつきあいがあるし、彼のお義姉様と
もとってても仲がいい。それと、フェラン大尉はわたしのお相手じゃないわ。少なくとも、た
だひとりの人というわけじゃない。将来の約束も、彼が大きなけがをせずに戦場から帰って

くるまでは絶対にしないつもりよ。これから一生、夫の車椅子を押して暮らすなんていやだもの」

「プルー、そんな冷たいことを言うもんじゃないわ」

プルーデンスはにやりとした。「正直なだけよ」

曖昧な笑みを浮かべて、ベアトリクスはたずねた。

「本気で、友だちに恋文を代筆させるつもり？」

プルーデンスが問いかけを払いのけるように手を振る。

「恋文じゃないわ。彼の手紙にも、愛を感じられないもの。だから、元気の出る明るい話を書いておけば、それでいいの」

散歩用のドレスのポケットに手を伸ばし、ベアトリクスは手紙を押しこんだ。内心、本当にいいのかしらと悩んだ。たとえしかるべき理由があっても、道徳的にまちがったことをすれば、望ましい結果など得られない。だがそう思う一方で……彼女は想像せずにいられなかった。争いに倦《う》んだ軍人がテントでひとり、あわただしく手紙をしたためるさまを。同胞の墓を掘ったためにまめだらけになった、彼の手を。テントの隅でくうんと鳴く、毛むくじゃらの犬を。

フェランに手紙を書くなど、自分には無理だと思う。でもそれは、プルーデンスも同じ気持ちだろう。

彼はいまなにを考えているだろうか。なに不自由のない暮らしを捨て、来る日も来る日も、いや、一分ごとに命を脅かされる毎日を送りながら。クリストファー・フェランのように容姿にも家柄にも恵まれた人が、戦場の危険と苦難に、飢えと孤独に向きあう姿など、想像もつかない。

ベアトリクスは友人の顔をまじまじと見つめた。ふたりの目が鏡のなかで合う。

「あなたの一番好きな歌はなに、プルー？」

「残念ながらないわ。あなたの好きな歌を書いておけばいいわよ」

「オードリーに相談してみようかしら」ベアトリクスはフェランの義姉の名を出した。

「絶対にだめよ。オードリーは頭が固いから。代筆のことを知ったら、彼に手紙を送るのをやめるに決まっているわ」

ベアトリクスは笑い声ともうめき声ともつかない声をもらした。

「そういうのは頭が固いとは言わないわ。ねえプルー、やっぱり考えなおさない？　自分で書くほうがずっと簡単よ」

プルーデンスは、こうと決めたらなかなか頑固だ。今回も例外ではなかった。「ほかの人にとってはそうでしょうね」彼女はつっけんどんに応じた。「でもわたしは、その手の手紙にどう返事をすればいいかさっぱりわからないの。そもそも彼だって、自分がなにを書いたか覚えていないでしょうけど」視線を自分の顔に戻し、薔薇の花びらで作った軟膏を唇にちょんとつける。

彼女は本当に美人だ。逆三角形の顔に、眉は細く、緑の瞳を囲むようにきれいな弧を描いている。だが鏡はその前に立つ人の本心まで映しだしてはくれない。フェランに対する彼女の本当の気持ちを、推し量ることは不可能だ。それでもひとつだけはっきり言えることがある。返事は書くべきだ。どんなにつたない文章だろうと、知らん顔をするよりずっとましだ。なぜなら沈黙は、ときに銃弾と同じくらい深く人を傷つけるものだから。

ラムゼイ・ハウスの自室にこもったベアトリクスは、机の前に腰を下ろし、濃紺のインクにペン先を浸した。三本脚の猫のラッキーが机の隅に寝そべり、なにごとかしらと言わんばかりに飼い主を見つめている。ハリネズミのメデューサは机の反対端にいる。ラッキーは生まれつきたいそう分別のある猫なので、トゲだらけのメデューサにけっしてちょっかいを出そうとしない。

フェランからの手紙を確認し、ベアトリクスはまずはこう記した。

クリストファー・フェラン大尉
ライフル旅団第一大隊
第二師団　クリミア

一八五四年一〇月一七日

そこまで書いていったん手をやすめ、ベアトリクスはラッキーの前脚を指先でそっと撫でた。

「プルーだったら、なんて呼びかけるかしら」と疑問を言葉にしてみる。「親愛なるクリストファー？　大切なあなたへ？」口にしつつ、鼻梁にしわを寄せる。

そもそもベアトリクスは手紙を書くのが得意ではない。家族はみなはっきりと意見を口にするが、ベアトリクス自身は、言葉よりも直感や行動が大切だと考えている。事実、誰かの人となりを知りたければ、並んで座り何時間と語らうよりも、外をしばらく散歩するほうがずっと多くを学べる。

ろくに知りもしない相手に、別人のふりをして書く手紙で出すべき話題とは……ベアトリクスはさんざん考えをめぐらしたあげく、あきらめてつぶやいた。

「やーめた。書きたいことを書けばいいわ。フェラン大尉も戦で疲れてて、プルーの手紙にしては変だな、なんて思わないだろうし」

ラッキーが前脚に顎をのせ、まぶたを半分閉じる。喉がごろごろと鳴りだす。

ベアトリクスはペンを走らせた。

クリストファーへ

アルマ川の戦いに関する記事をたくさん読みました。タイムズのラッセル記者によれば、あなたはライフル旅団の同胞ふたりをともない、近衛連隊に先んじて戦場に向かい、敵の士官を倒して隊列を崩す役割を果たしたそうですね。ラッセル記者は、ライフル旅団がけっして撤退しようとしなかったことや、銃弾が降りそそぐ最中にもひるまず前進をつづけたことを、誇らしげに記していました。

　ライフル旅団の働きはたしかに立派です。でも、敵に狙われているときに身を隠すのは、けっして臆病な行為ではないと思うんです。頭を下げるなり、すぐさま逃げるなり、横に飛びすさるなり、あるいは岩の陰に隠れるなりして、前進を一時やめるべきです。そういう作戦を選ぶあなたを、わたしは弱虫だなんて絶対に思いません。

　アルバートはまだあなたにくっついてまわっていますか？　まだ噛みつくのかしら。友だちのベアトリクスによると（ピクニックにハリネズミを連れてきた例の子です）、その犬は過度の緊張と恐怖のあまりそういう行動に出ているみたい。アルバートが噛みつこうとしたら、鼻づらをつかんで、「いけない」と強く言い聞かせるといいそうです。

　わたしの一番好きな歌は「丘を越えてはるかに《オーヴァー・ザ・ヒルズ・アンド・ファー・アウェイ》」です。ハンプシャーは昨日は雨でした。秋の嵐のせいで、木々の葉はすっかり落ちてしまいました。ダリアの花も散り、霜のためにキクもしおれてしまった。でも、おもての空気は天を思わせるかぐわしさです。落ち葉と濡れた樹皮と、熟したリンゴの香り。それぞれの月にそれぞれの匂いがあるのを、あなたも知ってるかしら？　とりわけいい香りがするのは、五月と一〇月だとわたしは思うのだけど。

この世界に平和な場所はまだ存在するのだろうか。そうあなたは書いていましたね。残念ながらその場所はストーニー・クロスではありません。つい先日もモーズリーさんのロバが家畜小屋から脱走し、通りをずっと行った先の、よその牧草地に侵入するという事件が起こりました。ちょうどそこでは、ケアードさんのところの、受賞経験もある雌ロバがのんびりと草を食《は》んでいたんです。どうやらこのときに、雌ロバは妊娠してしまったみたい。以来、ケアードさんは弁償しろと訴えるし、モーズリーさんは柵がもっと頑丈だったら、こんなことにはならなかったと言い張るしで大騒ぎです。しかもこの雌ロバときたら、純潔を守るために抵抗することさえしなかったそうよ。

地獄行きが決まったようなものだと、本当に思っている？　わたし自身は地獄の存在を信じていません。というより、死後の世界なんてないと思っています。地獄は、地上に住む人間たちが造りだすものなのではないかしら。

わたしの知るあなたは永遠に戻ってこない。あなたはそうも書いていましたね。でもあなたがどれだけ変わろうと、帰国を心待ちにしています。あまり上手な慰めの言葉をかけられなくてごめんなさい。あなたはそこで、なすべきことをしてください。つらくて耐えられないのなら、感情は胸の奥にしまいこんで、鍵をかけてしまえばいいわ。そうしていつかふたりで、その鍵を開けましょう。

敬具

プルーデンス

ベアトリクスはいままで一度たりとも人を騙したことがない。こんなことなら、自分の名前でフェランに手紙を書くほうがずっと気が楽だっただろう。けれどもフェランはかつて、彼女を見下すようなことを言っていた。変人ベアトリクス・ハサウェイからの手紙など欲しくないに決まっている。彼が待っているのは、金髪の美しいプルーデンス・マーサーからの返事。別人が書いた手紙でも、音沙汰ひとつないよりはましだろう。フェランのような状況に置かれた男性は、元気づけてくれる言葉をひとつでも多く必要としているのだから。

誰かが自分を気にかけてくれていると、実感したがっているのだから。

それにベアトリクスは、フェランの手紙を読んで以来、なぜか彼を気にかけているのだから。

2

中秋の満月以後、ハンプシャーでは乾燥した晴天がつづき、ラムゼイ領では小作人や労働者の働きもあり、かつてない収穫量を達成した。領内に住むすべての人びと同様、ベアトリクスもまた、収穫作業とそれにつづく収穫祭で忙しい毎日を余儀なくされた。ラムゼイ・ハウスに小作人から使用人、町民を含む一〇〇〇人を超える客を招き、屋外で夕食会を催し、ダンスを踊って盛大に祝った。

残念ながら、オードリー・フェランは収穫祭に参加できなかった。夫君のジョンの咳がひどく、家で看病しなければならなかったためだ。

「お医者様からお薬をいただいて、幸い、夫もだいぶよくなっているのだけど」オードリーはそう手紙に書いてきた。「全快するまで、しっかりやすむ必要があるとお医者様がおっしゃるの」

そうして一一月も末になり、ベアトリクスはオードリーを訪ねることにした。節だらけのオークの木や枝葉を大きく広げたブナの木が茂る森を抜け、彼女は近道を歩いてフェラン邸を目指した。焦げ茶色の枝を伸ばした木々の根は、まるで粉砂糖に埋もれたかのようだ。薄い雲の合間を縫って射しこむ陽射しが、地面を覆う霜をきらきらと輝かせている。ベアトリクスの頑丈な靴が、凍った枯葉や苔を踏み鳴らした。

やがて彼女はフェラン邸に到着した。森に囲まれた一〇エーカーの土地に立つ、かつて王族の狩猟小屋として使われていたツタのからまる壮大な建物である。きれいに舗装された小道にたどり着いたベアトリクスは、建物の横をまわり、正面玄関へと向かった。

「ベアトリクス」

静かに呼びかける声に振り向けば、オードリーが石の長椅子にひとりで座っていた。

「ああ、こんにちは」ベアトリクスはほがらかに応じた。「しばらく音沙汰がなかったから、元気かなと思って……」友人の顔をよく見るなり、彼女は言葉を失った。

オードリーは、背後の木々にまぎれてしまいそうな、灰色の飾り気のないデイドレスを着ていた。物音ひとつたてず身じろぎもしないで座っていたため、そこにいることにすら気づかなかった。

ふたりの交流が始まったのは三年ほど前。オードリーがジョンと結婚し、ストーニー・クロスにやってきて以来だ。友には二種類あるとベアトリクスは思っている。プルーデンスのように、なにごともないときにだけ会う友だち。それから、困ったときや悩んでいるときに会う友だち――オードリーは後者だった。

ベアトリクスは眉根を寄せた。いつもは健康そのものといった感じのオードリーが、今日はいやに青白い顔をして、目や鼻のあたりは赤らみ、表情もどこか沈んでいる。

心配になったベアトリクスは言葉を継いだ。

「マントか肩掛けでも羽織ったほうがいいんじゃない？」

「大丈夫よ」オードリーはつぶやいたが、肩が震えていた。ベアトリクスが分厚いウールのマントを脱いでほっそりとした体にかけようとすると、首を横に振って断った。

「いいのよ、ビー、本当に大丈夫――」

「ずっと歩いてきたから、体がぽかぽかなの」ベアトリクスは言い張り、冷たい石の長椅子に腰を下ろして友人と並んだ。しばしの沈黙が流れた。オードリーの喉が、はためにもわかるほど大きく動いた。なにか大変なことが起こったにちがいない。ベアトリクスはじっと待ちながら、心臓が喉元までせりあがってくるのを感じていた。

「オードリー」耐えきれずに水を向ける。「フェラン大尉になにかあったの？」

外国語で問いかけられたかのように、オードリーはぽかんとした顔で見つめてきた。「フェラン大尉」と小声でおうむがえしにし、小さくかぶりを振る。「いいえ、クリストファーは元気なはずよ。ちょうど昨日も手紙の束が届いたところ。一通はプルーデンス宛だったわ」

ベアトリクスは心底ほっとした。「よかったらその手紙、わたしからプルーに渡すけど」とさりげなく申し出る。

「ありがとう。助かるわ」オードリーは白茶けた指を膝の上でからませたり、ほどいたりしている。

そろそろと手を伸ばしたベアトリクスは、友人の手に自分の手を重ねた。

「ひょっとして、ご主人の咳が悪化した？」

「お医者様が先ほどお帰りになったわ」深呼吸をしたオードリーは、呆然と応じた。「ジョンは肺結核ですって」

ベアトリクスは手に力を込めた。

ふたりとも黙りこんだ。冷たい風に木々がざわめきをたてる。

運命の不公平さを、ベアトリクスは受けとめることができなかった。ジョン・フェランは立派な人だ。助けを必要としている人がいれば、誰よりも早く駆けつける。小作人の夫婦が医者代に困っていると聞けば代わりに払い、自宅のピアノを近所の子どもたちのために貸し、ストーニー・クロスのパイ屋が半焼したときには再建費用を出してやった。しかもそれらの善行をまったく自慢せず、むしろ褒めそやされるとばつが悪そうな顔をした。ジョンのような人がなぜ、こんな目に遭わねばならないのか。

「治らないと決まったわけじゃないわ」ベアトリクスはずいぶん経ってから言った。「元気になる人だっているんだから」

「五人にひとりはね」オードリーは大義そうにこたえた。

「ご主人は若くて丈夫だし。誰かしらが、その五人のうちのひとりになるわけでしょう？だったらジョンがその誰かのはずだわ」

うなずいたオードリーだったが、返事はなかった。

肺結核は命にかかわる重病だ。患者は肺の機能を損なわれ、体重が激減し、体力を消耗する。一番つらいのが慢性的な激しい咳で、血痰が出て、最後には呼吸困難に陥る。

「義兄のキャムが、薬草や医術にとても詳しいの」ベアトリクスは言った。「おばあ様が部族の治療師だったそうよ」

「ロマの医術ということ?」オードリーは疑わしげにたずねた。

「ありとあらゆる方法を試してみるべきだと思うの」ベアトリクスは熱心に勧めた。「ロマの医術もよ。自然と共存している彼らは、その力をいかにして借りればいいかを知っている。ご主人の肺に効く飲み薬を、キャムに調合してもらいましょう。それから――」

「ジョンが飲みたがらないと思うわ。お義母様も反対するでしょうし。フェラン家の人びとはとても保守的だから。お医者様が処方する薬か、薬屋で買ってきたものでないと、きっとだめだと言うはずよ」

「いずれにしても、キャムに頼んでみるから」

オードリーは首をかしげて、ベアトリクスの肩にそっと寄りかかった。

「ありがとう、ビー。これからしばらく、力になってね」

「もちろん」ベアトリクスはごく短く応じた。

一陣の風が吹きつけて、ドレスの袖越しにベアトリクスの腕をなぶる。悲しみを振りはらうかのように首を横に振り、オードリーは立ち上がるとマントをベアトリクスに返した。

「なかに入りましょう。プルー宛の手紙を預けるわ」

邸内は暖かく快適だった。広々とした部屋べやの梁天井は低く、分厚いガラスのはまった窓が冬の陽射しを招き入れている。家中すべての暖炉に火が入っているのか、きれいに片づいた部屋はいずれもぬくもりに満ちていた。フェラン邸はどこをとっても優雅で趣味がよく、使いこまれたどっしりとした家具が趣を添えている。

沈んだ面持ちのメイドが現れて、ベアトリクスのマントを預かった。

「お義母様は？」ベアトリクスはたずねつつ、友人について階段のほうに向かった。

「自室でやすんでらっしゃるわ。お医者様の診断がそうとうこたえたんでしょう」つかの間、言葉を切る。「ジョンは昔から、お義母様のお気に入りらしいから」

そのことならベアトリクスもよく知っている。いや、ストーニー・クロスではほぼ周知の事実だ。フェラン夫人はふたりの息子を溺愛している。子どもはほかにもいたのだが、息子をふたり幼いときに亡くし、娘は死産で、ジョンとクリストファーは残されたただふたりの子どもだった。ただ夫人が期待をかけ、周囲に誇るのは長男のジョンだけだった。そんな夫人のお眼鏡にかなう嫁候補などいるはずもなかったが、結婚してから三年間、オードリーはどれだけ義母に非難されても耐えてきた。孫ができないことについては、とりわけひどく言われているらしい。

ベアトリクスとオードリーは、重厚な金の額に入れられた肖像画を横目に見ながら階段を上っていった。絵のモデルの大半は、伯爵筋のビーチャム家の人びとだ。ここに飾られた肖像画を見た誰もが、ビーチャム家がたいそう容姿に恵まれた血筋であることに気づくだろう。

どの絵に描かれた人も、すっと通った鼻筋に輝く瞳と、豊かな髪の持ち主である。

階段を上りきったとき、廊下のつきあたりの部屋からくぐもった咳がたてつづけに聞こえてきた。ベアトリクスはその生々しい音にしりごみをした。

「少し待っていてくれる？」オードリーが心配そうに言う。「ジョンの具合を見てくるわ。ちょうど薬を飲む時間だし」

「ええ、もちろん」

「クリストファーの部屋——ここに来たときに泊まる部屋は、すぐそこだから。手紙は棚の上よ」

「じゃあ、取ってくる」

オードリーが夫の部屋へ消えるのを見守り、ベアトリクスは用心深くクリストファーの部屋に向かうと、まずは扉を薄く開けてなかをのぞきこんだ。

室内は薄暗かった。なかに入り、分厚いカーテンを開けて陽射しを招き入れる。絨毯敷きの床に、四角形のきらめく光が広がった。手紙は友が言ったとおり、棚の上に置かれていた。ベアトリクスはそれをさっと取り上げた。封蠟を割りたくて指がむずむずする。

だが手紙はプルーデンス宛なのだ。

いらだたしげにため息をつき、ドレスのポケットに手紙をしまいこむ。ベアトリクスは机の前にたたずんだまま、木のトレーにきちんと置かれた雑貨類を見ていった。

銀の持ち手の小さなひげ剃りブラシ。折りたたみ式のかみそり。からっぽの石鹼入れ。銀のふたがついた磁器の入れ物。誘惑に抗えず、ベアトリクスはふたを開けてなかを見た。カフスが三組（ふたつは銀製でひとつは金製）、時計の鎖が一本、真鍮のボタンがひとつ入っていた。ふたを閉め、ひげ剃りブラシを手にとって、自分の頬にあててみる。絹のようにやわらかい。ブラシを動かすたび、心地よい香気がたちのぼる。ひげ剃り石鹸のぴりりとした香りだ。

ブラシを鼻に近づけ、ベアトリクスは深々と匂いを吸いこんだ。杉の木にラベンダー、月桂樹の葉の香りが入り交じった、とても男性的な匂いがした。石鹸の泡を顔につけ、口の端を一方にすぼめたクリストファーを想像してみる。父や兄がひげを剃るときに、そうやって顔をゆがめるさまを何度も目にしたものだ。

「ベアトリクス？」

自分を呼ぶ声に慌ててブラシを脇にやり、彼女は廊下に出た。「手紙は預かったわ」と友人に告げる。「カーテンを開けちゃったから、閉めなおしてくる――」

「ああ、気にしないで、明るいままにしておいて。暗い部屋は嫌いだから」オードリーはこわばった笑みを浮かべた。「ジョンに薬を飲ませてきたわ。飲むと眠くなるそうなの。彼がやすんでいるあいだに、下に行って料理長と話をしてこなくちゃ。ジョンが、オートミールのプディングなら食べられそうだと言うから」

ふたりは並んで階段を下りた。

「プルーデンス宛の手紙、よろしくね」オードリーが言った。

「面倒な仲介役を引き受けてくれて、本当にありがとう」

「面倒でもなんでもないわ。クリストファーのためだもの。でも、プルーデンスが返事を書いたと知ったときは、正直驚いたけど」

「どうして？」

「クリストファーを気にかけているとは思えないからよ。じつを言うと、義弟が向こうに行く前にも忠告したの。でも美人で明るい彼女に夢中の義弟は、ふたりの気持ちは本物だと自分に言い聞かせたみたい」

「プルーデンスのこと、あなたも好きだと思っていたんだけど」

「好きよ。というか……好きでいようと努力してる。あなたを見習ってね」オードリーはベアトリクスの表情に気づいて苦笑をもらした。「わたしね、あなたみたいになろうと決めたの」

「わたしみたいに？　そんなの、絶対によしたほうがいいわ。こんな変な人間になってどうするの？」

オードリーは満面の笑みになった。そうすると、夫君が病に倒れる前の屈託のないレディに戻ったように見えた。

「あなたは、ありのままの他人を受け入れることができる人だわ。人間にも、動物に対するときと同じように接している。忍耐強く接し、相手の性格も望みもそのまま受け入れ、決して非難したりしない」

「クリストファーのことは、だいぶ非難した気がするけど」ベアトリクスは言いつつ、ばつの悪さを覚えた。

「そうしてくれる人が増えるといいわね」オードリーがほほえんだままつぶやいた。「そうすれば、彼も少しは変わるかもしれないわ」


封蠟をしたまま手紙をポケットに入れておくのは、ベアトリクスにとって苦痛以外のなにものでもなかった。急いで家に戻った彼女は、馬に鞍をつけ、マーサー邸へと向かった。小塔とステンドグラスの窓が印象的で、柱の並ぶ前廊が美しい曲線を描く、凝った造りの屋敷だ。


朝の三時に舞踏会から帰ってきて、いましがた起きたばかりというプルーデンスは、純白のレースをたっぷりとあしらったベルベットの化粧着姿でベアトリクスを迎えた。

「ああ、ビーもゆうべの舞踏会に来ればよかったのに！　ハンサムな殿方がたくさんいらしていたのよ。二日後にクリミアに派遣予定の騎兵隊員もいらして、軍服姿の素敵なことと言ったら――」

「オードリーのところに行ってきたわ」ベアトリクスは息を切らしながら告げ、二階のこぢんまりとした応接間に入ると扉を閉めた。「ミスター・フェランのおかげんがよくなくて――でもその話の前に、ほら、フェラン大尉からの返事よ！」

ほほえんだプルーデンスが手紙を受け取る。

「ありがとう、ビー。それでね、ゆうべは何人かの将校さんと会ったわけなんだけど……黒髪の中尉がわたしにダンスを申し込んだの。それからね――」

「読まないの？」ベアトリクスはたずねた。友人が手紙をサイドテーブルに置くさまを、残念そうに眺める。

プルーデンスはいぶかしげにほほえんだ。

「なあに、今日はずいぶんとせっかちなのね。いまここで読めとでもいうの？」

「そうよ」ベアトリクスは花柄の布張り椅子にすぐさま腰を下ろした。

「黒髪の中尉の話を聞かせてあげようと思ったのに」

「興味ないわ。それよりも、フェラン大尉がどんな返事をくれたか知りたいの」

友人はくすくすと笑った。

「そんなに興奮したビーを見るのは久しぶりね。去年、キャンプドン卿がフランスから輸入したキツネを盗んだとき以来だわ」

「盗んだんじゃなくて、救出したのよ。狩りの獲物にするためにキツネを輸入するなんて……卑怯だわ」ベアトリクスは手紙を開けるしぐさをしてみせた。「ね、早く開けて！」

プルーデンスは封蠟を割り、文面に目をとおした。信じられない、とばかりにかぶりを振る。「今度はロバの話よ」目を丸くして、ベアトリクスに手紙を差しだす。

ミス・プルーデンス・マーサー

ストーニー・クロス、ハンプシャー、英国
一八五四年一一月七日

プルーデンスへ

英国陸軍がひるまず前進したという新聞記事があったそうだけど、現実には、敵の銃撃を受けたライフル旅団はたいてい身を低くして頭を下げ、身を隠すものだ。きみの助言に従い、いまでは横に飛びのいたり、すばやく逃げたりもするようになって、おかげさまで元気にやっているよ。ウサギとカメの寓話に、いまのわたしは納得できない。人は人生において、カメではなくウサギでありたいと思うときがあるんじゃないかな。

一〇月二五日、クリミア南部の港町バラクラヴァで戦いがあった。軽騎兵旅団に対し、納得のいく説明もないまま、ロシア軍に突撃するよう指令が下された。そうして五つの連隊が、援軍すら得られずに壊滅状態に陥った。わずか二〇分のあいだに、兵士二〇〇人と馬約四〇〇頭が命を奪われたんだ。次はインカーマンで、一一月五日にロシア軍と相対した。

わが隊は、前線に取り残された兵士たちを救出に向かった。銃弾と砲弾が飛び交うなか、アルバートも前線に同行し、負傷者の捜索と救出を手伝ってくれたよ。隊で一番親しくしていた男は、あいにく生きていなかったが。

友人のベアトリクスに、アルバートのことで助言をありがとうと伝えてほしい。おかげであまり嚙みつかないようになったし、わたしにつきまとうのもやめてくれた。とはいえ、テントを訪れる人間にたまに吠えかかったりはするけれど。

五月と一〇月が、とりわけいい匂いがすると書いていたね。でもわたしは、一二月のほうがいい匂いがすると思う。常緑樹の放つ香気に、霜やたきぎの匂い、シナモンの香り。そうそう、お気に入りの歌の話だけど……「丘を越えてはるかに」はライフル旅団の公式曲だと知っていたかい？

どうやらここでは、わたしを除く全員がなんらかの病にかかっているようだ。幸いわたしはコレラの感染症状も、各隊にはびこっているそのほかのあらゆる感染症の症状も出ていない。かえってばつが悪いから、胃腸の具合がよくないふりでもするべきかな。

ロバの事件については、ケアードさんとふしだらな雌ロバに同情する気持ちもあるけれど、子が生まれるのは悪くない話だと思う。ロバは馬に比べると育てやすいし、健康だし、なんといっても、耳がかわいらしいからね。それに、ちゃんと面倒を見てやれば極端なわがままも言わない。わたしのロバ贔屓を意外に思うかい？　じつは小さいころに、ロバを飼っていたことがあるんだ。ギリシャの叙事詩『イリアス』に出てくるロバにちなんで、ヘクターと呼んでいた。

わたしを待っていてくれ、と言うのはやめておこう。でも、手紙はぜひまた書いてほしい。前回くれた手紙は、数えきれないほど何度も読んだ。三〇〇〇キロ以上も離れているというのに、なんだかいままでよりもずっと、きみを身近に感じられるから不思議だ。

敬具

クリストファー

追伸　アルバートの似顔絵を送るよ。

読みながらベアトリクスは、不安に駆られ、心動かされ、魅了された。

「あなたの名前でまた返事を書かせて」思わずプルーデンスにそう頼みこんだ。「もう一通でいいから。お願いよ、プルー。送る前にちゃんと中身も見せるから」

友人はぷっと噴きだした。

「彼ったら、本当にどこまで単純なのかしら……まあいいわ、そんなに書きたいならどうぞ」

それから半時ばかり、ベアトリクスは中身のない会話に耐えた。友人がどんなダンスを踊り、舞踏会に誰が招かれ、ロンドンでどんなゴシップがささやかれているか。聞きながら彼女は、ポケットにクリストファー・フェランの手紙をそっと差し入れ……そこになにかが入っているのに気づいてぎくりとした。金属の持ち手に、やわらかな毛の感触……ひげ剃りブラシだ。ベアトリクスは真っ青になった。無意識のうちに、クリストファーの部屋にあったのを盗ってしまったらしい。

例のあれがまた始まったのだ。

彼女はやっとの思いで笑顔をよそおい、友人とののんびりした会話をつづけたが、実際には激しい動揺につつまれていた。

緊張したり不安に駆られたりすると、商店やよその家でちょっとしたものを盗んでしまう悪い癖がベアトリクスにはあった。それは、両親が亡くなってから起こるようになった。まったく無意識の行為の場合もあるが、衝動を抑えられず、しまいには汗が噴きだし、体が震えてきて、ついに屈してしまうこともある。

盗む場面を人に見つかったことはない。問題は返すときだった。いままでベアトリクスと家族は、盗んだものを元の場所にきちんと返してきた。それでもときどき、厄介な作戦を練らねばならない場合もあった。訪問にふさわしくない時間によその家を訪れたり、無茶苦茶な言い訳をして邸内をめぐったり……そうして、ハサウェイ家は変人の集まり、との評判がますます広まった。

とはいえ、ひげ剃りブラシを返すのはそう大変ではないだろう。オードリーに会いに行ったときに戻しておけばいい話だ。

「そろそろ着替えなくちゃ」プルーデンスが言った。

これ幸いとばかりに、ベアトリクスはいとまを告げた。

「そうね。わたしも家に帰って、雑用をすませてしまわないと」ほほえんで、さりげなくつけくわえる。「手紙の返事を書くとかね」

「変な話は書かないでよ」プルーデンスが釘をさす。「妙な噂をたてられると困るから」

3

クリストファー・フェラン大尉
ライフル旅団第一大隊
ホームリッジ・キャンプ
インカーマン、クリミア

一八五四年一二月三日

クリストファーへ

先日の交戦で、英国軍に二〇〇〇人を超える犠牲者が出たと今朝の新聞で知りました。ライフル旅団の将校のひとりが銃剣で刺されたと報じられていますが、まさかあなたではありませんよね？　それともけがをしたの？　とても心配です。それから、お友だちが亡くなられたとのこと、心からお悔やみ申し上げます。

こちらではクリスマスに向け、ヒイラギやヤドリギの飾りつけを進めています。地元の作家が作ったクリスマスカードを同封しますね。カードの下のほうにつまみと紐がついていて、これを引っ張ると、左手に描かれた陽気な顔の紳士たちがワインをきゅっとやる《クワフィング》仕掛けになっています（「クワフ」って、なんだか変な響きですよね。でも、わたしのお気に入りの言葉なの）。

昔ながらの聖歌も大好き。クリスマスが、毎年なにひとつ変わらないところも。プラムプディングも、味はちょっと苦手だけどクリスマスに食べるとうきうきします。こういう儀式って、なんだかほっとすると思いませんか？

アルバートはとてもかわいい犬ですね。見た目は紳士らしくないけれど、中身はきっと忠実で優しさにあふれていると思います。

あなたの身になにかあったらと思うと心配でなりません。無事でいるといいのだけど。あなたのために毎晩、木に蠟燭を灯しています。

できるだけ早くお返事をください。

敬具

プルーデンス

追伸　わたしもロバは好き。気取ったところがないし、血統を自慢したりしないもの。少しロバを見習ったら、と思う人がたまにいますよね。

ミス・プルーデンス・マーサー
ストーニー・クロス
ハンプシャー

一八五四年一月一日

プルーへ

残念ながら、銃剣で刺されたのはわたしだ。でも、どうしてわかったんだい？　ちょうど、ロシア軍の砲台に攻めこもうと丘を登っているときのことでね。といっても肩に軽いけがを負ったにすぎないんだ。報じられているほど重傷じゃない。

一一月一四日に嵐があって、野営地が大きな被害に遭い、港に停泊中だった英仏軍の船も沈没してしまった。そのために犠牲者の数が増え、冬用の食糧の備蓄や装備も失われた。まるで兵糧攻めだ。腹が減ってしかたがない。ゆうべは食べ物の夢を見た。いつもはきみの夢を見るんだが、ゆうべは悲しむべきことに、ミントソースをかけた仔羊の肉がきみの面影すら消し去った。

ここは猛烈に寒い。最近はアルバートと一緒に眠っているよ。口もきかないままともにベッドに入り、凍え死にしないようがんばっている。いまやアルバートは隊にとってなくてはならない存在だ。銃火の下をくぐって、人間よりずっと速く走り、通達事項を送り届けてくれるからね。それによき歩哨、優れた斥候でもある。

アルバートからいくつか学んだこともあるよ。

一、あらゆる食物は、誰かの胃袋におさまるまでは「獲物」である。
二、眠れるときは眠っておくべし。
三、むだに吠えるべからず。

四、自分の尾を追いかけるような徒労も、ときにはしなければならない。

素晴らしいクリスマスを過ごせたことと思う。そうそう、カードをありがとう。ちょうど一二月二四日に届いて、隊の連中がみんなでまわし見ていたよ。クリスマスカードなんて目にしたこともないというやつが大半でね。カードがわたしのもとに戻ってきたころには、厚紙の紳士たちは何杯もきゅっとやっ《クワフト》たはずだ。

「クワフ」という言葉はわたしも好きだよ。じつは、変わった言葉を使うのが趣味でね。「ソールエイト」という言葉を聞いたことはあるかい？　馬に蹄鉄をはかせるという意味だよ。それから、「ニディフィス」は巣《ネスト》の意味。そういえばケアードさんの雌ロバは子を産んだかい？　なんだったらうちの兄に、ケアードさんの子ロバを譲ってもらったらどうかと勧めてみよう。誰がいつ立派なロバを欲しがっているかなんて、案外わからないものだから。

クリストファーへ

郵便で手紙を送るのが、なんだかとてもつまらなく感じられます。もっとおもしろい方法があればいいのに……小さな巻き物にして鳥の脚に結わえつけて届けるとか、瓶に入れて海に流すとか。でもここは効率性を重んじて、郵便で我慢するとしましょう。

先日タイムズ紙で、あなたがまたもや英雄的な戦いぶりを見せたと読みました。どうしてわが身を危険にさらすようなまねをするの？ 軍人に課せられた一般的な義務だけでも、十分に危険だというのに。クリストファー、どうか命を大切にしてください。自分自身のためにというのが無理なら、せめてわたしのために。身勝手なお願いなのはわかっています……でも、あなたの手紙が来なくなったらと思うと耐えられない。

プルーへ

人生が、自分のものでなくなったような気がするよ、プルー。人生という箱の外に立ち、なかをのぞきこんでいる感じだ。慈悲のかけらもないこの地では、犬を撫で、手紙を読み、夜空を見上げるといった単純な行為が、大きな喜びとなるものだね。今夜見つけた大星座は、アルゴ船座だったんじゃないかと思ってる……ギリシャ神話で、金の羊毛を奪い返さんと英雄イアソンが航海に出たときの、あのアルゴ船だよ。むろん、アルゴは南天の星座だからオーストラリアでないと見られない。それでもわたしは、あの船を一目見たように思うんだ。

この前の手紙に書いたことはどうか忘れてくれ。やっぱりわたしは、きみに待っていてほしい。帰国するまで、どうか誰とも結婚しないでくれ。

お願いだ。

クリストファーへ

三月の匂いがします。雨と土と羽毛とミントの香りが。朝と午後に、ハチミツを入れた甘いミントティーを飲むのがわたしの日課です。このごろは始終、おもてを歩いてばかりいるの。そのほうが、考えがうまくまとまるみたいだから。

ゆうべはびっくりするほど澄んだ夜空でした。だから見上げてアルゴ船座を探してみたわ。でもあいにく星座には疎いの。わかるのはオリオンと彼のベルトくらい。だけどずっと見上げていると、夜空がやがて海となり、星々でできた艦隊が見えてきたんです。小型艦が月に停泊して、ほかの船々が出航しようとしているところが。あなたとふたりであの船のひとつに乗り、月光の海を進む場面を想像したわ。

でもじつを言うと、海は苦手なの。なんだか大きすぎて。だからストーニー・クロスの森のほうがずっと好き。森はいつだって魅力に満ちているし、ちょっとした奇跡をいくつも見せてくれる……雨露に光るクモの巣に、オークの倒木にめばえた新しい木々。あの奇跡をあなたと一緒に見てみたい。それから、頭上の葉をそよがせる風の音に耳を傾けるの。さらさらと優しいメロディ……木々の奏でる音楽に！

座ってこの手紙を書いているので、靴下をはいた足を暖炉に近づけすぎてしまいました。ときどきこうして、靴下を焦がしてしまうことがあるの。いつかなんて足から煙が出ていたから、跳びはねて焦げを食い止めたわ。そんな目に遭ってもまだ、暖炉に足を近づける癖が抜けないみたい。だからきっと、あなたは目隠しをされた状態でも、たくさんの人のなかからわたしを見つけられるはずよ。靴下の焦げる臭いを追っていけばいいだけだから。

今朝の散歩のときに見つけたコマドリの羽根を同封します。幸運をもたらすそうだから、ポケットに入れておいてください。

ああ、なんだかいま、とっても変な感じがしたわ。あなたがこの部屋にいるみたいな感じが。わたしのペンが魔法の杖となって、あなたをここに呼びよせたのかしら。もしかして、強く強く念じれば……。

親愛なるプルーデンス

コマドリの羽根はしっかりとポケットに入れているよ。ちょうど、戦場に向かうのにお守りを必要としていたんだ。この二週間はずっと射撃壕にいて、ロシア兵との銃撃戦に明け暮れていた。騎兵隊の出番はもうない。壕を掘っては、銃撃戦をくりひろげる毎日だ。アルバートも壕にいて、ときどき伝令に走っている。

攻撃を受けていないときは、自分はいま別の場所にいるんだと想像するようにしている。きみが暖炉のすぐそばまで足を伸ばし、甘いミントティーを飲むところを思い描いている。ストーニー・クロスの森をきみと一緒に散策するところを。ありふれた奇跡をぜひ見てみたいと思うけど、きっとひとりでは見つけられないだろうな。だからプルー、奇跡を探すときは手伝ってくれ。きみがいれば、ふたたび現実の世界に戻れるかもしれない。

なんだかきみとの思い出が、実際よりもずっとたくさんあるような気がしている。現実にはきみと会ったのは数えるほどだったね。ダンスを一度。おしゃべりを一度。それから、キスを一度。きみとの一瞬一瞬を、想像のなかで追体験できればいいんだが。きみとのひとときを、もっと大切にしたい。この世のすべてを。ゆうべはまた、きみの夢を見た。顔は見えなかったが、すぐそばにいるのを感じられた。きみはわたしにささやきかけていた。

最後に抱きしめたとき、きみが本当はどんな人なのかわかっていなかった。いや、自分がどんな人間なのかもね。お互い、内面は見ようとしなかったと思うんだ。でもそれでよかったんだろう――もしもあのころ、いまと同じ気持ちをきみに抱いていたなら、英国を離れるなんてできなかったはずだから。

わたしがいま、なんのために戦っているかわかるかい？　祖国のためでもなければ、同盟国のためでもない。愛国精神なんてものは関係ない。すべては、きみのもとに帰るためなんだ。

クリストファーへ

　あなたとの文通を通じてわたしは、この世で最も大切なのは言葉だと気づきました。そしていま、その大切さをかつてないほど強く実感しています。この前の手紙をオードリーから渡されたとたん、わたしの心臓は早鐘を打ちはじめました。早く読みたくて、隠れ家まで走ったほどです。

　隠れ家の話はまだしていませんでしたね……去年の春、いつものように森で散策しているときに妙な建物を見つけたの。レンガと石でできた、ツタのからまる苔むした塔よ。場所はストーニー・クロスの、ウェストクリフ卿の所領のはずれ。あとからレディ・ウェストクリフに塔のことを訊いてみたら、中世には、そうした隠れ家を持つのが一般的なことだったと教えてくださったわ。領主様が愛人を囲う場所だったんですって。ウェストクリフ卿のご先祖様が、反旗を翻した家臣から逃れて塔に身を隠したこともあったそうよ。レディ・ウェストクリフが、どうせずっと誰も使っていない建物だから、好きなときに使っていいと言ってくださったの。それで、たびたびそこを訪れるようになったというわけ。だからあの塔はわたしの大切な隠れ家。わたしだけの聖域……でも、もう秘密を分かちあってしまったから、あなたの聖域でもあるわ。

ちょうどいま、蠟燭に火を灯して、窓辺に置きました。小さな小さな道しるべだけど、どうかあなたが、この光を追って帰ってこられますように。

親愛なるプルーデンス

爆音と男たちと狂気に囲まれながら、きみの隠れ家を……塔に身を隠したわが姫を、そして窓辺に置かれた道しるべを、なんとか想像してみようとがんばっている。

戦場でわれわれがなすべき、さまざまなこと……ときの流れとともに、どれも容易にできるようになるはずだと思っていた。その考えは、残念ながら正しかったみたいだ。そんな自分が恐ろしい。自分がしてきたことが。これからしなければならないことが。神の赦《ゆる》しも望めないいま、きみに赦しを請えるわけなどない。

クリストファーへ

愛はすべてを赦します。だからあなたは、赦しを請う必要はないのです。

アルゴの話をあなたに聞いてから、星に関する本をたくさん読みました。父が星座に凝っていたから、わが家にはその手の本がいっぱいあるの。アリストテレスによれば、星は気、火、土、水という世界を形作る四大元素とは別の物質、つまり第五元素《エーテル》によってできていて、じつはこのエーテルこそが、人の魂の正体なのだそうね。魂と星々が通じあうのもそのためだと、アリストテレスは記しているわ。あまり科学的な考え方とは言えないけど、すべての人のなかに小さな星明かりがあるなんて、なんだか素敵だと思わない？

あなたへの思いは、わたしだけの星となって胸の内にあります。親愛なるクリストファー、どんなに遠く離れていても、魂に宿った恒星はすぐそばに感じられるのです。

プルーへ

われわれはいま、長期におよぶ包囲攻撃に耐えているところだ。次はいつ手紙を書けるかもわからない。もちろんこれを最後の手紙にするつもりはない。ただ、しばらくのあいだは書けないと思う。いつか必ず、きみのもとに帰るから信じていてほしい。

きみをこの腕に抱くまで、この陳腐でぎこちない言葉だけが、きみへと届く唯一のものだ。言葉などでは、愛を伝えることなどできやしない。きみを慈しむことも、どれほど大切に思っているかを伝えることも。

それでも……きみを愛している。星明かりに誓って、この言葉をきみに聞かせるまで、わたしはけっして死なない。

森の奥深くに横たわる太いオークの倒木に腰かけながら、ベアトリクスは手紙から顔を上げた。風に濡れた頬を撫でられて初めて、自分が泣いていることに気づいた。冷静さを取り戻そうとすると、頬の筋肉がひきつれて痛んだ。

クリストファーからの手紙の日付は六月一三日。ベアトリクスも同じ日に、彼への手紙を書いていた。そこにある種の符号を感じずにはいられなかった。

これほどまでに深い喪失感を、苦しいほどの切望感を覚えるのは、両親を亡くしたとき以来だ。もちろん、あのときとまったく同じ悲嘆というわけではない。けれども、けっして叶わない希望を抱いているのは、あのときと同じだ。

なんてことをしてしまったのだろう。

これまでなにがあろうと誠実さを忘れまいとしてきたのに、赦しがたい嘘をついてしまった。しかも真実を打ち明ければ、事態はいっそう悪化する。プルーデンスのふりをして手紙を書いていたことがばれれば、クリストファー・フェランに軽蔑されるにちがいない。たとえばれなくても、しょせんベアトリクスは彼にとって「厩舎にいるのがお似合い」な娘。それ以外のなにものでもない。

〝いつか必ず、きみのもとに帰るから信じていてほしい〟

だがクリストファーのこの言葉は、手紙の宛て名がたとえプルーデンスだろうと、たしかにベアトリクスに向けられたものだ。

「愛してるわ」ベアトリクスはささやいた。涙がぽろぽろとこぼれた。

いつの間にこのような感情を抱いてしまったのだろう。クリストファー・フェランの顔さえろくに思い出せないというのに、彼を思うと胸が張り裂けそうだ。そもそもクリストファーが連ねた言葉は、戦時の苦難にさらされた彼の心にわいたものにすぎない。手紙のなかのクリストファーは……ベアトリクスの愛する男性は……当のクリストファーが帰国を果たしたとたんに消えうせる。

こんなことをしていても、なんにもならない。いますぐやめなければいけない。これ以上、プルーデンスのふりをするのは無理だ。誰にとっても、とりわけクリストファーにとっては、公正な振る舞いとは言えないのだから。

ベアトリクスは重たい足を引きずるようにしてラムゼイ・ハウスに戻った。家に入ると、長姉のアメリアがいた。息子のライと出かけるところらしい。

「あら、ベアトリクス」姉はほがらかに声をかけた。「一緒に厩舎まで行かない？　ライをポニーに乗せてあげようと思って」

「ううん、遠慮しとく」ほほえみながらベアトリクスは、笑みが顔に貼りついているように感じた。家族の誰もが、自分たちの日常にベアトリクスも引き入れてくれようとする。信じられないほど広い心で接してくれる。それでもやはり、家族のお荷物である自分を、オールドミスの叔母である事実を、厳然と、以前よりもいっそう強く実感せずにはいられない。

彼女はひとりぼっちの変人だった。飼っている動物たちと同じ、不適合者だった。とりとめもなく考えをめぐらし、舞踏会や晩餐会や夜会で出会った男性たちを思い出してみる。そうした社交の場で、壁の花になったことなど一度もなかった。彼らのひとりにもっと積極的に応じるべきだったのかもしれない。好きになれそうな人を適当に選んで、それで満足すればよかったのかもしれない。愛していない相手との結婚を受け入れていれば、自分の家庭を持てただろう。

けれどやはり、そんな人生に幸福は感じられなかったにちがいない。

無意識にドレスのポケットに手を入れると、クリストファーからの手紙に指が触れた。彼がたたんだ羊皮紙の感触に、ベアトリクスの胸は熱く、心地よく締めつけられた。

「最近のベアトリクスは無口ね」アメリアが指摘し、青い瞳でじっと見つめてくる。「泣いたような顔をしているけど、大丈夫？　なにか悩みでもあるの？」

ベアトリクスはぎこちなく肩をすくめた。

「ミスター・フェランのことが心配で。オードリーが、容体が悪化したと言っていたから」

「まあ……」姉は心配そうに顔をゆがめた。「なにかできることがあればいいのだけど。そうだわ、プラムブランデーとブラマンジェを用意するから、あちらに持っていってくれる?」

「もちろん。あとでお見舞いに行ってくるわ」

自室にこもったベアトリクスは、机の前に腰を下ろして手紙を取りだした。最後にもう一通だけクリストファーに手紙を書くつもりだった。淡々と、さりげなく、彼との交流をやめるのだ。そのほうが、騙しつづけるよりはましなはず。

インク壺のふたを慎重に取り、ペン先を浸して、文字をつづりはじめる。

クリストファーへ

あなたのことはとても好きですが、遠く離れて暮らすいま、焦ってもお互いのためにならないと思うのです。あなたのご健康とご無事を心から祈っています。でも帰国するまで、個人的な思いを言葉にするのは控えたほうがいいと思うのです。だから、こうして文通をつづけるのも終わりにしたほうが……

ひとつ文章を書き終えるごとに、ベアトリクスの手はこわばっていった。ぎゅっと握った手のなかでペンが震え、またもや頬を涙が伝っていく。「ばかみたい」彼女はつぶやいた。

嘘を書きつらねるたび、文字どおり心が押しつぶされそうになった。息もできないほど喉が締めつけられた。

終わりにする前に、真実を書こう。彼に伝えるべきことを書き、出さずに捨ててしまえばいい。

親愛なるクリストファー

もう二度と、あなたに手紙を送ることはありません。

わたしは、あなたが思っている人間とはちがうのです。

恋文を書くつもりなどなかったのに、いつの間にかそうなっていました。紙につづった言葉が、あなたのもとへと向かう道程で鼓動となっていました。

帰国を待っています。帰ってきて。そして、わたしを見つけてください。

視界がぼやけてくる。羊皮紙を脇にやり、ベアトリクスは最初に書いていた手紙に戻ると、無事な帰国を祈っていますと書き足して締めくくった。

恋文のほうはたたんで引き出しにつっこんだ。あとでこっそり焼き、心からの言葉のひとつひとつが灰となるさまを見守ればいい。

4

午後遅くなってから、ベアトリクスはフェラン邸に徒歩で向かった。手にした大きな籠には、ブランデーとブラマンジェのほかに、チーズが丸ごとひとつと、小さな手作りケーキが入っている。甘みを抑えた、アイシングなしのドライケーキだ。フェラン家の人びとがこれらの品々を必要としているかどうかはあまり重要ではない。大切なのは、見舞いの品で気持ちを伝えることだ。

姉には、籠が重たいから馬車で行くよう強く勧められた。けれどもベアトリクスは歩きたかった。体を疲れさせれば、乱れた思いを多少なりとも静められる。ベアトリクスはきびきびと足を運び、初夏の空気を肺いっぱいに吸いこんだ。〝六月の匂いよ〟そうクリストファーに書きたかった。〝スイカズラに、青々とした牧草、風にさらされる濡れたリネン……〟

フェラン邸に到着したころには、籠をずっと持っていたせいで両腕が痛くなっていた。分厚いツタに覆われた屋敷は、外套を着て身をちぢこまらせる男性を思わせた。正面玄関の前に立ち、扉をたたいたとき、ベアトリクスはかすかな不安を感じた。暗い表情の執事に促されて邸内に入る。執事は籠を受け取ると、応接間へと案内してくれた。

徒歩で来たせいもあり、邸内はなんだか暑いくらいだった。幾層にもなった散歩用ドレスの下と、がっしりしたアンクルブーツのなかが汗ばんでくる。

やがて応接間に現れたオードリーは、瘦せて身だしなみもどこか乱れていた。結い上げた髪の一部がほどけ、前掛けには赤みがかった染みが点々とついている。

血だ。

心配そうに見つめるベアトリクスと目を合わせたオードリーは、弱々しい笑みを浮かべた。

「ご覧のとおり、お客様をお迎えできる状態ではないの。でもあなたなら、体裁を気にすることもないかと思って」前掛けを着けたままなのに気づき、はずして小さく丸める。「お見舞いの品をありがとう。執事に、プラムブランデーをグラスに入れて義母のところに持っていくよう指示しておいたわ。義母もいま、やすんでいるから」

「おかげんが悪いの？」ベアトリクスはかたわらに腰を下ろすオードリーにたずねた。

友人はかぶりを振った。「落ちこんでいるだけ」

「それで……だんな様の具合は？」

「死の床にいるわ」オードリーは抑揚のない声で答えた。「もう長くないそうよ。お医者様が、もってあと数日でしょうって」

ベアトリクスは手を伸ばしかけた。けがをした動物たちにするときのように、オードリーを抱きしめてあげたかった。

ところがオードリーは身を引き、やめて、というように両手を上げた。

「だめ。さわっちゃだめよ。さわられたら、粉々に砕けてしまう。ジョンのために強くあらねばならないの。話も簡単にすませてくれる？　あまり時間がないから」

ベアトリクスはすぐさま膝の上で両手を握りしめた。「なにかできることはない？」と低い声で提案する。「あなたがやすんでいるあいだ、だんな様に付き添っていましょうか？一時間でもいいからやすんで」

友人はかすかな笑みを作った。

「ありがとう、ビー。でも、誰かと代わってもらうわけにはいかないの。わたしがそばにいなくちゃだめなの」

「だったら、お義母様のところに行ってきましょうか？」

オードリーはまぶたをこすった。「本当にありがとう。でも、義母はひとりでいたいんじゃないかしら」ため息をもらす。「義母は、ジョンを失うくらいなら、いっそ彼と一緒にあの世に召されたいと思っているほどなの」

「だけど、息子ならもうひとり……」

「義母の心に、クリストファーへの愛情はないわ。すべてジョンにそそいでいるから」

ベアトリクスがその言葉の意味を考えていると、大きな置き時計が非難するかのごとく鳴った。かぶりを振るように振り子が揺れる。「そんな、ありえないわ」彼女はようやく言った。

「それが、ありえるの」オードリーは苦々しげな笑みをうっすらと浮かべた。「世のなかには、ありあまるほどの愛情を持っている人もいる。あなた方一家みたいにね。だけど普通はそうではないの。義母ももう愛をそそぎつくしてしまった。夫と長男にね」疲れた様子で両肩をすくめる。「次男を愛していようがいまいが、義母にとってはどうでもいいのでしょう。いまはジョンのことしか考えられないのよ」

ポケットに手を差し入れ、ベアトリクスは手紙を取りだして、

「クリストファーにこれを。プルーからの手紙よ」

オードリーは感情のうかがい知れない表情で受け取った。

「ありがとう。ジョンの容体を知らせる手紙と一緒に送っておくわ。彼も兄のことを知りたいでしょうから。かわいそうなクリストファー……遠く離れた場所で心配でしょうに」

やはり手紙を送るべきではないかもしれない……ベアトリクスは思った。クリストファーと距離を置く時機としては、まさに最悪だ。反面、一番いいタイミングだとも言える。ずっと大きな傷とともに負わされれば、小さな傷の痛みはさほど感じまい。

彼女の顔に浮かぶ感情のうつろいをじっと見ていたオードリーが、「クリストファーに話すつもりなの？」と静かにたずねた。

ベアトリクスは目をしばたたいた。「話すって、なにを？」

わずかにいらだったように、友人が小さく笑った。

「わたしだってそんなに鈍くないのよ、ビー。プルーデンスはいまロンドンにいる。社交シーズンを迎えて、舞踏会だの夜会だのとくだらない行事に明け暮れているわ。彼女がこの手

紙を書くわけがないでしょう？」

ベアトリクスは顔が真っ赤に、つづけて蒼白になるのを感じた。

「ロンドンへ発つ前に書いたのよ」

「クリストファーを愛しているから？」オードリーは口元をゆがめた。「プルーデンスにこの前会ったとき、彼のことを訊かれもしなかったわ。そもそも、どうしていつもあなたが手紙を持ってくるの？」優しいけれど、どこか咎めるまなざしをベアトリクスに向ける。「わたしとジョンに宛てた手紙を読むかぎり、クリストファーはプルーデンスに夢中みたいよ。理由は彼女からの手紙。万一あの軽薄なお嬢さんを義理の妹として迎える羽目になったら、あなたの責任ですからね」

ベアトリクスが顎を震わせ、瞳に涙をためているのに気づくと、オードリーは手をとり、自分の手と重ねた。

「あなたのことだもの、クリストファーのためを思ってやってくれたのはわかっているの。でもその結果が、彼のためになるとは思えない」ため息をついて言い添える。「そろそろ夫のところに戻らないと」

玄関広間へ友人とともに向かいながら、ベアトリクスは悲嘆に圧倒されていた。オードリーは間もなく、夫の死に直面しなければならないのだ。

「あなたの苦しみを」ベアトリクスはおずおずと口を開いた。「代わりに背負ってあげられたらどんなにいいか」

こみあげてくるものがあったのか、オードリーは頬を紅潮させ、長いことじっとベアトリクスを見つめていた。

「やっぱり、あなたは本当の友だちね」


二日後、ジョン・フェランが夜のうちに亡くなったとの伝言がハサウェイ家に届けられた。残された妻と母親の悲しみを思い、一家はどうしたらふたりを慰められるだろうかと考えた。いつもなら領主であるレオが遺族のもとを訪れ、なにかできることはないかとお悔やみの言葉をかける。だがいまはちょうど国会の会期にあたり、レオもロンドンに滞在している。政府の能力のなさと無関心ゆえに、クリミア戦争に送りこまれた英国軍が恐ろしいほどの支援不足と物資不足に直面させられているとして、激しい討論がくりひろげられている真っ最中だ。

というわけで、今回はウィンの夫であるメリペンが、一家を代表してフェラン邸を訪問することになった。むろん、悲嘆に暮れる遺族が他人と言葉を交わしたいと思うはずもなく、メリペンが足を運んだところで歓迎されるわけではない。それでも、必要とあらばどんなお手伝いでもしましょうとの手紙を送り届けることはできる。

「ねえ、メリペン」ベアトリクスはいましも出かけようとしている義兄を呼びとめた。「わたしからもオードリーにお悔やみの言葉を伝えてくれる？　それから、葬儀の準備でお手伝いできることがあれば言ってちょうだいって。さびしかったらいつでも呼んでって」

「伝えるとも」メリペンはこたえた。黒い瞳はぬくもりに満ちていた。少年のころからハサウェイ家で暮らしてきた彼は、血のつながったきょうだいも同然だ。「なんなら彼女に手紙を書いたらどうだ？　あちらの使用人にでも預けてこよう」

「そうね、じゃあちょっと待ってて」ベアトリクスは階段のほうへと走った。つまずかないようにスカートの裾を大きくたくしあげて、自室へと急いだ。

机に駆け寄り、引き出しから羊皮紙とペンを取りだして、インク壺のふたに手を伸ばす。その手が宙で凍りついた。引き出しに、たたんだ手紙が入っている。

それはあの、クリストファー・フェランに宛てたよそよそしくも礼儀正しい手紙だった。届けられなかった手紙。

全身が冷たくなり、膝から力が抜けていく。「なんてこと」ベアトリクスはつぶやいた。手近の椅子にどさりと座りこむと、木がきしみをたてた。

オードリーに、捨てるはずの手紙を渡してしまったのだ。署名をせず、〝もう二度と、あなたに手紙を送ることはありません。わたしは、あなたが思っている人間とはちがうのです〟としたためたほうを……。

心臓が早鐘を打ち、パニックに押しつぶされそうになる。千々に乱れた思いを抑えつけ、ベアトリクスは必死に考えようとした。手紙はもう出されてしまっただろうか。ひょっとするとまだ、取り戻す時間があるかもしれない。オードリーにたずねてみようか……いや、そのような振る舞いは身勝手と無遠慮のきわみというものだ。夫を亡くしたばかりの友だちに訊くことではない。このようなときに、くだらない話で煩わせてはならない。

もう手遅れだ。なるようにしかならない。妙な手紙を受け取ったクリストファーがどう思おうと、手の打ちようがない。

〝帰ってきて。そして、わたしを見つけてください〟

うめき声をあげたベアトリクスはテーブルに突っ伏した。汗のにじんだ額が、磨きあげられた木のテーブルに貼りつく。ラッキーがテーブルに飛び乗り、飼い主の髪に顔をうずめて喉を鳴らした。

神様どうかお願いします……ベアトリクスは破れかぶれに祈った。クリストファーが返事を寄越しませんように。これですべてが終わりますように。彼がわたしを見つけませんように。

5

クリミア半島スクタリ

「病院こそ」クリストファーは負傷兵の口元にスープの入ったカップを運びながら言った。「けがから回復するのに最悪の場所ということもあるな」

相手の若い兵士――年はまだ一九か二〇だろう――はスープを飲みつつ笑い声に似たものをあげた。

三日前、クリストファーはスクタリの野戦病院に送りこまれた。セヴァストポリでの果てしない攻囲戦の折、防衛堡《ぼうえいほう》で負傷したのだ。ロシア軍の掩蔽壕《えんぺいごう》まではしごを運ぶ工兵たちと一緒にいたはずが、次の瞬間には、激しい爆発音につづいて内臓と右脚がひきちぎれるような衝撃に襲われた。

兵舎を改造した野戦病院は、負傷兵とネズミと虫でいっぱいだった。水は近くの泉にしかなく、当番兵が長い列を作っては、ちょろちょろと流れるにごった水を手桶にくんできた。とうてい飲めるしろものではないので、包帯を洗うのに使われている。

クリストファーは当番兵にわいろをやって、強い酒を持ってこさせた。手に入れた酒は、せめて化膿を止められればと思って傷口にかけた。最初のときは、炎に焼かれるかのような激痛に気を失ってベッドから床に転げ落ちた。おかげでほかの負傷兵から大いに笑われた。だが彼らのからかいに、クリストファーはけっして腹を立てなかった。むさくるしい野戦病院には、そうした笑いのひとときも必要だからだ。

脇腹と右脚に受けた榴散弾《りゅうさんだん》はすでに取り除かれているが、傷口が癒える様子はない。今朝になって、傷口の周りが赤く、硬くなっているのに気づいた。ここで悪化したらどのようなことになるのかと、想像すると怖くなる。

昨日は、ひとりの負傷兵が血だらけの毛布にくるまれ、まだ息があるというのに共同墓地に連れて行かれかけた。ずらりと並ぶベッドに横たわった兵士たちは激しく抗議した。すると作業にあたる当番兵は、この負傷兵はすでに意識不明で、ほんの数分で死を迎えるはずであり、ベッドを必要としている別のけが人がいるから、しかたがないのだと説明した。たしかにそのとおりだった。だが、自力で立てる数少ない負傷者のひとりであるクリストファーは、せめて息絶えるときまで床に寝かしておいてほしいと嘆願した。それから一時間、クリストファーは硬い石の床に座り、死にゆく仲間の頭を左脚にのせ、虫を追いはらいつづけた。

「それで彼のためになったと思うんですか？」当番兵は冷笑交じりにクリストファーにたずねた。哀れな負傷兵はついに息絶え、すでに墓地へと運ばれていた。

「彼のためじゃない」クリストファーは低い声で答えた。「みんなのためだ」

古ぼけた簡易ベッドが並ぶほうを顎でしゃくる。横たわる負傷兵たちがこちらを見ていた。最期のときを迎えたのち、わずかなりとも人間らしく扱ってもらえる――彼らにそう信じさせてやる必要があった。

となりのベッドにいる若い兵士は、自分のことをほとんどなにもできない。片腕を肩からなくし、反対の手も失っているからだ。看護人の数は限られているので、クリストファーが彼に食事をさせている。簡易ベッドのかたわらに痛みをこらえて膝をつき、クリストファーは若い兵士の頭を持ち上げてやると、カップに入ったスープを飲ませた。

「フェラン大尉」修道会のシスターが硬い声で呼びかけるのが聞こえた。険しい表情と人を寄せつけない物腰のいやに威圧的なシスターで、負傷兵たちのなかには陰でこっそり彼女の噂話をする者もいる。いわく、彼女を戦場に駆りだせば、連合軍はものの数時間で勝利を手中にできるだろうと。

ベッド脇にひざまずくクリストファーを認めると、シスターはぼさぼさの灰色の眉をつりあげた。

「またそういうことを。大尉はご自分のベッドに戻ってください。二度と勝手にベッドを出てはなりません……傷を悪化させて、一生ここにいたいというのなら話は別ですが」

クリストファーは素直に自分のベッドへ戻った。

シスターがやってきて、冷たい手を額にのせる。

「熱があります」彼女が言った。「ちゃんと寝ていてください。さもないと、ベッドに縛りつけますよ、大尉」手が離れていき、胸になにかが置かれる。

薄く目を開けてみると、それは一束の手紙だった。

プルーデンス……。

すぐさま束を手にとり、もどかしげに封蠟を割る。

差出人はふたり。

シスターが去るのを待ち、クリストファーはプルーデンスからの手紙をまず開けた。彼女の文字を見ただけで胸にこみあげるものがあった。彼はとうてい抑えきれないほどの強さで、プルーデンスを求め、必要としている。

地球の裏側と言ってもいいこの場所で過ごすうち、なぜかクリストファーは彼女を愛するようになった。相手のことをほとんど知らない事実などどうでもよかった。ほんのわずかしか知らなくとも、心から愛していた。

数行の手紙を読む。

そこに書かれた言葉は、あたかも子どもの文字並べ遊びのように、別の言葉に並べ替えられたものに感じられた。何度も何度も目をとおし、ようやく読みとる。

〝……わたしは、あなたが思っている人間とはちがうのです……帰ってきて。そして、わたしを見つけてください〟

彼は声に出さずにプルーデンスの名を呼んだ。胸に片手を置き、激しい鼓動に手紙を押しあてる。

彼女にいったいなにが起こったのだろう。

不可解で衝動的な手紙に、クリストファーは胸騒ぎを覚えた。

「わたしは、あなたが思っている人間とはちがうのです」気づけば、小さくつぶやいていた。

もちろん、自分が思うプルーデンスと本当の彼女はちがうだろう。それはクリストファーにも言えることだ。本来の彼は、負傷し、熱を出して野戦病院の簡易ベッドに横たわるような男ではない。プルーデンスだってみんなが思うような、軽薄なだけのおもしろみのない女性ではない。手紙を通じてふたりは、お互いのなかにそれ以上のものを見いだしてきた。

〝……帰ってきて。そして、わたしを見つけてください……〟

手がはれあがりこわばったかのように感じつつ、クリストファーはもう一通の、オードリーからの手紙をぎこちなくつかんだ。熱のせいで、うまく体を動かせない。頭痛まで始まり、こめかみが猛烈に脈打っている。脈動する痛みに苛まれつつ、彼は手紙を読んだ。

クリストファーへ

もってまわった言い方をしてもしかたがありません。ジョンの容体が悪化しました。目前に迫った死に、彼は彼らしい忍耐強さと寛大さで向かいあっています。この手紙があなたのもとに届くころには、彼はもうこの世を去っているでしょう……。

その先は、心が受けとめることを拒んだ。あとで読む時間があるだろう。悲嘆に暮れる時間が。

兄が死ぬはずなどない。兄はストーニー・クロスで安寧に暮らし、オードリーとの子をなすはずだった。帰国した弟を迎えてくれるはずだった。

痛みをこらえて、クリストファーは横向きになり体を丸めた。毛布でできうる限りわが身を覆い、隠れ家のようにした。周りでは仲間たちが時間をもてあまし……しゃべったり、起き上がれる者はトランプをしたりしている。ありがたいことに、彼らはあえてクリストファーに声をかけようとはせず、ひとりにしておいてくれた。

6

一〇カ月前にベアトリクスが出した手紙を最後に、クリストファー・フェランとの文通は途絶えた。彼と義姉のオードリーとの手紙のやりとりはつづいていた。けれども夫の死を嘆き悲しむオードリーは誰とも、たとえベアトリクスとでも、ろくに言葉を交わすことすらできない状態だった。

それでも彼女は、クリストファーが負傷したことをベアトリクスに教えてくれた。一時は野戦病院に入れられたが、すでに戦場に復帰しているという。クリストファーについて書かれていないかと新聞にくまなく目をとおしているおかげで、ベアトリクスは彼の武勇伝なら数えきれないほど知っている。セヴァストポリでの数カ月におよぶ攻囲戦では、砲兵隊一多くの勲章を授けられたそうだ。バース勲章や、アルマ川戦、インカーマン戦、バラクラヴァ戦、セヴァストポリ戦の各従軍記念章の付いたクリミア従軍記章のほか、フランス政府からはレジオン・ドヌール勲章を、トルコ政府からはメジディエ勲章を与えられていた。

一方、プルーデンスとの友情には、残念なことにひびが入ってしまった。クリストファーに手紙を書くのはもう無理だと、ベアトリクスが告げたのがきっかけだった。

「どうして？」ブルーは抗った。「楽しそうに文通をしてたじゃないの」

「もう楽しくなくなっちゃったから」ベアトリクスは声を詰まらせつつ応じた。

するとと友人は、信じられないとばかりににらんできた。

「あなたが、こんなふうに彼を見捨てるだなんて。急に手紙が来なくなって、彼がどう思うか考えたことはないの？」

罪悪感と切望感に、ベアトリクスはみぞおちを突かれたように感じた。それでも返事ができる自分が信じられなかった。

「真実を明かさないまま文通をつづけるなんて無理よ。お互いに本音を書きすぎたし。ううん……気持ちを込めすぎたと言えばいいのかしら。わたしの言ってる意味、わかる？」

「あなたが自分勝手な人だってことは、よおくわかったわ。ねえ、わたしからは彼に手紙を書けないのよ。筆跡がちがうから、すぐに別人だとばれるでしょう？　とにかく、帰国できるまでのあいだ、彼を逃がさないようにして」

「どうして彼を？」ベアトリクスは眉根を寄せた。「逃がさないように」という言葉は使いたくなかった。クリストファーがまるで死んだ魚のように聞こえるからだ。何匹もの死んだ魚たちの、一匹のように。「求愛してくれる人なら、ほかにもいっぱいいるじゃない」

「まあね。だけどクリストファー・フェランはクリミア戦争の英雄になったわ。帰国後は、女王陛下の晩餐会にだって招かれるかもしれない。それにお兄様がお亡くなりになったから、リヴァートン領はクリストファーのものになる。だから、いまのところ一番いい獲物と言えるわけ」

プルーデンスのそうした浅はかさを、かつてのベアトリクスはただ興味深く思っていた。けれどもいまは、かすかな嫌悪感を覚える。クリストファーに、そんな軽薄さは似つかわしくない。

「帰国した彼が、以前のままの彼じゃなかったらどうするの？」ベアトリクスは静かにたずねた。

「そうね、またけがをするかもしれないけど、無事を祈ってるわ」

「そうじゃなくて、人柄が変わってしまったら」

「戦のせいで？」プルーデンスは肩をすくめた。「たしかに変わったみたいね」

「新聞の記事は読んでいる？」

「忙しくてそれどころじゃないの」友人は言い訳がましく応じた。

「フェラン大尉は、けがをしたトルコ軍将校を助けてメジディエ勲章を授けられたのよ。それから数週間後には、爆撃を受けた直後の弾薬庫まで這って向かい、そこをたったひとりで死守した。フランス兵が一〇人も犠牲になり、大砲が五台も破壊されたけど、大尉は残された大砲で八時間にわたり敵への反撃をつづけたの。別のときには——」

「そういう話は聞きたくない」プルーデンスがさえぎった。「いったいなにが言いたいの、ビー？」

「大尉は、別人になって帰ってくるかもしれない。彼を思う気持ちがあるなら、どんな目に遭ってきたかを理解しなくちゃ」ベアトリクスはブルーの細いリボンで結んだ一束の手紙を差しだした。「まずはこれを読んで。わたしが出した手紙も、書き写しておけばよかったんだけど。先に思いつかなくて、ごめんなさい」

プルーデンスはしぶしぶ手紙を受け取った。

「じゃあ、読んでみるわ。でもね、クリストファーは帰国後、手紙のことなんて話したがらないと思うの——生身のわたしが、目の前にいるわけだから」

「それでも、彼を知る努力をしてみて」ベアトリクスは食い下がった。「あなたがさっき挙げた、彼を選んだ理由……あれはまちがっていると思うの。彼を選ぶべき理由は、もっとほかにいくらでもあるわ。大尉は立派な人よ。だけど、勇敢に戦ったから、あるいは輝かしい勲章をいくつも授与されたから立派なわけじゃない……むしろ彼がどんな人か知るうえで、そんなのは一番どうでもいいことよ」

しばし口をつぐんでから、ベアトリクスは苦々しい思いとともに結論づけた。やっぱり自分は人との交流なんていっさい絶ち、動物たちとの日々に戻ったほうがいいのだ。

「フェラン大尉がこんなふうに書いていたわ。〝現実に会っていたころは、お互いにうわべだけしか見ようとしなかったね〟って」

「うわべってどういうこと？」

ベアトリクスは友人の顔をわびしい気持ちで眺めた。プルーデンスにとっては、「うわべ」の下にあるのはまた別の「うわべ」なのだろう。「それから、〝きみがいれば、ふたたび現実の世界に戻れるかもしれない〟とも」

プルーデンスはいぶかしげにベアトリクスを見つめた。「あなたが彼に手紙を書くの、やめてもらって正解かもしれないわね。なんだかあなた、ずいぶん彼のことが気になるみたいだもの。変な期待はしないほうがいいわよ、クリストファーがあなたを……」彼女はさりげなく言葉を切った。「ううん、なんでもない」

「言われなくてもわかってるわ」ベアトリクスは淡々と応じた。「もちろん、そんな期待は抱いてないから安心して。わたしを馬と比べた男性だもの」

「馬と比べたわけじゃないでしょう？　廐舎にいるのが似合っていると言っただけじゃない。いずれにしても、クリストファーは洗練された紳士だから、動物と四六時中過ごしているような人が相手では幸せになれないでしょうね」

「わたしも、知りあいの誰よりも動物たちといるほうがずっと幸せだわ」ベアトリクスはやりかえした。そうして、あからさまな皮肉を口にするなり後悔した。よりによってプルーデンスは、その皮肉をまさに自分に向けられたものと誤解しているらしい。「ごめんなさい、そういう意味じゃ――」

「だったらもう戻ったほうがいいんじゃない、あなたの大切なペットのもとに」プルーデンスは冷たく言い放った。「なにも言いかえしてこない相手とのほうが、会話もはずむんでしょう？」

後悔といらだちを胸に抱えたまま、ベアトリクスはマーサー邸をあとにした。帰る直前には、プルーデンスにこうも言われた。

「頼むから、あなたのためにも、手紙を代筆していたことをフェラン大尉に話したりしないでよ。言ってもなんにもならないんだから。言っても、あなたが彼に選んでもらえるはずなんかないいんだから。お互いにきまりの悪い思いをして、相手を恨むようになるだけよ。クリストファーみたいな人はね、騙されるのが大嫌いなの」

あの日から、プルーデンスとは通りですれちがうとき以外に顔も合わせない。あの日以来、手紙は書いていない。

クリストファーはどうしているだろう、いまもアルバートが一緒にいてくれるのだろうか、けがはよくなっただろうか……考えるたび、ベアトリクスは胸が痛くなった。だがもう、彼に訊く権利はない。

いや、最初からそんな権利はなかったのだ。


一八五五年九月、セヴァストポリが陥落し、英国中がわきかえった。翌年二月には和平交渉が始まった。ベアトリクスの義兄のキャムは、英国の戦勝についてこう語った。英国はたしかに勝利を手にしたが、そのために多くの犠牲が払われたこと、傷ついた人びとや命を落とした人びとの人生は、なにをもってしても取り戻せないことを忘れてはならないと。ロマらしい思いやり深い言葉に、ベアトリクスは心からうなずいた。クリミア戦争では最終的に、戦場で負ったけがや疾病により一五万人を超える連合軍兵士が亡くなり、ロシア軍にも一〇万人以上の犠牲者が出たという。

やがて英国軍に待望の帰還命令が出され、クリストファーの所属するライフル旅団は四月半ばにはドーヴァーに到着し、そこからロンドンに向かうとの知らせが、オードリーとフェラン夫人のもとに届けられた。ライフル旅団の帰国は、誰もが待ち焦がれた。クリストファーが英雄視されていたためだ。彼の写真は新聞から切り抜かれて店の窓に貼られていたし、武勇伝は居酒屋やコーヒーハウスで幾度となく人びとの話題となった。国中の村や州が彼への感謝状を長い巻き物にして用意した。クリストファーの名が刻まれ、宝石が埋めこまれた儀礼刀が、彼の偉業を称える政治家たちの命によって作られた。その数は三〇〇丁を超えたという。

ところがライフル旅団がドーヴァーに到着したその日、祝典の場にクリストファーの姿はなぜかなかった。波止場に集まった群衆は旅団に歓声を浴びせ、名高き狙撃者の名を口々に叫んだが、当のクリストファーは人波と祝典と祝宴をすべて回避することにしたらしい。女王夫妻が主催した晩餐会さえ欠席した。

「フェラン大尉にいったいなにがあったのかしらね」長姉のアメリアがベアトリクスにたずねた。クリストファーが行方知れずになってからすでに三日経つ。「わたしの記憶では、大尉はとても社交的なたちで、注目の的になるのをむしろ大いに好む人だったようだけど」

「でも行方不明になったことで、いっそう注目を浴びてますよ」キャムが指摘した。

「注目を浴びたいなんて思ってないわ」ベアトリクスは抗議せずにいられなかった。「彼は身を隠したのよ」

どこか愉快げにキャムが黒い眉を片方つりあげ、「キツネみたいに?」

「そうよ。キツネはずる賢い生き物だから、ゴールを目指していないと見せかけて、最終的にはちゃんとそこにたどり着くの」ベアトリクスはつかの間ためらい、遠くを見る目で、手近の窓の外をじっと眺めた。春はハンプシャーを訪れかねるかのように、吹きすさぶ東風と大雨で森を黒々と覆っている。「フェラン大尉は帰る日を待ち望んでいる。でも、猟犬たちがいるかぎり、けっして隠れ家から出てこない」

姉夫婦が会話をつづけるそばで、ベアトリクスは黙ってじっと考えをめぐらした。自分ひとりの想像にすぎないかもしれない……でも、クリストファーがそばにいるという奇妙な感覚がある。

「ベアトリクス」姉が呼びかけながら窓辺に立ち、妹の両肩をそっと抱いた。「ふさぎの虫にでもとりつかれちゃった? あなたもお友だちのプルーデンスみたいに、ロンドンに行って社交シーズンを楽しんだほうがよかったのかもしれないわね。お兄様とキャサリンのところに泊まってもいいし、あるいはポピーとハリーのホテルにでも――」

「シーズンにはいっさい興味がないの」ベアトリクスはさえぎった。「もう四回も過ごしたわ。普通より三回も多く」

「だけど、あんなに引く手あまただったのに。殿方はみんなあなたにうっとりしていたわ。それに今シーズンは新しい出会いがあるかも」

ベアトリクスは天を仰いだ。

「ロンドンの社交界で、新しい出会いなんてあるわけがないわ」

「それもそうね」姉はややあってからうなずいた。「それでもやっぱり、田舎にひきこもっていないで街に出たほうがよかったんじゃないかしら。ここは、あなたには静かすぎるでしょう？」

そこへ、馬のおもちゃ《スティックホース》にまたがった黒髪の男の子が、剣を振りまわし、雄叫びをあげながら現れた。姉夫婦の長男で、四歳半になるライだ。ライが部屋を駆けまわり、青いガラスのかさをかぶったフロアランプにスティックホースの後尾がぶつかった。反射的にキャムがランプの足元に滑りこみをし、床に倒れるのをすんでのところで食い止める。

振りかえったライは床に這いつくばる父をじっと見ていたかと思うと、くすくす笑いながら背中に飛びのった。

息子相手に取っ組みあいのまねごとを始めたキャムが、一瞬だけ手をやすめ、妻に向かって軽口をたたく。

「ここはそんなに静かでもないですよ」

「アンドレイに会いたいよう」ライが不満げに言った。アンドレイは次姉ウィニフレッドとメリペンの長男で、ライの一番の遊び相手だ。「いつもどってくるの？」

ウィンたち三人は一月ほど前から、いずれメリペンが相続することになる領地を訪れるためにアイルランドに行っている。メリペンの祖父が病で床にふせっており、しばらく向こうに滞在して、事前に領地を下見するついでに小作人たちとも交流を深める予定だという。

「すぐに、というわけにはいかなそうだね」キャムが残念そうに息子に告げた。「クリスマスころになるんじゃないかな」

「そんなに待たなくちゃいけないの？」ライは悲しそうにため息をついた。

「いとこなら、ほかにもいるでしょう？」アメリアが言った。

「みんなロンドンだよ」

「エドワードとエマリーヌが、夏にはこちらに来るわ。それまでは、弟と遊んでいなさいな」

「アレックスはつまんないもん。しゃべれないし、ボールも投げられない。おもらしもするし」

「ミルクも吐くし」キャムがつけくわえ、金褐色の瞳を輝かせながら妻を見上げた。

アメリアは笑いを嚙み殺そうとし、けっきょく噴きだした。「じきにおさまるわ」

父親の胸にまたがったライがベアトリクスをじっと見つめる。

「あそぼうよ、おばちゃま」

「いいわよ。おはじきがいい？　それとも積み木？」

「せんそうごっこ！」ライはほがらかにこたえた。「ぼくはきへいたいで、おばちゃまはロシア兵だよ。いけがきのまわりを、追っかけてやる」

「戦争より、パリ条約を結びなおさない？」

「じょうやくは、せんそうが終わってからじゃないとむすべないよ」ライが抗議した。「たたかってもいないのに、はなしあうことなんてないでしょ？」

ベアトリクスは姉に向かってほほえんでみせた。「お利口さんね」

勢いよく立ち上がったライが叔母の手をつかみ、おもてへと引っ張っていこうとする。「はやく、はやく」ライはせっついた。「この前みたいに、剣でぶったりしないから」

「森には入るなよ、ライ」キャムが背後から注意をする。「小作人が今朝がた言ってたぞ。ハシバミの雑木林から野良犬が現れて、危うく襲われかけたそうだ。狂犬病らしい」

ベアトリクスは歩みを止め、義兄を振りかえった。「どんな犬？」

「テリアのようなもじゃ毛の雑種だそうだ。その小作人の雌鶏が一羽やられた」

「だいじょうぶだよ、パパ」ライは自信満々に応じた。「おばちゃまといっしょだもん。どうぶつはみんな、頭がおかしなやつだって、おばちゃまにはなついちゃうんだ」

7

果樹園を抜け、生け垣に沿って一時間ほど散策したあと、ベアトリクスとライは屋敷に戻った。ライは午後から勉強をすることになっている。

「べんきょうなんてきらい」甥はため息をつきつつ、屋敷横手のフランス戸に歩み寄った。「もっとあそびたいのに」

「気持ちはわかるけど、算数をやらなくちゃね」

「ひつようないよ。もう一〇〇までかぞえられるし、一〇〇いじょうほしいものなんて、あるわけないもん」

ベアトリクスはほほえんだ。

「じゃあ読み書きの練習。そうしたらもっとたくさん、冒険小説を読めるようになるわ」

「だけど、しょうせつを読むのに時間をつかったら、じっさいにぼうけんする時間がなくなるよ」

かぶりを振り、ベアトリクスは声をあげて笑った。

「あなたにはかなわないわ、ライ。お猿の大群にも負けないくらいお利口なんだから」

階段を駆け上がった甥が、途中で振りかえった。「おばちゃまは、家に入らないの？」

「まだね」ベアトリクスは上の空で答え、ラムゼイ・ハウスの向こうに広がる森を見やった。

「少し歩いてくるわ」

「いっしょに行ってあげようか？」

「ありがとう、ライ。でも、ひとりになりたいの」

「例の犬をさがしに行くんでしょ」ライが物知り顔に言う。

ベアトリクスはほほえんで、「かもしれない」

甥は探るような目で彼女を見つめた。「ねえ、おばちゃま」

「なあに？」

「けっこんしないの？」

「いずれするわ。だけどまずは、自分にふさわしい相手を見つけないとね」

「みつからなかったら、ぼくがけっこんしたげる。ただし、もっと背が高くなったらだよ。おばちゃまを見上げるのはいやだもん」

「期待してるわ」ベアトリクスは重々しくこたえた。笑いをこらえて、甥に背を向け森のほうへと大またで歩きだす。

いったい何度、こんなふうにして森を歩いただろう。見慣れた景色。木々の枝のあいだを縫って、陰に射す細い日の光。淡い緑の苔に覆われた幹。ただし黒ずんだ枯れ木には苔はむさない。やわらかな土の地面に層をなす、紙のような落ち葉と、シダ植物と、ハシバミの尾状花序。そして耳慣れた森の音楽。鳥たちの鳴く声に、枝葉が揺れる音に、数えきれないほどの小動物たちがたてるさまざまな音。

すっかり慣れ親しんできた森なのに、今日はなぜか、いつもとちがう感じを受ける。慎重に進みなさいと本能が訴えている。なにかが……起こりそうな予感がある。森の奥へと進むにつれて、その感覚は鋭さを増していった。心臓までがいつもとちがう動きを見せ、手首と首筋と膝の裏が激しく脈打っているのがわかる。

前方になにか動くものがあった。背の低い生き物が木々のあいだを縫い、シダの茂みが揺れる。人ではない。

地面に落ちた枝を拾い上げ、ベアトリクスはそれを杖の長さに折った。

茂みのなかで生き物が動きを止め、森を静寂がつつむ。

「おいで」ベアトリクスは呼びかけた。

一匹の犬が、茂みと枝葉のあいだから勢いよく飛びだしてきた。いかにもテリアらしい吠え声をあげる。ベアトリクスから数メートル離れたところで立ち止まった犬は、長く白い歯をむきだしてうなった。

身じろぎひとつせず、ベアトリクスは犬をまじまじと観察した。痩せ細り、もじゃ毛は短く刈られていて、顔と耳と目の周りの毛だけが長く伸びているのが、なんだかおかしい。物言いたげな瞳は硬貨のように丸く、利口そうに輝いている。

見まちがえようもなかった。この犬を、ベアトリクスは知っている。

「アルバート？」信じられない思いで呼んだ。

自分の名前だとわかったのか、犬の両耳がぴくりと動いた。犬はその場に伏せ、怒りと困惑が入り交じったような低いうなり声をあげた。

「彼に連れ帰ってもらったのね」ベアトリクスは言い、杖を地面に落とした。小さく笑いつつ、涙があふれて目の奥が痛くなってくる。「無事に戦を生き延びることができて、本当によかった。おいで、アルバート。お友だちになろう？」自分は動かずに、用心深く犬が近づいてくるのに任せる。アルバートはスカートの匂いをかぎ、ゆっくりと彼女の周りをまわった。一瞬、手の脇に冷たい鼻づらが触れた。それでもベアトリクスは手を伸ばして撫でようとはせず、自分の匂いに相手が慣れるのをひたすら待った。やがてアルバートの表情に変化が現れだした。顎から力が抜け、口が開かれる。その表情を確認して、ベアトリクスはようやく語りかけた。「おすわり《シット》、アルバート」

犬は地面に腰を落とし、くうんと鳴いた。ベアトリクスは手を伸ばし、アルバートの両耳の裏をかいてやった。犬が嬉しそうに荒い息を吐き、気持ちよさげに目を半ば閉じる。

「彼から逃げてきたの？」ベアトリクスはたずねつつ、頭のもじゃ毛を撫でつけた。「悪い子ね。でも、久しぶりにウサギやリスを追いかけて楽しかったでしょう？　雌鶏が一羽姿を消したという噂もおまえのしわざ？　ストーニー・クロスにいたいのなら、鳥小屋には近づかないほうがいいわ。ねえ、家まで送ってあげようか？　いまごろ彼がおまえを捜しているはずよ。きっと彼――」

ベアトリクスは言葉を切った。物音が――やぶのなかを誰かが動く気配がした。首をまわしたアルバートがいかにも嬉しそうに吠えるなり、近づいてくる人影に向かって走って行く。彼女はしばらく顔を上げずにいた。うつむいたまま懸命に呼吸を整え、狂ったように打つ鼓動を抑えようとした。はしゃいだ犬が背後で、舌を口からたらして跳びはねているのがわかる。きっと、「いいものを見つけたよ！」とでもいうように、飼い主を見つめていることだろう。

ゆっくりと息を吐き、顔を上げたベアトリクスは、三メートルほど先に立ちつくす男性を見上げた。

クリストファー。

世界が静止したように感じる。

目の前に立つ男性とかつての尊大な青年の共通点を、ベアトリクスは必死に探した。だがいくら考えても、同じ人物とは思えなかった。そこにいるクリストファーはもはやオリュンポスの山から降りてきた神ではない……苦い経験を経て心を閉ざしてしまった戦士だ。

顔色は、あたかも時間をかけて太陽に灼かれたかのように、金色と褐色が複雑に入り交じっている。琥珀色の髪は邪魔にならぬように短く切られている。冷ややかな無表情の裏では、いまにも爆発しそうな感情が見え隠れしている。

いっさいの希望を失った人、完璧な孤独に苛まれている人のようだ。

ベアトリクスはクリストファーに駆け寄りたかった。彼に触れたかった。そんな自分を抑えてたたずんでいると、筋肉が震えて抗議の声をあげた。

やがて口を開いたときには、自分の声がひどく震えていた。

「お帰りなさい、フェラン大尉」

クリストファーは無言で、いったい誰だろうといわんばかりにこちらをじっと見つめている。そのまなざしはよそよそしく……それでいて、燃えさかる炎のようでもあった。

「ベアトリクス・ハサウェイよ」やっとの思いで言葉を継ぐ。「ラムゼイ領の――」

「わかってる」

ざらついた声がベアトリクスの耳を心地よくくすぐった。その声に魅了され、同時に当惑を覚えながら、ベアトリクスはクリストファーの用心深げな顔を見つめかえした。

クリストファーにとってベアトリクスは赤の他人だ。けれども、たとえ彼が気づいていなくても、ふたりのあいだには手紙の記憶がある。

ベアトリクスは優しく、アルバートのもつれた毛を撫でた。

「ロンドンで行方をくらましたそうね。あなたのために、祝典が準備されていたのに」

「そんな気分じゃなかった」

わずか数語に、彼の思いがすべて込められていた。そんな気分じゃなくて当然だろう。血塗られた野蛮な戦の記憶を抱えたまま、パレードとトランペットと花びらの祝典に出迎えられたら、そのあまりのちがいに吐き気を覚えそうだ。

「まともな人なら、それが当たり前の反応だわ。街中が大騒ぎだったもの。店の窓という窓にあなたの写真が貼られて。商品にまであなたの名前がつけられて」

「商品に？」クリストファーは慎重にたずねた。

「フェラン帽というのがあるわ」

彼の眉がひそめられる。「まさか」

「本当よ。てっぺんが丸みを帯びた、縁の狭い帽子。灰色と黒の濃淡で、ストーニー・クロスの帽子屋にもひとつ売ってるの」

眉間にしわを寄せたクリストファーは、なにごとか小さくつぶやいた。

ベアトリクスは犬の耳を優しく撫でながらつづけた。

「アルバートのこと……プルーデンスから聞いたわ。連れて帰ってくるなんて、優しいのね」

「ばかなことをした」クリストファーは抑揚のない声でこたえた。「ドーヴァーに到着してからずっと、そいつは狂犬みたいに振る舞っている。すでに二度、人を嚙もうとした。ひとりはうちの使用人だ。吠えるのもやめようとしない。ゆうべは納屋に閉じこめたが、自力で逃げだした」

「きっと怖いのよ。威嚇していれば、誰からも危害をくわえられることはないと思っているんだわ」

アルバートがいきなり後ろ脚で立ち上がり、両の前脚をベアトリクスにかけようとする。彼女は折り曲げた膝を犬の胸に軽くあてて、相手の勢いをそいだ。

「こっちを向け、アルバート」クリストファーが犬に命じた。冷ややかな声音に、ベアトリクスは背筋がぞくりとするのを覚えた。犬は尻尾を巻いて、こそこそと飼い主に向きなおった。クリストファーが上着のポケットから革の引き綱を取りだし、犬の首にかける。それから彼はベアトリクスを見やり、スカートについた泥の足跡から胸元へと視線をさまよわせた。

「すまなかった」とぶっきらぼうに謝罪する。

「なんともないから、気にしないで。でもアルバートには、人に飛びかからないよう教えなくちゃだめね」

「ずっと兵士たちと一緒にいたからな。礼儀をわきまえていないんだ」

「教えれば大丈夫よ。新しい環境に慣れれば、きっといい子になるわ」いったん言葉を切り、ベアトリクスは提案した。「今度、オードリーに会いに行ったときに、わたしが教えてあげてもいいわ。犬のしつけなら得意なの」

クリストファーは陰気に彼女を見つめた。

「そうか、義姉と友だちだったんだな」

「ええ」ベアトリクスはややためらってからつづけた。「最初に言うべきだったけど、心からお悔やみを――」

よしてくれ、というように彼の片手が上げられた。その手がこぶしにされ、次の句が握りこめられる。

彼の気持ちが、ベアトリクスにもよくわかった。兄を失った痛みは、いまなおそれほどまでに深いのだろう。クリストファーはまだ、兄を亡くした事実と向きあえずにいる。「お兄様の死を受けとめられないのね？」彼女は静かにたずねた。「ストーニー・クロスに帰ってくるまでは、亡くなった事実を認めることもできなかったのでしょう？」

クリストファーは警告するまなざしを投げてきた。

そのような視線を、ベアトリクスは捕らえられた動物たちの目に見たことがある。近づく者が誰だろうと、なすすべもなく敵意をむきだしにする動物たち。彼らがそういう目をしたときは、その気持ちを尊重してやらなければならない。野生動物は、身を守るすべがないときこそ最も凶暴になるのだ。ベアトリクスは犬に意識を戻し、毛皮をくりかえし撫でた。

「プルーデンスはどうしてる？」とたずねる声がした。そこに潜む切望感に、ベアトリクスの胸は痛んだ。

「元気みたい。いまはロンドンでシーズンを過ごしているわ」少し間を置き、用心深く言い添える。「彼女とはいまも友だちだけど、前ほど親しくはしていないの」

「なぜ？」

クリストファーの視線が鋭いものに変わった。プルーデンスの話題が少し出るだけでも、関心を引かれるらしい。

あなたのせいでね……ベアトリクスは内心つぶやき、小さな苦笑いを浮かべた。

「興味のあるものが、ちがうみたいだから」わたしはあなたという人間に、彼女はあなたの相続財産に興味があるの……。

「たしかに、きみたちは同類とは言えないからな」

その口調に冷笑を感じとり、ベアトリクスは首をかしげてクリストファーをまじまじと見つめた。

「どういう意味？」

今度は相手がためらった。「ミス・マーサーはごく普通のレディだ。だがきみは……そうじゃない」

どこか見下すような声音だった。ほんのわずかだが……聞きまちがいようがない。

クリストファー・フェランは、ある一点においてはまったく変わっていない――彼はいまもベアトリクスを嫌っている。その事実に気づくなり、彼への思いやりも優しい気持ちもすべて消えうせた。

「普通のレディになんかなりたくないもの」ベアトリクスはやりかえした。「退屈な、うわべばかり気にするようなレディには」

その言葉を、クリストファーはプルーデンスへの侮辱ととらえたらしい。

「庭の害獣をピクニックに連れてくる人間と比べて、ということかい？　なるほど、きみみたいな人のことは誰も退屈とは言わないだろうね、ミス・ハサウェイ」

顔から血の気が引くのをベアトリクスは感じた。面と向かって彼に愚弄されたのだ。そう悟るなり頭のなかが真っ白になった。

「わたしのことは、なんとでも言ってくれてかまわないわ」応じながらベアトリクスは、ちゃんとしゃべっている自分に驚いた。「でも、わたしのハリネズミは悪く言わないで」

くるりと背を向け、彼女は地面をけるようにして大またでその場を離れた。くうんと鼻を鳴らしたアルバートがついてこようとしたが、クリストファーに呼びとめられてあきらめた。


ベアトリクスは振りかえりもせず、ひたすら歩を進めた。愛してくれない人を愛するほどつらいものはない。だが、心底自分を嫌っている人を愛してしまうのは、もっとつらい。

わたしのクリストファーに、たったいま会った見知らぬ男性のことを書いてやりたい……いいいいいいい
愚かにも、ベアトリクスはそんなふうに思った。

〝わたしを悪しざまに侮辱したんです〟とでも書いてやればいい。〝きみなどわずかばかりの敬意を払うにもあたいしない、そんな扱いだったわ。きっとわたしのことを、頭のおかしな野蛮人とでも思っているのでしょうね。最悪なのは、彼が正しいということ〟

だから自分は、人間よりも動物といるほうを好むのだ。ベアトリクスはふとその事実に気づいた。動物はけっして人をあざむいたりしない。動物には裏表がまったくない。動物が相手なら、いつか変わってくれるかもしれないなどと期待をかけることもない。


クリストファーはおとなしくついてくるアルバートとともに、歩いて屋敷へ戻った。ベアトリクス・ハサウェイと会ってから、なぜか犬は聞き分けがよくなった気がする。いまいましげにクリストファーが顔を見やると、アルバートは舌をたらし、歯をむきだしにして飼い

主を見上げた。

「ばか」クリストファーはつぶやいた。犬に対して言ったのか、それとも自分に向けた言葉なのかは定かでなかった。

彼は困惑と罪悪感を覚えていた。ベアトリクス・ハサウェイにあたってしまった。彼女のほうは気づかいを見せてくれたのに、自分はなぜあのように冷たく、見下した態度をとったのか。

侮辱するつもりなどなかった。ただ、プルーデンスを、正気を取り戻させてくれたあの甘く無邪気な声を恋しく思うあまり、どうかしてしまっただけだ。彼女の手紙の一通一通に書かれたひとつひとつの言葉が、いまもなおクリストファーの胸の内で響いている。

〝このごろは始終、おもてを歩いてばかりいるの。そのほうが、考えがうまくまとまるみたいだから……〟

アルバートを捜しに出かけた彼は、気づけば森のなかをさまよっていて、ふと奇妙な直感にとらわれたのだった……彼女がすぐそばにいる、運命はこんなにも早く、いともあっさりとふたりを結びつけてくれたのだという思いに。

ところが森で見つけたのは、ずっと夢に見つづけ、切望し、恋焦がれてきた女性ではなく、ベアトリクス・ハサウェイだった。

彼女が嫌いなわけではない。なるほどベアトリクスは変人だが、とても愛嬌があるし、記憶のなかの彼女より実物のほうが数段、魅力的だった。クリストファーが戦地におもむいているあいだに、すっかり美しくなっていた。若駒みたいにひょろりとしていた体は、いまやすっかり優美な曲線を描くようになり……。

いらだたしげに首を横に振り、クリストファーは意識をプルーデンスに戻そうとした。だがベアトリクス・ハサウェイの残像が脳裏から離れようとしない。きれいな卵形の顔。どこか官能的な唇。印象的な青い瞳。どこまでも深い深い青は、かすかに紫色を帯びていた。それにあの、絹を思わせる黒髪。いいかげんにヘアピンで留めているものだから、あちこちで後れ毛が揺れていた。

こんなふうに思うのは、きっと禁欲生活が長すぎたからだ。女性のぬくもりが恋しく、孤独で、悲嘆と怒りが等しく胸を覆っている。満たされぬ欲求がいくつもあって、どうしたらそれに対処できるのかもわからない。だが、プルーデンスを捜すのが第一歩になりそうな気がする。

クリストファーはもうしばらくハンプシャーで休養するつもりだ。そうして、かつての自分に戻ることができしだい、ロンドンのプルーデンスのもとへ行く。心配なのは、昔のように気の利いた言葉をすらすらと口にできずにいる点だ。それに、ざっくばらんで人好きのする性格だったのが、すっかり用心深く、かたくなになってしまった。

熟睡できないせいもあるのだろう。たとえば家鳴りや、窓に木枝がぶつかる音のようにかすかな物音でも、激しい鼓動とともにぱっちりと目を覚ましてしまう。日中でも同じだった。昨日など、オードリーが抱えていた本を一冊落としただけで、跳び上がらんばかりに驚いてしまった。反射的に手を伸ばして銃を探し、次の瞬間、そんなものは持っていないのだと思い出した。いまやライフルは彼の体の一部だった……すぐそこにあるかのように、錯覚することもある。

クリストファーの歩みが遅くなった。彼はアルバートの横にしゃがみこみ、もつれた毛に覆われた顔をのぞきこんだ。

「戦争を忘れられないのか？」とささやきかけながら、荒っぽく、けれども愛情を込めて犬を撫でる。アルバートは喉を鳴らし、飼い主に身をすり寄せ、顔を舐めようとした。「かわいそうに、現実が見えないんだな。戦場の記憶のせいで、いつまた頭上で砲弾が炸裂するんじゃないかと不安でならないんだろう？」

ごろりと仰向けになった犬が、かいてくれといわんばかりに、腹を丸だしにする。クリストファーは腹を撫でてやってから立ち上がった。

「帰ろう。もう一度、家のなかで辛抱できるかやってみような——ただし、もう誰にも噛みつこうとするなよ」

残念ながら、ツタのからまる屋敷に足を踏み入れたとたん、アルバートは今朝までと同じ敵意をむきだしにした。クリストファーが犬を無理やり引っ張って居間に向かうと、母とオードリーが紅茶を飲んでいるところだった。

アルバートはふたりに向かって吠えた。怯えるメイドにも。壁のハエにも。ティーポットにまで。

「黙れ《クワイエット》」歯を食いしばって命じ、クリストファーは興奮した犬を長椅子のほうに引きずった。引き綱の一端を椅子の脚に結ぶ。

「おすわり《シット》、アルバート。伏せ《ダウン》」

犬は用心深く床に腰を落とし、喉の奥でうなった。

作り笑いを顔に貼りつけたオードリーが、義母の前なのを気にして取り澄ました声音を作り、「紅茶はいかが?」とたずねる。

「いただくよ」クリストファーは乾いた声で応じ、テーブルについた。

アコーディオンさながらの渋面を作った母が、険しい声で言った。

「絨毯に泥がついたじゃないの。それをわたくしたちの前に連れてくるのは、なにか理由があってのこと?」

「もちろん。こいつに、わが家に慣れてもらわなければ」

「わたくしは、それに慣れたくなどありませんよ」母は言いかえした。「その犬が戦場で役に立ったのはわかります。でもここでは必要ないでしょう?」

「砂糖とミルクは?」オードリーがたずねた。クリストファーから母へと視線を移動させるとき、優しげな茶色の瞳はもう笑っていなかった。

「砂糖だけ」

クリストファーは、義姉が小さなスプーンで砂糖をカップに入れ、混ぜるさまを見つめた。カップを受け取り、湯気をたてる液体に意識を集中させつつ、こみあげてきた不可解な怒りを必死に抑える。彼はこの問題にも悩まされていた。周囲の状況とはまったく無関係に、なぜか感情が高ぶってしまう。

ようやく落ち着きを取り戻したところで、クリストファーは口を開いた。

「役に立ったなんてものじゃありませんでしたよ。ぬかるんだ塹壕で幾日も過ごさなければならなかったときは、飼い主が眠っているあいだに敵の不意打ちに遭わないよう、見張っていてくれたんです。伝令役も見事に果たして、おかげで指令をきちんと遂行できました。敵が接近したときには、われわれの目や耳がそれを察知するずっと前に、警告を発してくれた」いったん言葉を切り、不快げにこわばった母の顔を凝視する。「いわば命の恩人なんです。だからこいつの忠誠に報いてやらないと。それに、見た目は悪いし礼儀作法も知らないけれど、なぜかこいつが気に入ってるんですよ」クリストファーは横目でアルバートを見やった。

アルバートが力強く尻尾で床をたたく。

オードリーは曖昧な表情を、母は怒りの表情を浮かべた。

沈黙が流れるなか、クリストファーは紅茶を飲んだ。目の前の女性たちの変わりように、彼の心は引き裂かれるようだった。ふたりとも顔色が悪く、すっかり痩せてしまった。母など、髪が真っ白になっている。長きにわたった看病生活がふたりに老いをもたらし、一年という服喪期間がさらにその老いを加速させたのだ。

　クリストファーはあらためて、服喪期間という制度は理不尽だと思った。それは本来、遺族が孤独を味わわずにすむよう、気晴らしの時間を過ごせるよう設けられたもののはずだ。だが現実には、遺族にいっそうの孤独を強いる結果となっている。

　飲みかけのカップを下ろした母が、腰を浮かせた。クリストファーはすぐさま立ち上がって母に手を貸した。

「それににらまれていては、紅茶もおちおち飲んでいられやしない」母はこぼした。「いつ飛びかかられて、喉を切り裂かれるかわかったものじゃありませんからね」

「引き綱を椅子に結わえてあるから大丈夫ですわ、お義母様」オードリーがとりなした。

「そういう問題じゃありませんよ。わたくし、野蛮な生き物は大嫌いなの」母は言うなり、いまいましげにつんと顎を上げて居間を出ていった。

　母がいなくなると、オードリーはテーブルに肘をついてその手に顎をのせた。

「あなたの叔父様と叔母様が、ハートフォードシャーにお義母様をお誘いくださっているの。わたしもお義母様に、お邪魔したらと勧めているのだけど。同じ景色ばかりでは見飽きるでしょうし」

「それにしても、この家は暗いな」クリストファーはつぶやいた。「なぜ鎧戸もカーテンも閉めきっているんです?」

「お義母様が、陽射しで目が痛いとおっしゃるから」

「なるほどね」クリストファーはかすかに眉根を寄せて義姉を見つめた。「母にはハートフォードシャーに行ってもらいましょう。この死体安置所のような屋敷に、いつまでも閉じこもっていてはいけない。義姉上も」

オードリーはため息をついた。

「もう一年ね。じきに服喪期間が終わり、半喪期間になるわ」

「半喪期間というのは、具体的にはどんなものなんです？」クリストファーはたずねた。女性特有のそうした風習は、彼にはよくわからない。

「半喪に入ったら、ヴェールをはずせるの」義姉は淡々と答えた。「ドレスも灰色や藤色のものを着られるようになるし、光らない品なら装飾品も着けられるわ。ある種の社交行事にも出られる。ただし、楽しそうに振る舞わなければね」

クリストファーは鼻で笑った。「いったい誰がそんな決まりを作ったのやら」

「さあ。でも、そうした決まりを守らなければ、社交界からつまはじきにされるんだもの」オードリーはいったん口を閉じてからつづけた。「お義母様は、半喪期間はいらないとおっしゃっているわ。これから一生、喪服を着つづけるそうよ」

さもありなん。クリストファーはうなずいた。長男に対する母の献身的な愛は、死によってますます深まったらしい。

「母はわたしの顔を見るたび、どうしてこっちが死ななかったのかと嘆くんだろうな」

反論しようと口を開いたオードリーだったが、いったんその口を閉じた。

「生きて帰ってきた自分を責めてはいけないわ」義姉はしばらくしてから言った。「わたしは、あなたの帰国が嬉しい。お義母様だって本当は喜んでいるはずよ。でもこの一年で、お義母様の心は少し壊れてしまった。だから無意識の言動もあるのではないかしら。ハンプシャーをしばらく離れれば、壊れた心も元どおりになると思うの」言葉を切り、またつづける。「わたしもここを離れるつもりよ、クリストファー。ロンドンの家族のもとに行くわ。お目付け役も付けずに、あなたとふたりきりでこうしておしゃべりしているのも、適切とは言えないし」

「なんだったら、ロンドンまで同行しますよ。わたしも、向こうでプルーデンス・マーサーに会おうと思っているんです」

オードリーは眉をひそめた。「そうなの」

クリストファーは問いかけるように義姉を見つめた。

「相変わらず、彼女をよく思っていないようですね」

「そうね。ますます苦手になったみたい」

プルーデンスをかばわずにはいられない。「なぜ?」

「二年ほど前から、殿方とのたわむれがすぎると悪評がたっているの。裕福な男性、貴族の紳士との結婚を彼女が狙っていることは、すでに周知の事実よ。留守のあいだも彼女が自分だけを思っていてくれたなんて幻想を、あなたが抱いていなければいいのだけど」

「留守のわたしのために、ひきこもり生活に耐え忍ぶような女性ではありませんから」

「ならよかった。ひきこもり生活とはほど遠かったもの。むしろ、あなたのことなどすっかり忘れたように見えたわ」オードリーは言葉を切り、苦々しげに言い添えた。「ところがジョンが亡くなり、あなたがリヴァートンの新たな相続人になったとたん、あなたへの気持ちとやらを大っぴらにしはじめたの」


不愉快な知らせをいぶかしみつつ、クリストファーは無表情をつくろいつづけた。手紙をくれた女性とプルーデンスがまるで別人に思える。だがきっと、悪意ある噂の的になっているだけなのだろう――あの美貌と魅力を考えれば、いかにもありそうな話だ。


けれどもクリストファーは、義姉と口論を始める気はなかった。プルーデンスの話は危険なので脇にやり、別の話題を出すことにした。

「そういえば今日、散歩の途中で義姉上の友人と会いましたよ」

「誰？」

「ミス・ハサウェイです」

「ベアトリクスに？」オードリーは用心深い表情になった。「失礼なことを言ったりしていないでしょうね？」

「それが、ちょっと」クリストファーは正直に認めた。

「なんて言ったの？」


ティーカップの中身をにらむ。「彼女のハリネズミを侮辱してしまったんです」

義姉はむっとした。「まったくもう」乱暴にスプーンで紅茶をかき混ぜる。磁器のカップにあたって、いまにもひびが入りそうな勢いだ。「たしかにあなたは口が達者なほうだけど。いったいどんなひねくれた考えで、あれほど思いやり深いレディを何度も何度も傷つけたりするの？」

「何度も傷つけたりなんかしていませんよ。今日が初めてです」

オードリーは人を小ばかにするように口をゆがめた。

「都合のいい記憶力だこと。ストーニー・クロスの誰もが知っているわ。以前にあなた、ベアトリクスは厩舎にいるのがお似合いだと言ったそうじゃない」

「女性にそんな失礼なことを言ったりしませんよ。どんなに変わり者だったとしても――いや、実際に変わり者だ」

「あなたがお友だちにそう言うのを、当のベアトリクスが小耳に挟んだのよ。ストーニー・クロス・パークで開かれた収穫祭のダンスパーティのときに」

「それを彼女が言いふらした？」

「いいえ。プルーデンスに相談するというまちがいを犯したの。言いふらしたのはプルーデンスよ。彼女は根っからのゴシップ好きだから」

「義姉上がプルーデンスを嫌っているのはわかりましたよ」クリストファーは彼女をかばおうとした。「でも――」

「好きになろうと一生懸命に努力したわ。軽薄の皮を一枚ずつ剝がしていけば、その下から本当のプルーデンスが現れるんじゃないかと思った。だけどそこにはなにもなかった。きっと、あのお嬢さんはこれからもあのままよ」

「つまり、ベアトリクス・ハサウェイのほうがプルーデンスより優れていると言いたいんですか？」

「あらゆる点でね。容姿についてはちがうとしても」

「義姉上も判断を誤ることがあるんだな。ミス・ハサウェイはとてつもない美人ですよ」

オードリーは両の眉をつりあげた。「あら、そう？」気のない口調でたずねつつ、ティーカップを口元に運ぶ。

「一目瞭然じゃありませんか。性格はどうあれ、ミス・ハサウェイは並外れた美貌の持ち主です」

「ふうん、そうかしら……」オードリーはカップの中身をじっと見つめ、小さな砂糖のかたまりをそこにくわえた。「でも、少し背が高すぎやしない？」

「いえ、身長も体型も理想的です」

「茶色の髪がありきたりな感じも……」

「茶色じゃありません。彼女の髪は漆黒です。それにあの瞳……」

「ただの青だわ」オードリーはつまらなそうに手を振った。

「見たこともないほど深い、交じりけのない青です。どんな画家だろうとあの瞳を写しとることは――」クリストファーはいきなり口を閉じた。「すみません。趣旨がずれてきました」

「趣旨って？」義姉は優しく訊いた。

「ミス・ハサウェイが美しかろうが醜かろうが、わたしにはどうでもいいことだと言いたいだけですよ。彼女は変人だ。彼女の家族も。変人一家には興味がないんです。同じように、プルーデンス・マーサーの美しさもわたしにはどうでもいいことなんだ。彼女に惹かれるのは、彼女の人となりゆえなんですから。愛らしくも個性的で、敬意を抱かずにはいられませんよ」

「なるほど。ベアトリクスは変わり者で、プルーデンスは個性的かつ尊敬できるレディなわけね」

「そのとおり」

オードリーはゆっくりとかぶりを振った。

「あなたにぜひとも教えてあげたい事実があるのだけど、わたしが言わなくても、きっと時間とともに明らかになっていくと思うわ。そもそもわたしの口から聞いたら、あなたは信じない、いいえ、信じようとしないでしょうし。だからやっぱり、あなたが自分で見つけたほうがいいんでしょうね」

「いったいなんの話です、義姉上？」

細い腕を組み、義姉は険しい表情でクリストファーを見つめた。口の端にはなぜか小さな笑みが浮かんでいる。

「あなたが紳士なら」オードリーはしばらくしてから言った。「明日、ベアトリクスを訪問し、侮辱したことを謝りなさい。アルバートと散歩に行くついでがいいわ――あの子に会えれば喜ぶでしょうから。あなたのことは歓迎しなくてもね」

8

翌朝、クリストファーは歩いてラムゼイ・ハウスに向かった。行きたかったわけではない。だがほかに予定もなかったたし、母の責めるまなざしに、あるいはオードリーの沈黙に張りあうつもりがないなら、どこかに出かけるほかはない。それに自宅をつつむ静寂にも、部屋の隅や陰なすあらゆる部分に残された思い出にも、向きあう勇気がなかった。

兄が最期の日々をどんなふうに過ごしていたのか……いまわの際にどんな言葉を遺したのか、クリストファーはまだオードリーに訊けずにいる。

ベアトリクス・ハサウェイの言うとおりだ。彼は帰国を果たすまで、兄の死を現実のものとして認識できていなかった。

森を抜けるあいだ、アルバートはあっちへこっちへ跳ねまわり、シダの茂みに鼻を突っこんでいた。クリストファーはといえば、不安と憂鬱の虫にとらわれていた。ラムゼイ・ハウスに到着し、あの家の人びとから歓迎される場面（あるいは歓迎されない場面）を想像してみる。きっとベアトリクスは、クリストファーの紳士にあるまじき振る舞いを家族に話したにちがいない。聞かされた家族は、当然ながら彼に腹を立てただろう。あの一家の絆の深さは有名で、あたかもひとつの部族のように、お互いの盾となっている。それもむべなるかな。なにしろ長女と次女がロマを夫に迎えているし、そもそも一家は貴族の血筋でもなんでもない。

一家が社交界への足掛かりらしきものを得たのはひとえに、長子であるラムゼイ卿レオ・ハサウェイが爵位を継いだからにほかならなかった。幸いにも彼らは、ハンプシャーでもとりわけ大きな権力を誇り、人びとから敬意を払われているあのウェストクリフ卿に温かく受け入れられた。ウェストクリフ卿とのつながりのおかげで、本来なら足を踏み入れることすらかなわなかったはずの上流社会へも仲間入りを果たしたのである。だが当の一家はどちらでもよかったらしく、それゆえに地元の名士たちの不興を買っている。

ラムゼイ・ハウスが近づいてくるにつれ、ハサウェイ家をいきなり訪問するなんて、いったい自分はなにをしているのだろうとクリストファーは怪訝に思いはじめた。訪問に適した日、あるいは時間ではなかったかもしれない。だがよく考えてみれば、あの家の人間はそんなことは気にしないはずなのだった。

ラムゼイ領は、広さこそさほどでもないが肥沃な土地で知られる。三万エーカーの耕地と、二〇〇の豊かな小作農園を有する領地だ。そのほかにも深い森があり、林業が大きな収益源となっている。やがて荘園屋敷の魅力的かつ個性的な屋根線が見えてきた。中世風の屋根窓《ドーマー》のついた切妻がいくつも並ぶ、ジャコビアン様式の棟飾りや装飾が特徴的な造りで、向かって左手にはジョージ王朝様式のこぢんまりとした離れが建っている。このようにさまざまな建築様式を採り入れるのは、とくに珍しいことではない。歴史ある屋敷の多くは建て増しをするたび、異なる様式で味つけを行ってきた。だがなにしろここはハサウェイ邸だ。屋敷のありさまは、住人の変人ぶりを強調しているとしか思えない。

クリストファーはアルバートの引き綱を引き、かすかな恐れとともに、屋敷の正面玄関を目指した。

運がよければ、留守かもしれない。

玄関ポーチの細い柱に引き綱を結んでから扉をたたき、緊張とともに待つ。

いきなり扉が開かれて、クリストファーは後ずさった。慌てふためいた表情のメイドとメイド長が顔を出す。

「申し訳ございません、あいにく当家はいま——」メイド長が言葉を切る。邸内のどこかで磁器が割れる音がした。「ああ、なんてことでしょ」メイド長はうめき、玄関を入った正面にある応接間を指し示した。「よろしかったらそちらでお待ちいただいて、あの——」

「つかまえたぞ」という男性の声が聞こえてきた。つづけて、「くそっ、また逃げられた。階段のほうに向かってる」

「上に来させないで！」今度は女性の金切り声。火がついたように赤ん坊が泣きだす。「ああ、いまいましい獣のせいで起きちゃったじゃないの。メイドはいったいどこなの？」

「隠れているらしい」

クリストファーが戸口に立って目をしばたたき、どうしたものかと決めあぐねていると、邸内になにやら鳴き声が響きわたった。ぽかんとしつつも、メイド長にたずねる。

「家のなかで家畜でも飼っているのかい？」

「いいえ、まさかそのようなことは」メイド長は慌てて否定し、彼を応接間へと無理やり行かせようとする。「あれはその……赤ん坊でございます。ええ、ええ、赤ん坊が泣いているんでございますよ」

「そうは思えないが」クリストファーはつぶやいた。

玄関ポーチのほうからアルバートが吠える声がした。次の瞬間には、三本脚の猫が廊下の向こうからすごい勢いで駆けてきた。そのあとを、怒ってトゲを立てたハリネズミがありえない速さで追っている。メイド長が慌てて二匹を追いかける。

「パンドラ、戻っておいで！」新たな声が響く――ベアトリクス・ハサウェイだ。気づいたとたん、クリストファーの胸は大きく高鳴った。彼は目の前でくりひろげられる騒動に顔をひきつらせ、なんとかしなければと焦りつつ、いったいなにが起こっているのかわからないので、どうにもできずにいた。

大きな白ヤギが体を揺らしつつ、廊下を飛び跳ねながら駆けていく。

つづけてベアトリクス・ハサウェイが姿を現し、廊下を曲がりかけ、横滑りしつついきなり立ち止まった。「つかまえてくれればよかったのに！」と大きな声を出してから、クリストファーを見上げ、眉根を寄せる。「まあ。あなただったの」

「ミス・ハサウェイ――」クリストファーは言いかけた。

「これをお願い」

もぞもぞとうごめく生温かいものを彼に押しつけると、ベアトリクスは白ヤギを追って一目散に走っていった。

あぜんとしながらも、クリストファーは腕のなかのものを見下ろした。クリーム色の体に茶色い頭の子ヤギだった。子ヤギを落とすまいと、ぎこちない手つきで抱きつつ、ベアトリクスの後ろ姿を目で追う。そのときになってようやく、彼女が半ズボン《ブリーチ》にブーツといういでたちなのに気づいた。

ドレス姿だろうがそれを脱いだ姿だろうが、クリストファーはこれまでに女性のありとあらゆるいでたちを見てきた。だが、馬丁の格好をした女性は初めてだ。

「こいつは夢だよな？」腕のなかでもがく子ヤギに思わず問いかける。「ベアトリクス・ハサウェイとヤギが出てくる、おかしな夢だ……」

「つかまえたぞ！」先ほどと同じ男性の声が響きわたった。「ベアトリクス、だから囲いをもっと高くしなくちゃだめだと言っただろう？」

「飛び越えたんじゃないの」ベアトリクスが反論する声。「かじって穴を開けたのよ」

「家に入れたのは誰だ？」

「誰でもない。裏口の戸に体当たりして自分で開けたの」

つづく話し声はくぐもっていて聞きとれなかった。

クリストファーがその場で待っていると、四、五歳とおぼしき黒髪の男の子が息を切らしながら玄関から邸内へと入ってきた。片手に木の剣を握り、頭にハンカチを巻いているので、まるで小さな海賊のようだ。「ヤギはつかまっちゃった？」男の子はいきなりクリストファーにたずねた。

「みたいだね」

「ちぇーっ。つまんないの」ため息をつく。男の子はクリストファーを見上げた。「おじさん、だれ？」

「フェラン大尉だよ」

子どもの瞳に好奇心の色が宿る。「ぐんぷくは？」

「戦争が終わったから、脱いだんだ」

「ぼくのパパに会いに来たの？」

「いいや……ミス・ハサウェイに会いに来たんだ」

「おばちゃまの、きゅうあいしゃのひとり？」

クリストファーは断固として首を横に振った。

「ぜったいそうだよ」子どもは物知り顔で断言した。「じぶんで気づいてないだけなんだ」

思わずほほえんだクリストファーは――心から笑うのは久しぶりだった――慌てて口元を引き締めた。

「ミス・ハサウェイの求愛者は、たくさんいるのかい？」

「もちろん。でもだれも、おばちゃまとけっこんしたがらないんだ」

「どうしてだろうね？」

「いぬかれたくないからでしょ」男の子は肩をすくめた。

「射貫かれたくない？」クリストファーは両の眉をつりあげた。

「けっこんするにはね、矢でしんぞうをいぬかれて、こいにおちなくちゃいけないんだよ」子どもはそう説明し、いったん口を閉じて思案げな表情を浮かべた。「だけど、矢がささっていいたいのは、さいしょだけだと思うんだ」

クリストファーはほほえまずにはいられなかった。ちょうどそのとき、引き綱をつけた白ヤギを連れ、ベアトリクスが玄関広間に戻ってきた。

彼女は驚いたようにクリストファーを見上げた。

笑みを消したクリストファーは、気づけばベアトリクスのどこまでも青い瞳を見つめていた。信じられないくらいまっすぐで澄んだ……自由な天使の瞳を。天使の瞳は、この世のどんな罪を目の当たりにしようと、けっして曇らないのだろう。クリストファーは思い知らされた。自分が目にし、犯してきたいくつもの罪は、銀についた曇りのようにぬぐえば落ちるものではないのだと。

ベアトリクスがゆっくりと視線を落とす。「ライ」と男の子に呼びかけた彼女は、引き綱を手渡した。「パンドラを納屋に連れていってくれる？　子ヤギも」手を伸ばしてクリストファーの腕から子ヤギを受け取る。シャツの前にその手が触れたとき、クリストファーはなぜか脚のあいだが心地よくうずくのを覚えた。

「りょうかい」男の子は引き綱と子ヤギと木の剣をいっぺんに手にし、玄関からおもてに出ていった。

ベアトリクスと向かいあったクリストファーは、あぜんとして口を開けたりすまいと必死に努め、けっきょく失敗した。いっそ彼女には下着姿になってほしいくらいだった。そうだ、そのほうがずっといい。少なくとも、いまのいでたちほどには官能的でないはずだ。現実の彼女は男のようななりをしているせいで、女性らしい腰や太ももの曲線が一目でわかってしまう。それなのに当の本人は気にしているそぶりもない。いったい全体、ベアトリクス・ハサウェイはなにを考えているのか。

クリストファーは彼女へのおのれの反応にとまどった。いらだち、陶酔、そして興奮がないまぜになっている。ベアトリクスの黒髪はいまにもヘアピンからこぼれ落ちそうで、駆けまわったために頬は上気している。まさに、健康に光り輝く女性そのものだ。

「どうしてあなたがここに？」彼女がたずねた。

「謝りに来た。昨日は……軽はずみなことを言ってしまった」

「軽はずみどころか、無礼だったわ」

「きみの言うとおりだ。本当にすまなかった」ベアトリクスがこたえないので、クリストファーは次の句を懸命に探した。かつての彼は、女性相手に口ごもったりしなかったというのに。「粗暴な連中とずいぶん長く一緒にいたものだから。クリミアを離れて以来、なぜか意味もなく癇癪《かんしゃく》を起こしてしまうようになって。これからは……言葉をもっと選ぶようにしたいと思ってる」

想像にすぎないかもしれないが、彼女の表情がかすかに和らいだように見えた。

「謝る必要なんてないわ」ベアトリクスは言った。「わたしを嫌うのはあなたの自由だもの。軽はずみな物言いはよくないけど」

「無礼な物言いだ」クリストファーは訂正した。「それと、きみは誤解してる」

「なにを？」彼女は眉根を寄せた。

「嫌ってなんかいない。つまりその……好意を抱いたり、嫌ったりするほど、きみをよく知らないから」

「だったら、わたしを知れば知るほど嫌いになるはずよ。だから遠まわしな言い方はしないで、お互いを嫌っているということで納得しましょう。そのほうが、嫌いあうまでの厄介な過程を省けるわ」

その率直な物言いと実際的な考え方に、クリストファーは興味をそそられずにはいられなかった。

「賛同しかねるね」

「なぜ？」

「いまの言葉を聞いたとたん、きみのことが好きになってきたから」

「すぐに回復するわ」とベアトリクス。

きっぱりとした口調に、クリストファーはほほえみたくなる。

「いや、ますます悪化している。きみを好きだと、断言できるよ」

彼女はあからさまにいぶかしむ表情を浮かべた。

「じゃあ、わたしのハリネズミは？　あの子のことも好きだというの？」

クリストファーは一瞬考えた。「齧歯目への好意は、そうそう簡単にはわかないが」

「メデューサは齧歯目じゃないわ。ハリネズミ目よ」

「どうしてあのとき、ハリネズミをピクニックに？」思わずたずねた。

「あそこに集まる人たちより、あの子といるほうが楽しいと思ったから」ベアトリクスは口元に小さな笑みをたたえた。「予想どおりだったわ」いったん言葉を切る。「これからお茶にするけど、一緒にいかが？」

彼女が言い終える前から、クリストファーは首を横に振っていた。ハサウェイ家の人びとにあれこれ訊かれるにちがいない。そうしたら彼は、慎重に言葉を選んで答えなければいけない。長々と会話がつづくことを想像しただけで彼は疲れ、不安に駆られた。

「お誘いはありがたいが――」

「赦してほしければ、イエスと言いなさい」ベアトリクスはさえぎった。深い青の瞳が挑発するようにきらめき、彼の瞳をじっとのぞきこんでくる。

クリストファーは驚き、愉快に思った。この自分が、世間知らずの二〇歳そこそこのレディから命令を受けるとは。

意外なことに、今日という日は不思議な楽しみに満ちたものになりつつある。誘いを断る理由などない。これからどこに行くあてもないのだから。たとえ退屈な一日になっても、暗く陰鬱なわが家に帰るよりましだ。

「そういうことなら――」クリストファーは仰天し、言葉を失った。ベアトリクスがいきなり近づいてきたからだ。

「大変」ツイードの上着の襟をまじまじと見ながら彼女は言った。「ヤギの毛だらけだわ」襟のあたりをせっせと払いだす。

クリストファーは丸五秒間、息のしかたさえ忘れた。「ミス・ハサウェイ――」ヤギの毛を一心不乱に払う彼女は、あまりにも近くに立ちすぎている。だがいっそ、もっとそばに来てほしかった。両の腕をその体にまわし、きらめく豊かな黒髪を自分の頬に押しあてたら、どんな感じがするだろう。

「じっとしていて」ベアトリクスは言い、今度は上着の前身ごろをはたきだした。「もう少しですっかりきれいになるから」

「いや……もういい……」我慢の限界だった。クリストファーは細い両の手首を宙でつかんだ。その感触……なめらかな肌……抑えつけられた血管が彼の手のなかで激しく脈打っている。ベアトリクスがかすかに身を震わせた。その震えを、彼は手でなぞってみたかった。手のひらをしなやかな曲線に這わせてみたかった。彼女を抱きしめ、その脚も腕も髪もわが身にからませてしまいたい。

惹かれているのは、もはや否定しようもない事実だ。けれどもクリストファーはベアトリクス・ハサウェイのような女性を選ぶつもりはない。たとえ、まだ本当の意味でプルーデンスを愛してはいないとしても。彼が欲しいのは、必要としているのは、ごく普通の暮らしだ。そうした暮らしはきっと、心の平穏を取り戻させてくれる。

ベアトリクスはゆっくりと、枷《かせ》のような手から自分の手を引き抜いた。用心深い目でじっとクリストファーを見つめる。

そこへ足音が近づいてきて、ふたりはともにぎくりとした。

「いらっしゃい」というほがらかな女性の声が聞こえてくる。

現れたのはハサウェイ家の長女、アメリアだった。妹よりも背は低いが、女性的な曲線美の持ち主だ。母性を感じさせる優しげな雰囲気をたたえ、思いやりと慰めを必要としている人には、すぐさまそれらをそそいでくれそうに見える。

「ご無沙汰しています、ミセス・ローハン」クリストファーはもぐもぐと言い、頭を下げた。

「お久しぶりね、サー……」アメリアは問いかける声で軽やかに応じた。以前に会ったのはたしかなのだが、彼女のほうはクリストファーを覚えていないらしい。

「フェラン大尉よ、お姉様」ベアトリクスが教えた。

青い瞳が見開かれる。「ああ、あのフェラン大尉」アメリアは大きな声をあげ、クリストファーに手を差しだした。

「大尉とわたしは嫌いあっているのよ」ベアトリクスが姉に言う。「不倶戴天《ふぐたいてん》の敵同士と言ったほうがいいかも」

クリストファーはすぐさま彼女に視線を移した。「いつ不倶戴天の敵になんか」

その言葉を無視し、ベアトリクスは姉に告げた。「敵だけど、お茶を飲んでいくそうよ」

「それは素敵」アメリアは穏やかに応じた。「それで、なぜ敵同士なの？」

「昨日、散歩の途中で大尉に会ったの」ベアトリクスは説明を始めた。「そのときに彼がメデューサを〝庭の害獣〟呼ばわりして、ピクニックにあの子を連れていったわたしを非難したわけ」

アメリアがクリストファーにほほえみかけた。

「わが家では、メデューサはもっとひどい言われようなのよ。〝病める針山〟とか〝歩くサボテン〟とか」

「理解できない」ベアトリクスが言った。「どうしてみんな、ハリネズミを嫌うのかしら」

「庭に穴を掘るからでしょう」とアメリア。「それに、あまり人懐こい生き物でもないし。フェラン大尉のおっしゃったとおり、ピクニックには猫でも連れていけばよかったんじゃない？」

「ばかを言わないで。猫はハリネズミとちがってピクニックが苦手なんだから」

姉妹の丁々発止のやりとりに、クリストファーは口を挟むこともできない。それでもようやく機会を見つけ、「今日はミス・ハサウェイに、無礼を言ったお詫びをしにうかがったわけで」とぎこちなくアメリアに伝えた。

するとと彼女は感心したように彼を見つめた。

「素晴らしいわ。謝罪することを恐れない男性なんてそうそういないもの。でも、わが家の人間に謝罪はするだけむだよ。普通の人なら腹を立てるようなことを、されたりしたりしたときにかえって喜ぶたちだから。どうぞお入りになって、大尉、お茶をいただきましょう」

邸内は明るく、活気にあふれていた。窓が何枚もあり、至るところで本が山積みになっている。

「ベアトリクス」廊下を進みながら、アメリアが肩越しに呼びかけた。「着替えをしたほうがいいんじゃない？　かわいそうに、フェラン大尉があなたの格好を見て驚いているようよ」

「もう見られちゃったんだし」というベアトリクスの声がクリストファーの背後から聞こえてくる。「驚かしちゃったんだから、いまさら着替えても意味がないわ。大尉は、ブリーチじゃないほうがいい？」

「いや、別に」クリストファーは慌てて答えた。

「そう、だったらこのままの格好でいるわ。女性も常にこういう格好をしているほうがいいと思うのよね。歩きやすいし、飛んだり跳ねたりもできるわ。スカートじゃ、ヤギを追いかけることもできやしない」

「ドレスメーカーにぜひ考えていただきたい問題ね」アメリアが賛同する。「といってもわたしの場合、追いかけるのはヤギじゃなくて子どもだけど」

案内されたのは、大きな半円形の窓がずらりと並ぶ部屋だった。窓から春の庭園が見下ろせる居心地のよさそうな部屋で、ふかふかのソファには刺繍の美しいクッションがいくつも置かれている。メイドがてきぱきと、ティーテーブルに磁器のティーセットを並べている。ぬくもりに満ちたその雰囲気と、フェラン邸の汚れひとつない、堅苦しげな居間での仰々しいお茶の時間とを、クリストファーは比べずにはいられなかった。

「もうひとり分用意してくれる、ティリー？」アメリアがメイドに告げた。「お客様がいらしたから」

「かしこまりました」メイドはあからさまに不安げな表情を浮かべた。「あの、ヤギはもういなくなりました？」

「ええ、安心して」アメリアが優しく応じる。「お茶の用意ができたら、いつでも持ってきてちょうだい」クリストファーに向かって、眉根を寄せるふりをする。「あのヤギには本当に手を焼いているの。ヤギは羊の毛を短くしたようなものだなんて、嘘ばっかり」

「悪く言いすぎよ」ベアトリクスが反論した。「ヤギは羊よりずっと正直で利口なのに。羊なんて人のまねをするしか能がないじゃない。ロンドンでいやというほど見てきたわ」

「羊？」クリストファーはぽかんとしてたずねた。

「妹は、比喩的な意味で羊と言っているのよ」アメリアが教える。

「実際には、ロンドンで本物の羊も何頭か見たけど」とベアトリクス。「でもさっきのせりふは、主に人間についての話ね。誰も彼も同じゴシップを口にして、うんざりしちゃう。流行のファッションを追い、みんな同じような意見を持ち——どんなに理屈に合わない意見でも、一般的ならそれでいいの。いつも同じ仲間といて、人としての成長なんて考えもしない。右にならえで、メーと鳴く」

戸口のほうから小さな笑い声が聞こえたと思ったら、キャム・ローハンが現れた。

「ハサウェイ家の人間は、羊ではないようだね。きみたちを飼いならそうと努めてきたが、むだな努力に終わった」

クリストファーの記憶では、たしかキャム・ローハンはもともとロンドンの賭博クラブで働いていて、その後、製造業に投資をして財産をなしたはずだ。彼が妻と家族に献身的な愛情をそそいでいることを、ストーニー・クロスで知らない者はいない。だがその風貌は、立派で物静かな家長からはほど遠い。長めの黒髪に異国的な金褐色の瞳、片耳に光るダイヤモンドのピアスと、ロマの生まれであることが一目でわかる。

こちらに歩み寄ったローハンは一礼をしてから、親しげなまなざしでクリストファーを見つめた。

「はじめまして、フェラン大尉。無事のご帰国をお祈りしていました」

「ありがとうございます。いきなりうかがって、お邪魔でなければいいのですが」

「邪魔であるものですか。ラムゼイ卿は奥方と一緒にまだロンドンですし、兄のメリペンと奥方はアイルランドを訪問中なので、近ごろわが家は平和すぎるくらいで」ローハンはいったん口を閉じた。瞳が愉快げに光る。「ヤギの逃走劇はありましたけれどね」

女性陣が腰を下ろし、フィンガーボウルとナプキン、贅を凝らしたティートレーが運びこまれる。アメリアが紅茶をそそぐさまを観察しながらクリストファーは、彼女が妹のカップに小さくちぎった緑の葉を入れるのに目を留めた。

その視線に促されるように、アメリアが説明した。

「妹は、紅茶にミントを入れるのが好きなの。大尉も少し入れてみます？」

「ああ、いや、わたしは……」クリストファーの声が小さくなっていく。アメリアは、スプーン一杯のハチミツをカップに入れてかきまわしている。

〝朝と午後に、ハチミツを入れた甘いミントティーを飲むのがわたしの日課です……〟

プルーデンスのことを思い出して、なじみのある切望感につつまれた彼は、冷静さを取り戻そうとがんばった。いま自分が置かれた状況に、ハサウェイ家の人たちに意識を集中しようと努める。

沈黙が流れるなか、おもてでアルバートが吠える声がした。あのいまいましい犬は、いつになったら静かにできるようになるのか――クリストファーは激しいいらだちとともに思った。

「飼い主を守りたい一心で吠えているのよ」ベアトリクスが言った。「あなたがどこかに連れ去られたんじゃないかと、心配しているんだわ」

クリストファーはこわばったため息をついた。

「では、もうおいとましたほうがいいな。何時間だって吠えつづけるはずだから」

「逆効果よ。アルバートも、あなたの日常生活に慣れることを学ばなくちゃ。ここに連れてきましょう」

彼女の言うとおりだ。だがその独断的な態度に、クリストファーはますますいらだった。

「部屋のものを壊したりしたら困る」と言いつつ、立ち上がる。

「ヤギほどひどいまねはしないでしょ」ベアトリクスが言いかえし、目の前に立つ。

礼儀正しく腰を上げたローハンが、ふたりの様子を眺めていた。

「ミス・ハサウェイ――」なおも反論を試みようとしたクリストファーだったが、言葉を失い、目をしばたたいた。ベアトリクスが彼の胸に手を伸ばしたからだ。鼓動がひとつ打つほんのつかの間、指先が胸に触れた。

「わたしに任せて」ベアトリクスは静かに言った。

クリストファーは一歩後ずさった。息ができなくなっていた。指の感触に一瞬にして自分の体が反応した事実にひどく狼狽していた。レディは、よほどの場合でなければ男性の胸に触れたりしないもの……そもそも、よほどの場合なんてものは想像もできやしない。あるとしたら、上着に火がついてそれを消そうとしたときとか？　それ以外には、体に触れる正当な理由など考えもつかない。

とはいえ、エチケット違反を指摘し、レディの振る舞いを正そうとするのは、エチケット違反に劣らぬ下品な行為だ。当惑と興奮を同時に覚えつつ、クリストファーはベアトリクスにうなずいてみせた。

男ふたりは着座し、部屋を出ていくベアトリクスを見送った。

「ごめんなさいね、フェラン大尉」アメリアがつぶやいた。「妹の振る舞いにさぞかし驚いたでしょう？　礼儀作法を教えようと努力はしているのだけど、なにしろわが家はもともとが中流家庭なものだから。あの子もさっきは言うことを聞こうとしなかったものの、いつもああいうおかしな格好をしているわけじゃないの。ただときどき、長いスカートでは不都合な仕事をあの子に頼むことがあって。たとえば、鳥の巣箱の交換とか、馬の調教とか」

「そういうことでしたら」クリストファーは用心深く口を開いた。「男のような格好をしなければならない、その手の仕事をさせなければいいのでは？」

ローハンがにやりとした。

「わたしには、ハサウェイ家の人たちとやっていくうえでひとつ決めていることがありましてね。なにかをするのをけっして禁じない、という決まりです。禁じれば、この家の人は必ずそれをしようとしますから」

「まあ、そこまで自分勝手な人間の集まりじゃないわ」アメリアが反論する。

ローハンはほほえんだまま、訳知り顔で妻を見つめた。

「ハサウェイ家の人間には自由が必要なんですよ」とクリストファーに向かって言う。「ベアトリクスはとりわけそうだ。普通の暮らし——居間や応接間に閉じこめられた暮らしは、あの子にとっては監獄も同然。あの子はどんなギャッジよりもずっと率直に、自然に、この世界と向きあおうとしている」クリストファーの怪訝な表情に気づいてつけくわえた。「ギャッジというのは、ロマでない女性のことなんですけれどね」

「ベアトリクスがそういう子だからこそ」アメリアが言い添える。「わが家にはよそにはいないような、さまざまな動物がいるの。受け口のヤギに、三本脚の猫に、太ったハリネズミに、不格好なロバに、ほかにもいろいろ」

「ロバ？」クリストファーはアメリアをまじまじと見つめた。けれども質問を投げかける前に、ベアトリクスがアルバートの引き綱を引いて戻ってきた。

立ち上がって引き綱を預かろうとすると、ベアトリクスがかぶりを振った。

「ありがとう、大尉。でも、任せておいて」

あるじを見つけたアルバートが勢いよく尾を振り、吠えながら突進する。

「いけない」ベアトリクスは叱りつけ、綱を引っ張ると、鼻づらを軽くつかんだ。「おまえの飼い主は無事よ。だから吠えなくていいの。おいで」背の低い長椅子からクッションを取り、部屋の片隅に置いた。

クリストファーは、彼女が犬をそちらに連れていき、綱をはずすさまを見ていた。アルバートはくうんと鼻を鳴らして座るのを拒んだが、おとなしく部屋の隅にとどまっている。

「待て《ステイ》」彼女は犬に命じた。

驚いたことに、アルバートはその場から動こうともしない。砲撃のなかを走りまわることしか知らなかったはずの犬が、すっかりベアトリクス・ハサウェイの言いなりだ。

「これでもう、お行儀よくしていられると思うけど」ベアトリクスが言いながらテーブルのほうに戻ってきた。「しばらくは注目しないであげたほうがいいわ」腰を下ろした彼女は膝にナプキンを広げ、ティーカップに手を伸ばした。クリストファーの表情に気づいてほほえむ。「ゆったりかまえていて、大尉」という声は優しかった。「飼い主がくつろいでいれば、犬も気持ちが落ち着くから」

それから一時間、クリストファーは砂糖を入れた熱い紅茶を飲みながら、三人の楽しげな会話を聞いていた。胸の奥にある固く冷たいしこりが、ゆっくりとほぐれていく。目の前にはサンドイッチやタルトが並ぶ皿。クリストファーはときおりアルバートの様子をうかがった。犬は片隅で、前脚に顎をのせて待っている。

ハサウェイ家の人びとは、クリストファーの目にたいそう新鮮に映った。いずれも知性に富みほがらかで、会話はあれよあれよという間に思いがけない方向へと進んでしまう。姉妹についてはどうやら、上流社会でうまくやっていくには才気煥発すぎるようだ。話題は多岐にわたったが、ありがたいことに、クリミアにだけは誰も触れずにいてくれた。彼が戦の話を望んでいないことを、察してくれたのだろう。もちろんそれだけが理由ではないが、クリストファーはハサウェイ家に好意を抱きはじめていた。

ただ、ベアトリクスに関しては……。

彼女をどう思えばいいのか、クリストファーはわからなかった。なれなれしい口調には当惑といらだちを覚えた。ブリーチにつつんだ脚を男のように組むさまを目にしたときは、心底どぎまぎした。本当に変わり者だと呆れた。秩序を守れない、半野良の生き物のようだ。

お茶の時間が終わると、彼は楽しい午後をありがとうございますと礼を言った。

「またすぐにいらしてくださいね」とアメリア。

「ええ」クリストファーは口先だけで応じた。一緒にいて楽しい人たちではあるが、ごくたまに会うだけのほうがよさそうだ。

「森の入口まで一緒に行くわ」ベアトリクスが言い、アルバートを連れに行く。

クリストファーは腹立ちを懸命に抑えた。

「いや、その必要はありませんよ、ミス・ハサウェイ」

「わかってるわ。わたしが行きたいだけだから気にしないで」

歯を食いしばり、クリストファーは犬の綱を受け取ろうとした。

「この子はわたしが」ベアトリクスが抗い、綱をぎゅっとつかむ。

ローハンの愉快げな視線に気づいて、クリストファーはそれ以上の抵抗をあきらめ、ベアトリクスについて屋敷をあとにした。


応接間の窓辺に立ち、アメリアは小さなふたつの人影が果樹園を抜けて森のほうへと歩を進めるさまを眺めた。薄緑の芽と白い花に覆われたリンゴの木々が、あっという間にふたつの影を隠してしまう。

どこか沈鬱な面差しのフェラン大尉に対する妹の態度に、アメリアは困惑していた。妙につっかかったかと思ったら、いやに熱心に話しかけたりして、まるで、相手になにかを思い出させようとしているみたいだった。

キャムが窓辺にやってきて、彼女の背後に立つ。アメリアは夫に背をあずけ、そのたくましさと力強さを堪能した。夫の片手が胸元から下のほうへと撫でていく。さりげない触れ方が心地よくて、アメリアは身を震わせた。

「かわいそうに」フェランのとりつかれたような瞳を思い出し、アメリアはつぶやいた。「最初は彼だとわからなかったくらいよ。自分でも、すっかり別人になってしまったことに気づいていないいんじゃないかしら」

応じるキャムの唇が、妻のこめかみにそっと触れる。

「無事に帰国を果たして、徐々に気づきはじめているはずですよ」

「以前はとても愛想のいい青年だったのよ。なのにすっかり暗い様子になってしまって。それにときどき見せるあの目つき。すべてを見透かすみたいに……」

「仲間の遺体を埋める暮らしを二年間もつづけてきたんです」キャムは静かに言った。「戦場であれほどの接近戦を強いられれば、心を閉ざしてしまうのがむしろ普通だ」なにかを思いかえすかのように、いったん言葉を切る。「忘れたくても忘れられない記憶もある。命を奪った相手の顔は、永久に脳裏から消せない」

夫はおそらく、自分自身の過去のひとこまを思い出しているのだろう。アメリアは振りかえり、キャムをきつく抱きしめた。

「ロマにとって、戦争はまったく無意味な行為なんです」キャムは彼女の髪に顔をうずめてつづけた。「ロマだって、対立したり、議論したり、争ったりすることはある。でも、個人的な恨みのない相手の命を奪うなんてまねはけっしてしない。わたしが立派な兵士になれないのも、そんなロマの生まれだからかもしれない」

「だからこそ、あなたは世にも素晴らしい夫になれたんじゃない？」

アメリアの体にまわした腕に力を込め、キャムはロマニー語でなにごとかささやいた。アメリアにその言葉の意味はわからない。けれども、荒々しくも優しげなその響きに、彼女の神経は甘くうずいた。

夫の胸にいっそう身をゆだねる。胸板に頬を寄せ、彼女は直感を口にした。

「ベアトリクスは、フェラン大尉に惹かれているみたいね」

「傷ついた生き物を放っておけないたちですからね」

「傷ついた生き物は、最も危険なのよね」

夫の手がなだめるように彼女の背中を撫でる。

「しばらくはベアトリクスから目を離せませんね、愛する人《モニシャ》」

森へと向かいながら、ベアトリクスはクリストファーの大きな歩幅に難なくついてくる。アルバートの綱を自分以外の誰かが持っているのを見るだけで、彼はむかむかした。ベアトリクスの独断的な態度には、靴のつま先に入った小石に対するようないらだちを覚えた。にもかかわらず、彼女のそばにいると、なぜかこの世界との隔たりを感じない。どうやらベアトリクスは、彼を現実の世界につなぎとめるすべを知っているらしい。

ブリーチにつつまれた脚や臀部が動くさまを、クリストファーはしげしげと観察せずにはいられなかった。そもそも家族は、どうして彼女がこのような格好をしても注意しないのだろう。たとえ家にいるときでも、男のなりをするなど許される行為ではない。そこまで考えてクリストファーは苦笑いを浮かべた。少なくとも自分たちには共通点がひとつある――ふたりとも、世間と足並みをそろえられないのだ。

とはいえクリストファーは、そろえたいと願っているのだが。

戦争以前は、それはごく簡単なことだった。クリストファーはいつだって、正しい言動をわきまえていた。だがいま、上流社会に戻る日を想像すると、ルールを忘れたゲームに参加するかのような不安に襲われる。

「将校職は、すぐに売ってしまうつもり？」ベアトリクスがたずねた。

クリストファーはうなずいた。

「数日中に、その準備のためにロンドンへ発つ予定だ」

「そう」ベアトリクスの声がなぜか沈んだものになる。「プルーデンスに会うんでしょう？」

クリストファーは曖昧な返事をした。彼の上着のポケットには、肌身離さず持ちつづけてきた、小さなぼろぼろの手紙が入っている。

〝わたしは、あなたが思っている人間とはちがうのです……。帰国を待っています。帰ってきて。そして、わたしを見つけてください〟

そう。クリストファーは彼女を見つけるつもりだ。見つけたら、このように謎めいた言葉を送ってきた理由をつきとめる。そうして、彼女を妻に迎える。

「お兄様が亡くなられて」ベアトリクスがふたたび口を開いた。「これからはあなたが、リヴァートン領の管理を学ぶことになるのね」

「学ぶべきことはほかにもいろいろある」クリストファーはぶっきらぼうにこたえた。

「リヴァートン領は、アーデンの森の大部分を含む広大な土地だわ」

「ああ、そのとおりだ」言わずもがなのことを指摘され、クリストファーは皮肉を込めてあえて穏やかな声音を作った。

ベアトリクスは皮肉に気づいていないらしい。

「領主によっては、木々を切りすぎる人もいるわ。地元の製造業に材木を提供するためにね。あなたがそういう方針でなければいいのだけど」

クリストファーは無言をとおした。黙っていれば、この会話が終わるのではないかと思った。

「領地を継ぎたいと、心から思っている？」ベアトリクスは意外な質問を投げてきた。

「わたしの意思など関係ない。兄の次の相続人として、その義務を果たすだけだ」

「いいえ、関係あるわ」ベアトリクスは食い下がった。「だから訊いているんじゃない」

いらだちを抑えきれずにクリストファーは言い放った。

「答えはノーだ、領地など継ぎたくもない。生まれたときから兄のものだった。兄の代わりになろうとする自分を、あくどいペテン師のように感じるね」

ほかの誰かなら、そのように激しい感情を吐露されたらもう質問を終わりにするだろう。だがベアトリクスはあきらめなかった。

「お兄様がまだ生きてらしたら？　それでもやっぱり、将校職を売った？」

「ああ。軍での仕事はもう十分だ」

「職を売ったあとは？　なにをするつもりだった？」

「さあね」

「したいことはなかったの？　得意なものとかは？」

森が近づいてきて、ふたりとも歩みの速度を落とす。得意なものか……酒を飲むこと、ビリヤードやカード、女性を誘惑すること。射撃と乗馬の腕前も相当なものだ。

そこまで思ってからクリストファーは、人生で最も褒めたたえられた技、賞賛を浴び、勲章を授けられた技術が自分にあったことを思い出した。

「得意なものならひとつある」彼はベアトリクスの手から犬の綱を奪いつつ告げた。大きな青い瞳を見下ろす。「人殺しだ」

そう言い捨てると、彼女を森の入口に置いてひとり立ち去った。

9

ハンプシャーに帰還してからの一週間、クリストファーと母親は衝突をくりかえし、ついには同じ部屋に数分以上いるのは無理という状態になってしまった。哀れなオードリーが必死にふたりの仲をとりもとうとしたものの、改善の兆しは見られなかった。

母親は近ごろ、不平不満ばかりを口にするようになった。邸内の部屋を通り抜けるときには、結婚式で花をまく花娘のように嫌みや皮肉の言葉を投げていく。神経がいやにぴりぴりして、来る日も来る日も、暗い部屋で昼間から横になる以外になにもできない。悲嘆ばかりが募って、家事に関する指示さえ出せず、ますます不満が増すしまつだ。

日中横になっているときには、厨房から食器がかちゃかちゃいう音が聞こえるだけで、見えないナイフに刺されたかのように大騒ぎする。階上の話し声や足音にさえ、いらだちをぶちまける。その結果、家中の人間が物音ひとつたてずに振る舞うようになった。

「腕や脚を失くしてもなお、母ほどの不平不満を述べない男たちだっているんですよ」クリストファーがぼやくと、オードリーは苦笑を浮かべ、重々しく応じた。

「最近のお義母様は、ジョンの死を悼んで祈りを捧げるばかり……そうしていれば、ジョンをそばに置いておけるとでも思っているみたいにね。でも、叔父様が明日には来てくださるそうだから一安心よ。お義母様にとって、いまのような暮らしぶりはよくないもの」

一週間に最低四日、母親はストーニー・クロスの教会にある一家の墓所を訪れ、ジョンの墓石の前で一時間ばかり過ごす。ひとりでは行きたがらず、たいていはオードリーを同行させる。ところが昨日はクリストファーに、一緒に来るよう命じた。母親が墓標のかたわらにひざまずき、涙を流す後ろで、クリストファーは沈鬱な表情を浮かべて一時間、祈りが終わるのを待ちつづけた。

ようやく母が立ち上がるそぶりを見せたので手を貸そうと歩み寄ると、おまえもひざまずいて祈りを捧げなさいと命じられたのだった。

だがクリストファーにはできなかった。素直に従えば母が喜ぶとわかっていても。「わたしは、わたしなりのやり方で兄上の死を悼みますから」彼は母に告げた。「母上の祈りの時間に合わせる必要もありませんし」

「なんてこと」母は興奮気味に言いかえした。「おまえはジョンの死に敬意すら払わないのね。この場であの子の死を悼むのが、多少でも死を悼む態度を示すのが当たり前でしょう？おまえは、あの子の死によってたいそう得をするんですからね」

信じられない思いで、クリストファーは母を見つめた。「わたしが、得をする？」低い声でおうむがえしに詰問する。「母上だってご存じのはずでしょう、わたしはリヴァートン領を継ぎたいなんて思っていない。兄上が帰ってきてくれるのなら、すべてをなげうってもいいくらいだ。この命だって犠牲にしてもかまわないのに」

「本当に、そうなったらどんなにいいかしらね」母は嫌みたっぷりに応じ、親子はそのあと、無言で馬に乗り屋敷に戻った。

屋敷までの道のり、クリストファーは考えつづけた。いったい母は兄の墓標の前でこれまでにどれほどの時間を過ごし、兄弟の運命が逆だったならと願ってきたのだろうと。

人びとから尊敬され、信頼されるジョンは、まさに完璧な息子だった。一方のクリストファーは無軌道でがさつな次男坊にすぎず、気ままで身勝手で軽率な一面があった。父のウィリアムにそっくりだった。父がロンドンで醜聞に巻きこまれるたび（人妻との情事がお決まりだった）、母はクリストファーに冷たく、よそよそしく接したものだ。それはまるで、不実な夫の身代わりとみなしているかのようだった。父が落馬して亡くなったときは、ロンドン中が噂したものだ。ウィリアム・フェランがたぶらかした夫人方の夫や父親から、撃ち殺されなかったのがむしろ驚きだと。

父が死んだとき、クリストファーは一二歳だった。父を亡くしてからは、一家のお荷物役を自ら引き受けるようになっていった。その役を、周囲から期待されていると感じたからだ。そうしてロンドンで放蕩暮らしを大いに楽しんだ。つかの間の空疎な時間でも、別にかまわなかった。陸軍将校という立場にも心から満足していた……不満などひとつもなかった。だがそれも――クリストファーはひとり苦笑を浮かべ、記憶をたどった――戦場への派遣を命じられるまでのことだった。

戦場での彼の有能ぶりは、誰も、彼自身すら想像だにしていなかったことだ。そうして他人の命を奪うたび、クリストファーは自分のなかに死をためこんでいった。

けれども彼にはプルーデンスがいた。彼女を愛する気持ちだけが、ただひとつ残された人間らしい一面だった。彼女のそばにいつか戻れると思うだけで、胸がいっぱいになった。

クリストファーはいまだに夜よく眠れずにいる。悪夢のまっただなかで、いきなり目を覚ます晩を幾度もくりかえしている。昼間でもときどき、ふいの物音にぎくりとして、ありもしないライフル銃を探す自分に気づくことがある。だがそんな日々もいずれ終わるはずだ。

いや、終わらせなければいけないのだ。

10

クリストファー・フェランに対して、希望を抱く理由などひとつもない。ベアトリクスはその事実を何度も自分に言い聞かせた。クリストファーが求めているのはプルーデンスだ。金髪で美人で普通な、プルーデンスなのだ。

自分以外の誰かになりたいなどと思うのは、ベアトリクスは生まれて初めてだった。

〝きみがいれば、ふたたび現実の世界に戻れるかもしれない……〟

おそらくは、プルーデンスこそが本当に、クリストファーを救える女性なのだろう。彼女ならベアトリクスとちがって、社交界でもうまくやっていける。そうだ。それがクリストファーにとって一番望ましい人生なら、プルーデンスを選んだからといって責めるつもりなど毛頭ない。彼はすでにあまりにも多くの痛みと苦難に耐えてきた――これ以上苦しめたくはない。

ただ……クリストファーのことを考えずにはいられないだけの話。彼への思いはあたかも病のようで、いつもどおりの暮らしを送ることさえままならない。泣きだしそうになることもしょっちゅうだ。体が熱っぽくてだるく、食欲さえ失せた。憔悴ぶりを見かねたアメリアが、スイバの煎じ茶を飲んではどうかと勧めるほどだった。

「近ごろは、あなたらしくないわね」姉は言った。「いつもの明るいベアトリクスはどこにいったの？」

「理由もないのに、明るく振る舞わなくちゃいけない？」ベアトリクスは無愛想に答えた。

「悩みでもあるの？」

いっそ姉にすべて話してしまいたかったが、ベアトリクスは沈黙を守りつづけた。姉に言ってもどうにもならない。いや、一〇〇人の人に、あるいは一〇〇〇人に話したところで、多少なりとも気持ちが晴れるわけではない。ベアトリクスは、けっして手に入れられない男性を思いつづけている。愚かしいことだと、人に言われたくなかった。この思いを断ち切るつもりさえなかった。無意味と知りつつ慕いつづけることだけが、クリストファーとの、たったひとつのはかない結びつきなのだから。

彼を思うあまり、いっそロンドンに行ってシーズンの残りを過ごしてみようかとすら考えた。オードリーを訪ねるついでに、クリストファーにも会えるはずだ。ただしロンドンに行けば、彼とプルーデンスが一緒のところを……踊り、たわむれ、求愛しあうさまを……目の当たりにしなければならない。耐える自信がなかった。

だから自分がいるべき場所、ハンプシャーにとどまろうと心を決めた。

オードリーも、それは賢い判断だと言ってくれた。

「クリストファーは変わってしまったわ、ビー。残念ながら悪いほうにね。じつは義弟がクリミアから帰ってきてすぐのころ、あの手紙のことを話してしまおうかと思ったの。手紙を書いていたのは、本当はプルーデンスじゃなくてあなたなんだって。だけど、言わなくてよかったみたい。あなたと義弟の交流が深まればいいとは、もう思えないの。いまのクリストファーはまるで別人よ。浴びるほどお酒を飲み、ちょっとしたことでもすぐにびくついて。そこにないものや音を、見たり聞いたりすることもあるようね。夜も眠れないみたいで――よく、真夜中に家のなかを歩きまわっているわ。せめて話をしようと思っても、ばかなことを言うなとばかりに、わたしの質問をはねつけるの。ごくありきたりな質問でも、それが戦争に関するものだったりすると怒り狂って、自制心すら忘れてしまうようよ。もしかしたら……」

「もしかしたら？」不安に苛まれつつ、ベアトリクスはささやくように促した。

オードリーはまっすぐにベアトリクスを見つめた。

「プルーデンスなら、義弟とやっていけるかもしれない。いくらクリストファーが彼女を妻に迎えるつもりだといっても、いまの彼はまるで別人よ。だけどプルーデンスなら、きっとそんなことにすら気づかないでしょう？　ただし、クリストファーが彼女をひどい目に遭わせやしないかと、心配する部分もあるのだけど」

友人の不吉な言葉を思いかえしつつ、ベアトリクスはある決意を胸にフェラン邸を訪れた。クリストファーのためにできることはなくても、アルバートのためになら、いくらでもしてやれることがあるはずだ。攻撃的な面のある犬は、自分以外の生き物に危害をなす場合がある。アルバートが万一そのような行動に走ったら、愛情も世話も得られなくなる。けれども犬はもともと社交的な動物だ。アルバートには、他者との接し方をしっかりと教える必要がある。

玄関に現れたメイド長のミセス・クロッカーは、オードリー様は村に行っていてお留守ですがもうじきお戻りになりますよ、と言った。

「お帰りになるまで邸内でお待ちになりますか、ミス・ハサウェイ？」

「じつは今日は、ある問題についてフェラン大尉と話したくてきたの」ベアトリクスはメイド長のやや怪訝そうな視線に気づいて小さく笑った。「大尉がロンドンにいらしているあいだ、アルバートの面倒を代わりに見させてもらえないかと思って」

メイド長は目を見開いた。「たしかにだんな様のご不在中は、われわれ使用人があの犬の世話をすることになっておりますが」ベアトリクスの耳元に顔を近づけて、小声で言い添える。「あれはきっと冥府から来たんですよ。さすがの悪魔も、こんな犬はかんべんしてくれと音をあげたに決まってます」

同情を禁じえず、ベアトリクスはほほえんだ。

「わたしなら、あの子をうまくしつけられると思うの。フェラン大尉がいいと言ってくれたら、今日にもアルバートを連れて帰るつもりよ。そうすれば、あなた方が面倒を見る必要もないでしょう？」

ミセス・クロッカーは見るからに嬉しそうな表情になった。

「まあ、なんてご親切に！　さっそく、だんな様にお伝えしてきます」ぼやぼやしていてはミス・ハサウェイが帰ってしまう、といわんばかりに、メイド長は大急ぎで家の奥へと走っていった。

応接間にクリストファーのすらりとした姿が現れたとたん、ベアトリクスは全身が真っ赤になるのを覚えた。落ち着くのよ、ベアトリクス・ハサウェイ……と自分に厳しく言い聞かせる。ばかみたいに真っ赤になっているつもりなら、いますぐ家に帰って、スイバの煎じ茶をたっぷり飲んだほうがいいわ。

「ようこそ、ミス・ハサウェイ」クリストファーが言い、慇懃無礼に頭を下げる。

睡眠不足のため目の下にできたくまが、彼を余計に魅力的に見せていた。くまがあるほうが、いかめしい面立ちに人間味が増すらしい。

ベアトリクスは気さくな笑みをつくろった。「おはよう、フェラン大尉」

「もう午後だが」

「あら、そうだった？」彼の背後に見える、炉棚の時計に視線を投げる。一二時半だ。「じゃあ、こんにちは」

クリストファーは片眉をつりあげた。「今日は、わたしになにか頼みごとでも？」

「その反対だと思うわ。あなたがロンドンに行っているあいだ、ラムゼイ・ハウスでアルバートを預かりたくって」

相手の目がいぶかしげに細められる。「なんのために？」

「あの子が、新しい暮らしに早く慣れるように。わが家にいればアルバートもしっかり面倒を見てもらえるし、しつけだってちゃんと……」ベアトリクスは口ごもった。クリストファーは険しい表情を浮かべている。まさか、断るつもりだろうか。

「お申し出はありがたいんだが、わが家の使用人とともに過ごすほうが、あいつのためになると思う」

「それは……わたしじゃあの子のしつけができない、という意味？」ベアトリクスはやっとの思いでたずねた。

「なにしろ興奮しやすい犬でね。平和で静かな環境が必要なんだ。もちろん、ラムゼイ・ハウスが騒がしすぎるというわけじゃないが」

ベアトリクスは眉根を寄せた。

「申し訳ないけど、それは完全にあなたの思いちがいよ。アルバートには、わが家のような環境こそ必要なの。つまりね、犬の立場になってみると——」

「助言は無用だ」

「いいえ、必要よ」ベアトリクスはつい反論してしまった。「ご自分が正しいとどうして言いきれるの？　せめて話くらい聞いてくれてもいいじゃない。悪いけど、犬についてはあなたよりずっとよくわかっているつもりよ」

クリストファーは彼女に鋭い視線をそそいだ。おのれの判断に疑問を投げかけられることに、慣れていない人ならではのまなざしだった。

「だろうな。だがアルバートに関しては、わたしのほうがよくわかっている」

「それはそうだけど――」

「もうお引き取り願いたい、ミス・ハサウェイ」

苦々しい失望の味が、ベアトリクスの胸を満たした。「あなたが留守のあいだ、アルバートがどんな生活を強いられるか心配じゃないの？」問いただすように言い、返答の余地を与えずにつづけた。「みんなアルバートを怖がっているようだもの、あの子を納屋に追いやるか、部屋に閉じこめるはずよ。そんなことをされたら、あの子はますます凶暴になる。怒りと不安と孤独に苛まれるの。だって、これから自分がどうなるかわからないんだもの。あの子には常に愛情をそそぎ、きちんと世話をしてくれる人が必要なの。わたしには、そのための時間もやる気もあるわ」

「あいつはわたしと、二年間もともに過ごしてきたんだ」クリストファーは鋭く言いかえした。「お宅のように騒がしい場所にだけは、絶対に住まわせたくない。お宅みたいに混沌とした場所は、あいつには必要ない。あんな騒々しい、わけのわからない――」

すさまじい吠え声と、耳をつんざく金属音がクリストファーの言葉をさえぎった。玄関広間を駆け抜けてこちらにやってきたアルバートが、磨きあげられた銀器をのせたトレーを運ぶメイドとぶつかったらしい。

フォークやスプーンが戸口のほうへ飛んでいく様子を視界の隅にとらえた次の瞬間、ベアトリクスは、応接間の床に思いっきり倒された。衝撃で一瞬、息もできなくなる。

驚きにつつまれながらも、大きな男性の体が上に覆いかぶさっていることに気づいた。呆然としつつも、状況を把握しようとする。どうやらクリストファーにいきなり押し倒されたらしい。たくましい両の腕が彼女の頭をかばっているということは……クリストファーは無意識に、自らの体で彼女を守ろうとしたのだろう。ふたりはしわくちゃの布地につつまれ、四肢をからませ、あえぎながら絨毯の上に転がっていた。

頭をもたげたクリストファーが、周囲に警戒のまなざしを投げる。その恐ろしいほど張りつめた表情に、ベアトリクスは一瞬ぞっとした。それから、これが戦場にいたときのクリストファーの顔なのだと、彼に命を奪われた敵兵が見た顔なのだと理解した。

激しい吠え声とともに、アルバートが駆けてくる。

「いけない」ベアトリクスは低い声で叱り、犬に向かって腕を伸ばし指さした。「伏せ《ダウン》」吠え声が小さなうなり声へと変わり、アルバートは床に伏せた。視線は飼い主にそそいだままだ。

ベアトリクスはクリストファーに意識を移した。彼は苦しげに息をしながら、落ち着きを取り戻そうとしていた。「クリストファー」用心深く呼びかけたが、聞こえないようだ。どんな言葉もいまの彼には届かないのだろう。

ベアトリクスは両の腕を彼の体にまわした。一方は肩に、もう一方は腰に。美しく引き締まった、たくましく大きな体が震えていた。焼けつくほどの思いやりがあふれてくるのを感じ、こわばった首筋を指先でなぞった。

アルバートがくうんと鼻を鳴らし、ふたりをじっと見つめる。

クリストファーの肩越しに、フォークをつかんだメイドがどうしたものかと戸口にたたずんでいるのが見えた。

自分自身は人からどう思われようが、醜聞の的になろうがかまわない。でも、クリストファーが動転している姿を人目にさらしてはいけない。自制心を失ったところを、彼は誰にも見られたくないはずだ。

「ふたりきりにして」ベアトリクスは静かに言った。

「かしこまりました」メイドがほっとした様子で慌ててその場を去り、後ろ手に扉を閉める。

ベアトリクスはふたたびクリストファーに意識を戻した。いまの会話にも気づいていないようだ。彼女は用心深くクリストファーの頭を引き寄せ、きらめく琥珀色の髪に頰を寄せた。そうして待った。規則正しい自分の呼吸を、彼が感じとってくれるのを。

クリストファーからは、熱い太陽とサフランを思い出させる、清潔そうな、夏の匂いがした。まぶたを閉じた彼がぴったりと身を寄せてくる感覚に、ベアトリクスは恍惚となった。両の膝が、大波のようなスカートにうずもれていた。

一分が過ぎ、さらに一分が過ぎた。きっとこれから幾度となく、自分は思い出すのだろう。窓から射しこむ四角形のまぶしい陽射しのなか、クリストファーとふたりきりで床に横たわったひとときのことを。彼の心地よい重みを。首筋を優しくかすめる熱い吐息を。できることなら、この一瞬を永遠に生きつづけたい。愛してるわ……ベアトリクスは思った。狂いそうなほどに、どうしようもないくらいに、死ぬまであなたを愛しつづけるわ。

やがてクリストファーが頭をもたげ、銀色の瞳に当惑をにじませつつベアトリクスを見下ろした。「ベアトリクス」と呼ぶかすれ声が、彼女の全身をしびれさせる。大きな手が彼女の頭をつつみこみ、乱れた黒髪を長い指がそっと梳いた。「けがをさせなかったかい？」

ベアトリクスは下腹部にうずきを覚えた。口を開けずに、かぶりを振る。クリストファーは彼女を見ていた。じっと見つめていた。夢に出てくるクリストファーそのままだった。目の前にいるのは、幾度も手紙を送ったあのクリストファーだ。とてつもなく優しく、誠実で、うっとりするほどハンサムな……ベアトリクスはいっそこの場で泣きだしたかった。

「すまない、どうやら……」クリストファーは言葉を失い、親指で彼女の熱い頬をなぞった。

「わかってる」ベアトリクスはささやいた。触れられただけで、神経に火が灯っていた。

「こんなつもりでは」

「わかってる」

クリストファーの視線が、かすかに開かれたベアトリクスの口元にじっとそそがれた。しまいにはそのまなざしが愛撫のように感じられてきた。心臓が懸命に、力を失った四肢に血液を送ろうとしている。ひとつ息をするたびに、ベアトリクスは彼に寄り添いたくて、たくましい体に、ぬくもりを帯びた清潔なリネンに身を寄せたくてたまらなくなった。

彼の顔が徐々に変化していくさまを、ベアトリクスは釘づけになったように見つめた。頬に赤みが差し、銀色の瞳に輝きが戻ってくる。陽射しが深い森へと分け入るように、静寂のなかに予感が忍びこんでくる。
クリストファーはキスをしようとしているのかもしれない。
そう思ったとたん、ベアトリクスの胸にひとつの言葉が浮かんだ。
お願い。

11

クリストファーは必死の思いで、震えを抑えこもうとした。耳の奥で鼓動がとどろいている。なぜこうも完璧に自制心を失ってしまったのか。おそらくは物音に驚き、無意識に反応してしまったのだろう。気づけばベアトリクスの上に覆いかぶさって、彼女を守ろうと、自分と彼女とを守ろうとしていた……そうして、すさまじいほどの鼓動が静かになったときには、自分がなにをしでかしたのかを悟って愕然とした。

無防備な女性に狂人のごとく躍りかかり、床に押し倒してしまったのだ。なんたる醜態。クリストファーは狼狽し、頭のなかが真っ白になった。ベアトリクスにけがをさせたおそれだってあったのだ。

いますぐ立ち上がって彼女を引き起こし、謝罪をしなくてはならない。それなのに、彼女の首筋へとおずおずと伸びていき、小さく脈打つ部分をなぞるおのれの指先をひたすらに凝視している。いったい全体、なんのまねなのか。

最後に女性に抱きしめられたのは、ずいぶん前のことだ。ベアトリクスの腕のなかはえもいわれぬ心地よさで、身を引き離す気にはまだなれない。抱擁は、女性らしいしなやかな力強さを感じさせた。ほっそりとした優しい指が、最前からずっとクリストファーのうなじを撫でている。こんなにも青く透きとおった、ブリストルガラスを思わせる瞳は見たことがない。

彼女を求めてはいけない、自らそう結論づけた理由を、クリストファーは思い出そうとした。さらには、プルーデンスへの思いを胸に呼び覚まそうともしたが、むだな努力に終わった。目を閉じて、顎を撫でるベアトリクスの吐息を感じとる。すると彼女に全身をつつまれているかのような気持ちになってきた。鼻孔を満たすベアトリクスの香りが喉の奥へと伝わっていき、彼女のぬくもりが身内へと染みわたる。

あたかも、満たされなかった幾年幾月がすべてこの瞬間に、組み敷いたしなやかな体に凝縮してしまったかのようだ。いま以上のことを彼女にしてしまうのではないかと、クリストファーは怖くなった。身を引き離し、彼女とのあいだに距離を置くべきだと頭ではわかっている。けれどもベアトリクスの抱擁に、誘うように上下する胸に、スカートの奥で広げられた脚の感触に、すべてをゆだねずにはいられない。うなじを撫でる指先はぞくぞくするほど心地よく、クリストファーの全身は欲望に熱くなった。

破れかぶれになった彼はベアトリクスの両手をつかみ、頭の上に持っていって動きを封じた。

このほうがずっといい。

いや、ちっともよくない。

ベアトリクスの視線が、もっと来てと誘っている。そのまなざしにクリストファーは燃え盛るばかりの意志の強さを感じとり、全身全霊でこたえたくなった。すっかり魅了されて、白い肌が上気するさまを凝視した。肌を覆う赤みを、指と唇で追いかけたい。

しかし彼は、かぶりを振って妄想を追いはらった。「すまない」と一言謝って荒い息を吐き、もう一度「すまない」とくりかえす。自嘲気味の笑いが喉の奥からもれた。「きみには、謝ってばかりだな」

クリストファーの手のなかで、ベアトリクスの手首から力が抜けるのがわかった。

「あなたのせいではないわ」

彼女が冷静そのものなのが、クリストファーは不思議でならなかった。頰がかすかに赤く染まっている以外に動揺の気配はない。たちまち彼は、見透かされた気分になり不快感に襲われた。

「きみを床に押し倒したんだ」

「意図的にやったわけじゃないもの」

ベアトリクスがとりなそうとしてくれているのはわかる。だが彼はますますいらだった。

「体が二倍の男に押し倒されたのに、意図もへったくれもないだろう」

「いいえ、大切なのは意図したかどうかよ。それに、押し倒されるのには慣れているから」

クリストファーは彼女の手を放した。「こういう場面はしょっちゅうだとでも？」と皮肉めかす。

「ええ、そう。犬とか子どもとか……みんなわたしに飛びかかるから」

なるほど、彼らの気持ちはよくわかる。ベアトリクスに飛びかかる以上に心地よいことなど、この世にありはしない。

「わたしは犬でも子どもでもない」彼は言った。「だから、言い訳のしようもない」

「メイドがトレーを落としたからでしょう？　びっくりするのが普通よ」

「そうかい？」クリストファーは苦々しげに言い、彼女のとなりに転がった。「わたしにはそうは思えないね」

「驚いて当然」ベアトリクスは応じつつ、彼の手を借りて立ち上がった。「だって、砲弾や爆弾が炸裂するたび、あるいは銃撃に遭うたび、地面に突っ伏して身を守る日々をずっと送ってきたのでしょう？　無事に帰国を果たしたからといって、そういう反射行動がすぐになくなるはずがないわ」

クリストファーは考えずにはいられなかった……プルーデンスだったら、こんなふうに即座に彼を赦し、冷静に対処してくれただろうか。

つづけてあることに思い至った彼は、不安に表情を曇らせた。まるで予期せぬ行動に走ってしまういま、果たしてプルーデンスのもとに行ってもいいものだろうか。彼女には絶対に危害をくわえたりしてはならない。そのためには自制心が必要だ。だがどうやって自分を抑えればいい？　いまの自分は、あっと思ったときには反射的に行動している。

いつまでも黙っていると、ベアトリクスはアルバートに歩み寄り、しゃがんで毛皮を撫ではじめた。アルバートが仰向けになり、腹を撫でろとせがむ。

服のしわを伸ばしてから、クリストファーはズボンのポケットに両手を突っこんだ。

「考えなおす気は？」とベアトリクスがたずねる。「わたしにアルバートを預けてみない？」

「断る」ぶっきらぼうに答えた。

「断る？」信じられない、とばかりにおうむがえしにされた。

クリストファーは眉間にしわを寄せた。

「そいつの心配は無用だ。使用人たちに留守中の指示を出してあるから、ちゃんと面倒を見てもらえる」

ベアトリクスはむっとした表情を浮かべた。「それはあなたの希望的観測でしょう？」

いらだったクリストファーはぴしゃりと言いかえした。

「きみがうちの使用人に吹きこんでくれたご意見を、ぜひとも聞いてみたいものだね」

「正しい意見だと思うからこそ、わたしはそれを主張するの。でもあなたの場合は、単に意地を張っているだけ」

クリストファーはベアトリクスを冷ややかにねめつけた。「玄関まで送ろう」

「けっこうよ。ひとりで帰れます」ぴんと背筋を伸ばし、彼女が大またで戸口へと向かう。

ついていこうとするアルバートに、クリストファーは戻れと命じた。

敷居のところでつと歩みを止めたベアトリクスが、振りかえるなり妙に強い視線を投げてきた。「オードリーに、元気を出してねと伝えて。ロンドンまで、ふたりとも楽しい旅ができるよう祈っているわ」言葉を切り、一瞬ためらってから言い添える。「プルーデンスにもよろしく伝えておいて。それと、面倒でなければ、わたしからの伝言も」

「伝言？」

「ええ」ベアトリクスは早口に言った。「約束は守るわ、と」

「約束って？」

「そう言えばわかるから」


それから三日後、クリストファーとオードリーはロンドンへと発ち、ベアトリクスはフェラン邸にアルバートの様子を見に向かった。予想どおり、アルバートのせいでフェラン邸はまさに混沌と化していた。犬はひっきりなしに吠えたりうなったりし、絨毯や上掛けをびりびりに引き裂き、あまつさえ従者の手に嚙みついてけがをさせていた。

「それだけじゃないんですよ」メイド長のミセス・クロッカーが打ち明ける。「あの犬ときたらなんにも食べないんです。あばら骨が見えるほど痩せてしまったんですよ。万一のことがあったら、だんな様にどれほどお叱りを受けることか。まったく、あんなに気難しい、いまいましい犬は見たことがありません」

手すり磨きに精を出していたメイドが、黙っていられないとばかりに訴えた。

「あたしも、あの犬が怖くて怖くて。死人も起こすほどの勢いで吠えるから、夜も眠れませんん」

メイド長は弱りきった表情を浮かべた。

「当の犬も眠ってないわけですからねえ。でもだんな様が、アルバートをよそに預けてはいけないとおっしゃるし。わたしとしましては、あのいやな犬をどこかにやれればほっとするんですけれど、だんな様の逆鱗に触れるほうがもっと怖いですから」

「わたしがなんとかするわ」ベアトリクスは優しく言った。「彼のことはわかっているから」

「だんな様のことですか、それとも犬？」ミセス・クロッカーが思わずといったふうにたずねる。期待なぞいっさいこもらない、皮肉めかした口調だった。

「手始めに、犬からやってみましょう」ベアトリクスは落ち着いた声音で答えた。

ふたりは顔を見合わせた。

「うまくいくといいんですけどねえ」メイド長がつぶやいた。「どうもこのお屋敷では、どなたも悪いほうへ悪いほうへ向かうようですから。なにもかもが衰え、消えていくみたいと言いますかねえ」

その言葉に、ベアトリクスは心を決めた。

「フェラン大尉の指示に背けとは言わないわ。でも……たとえばあなたがここでうっかりアルバートの居場所を口にし、それをわたしが小耳に挟んでも、あなたにはなんの罪もないわ。もしもアルバートが脱走に成功し……どこかの誰かがあの子をつかまえて世話をするようになり、それをあなたに知らせなかったとしても、あなたが責められる筋合いではないと思わない？」

メイド長はにっこりとほほえんだ。「ミス・ハサウェイは、悪だくみがお上手ですね」

ベアトリクスもほほえんだ。「ええ、そうなの」

ミセス・クロッカーはメイドに向きなおった。「ネリー」と明瞭な口調で呼びかける。「念のために伝えておくけど、アルバートは菜園の脇の小さな青い小屋にいるからね」

「はい、ミセス・クロッカー」メイドはベアトリクスのほうを見もしなかった。「あたしからも念のためにお伝えしますけど、引き綱は玄関広間の半月形のテーブルに置いてありますから」

「わかったわ、ネリー。なんだったらほかの使用人や庭師に、青い小屋に誰か近づく人がいても気にしないよう急いで伝えてきたらどう？」

「はい、ミセス・クロッカー」

メイドが駆け足で行ってしまうと、ミセス・クロッカーはベアトリクスに感謝のまなざしを向けた。

「ミス・ハサウェイは、動物に魔法をかけてしまうとうかがってます。あのノミだらけの悪魔を手なずけるには、やっぱり魔法が必要でしょうねえ」

「魔法なんかかけないわ」ベアトリクスは笑みとともにこたえた。「必要なのは忍耐だけよ」

「ミス・ハサウェイに神のご加護を。とにかくあれは獰猛ですから。犬は人の最良の友と申しますけれど、それが本当ならだんな様のことを心配せずにはいられませんよ」

「わたしも」ベアトリクスは心から言った。

それから数分後、彼女は青い小屋の前にいた。

庭仕事用の道具をしまうための小屋は、なかで犬が壁に体当たりしているのだろう、ぎしぎしときしみをたてていた。近づくと、怒りのこもった吠え声がとどろいた。アルバートをおとなしくさせる自信はある。けれども恐ろしいほどのうなり声はこの世のものとは思えないくらいで、さすがのベアトリクスもたじろいだ。

「アルバート?」

犬はますます激しく吠え、ときおりくうんと鼻を鳴らしたり、遠吠えをしたりしている。

ベアトリクスはしゃがみこみ、小屋に背を向けて座りこんだ。「おとなしくしなさい、アルバート」と語りかける。「そうしたらすぐに、外に出してあげる」

アルバートはうなり、前脚で扉をたたいた。

犬に関する本を数冊読んだ結果(うち一冊はまさにテリア犬について書かれたものだった)、ベアトリクスはある結論に至っていた。叱ったり、罰を与えたりするしつけ方法は、アルバートにはまったく役に立たないはずだと。役に立つどころか、ますます凶暴になるだろう。本によればテリアという犬種はもともと気が強く、人より上に立とうとする傾向があるらしい。つまりアルバートをしつけるには、いいことをしたときに褒めたり、おやつをやったり、撫でたりする以外にないのだ。

「いらいらするのは当然よね、アルバート。おまえの居場所は飼い主のとなりなのに、当の飼い主が旅行中なんだもの。でも大丈夫、彼がいないあいだ、おまえはうちで暮らしながら礼儀作法を学ぶのよ。完璧な愛玩犬には変身できないかもしれないけど……ほかの生き物とうまくやっていくすべは、ちゃんと身につくようにがんばって教えるからね」いったん言葉を切り、思い出して笑いながら言い添える。「じつはわたし自身、社交界の礼儀作法をなかなか守れないの。だって礼儀作法って、嘘のかたまりみたいでしょう？　あら、すっかり静かになったのね」立ち上がり、扉の掛け金をはずす。「ルールその一よ、アルバート。人に襲いかかるのは、下品だからやめること」

小屋から飛びだした犬は、ベアトリクスに躍りかかった。小屋の壁を背にしていなかったら、彼女はその場に倒れていたことだろう。鼻を鳴らし、尾を振りながら、アルバートは後ろ脚で立って鼻づらを押しつけてきた。すっかり痩せ細り、毛がもつれて、いやな臭いを放っている。

「いい子ね」声をかけつつ、ベアトリクスはもつれた毛を撫でたり梳いたりした。首輪に引き綱をつけようとしたが、犬が仰向けに転がって四肢を宙に突き立て、身をよじるのであきらめた。ベアトリクスは笑い、せがまれたとおりに腹を撫でてやった。

「うちにおいで、アルバート。ハサウェイ家のみんなとなら、きっと仲良くできるわ――ただしその前に、ちゃんとお風呂に入ればね」

12

　クリストファーとオードリーはなにごともなくロンドンに到着し、義姉は実家であるケルシー家に温かく迎えられた。大家族は彼女の帰宅に大喜びだった。理由は皆目わからないが、オードリーは夫の死後、お悔やみにうかがいたいという親族の申し出をことごとく断っていた。余人のいないところで義母とふたりきり、夫の死を悼みたいと言いつづけてきた。

「ジョンの死を、わたしと同じくらい深く嘆き悲しんでいるのはお義母様だけだったから」ロンドンに向かう馬車のなかで、義姉はクリストファーにそう説明した。「でもそのほうがよかった気がするの。ケルシーの人たちもわたしを慰め、愛情と思いやりでつつんでくれただろうけど、そのせいでかえって、ちゃんと嘆き悲しむことができなかったかもしれない。そうした感情は後まわしにされてしまったかもしれない。でも、悲嘆に暮れる日々がわたしには必要だった。これからは、そこから立ちなおらないとね」

「感情を整理するのが、上手なんですね」クリストファーは淡々と指摘した。

「そうかもしれない。あなたの感情も、整理してあげられたらいいのだけど。なんだか、クラヴァットの引き出しを引っくり返したような状態みたいだから」

「クラヴァットではなくて、先のとがった銀器の引き出しです」

義姉はほほえんだ。「そういう毎日は、さぞ苦しいでしょうね」いったん口を閉じ、愛情を込めて心配そうに義弟の表情をうかがう。「あなたを見ているのは、つらいわ」とつぶやき、クリストファーを驚かせる。「ジョンに似すぎていて。もちろんあなたのほうがハンサムだけど、わたしは夫の顔のほうが好みだった。平凡だけど、とてもいい面立ちで――見飽きることがなかった。あなたの顔は、わたしにはちょっと立派すぎるのね。ジョンよりずっと貴族的な顔立ちよ」

クリミアでともに戦った男たちを思い、クリストファーのまなざしは暗くなった。命は助かったものの、顔に大きな傷を負った男たち。帰国後、どんなふうに迎えられるかと悩み苦しんでいた。別人となった容貌を見て、妻や恋人が恐怖に顔をそむけるのではないかと。

「外見なんて。大切なのは、中身ですよ」

「あなたの口からそう聞けて、嬉しいわ」

クリストファーはいぶかしげに義姉を見やった。

「なにかわたしに言いたいことでも？」

「いいえ。ただね……ひとつ訊きたいことがあるの。プルーデンス・マーサーと別の女性の――そう、たとえばベアトリクス・ハサウェイの外見が入れ替わり、プルーデンスのいい面がすべてベアトリクスに移ったとしたら……ベアトリクスを妻に迎えたいと思う？」

「まさか」

「なぜ、まさかなの?」オードリーはむっとした。

「ベアトリクス・ハサウェイの人となりならよく知っていますから。プルーとは似ても似つかない」

「いいえ、あなたはベアトリクスのことをちっともわかっていない。わかるほど長い時間を彼女と過ごしてはいないでしょう?」

「不作法で頑固で必要以上に快活な女性だと、ちゃんとわかってますよ。ブリーチをはき、木に登り、お目付け役も付けずにそのへんを歩きまわる。ラムゼイ・ハウスで、リスやハリネズミやヤギを何匹も放し飼いにする。彼女と結婚する不運な男は、獣医に払う診察代でいずれ破産しますよ。これがすべてわたしの誤解だとでも言うんですか?」

腕組みをしたオードリーは、義弟を鋭くにらんだ。

「ええ。あの子のペットにリスはいないわ」

上着のポケットに手を伸ばし、クリストファーはプルーデンスからの手紙を、肌身離さず持っている一通を取りだした。それはいまやある種の護符、彼が闘ってきたなにかの象徴となっている。生きるよすがと言ってもいい。折りたたまれた手紙の端に視線を落とす。開く必要もない。彼女の言葉は、すでに胸に刻みこまれている。


〝帰ってきて。そして、わたしを見つけてください〟

自分には人を愛することなどできないのではないかと、疑う時期もかつてはあった。誰かと恋をしても数カ月とつづかなかったし、肉体的には燃え上がっても、それ以上の関係は築けなかった。どの女性も、ほかの女性と大差ないように思えた。

だが手紙がすべてを変えた。言葉は魂となり、無邪気に、そして愛らしく彼のまわりを飛び交った。たちまちのうちにクリストファーは、彼女と交わす言葉を、彼女自身を愛するようになった。

生身のやわらかな肌を撫でるかのように、クリストファーの親指が羊皮紙をなぞる。

「お忘れのようだから言っておきますよ、義姉上。わたしは、この手紙を書いた女性と結婚します」

「忘れてやしないわ」義姉は請けあった。「その決意を、ちゃんと守ってくれるといいのだけど」

ロンドンの社交シーズンは夏に終わる。同時期に国会が閉会となり、貴族たちは田舎の所領へと戻っていく。領地に帰ったあと彼らは、狩猟や、金曜から月曜までつづく社交行事にひたすらいそしむ。ロンドンにいるあいだにクリストファーは、将校職を売り、祖父と会って、リヴァートン領の相続人としての新たな責務について話しあうつもりでいる。ついでに旧友との交流を再開し、部隊で一緒だった男たちとも会う予定だ。

だが最も大切な用事は、プルーデンスを捜すこと。

ただ、彼女からいきなり文通の終わりを告げられたせいもあり、どんなふうに近づけばいいのかわからずにいる。

自分がいけなかったのだ。告白するのが早かった。性急すぎたのだろう。

文通をおしまいにするというプルーデンスの判断は、だから正しかったのだ。なにしろ彼女は立派な家庭に育ったレディだ。真剣に求愛するなら、忍耐強く、節度をもって臨まねばならない。

そのような交際をプルーデンスが求めるのなら、もちろんこたえてやりたい。

クリストファーはラトレッジ・ホテルにスイートルームをとった。欧州各国の王族や、米国の起業家、ロンドンにタウンハウスを持たない英国貴族などが好んで使う、優雅なホテルである。快適さと豪奢さはいかなるホテルにも勝り、高い宿泊料を払ってでも泊まる価値がある。チェックインをすませてコンシェルジェと話していたクリストファーは、ロビーに据えられた大理石の暖炉の上方に、一枚の肖像画が掛けられているのに目を留めた。モデルは美貌の女性で、赤茶色を帯びた黒髪と印象的な青い瞳がとりわけ美しい。

「ミセス・ラトレッジの肖像画でございますよ」コンシェルジェがどこか誇らしげに言った。

「お美しい方でございましょう？　奥様以上に心根の優れた、お優しいレディはいません」

かすかな好奇心とともに、クリストファーは肖像画を見つめた。たしかアメリア・ハサウェイが、妹のひとりがここの経営者であるハリー・ラトレッジに嫁いだと言っていた。

「ミセス・ラトレッジは、ハンプシャーのハサウェイ家の出と聞いているが？」

「さようでございます」

思わずクリストファーは、口元に冷笑を浮かべた。ハリー・ラトレッジほどの財力と縁故を誇る男なら、いかなる女性も手に入れられただろうに。いったいどんな狂気にとりつかれて、あのような家の娘との結婚を思いついたのやら。きっとこの瞳のせいだろうな。クリストファーはそう結論づけ、肖像画をまじまじと観察し、無意識のうちに魅了された。濃いまつげに縁どられた、ハサウェイ家の青。ベアトリクスとそっくり同じ瞳だ。

ラトレッジにチェックインした翌日から、クリストファーのもとには山ほどの招待状が届いた。舞踏会、夜会、晩餐会、音楽の夕べ……バッキンガム宮殿で開かれる晩餐会にまで招かれた。なんでも、ヨハン・シュトラウス率いる管弦楽団が演奏を披露するらしい。

いくつか問い合わせをしたうえで、クリストファーはとある個人宅で催される舞踏会への招待を受けた。プルーデンスが母親と出席するのをちゃんと確認しての判断だ。場所はメイフェアにあるイタリア様式の壮麗な邸宅。屋敷前には広大な庭が広がり、バルコニー付き中央広間は三階まで吹き抜けになっている。貴族や異国の外交官、各界の著名人が集う舞踏会は、富と社会的地位を誇示するのにもってこいの行事である。

人群れを目にするなり、クリストファーはかすかなパニックに襲われた。不安を抑えこみ、まずは主催者にあいさつをしに向かった。周囲と同じ盛装のほうがよかったのだが、深緑に黒の縫い取りのあるライフル旅団の軍服に、ウーステッドの肩章を付けて出席せざるを得なかった。将校職をまだ売却していないいま、軍服を着ずに社交の場に出れば、あれこれ言われたり非難されたりするからだ。軍服だけではない。授けられたすべての勲章も身に着けざるを得なかった――ひとつでもはずせば、具合の悪いことになる。勲章は名誉のあかしとして授与された。けれどもクリストファーにとってそれらは、忘れたい出来事の象徴でしかない。

舞踏会には、よその部隊の将校たちも招かれていた。いずれも深紅や黒地に金の縁どりといったさまざまな軍服をまとっている。彼らが注目を浴びるさまを、とりわけ女性客の視線を集めるさまを目にし、クリストファーの不安は募るばかりだった。

彼はプルーデンスを捜した。だが居間にも応接間にもいなかった。群衆をかき分けて、一分また一分と忍耐強く捜しつづける。途中で何度となく知りあいに声をかけられ、会話を余儀なくされた。

いったい彼女はどこにいるのだろう。

〝目隠しをされた状態でも、たくさんの人のなかからわたしを見つけられるはずよ。靴下の焦げる臭いを追っていけばいいだけだから……〟

手紙の一文が思い出され、小さな笑みが口元に浮かんだ。

満たされぬ思いといらだちを抱えつつ、クリストファーは舞踏場へと足を踏み入れた。鼓動が喉の奥でつかえているようだった。

そうして彼女を見つけるなり、呼吸さえもとぎれた。

記憶のなかにあるよりずっと、プルーデンスは美しかった。レースの襞飾りをあしらったピンクのドレスをまとい、両手を純白の手袋につつんでいる。ちょうどダンスを終えたところなのだろう、晴れやかな表情で、相手の男性と語りあっている。

クリストファーは、彼女を求めて数百キロを旅してきた気分だった。あまりにも強烈な欲望にわれながら驚いた。目の前には生身のプルーデンスがいて、彼女の言葉は光り輝くこだまとなって耳の奥に響き……クリストファーは数年ぶりに、ある思いにとらわれた。

希望だ。

歩み寄ると、プルーデンスは振り向いて彼を見上げた。澄んだ緑の目が見開かれる。彼女は心底嬉しそうに笑った。「まあ、フェラン大尉」手袋をした手を差しだす。クリストファーはおじぎをし、つかの間、目を閉じた。その手のなかには彼女の手があった。

この瞬間をどれほど待ち望んだだろう。幾度夢に見ただろう。

「相変わらず素敵ね」プルーデンスはほほえんだ。「ううん、以前よりずっと素敵。胸にそんなにたくさんの勲章を付けているのは、どんな気分？」

「重い」クリストファーが答えると、彼女は笑い声をあげた。

「もう会えないかと思ったわ……」

戦場におもむいたことを言っているのだろう。クリストファーは体が熱くなるのを覚えた。

ところが彼女はこうつづけた。「帰国するなり、雲隠れしてしまうんだもの」挑発的な笑みを口元に浮かべる。「でもそのほうが、ますます注目されるとわかっていたからなんでしょう？」

「いや」クリストファーは言った。「注目なんて、されたくない」

「それはあいにくね。ロンドン中の貴族が、あなたを招待しようと狙っているはずよ」プルーデンスはくすくすと笑った。「それに全レディが、あなたとの結婚を夢見てるんじゃないかしら」

彼女を抱きしめたくてたまらない。その髪に顔をうずめてみたい。

「わたしは結婚には向かない男かもしれない」

「なにをおっしゃるの。国民的英雄で、リヴァートンの相続人のあなたが。あなた以上に結婚に向いている殿方なんていやしないわ」

プルーデンスの美しく整った顔を、真珠のように輝く歯をクリストファーは見つめた。その口調は相変わらず媚に満ち、軽薄で、誠実さに欠けていた。

「リヴァートンの相続については、まだ決まったわけではないんだ」クリストファーは告げた。「祖父が、わがいとこの誰かを相続人に決める可能性もある」

「クリミアであれほどの功績を残したのに？　ありえない」プルーデンスがにっこりと笑う。「それで、ついに社交界へ戻ってくる気になった理由はなあに？」

彼は低い声で答えた。「道しるべを追っただけだ」

「道しるべ……」プルーデンスは口ごもり、すぐにまた笑みを作った。「ああ、あの話ね」

彼女が口ごもったのが、クリストファーは気にならなかった。

燃え盛るような、あふれんばかりの喜びはもはや消え去りつつある。

プルーデンスはすべて覚えていてくれるはずだと、期待するほうがむしろまちがっているのだろう。クリストファーは彼女からの手紙を何千回と読んだ。ついには言葉のひとつひとつが魂に永遠に刻みこまれてしまった。けれどもプルーデンスが同じようにしたとはかぎらない。彼女の暮らしは以前のままだったのだろうから。彼の暮らしはあらゆる点で変わってしまったが。

「大尉は、相変わらずダンスがお好きなのかしら」プルーデンスがたずね、鮮やかな緑の瞳の上で長いまつげが揺れる。

「あなたとなら、好きですよ」クリストファーが差しだした腕を、彼女がためらわずにとる。

ふたりは踊った。愛する女性はクリストファーの腕のなかにいた。

人生で最高の夜になるはずだった。だが彼は、わずか数分後には気づいてしまった。待ち望んだ末にようやく手に入れた安堵感が、煙でできた橋ほどにもろいものであることに。

なにかがおかしい。

自分は、なにか思いちがいをしているのだろうか。

13

それからの数週間、クリストファーは義姉がプルーデンスについて言っていたことを何度となく思いかえしてみた。プルーデンスの軽薄の皮を剝がしても、その下にはなにもなかった。義姉はそんなふうに言った。だがそんなはずはない。手紙がその証拠だ。あの手紙を書いた女性が、たしかにいるはずなのだ。

最後にもらった手紙のことを、彼はすでにプルーデンスに問うてみた。〝わたしは、あなたが思っている人間とはちがう〟とは、いったいどういう意味なのかと。なぜ急に文通をやめてしまったのかと。

すると彼女は急に真っ赤になっておろおろしだした。いつもの、誘うように頰を染めるのとはまるでちがう。彼女が本心をおもてに出すのを、このときクリストファーは初めて見た。

「あれは……あの手紙を書いたのは……照れくさかったからだわ」

「照れくさかった？」クリストファーは優しくたずね、バルコニーの隅の陰になったほうへとプルーデンスを引っ張った。手袋をした手で彼女の両腕に触れ、ほんのわずかに力を入れて、自分のほうへと引き寄せた。「きみの言葉のひとつひとつが愛しかったのに」と告げるなり、切望感に心臓が押しつぶされ、脈が不規則になった。「文通はこれでおしまいだとわかったときは……気が変になってしまうのではないかと思ったが……わたしを見つけて、ときみが書いてくれたから正気でいられた」

「ああ、そう、そうだったわね。だからつまり、あのときは心配になってしまったのよ、ばかなことを手紙に書き連ねて……」

相手が世にもかよわい存在であるかのように、クリストファーは一瞬たりとも気を抜かず、慎重にプルーデンスを抱き寄せた。それから、なめらかなうなじのあたりに唇を押しあてた。

「プルー……こんなふうにきみを抱きしめるときを夢見ていたよ……毎晩きみを思って……」

彼女の両腕がクリストファーの首にまわされ、顔がごく自然に上を向く。クリストファーは唇を重ね、優しく、探るようにキスをした。プルーデンスはすぐさまこたえ、そっと口を開いた。素敵なキスだった。けれどもクリストファーはまるで満足できなかった。痛いほどの欲望は少しもおさまらなかった。夢のなかでのくちづけのほうが、なぜか現実よりも甘美なものに思えた。

夢のなかでは、こんなふうではなかった。

プルーデンスが顔を横にそむけ、まごついた笑い声をもらした。「せっかちなのね」

「すまない」クリストファーは慌てて身を引き離した。だが相手はそれ以上離れようとしなかった。プルーデンスの甘い香水の匂いが、濃厚にあたりに漂っていた。クリストファーは彼女の腕に置いた手をどけずにいた。手のひらで両肩をつつむようにしていた。そうして、なにかが胸にわき起こるのを待った……だが彼の心は、冷たい氷に閉ざされたままだった。

期待したのがばかだったのだろう。やはりどんな女性が相手だろうと、心を取り戻すことはできないのだ。


シーズンのあいだ、クリストファーはプルーデンスを追いつづけた。舞踏会や晩餐会で会い、ミセス・マーサーともども馬車での遠乗りにおもむき、散歩を楽しみ、美術館や博物館を訪れた。

プルーデンスに欠点らしきものはひとつも見つからなかった。彼女は美しく魅力的だった。不愉快な質問を投げかけることもなかった。というより、個人的な質問はいっさいしてこなかった。クリミア戦争にも、戦場での出来事にも関心がないようで、ただ、クリストファーの勲章にのみ興味を示した。彼女の目には、きらきら光る飾り以上のものに映っているのだろうかと、不思議でならなかった。

ふたりはどちらも、当たり障りのない愉快な話題だけを口にし、ときおり噂話にも興じた。そうした会話をクリストファーは、ロンドンで過ごしたこれまでのシーズンでほかの女性たちと何度となくくりかえしてきた。そうして毎回、もうこりごりだと思ったものだった。

いまは、もううんざりだと思っている。

クリストファーは期待していた。いや、信じていた。プルーデンスも自分に愛情めいた気持ちを抱いているのではないかと。だがいまはまるで確信が持てない。彼女の態度には、思いやりも、真心も感じられなかった。〝あなたへの思いは、わたしだけの星となって胸の内にあります〟――そう書き送ってくれた女性の面影もない。

けれども彼はプルーデンスをどうしようもなく愛していた。手紙のなかのプルーデンスを。彼女はいったいどこに行ってしまったのか。彼に見つからないよう隠れているとでもいうのか。

夜は夢を見るたび、クリストファーは暗い森の奥へといざなわれる。キイチゴやシダの茂みをかき分け、木々のあいだを縫うように歩を進め、ぼんやりと見える女性の後ろ姿を追う。しかし女性はいつだって少し先にいて、あとわずかというところで追いつけない。息をあえがせ、怒りにつつまれながら目を覚ますとき、彼の両手は空をつかんでいる。

日中は、仕事の打ち合わせや社交行事に費やした。どこへおもむいても、ごてごてと飾りたてられた狭苦しい部屋が彼を待っていた。無意味な会話がくりかえされた。目的らしい目的もない行事の毎日だった。こんな暮らしを楽しんでいた、かつての自分が理解できなかった。そうして、一種の郷愁とともに、クリミアでの日々を思い出している自分に気づいて愕然とした。戦場で生を実感できた瞬間を、ふたたび味わいたいとすら思った。

戦地で敵とあいまみえているときでさえ、クリストファーはある種の絆を相手に抱くことができた。それは、互いの動きを知ろうとし、相手に追いつき、命を奪おうとするなかで結ばれた一体感だった。だがここでは、優雅な服と見せかけばかりの洗練に身をつつんだ人びとが集まる社交界では、もはや親近感も好意もいっさい覚えない。彼はもうあのころの彼ではない。周囲の人間もその事実を感じとっているのがわかる。

身近ななにか、あるいは身近な誰かとのひとときを切望している自分にクリストファーは気づいた。祖父に会うのが、むしろ楽しみに思えてきた。

祖父のアナンデール卿は厳格かつ威圧的な人で、歯に衣着せずものを言う。あの口やかましい年寄りから、孫たちは褒められたためしがない。いずれ伯爵位を継ぐかもしれない、クリストファーのいとこですらそうだ。もちろん例外はいる。兄のジョンだ。クリストファーはといえば、叱られるようなまねを意図的にしていた。

恐れと義務的な同情心を胸に、クリストファーは祖父に歩み寄った。ご老体は、ジョンの死に打ちひしがれていることだろう。

祖父が住むロンドンの豪奢な屋敷に着くなり、クリストファーは書斎にとおされたのだった。真夏だというのに、暖炉には赤々と火が燃えていた。

「どうなさったんです、おじい様」書斎に足を踏み入れたクリストファーは、暑さに思わず後ずさりそうになりつつ言った。「鶏じゃあるまいし、蒸し焼きにでもなるおつもりですか」大またで窓のほうに向かい、勢いよく開けて風を招き入れる。「冷えるなら、散歩でもすれば体が温まりますよ」

暖炉脇の椅子に腰かけた祖父は、孫をにらみつけた。

「医者から、風にあたらぬよう注意されているのだ。相続の話に来たのだろう？　わしを殺す前にとっとと始めたらどうだ」
「話すべきことなどありませんよ。おじい様が望まれるものを、わたしに残してくだされば
それでいい。むろん、なにも残してくださらなくてもけっこうです」
「相変わらず、ずる賢いやつだ」祖父はつぶやいた。「わしは人に言われたことと正反対の
ことをする、そう思っているのだろう？」
クリストファーはほほえみ、肩をすくめて上着を脱いだ。近くの椅子に放り投げ、祖父に
歩み寄る。腕を伸ばし、骨ばった冷たい手を温かな手でつつみこんで握手をした。
「ご無沙汰しました、おじい様。お元気そうでなによりです」
「お元気なぞではないわ」祖父は噛みついた。「すっかりもうろくした。こんな体で生きな
がらえるのは、難破船で海を行くも同然だ」
椅子にかけながら、クリストファーは祖父の様子を観察した。以前に会ったときよりも、
たしかに年をとった。顔などはまるで、しわくちゃにした絹布を鉄の枠にかぶせたかのよう
だ。だが瞳は昔のまま。視線鋭く、光っている。眉を見れば、雪のごとく白くなった髪と対
照的に、往年のままに黒々と太い。
「懐かしいな」かすかな驚きをこめて、クリストファーは言った。「なぜだろう。おじい様
のその厳しい目つきのせいかな。子どものころを思い出しますよ」
「おまえほどのわんぱく坊主はいなかった」祖父が応じた。「しかも、とことんわがままと
くる。戦場でのおまえの英雄的行為をタイムズで読むたび、絶対に人ちがいだと否定したも

のだ」

クリストファーはにやりとした。

「万一わたしが英雄的行為をしたとしても、ただの偶然にすぎませんよ。わが身を助けようとしただけですから」

老人は、思わずといったふうにかすれた笑い声をもらし、すぐにまた眉根を寄せて険しい表情を作った。

「いずれにしても、立派に戦ってきたようだな。おまえに騎士の位を与えようという話も出ておる。だが現実にそうなったら、今度こそは女王陛下のお招きをありがたくお受けしなくてはならん。クリミアから戻ったときにロンドン滞在を拒んだそうだが、あれはまずかった」

クリストファーはゆがんだ笑みを浮かべて祖父を見つめた。

「道化の猿みたいに、他人を楽しませるなんてごめんです。そもそもわたしは、数千人というほかの兵士と同じように、やるべきことをやっただけですから」

「おまえにしては、ずいぶんと謙遜したものだな」祖父はぼんやりと孫を見やった。「本心から言っているのか？　それともわしに褒められたいだけか？」

むっつりと押し黙ったクリストファーは、いらだたしげにクラヴァットをぐいと引っ張り結び目をほどくと、首の両脇にたらしたままにした。それでも一向に涼しくならないので、開け放したままの窓に歩み寄った。

通りを見下ろす。人があふれ、そちこちで悶着が起こっている。夏場は誰もがおもてで過ごしたがる。戸口に座り、あるいは立って、食べたり、飲んだり、しゃべったり。そんな人びとのあいだを縫うように馬車が走り、熱気を帯びた臭い埃を巻き上げる。背中の曲がったポニーに引かれ、小さな荷馬車が眼下を通る。荷馬車に座る犬が、クリストファーの目に留まった。アルバートのことが思い出されて、彼は後悔の念に駆られた。できればアルバートをロンドンに連れてきたかった。だが騒がしいロンドンの街で屋内生活を強いれば、哀れな犬は気がちがってしまっただろう。やはりハンプシャーに残してきて正解だったのだ。

クリストファーは祖父に意識を戻した。どうやら話の途中だったらしい。

「……おまえの相続問題についてはもう考えてある。当初、おまえには少しばかりの財産を分け与えればよかろうと思っていた。残りはもちろん、おまえの兄に残すつもりでな。リヴァートンの名にふさわしい男は、ジョン・フェラン以外にはいまいと考えていた」

「おっしゃるとおりです」クリストファーは静かに言った。

「しかしジョンは跡継ぎを残さずに逝ってしまい、あとはおまえしかいなくなった。おまえも少しはましな人間になったようだが、リヴァートンの名に恥じない男とは思えん」

「同感です」と合いの手を入れ、いったん言葉を切ってからつづける。「おじい様が兄上に残されるつもりだったものを、手に入れたいとは望んでいませんから」

「とはいえ、おまえが望もうが望むまいが、継いでもらわねばならんものがある」祖父の口調は厳しいが、冷たくはなかった。「責任だ。これればかりは、捨ててもらったり、忘れてもらったりしては困る。だがおまえの今後について話す前に、ひとつ訊きたいことがある」

クリストファーは無表情に祖父を見つめた。「なんでしょう」

「なぜあのような戦い方をした？　なぜ幾度も命を捨てるようなまねをした？　祖国のためだったとでもいうのか？」

うんざりしたように、クリストファーは鼻を鳴らした。

「クリミア戦争は国のための戦ではありませんでした。商人が儲けるための戦、政治家どもの虚栄心にあおられた戦にすぎませんよ」

「では、栄光と勲章を手に入れるためだったのか？」

「まさか」

「だったらなにが目的だったのだ？」

問いかけへの答えを無言で考える。ようやく探しあてた答えを、クリストファーは歯がゆさと諦念とともにあらためて吟味してから、口を開いた。

「すべては、部下たちのためです。飢え死にや救貧院行きをまぬかれるために入隊した、兵卒たちのためですよ。それから、長く軍に仕えて経験もありながら、将校の位を買えない下士官たちの。わたしが指揮権を得られたのは、それを買う金があったからにすぎません。軍人としてとくに秀でていたわけではなかった。ばかげた話ですよ。そんな男の部下として、彼らは、あの哀れなやつらは、戦わねばならなかった。無能だろうが、愚かだろうが、臆病者だろうが、指揮官の命令は絶対です。彼らはわたしに従うしかなかった。だからわたしも、彼らが求めるような指揮官になろうと努めるほかなかったんです。彼らを生きて帰国させてやるために」クリストファーは一瞬口ごもった。「その目的を果たせないことが、いやになるほど何度もありましたけどね。彼らの死とどう折り合いをつけて生きていけばいいのか、誰かに教えてほしいものですよ」絨毯の一点をぼんやりと見つめ、彼は自分がつぶやくのを聞いた。「リヴァートンの名前など欲しくない。分不相応なものは、もう欲しくないんです」

祖父のまなざしは、かつて一度もクリストファーに向けられたことのない、考え深げな、思いやりすら感じさせるものだった。

「だからこそ、おまえにリヴァートンの名を与えたいのだ。ジョンに授けるはずだった財産と土地を、一シリングあるいは一インチたりとも減ずることなくおまえに与えよう。喜んでおまえに賭けてみよう。おまえなら、部下たちに対するのと同じ責任感をもって、小作人や職工たちの面倒を見てやれる」祖父はいったん口を閉じ、言い添えた。「おまえとリヴァートンの名は案外合うかもしれん。ジョンが負うはずだった責任を、いまからおまえが負うのだ」

暑い八月がのろのろとロンドンにやってきて、街中に凝り固まったような悪臭が漂いだすと、人びとはさわやかな風を求めて田舎へと移動していった。クリストファーも、すぐにでもハンプシャーに帰りたいと思った。ロンドンにいても、なにも得るものはない。

ほぼ毎日のように、どこからともなくいくつもの残像が現れては彼を驚かし、なにかに集中することすらかなわない。夜は悪夢にうなされ汗にまみれ、昼は憂鬱に襲われる。ありもしない銃弾や砲弾の音が耳に響き、心臓が早鐘を打ち、両の手は意味もなく震えた。どのような場所でも、警戒心を解くことがまるでできない。連隊の仲間たちに会いに行ったとき、この不可解な病に悩まされていやしないかとたずねてみたが、かえってくるのは沈黙ばかりだった。他人と話しあうことではない。自力でなんとかするしかないのだ。

強い酒だけが慰めだった。アルコールのぬくもりと心地よい酩酊感が、沸き立った脳を静めてくれるまで、クリストファーは飲みに飲んだ。それでも、必要なときにはしらふでいられるよう、酒がもたらす作用を正しく見きわめようと努めた。忍び寄る狂気をひた隠しにしつつ、いつになったら、どうすれば正気を取り戻せるのだろうか、そんな日は果たして来るのだろうかと考えた。

プルーデンスについては……忘れるべき夢だと思うようになった。あるいは、砕かれた幻想だと。彼女に会うたび、自分の一部が少しずつ死んでいくのがわかった。愛されてなどいないのも、手紙に書いてきたような思いを抱かれていないのも、すでに明らかだった。きっとクリストファーの気をまぎらわせるために、小説の一文か舞台のせりふをそっくりそのまま書いていただけなのだろう。つまり彼は幻を信じていたのだ。

シーズンも終わりに近づいたいま、彼女とその両親が求婚の言葉を待っているのは一目瞭然だ。母親などはしょっちゅう娘との結婚をほのめかしてくる——持参金、かわいらしい孫たち、穏やかな家庭。けれどもクリストファーは、相手が誰だろうとよき夫になれる状態からはほど遠い。

激しい不安と安堵を胸に、彼はマーサー家のロンドンの邸宅へ別れを告げるため向かった。

プルーデンスとふたりきりで話がしたいと申し出ると、母親はしっかり扉を開け放ったまま、数分間だけ応接間をあとにした。

「でも……でも……」田舎に戻るとのクリストファーの言葉に、プルーデンスは動揺しきりだった。「戻るならまず、父と話してからのほうがいいのではなくて？」

「お父上と、いったいなんの話を？」わかっていながら、クリストファーはあえてたずねた。

「正式に求愛をする許可を、父に請うのが筋というものじゃない」プルーデンスはむっとした表情で答えた。

クリストファーは彼女の緑の瞳をじっと見据えた。

「いまのわたしに、そんな資格はない」

「資格がないですって？」プルーデンスが勢いよく立ち上がり、クリストファーも応じて腰を上げた。彼女が当惑と怒りの浮かぶ瞳を向けてくる。「あるに決まっているじゃない。まさか、ほかに好きな女性がいるとでもいうの？」

「いいや」

「仕事の話もまとまったし、相続も決まったのでしょう？」

「ああ」

「だったら待つ必要なんてひとつもないじゃない。わたしを思っていると、あなたは態度ではっきりと示してきたわ。ロンドンで再会を果たしたばかりのころなんて——きみに会いたくてたまらなかった、心から大切に思っていると、何度も言ったじゃない。なのに……いきなり冷めた理由はなに？」

「ずっと思っていた——いや、願っていた。きみが、手紙のなかのきみにもっと近かったらどんなによかっただろうと」クリストファーは言葉を切り、プルーデンスをまじまじと見つめた。「何度も訊いてみようと思っていたんだ……きみは誰かに、手紙を書くのを手伝ってもらっていたのかい？」

天使の顔を持つプルーデンスだが、瞳に浮かぶ憤怒は、天の晴朗さとまるで相容れなかった。

「いいかげんにして！　どうしてあのくだらない手紙のことを何度も何度も持ちだすの？　たかが言葉じゃない。言葉なんて無意味だわ！」

〝あなたとの文通を通じてわたしは、この世で最も大切なのは言葉だと気づきました……〟

「無意味」クリストファーはおうむがえしに言い、彼女を凝視した。

「そうよ」自分だけに向けられた視線に気をよくしたのか、プルーデンスはわずかに表情を和らげた。「わたしはここにいるのよ、クリストファー。生身のわたしが。もうあんなばかげた手紙は必要ないでしょう？　わたしがいるんだもの」

「では、あの第五元素の話は？」クリストファーは訊いた。「あれも無意味だというのかい？」

「あれは――」プルーデンスが彼を見つめ、頬を赤らめる。「なんの話だか忘れたわ」

「エーテルだよ、アリストテレスが提唱したと、きみが教えてくれただろう？」クリストファーは優しく促した。

彼女の顔はいまや赤みが消え、蒼白になっている。まるで、悪さを見つかってちぢこまっている子どものようだ。「それがなんだっていうの？」叫ぶように言ったプルーデンスは、怒りに救いを求めた。「わたしはもっと現実的な話がしたいの。アリストテレスなんてどうだっていいわ」

〝すべての人のなかに小さな星明かりがあるなんて、なんだか素敵だと思わない？……〟

あれは、プルーデンスが書いた言葉ではないのだ。

真実に気づいたクリストファーは一瞬、どう反応すればいいのかわからなかった。さながらたいまつリレーのように、さまざまな考えがいくつも連なって、次から次へと脳裏に浮かぶ。まったく別の女性があの手紙を書いていた……プルーデンスの許可を得て……騙されていた……義姉も知っていたにちがいない……手紙の女性を思うように仕向けられ……そうしていきなり文通は終わった。なぜだ？

〝わたしは、あなたが思っている人間とはちがう……〟

喉と胸が締めつけられる。信じられない、とばかりに自分が笑い声をもらすのをクリストファーは聞いた。

するとプルーデンスも笑った。そこには安堵の思いが込められていた。彼がおのれを笑っているのだとは、思いもよらないらしい。

クリストファーを笑いものにしていたのだろうか。過去のちょっとした無礼に対する仕返しだったのだろうか。誰がなんのためにこのようなまねをしたのか、彼はなんとしてでも知らねばならない。

名前も知らない誰かを愛し、そして裏切られたのだ。しかもクリストファーは、その誰かをまだ愛している――その事実が最も赦しがたい。誰だろうと、きっとこの代償を払わせてみせる。

ようやくまた目的ができて、クリストファーは気分がよくなった。誰かを追い、そうして痛めつける。なじみのある感覚だった。自分はそういう人間なのだと思った。

ナイフの切っ先のごとく薄い笑みが、冷たい憤怒を切り裂く。

プルーデンスはいぶかしげにこちらを見ている。「クリストファー?」彼女は口ごもった。

「どうかしたの?」

一歩歩み寄り、クリストファーは彼女の両肩に手を置いた。この手を首にすべらせれば、苦もなく絞め殺せるな、と一瞬思う。だが彼は優しい笑みを口元に浮かべた。

「いや、きみの言うとおりだよ。言葉なんてつまらないものさ。大切なのはこれだけだよ」

技巧を凝らし、ゆっくりと時間をかけて、プルーデンスにくちづける。やがて腕のなかに、ほっそりとした体がしなだれかかってきた。小さな歓喜の声が彼女の口からもれ、両腕が彼の首にまわされる。「ハンプシャーに発つ前に」上気した頬に唇を寄せ、クリストファーはささやいた。「きみに正式に求愛する許可を、お父上に請うことにするよ。それでいいかい？」

「ええ、クリストファー」まばゆい笑みをたたえてプルーデンスは歓声をあげた。「嬉しい……あなたの真心をくださるのね？」

「ああ、あげるとも」抑揚のない声で答え、クリストファーは彼女を抱きしめた。冷たい瞳は、窓外のどこか遠くをひたと見据えている。

誰かにやる真心など、もはやありはしない。


「彼女はどこにいるんです？」開口一番、クリストファーはオードリーを問いただした。ケンジントンにある義姉の実家を、マーサー邸をあとにしたその足で訪れたのだった。「どこの誰なんです？」

オードリーは義弟の激高ぶりをなんとも思っていないらしい。

「にらまないで。そもそも、いったいなんの話？」

「プルーデンスは義姉上にじかに手紙を渡していたんですか？　それとも誰かほかの人間が？」

「ああ、そのこと」義姉はいたって落ち着いている。応接間の長椅子に腰かけた彼女は、小さな刺繍枠を取り上げ、しげしげと眺めた。「プルーデンスが手紙の主ではないと、ようやく気づいたわけね。どうしてわかったの？」

「わたしの手紙の内容は知っているのに、自分で書いたはずの内容はなにひとつ覚えていなかったからですよ」クリストファーはオードリーの前に立ちはだかって、しかめっ面をした。「彼女の友人が書いていたのでしょう？　誰なんです？」

「はっきりとは知らないわ」

「ベアトリクス・ハサウェイもかかわっているんですか？」

義姉は呆れ顔をした。「なぜベアトリクスがこんなことにかかわりたがると思うの？」

「仕返しのためです。以前わたしが、厩舎にいるのがお似合いだと言ったから」

「そんなこと言ったりしないと、前にあなたの口から聞いたけど？」

「だから、わたしがそう言ったと義姉上がおっしゃったんでしょうが！　刺繍枠なぞ下に置いてください。さもないと、そいつで義姉上の首を絞めますよ。いいですか、義姉上。わたしは首から足まで傷だらけです。銃で撃たれ、ナイフや銃剣で刺され、榴散弾にもあたった。治療をほどこしてくれるのは、立っていることもできないくらい泥酔した医者です」憤怒のあまり、言葉がとぎれる。「それでも、いまほどの痛みは覚えたことがなかった」

「ごめんなさい」オードリーは静かに言った。「あなたを苦しめることになるとわかっていたら、わたしだってきっとやめさせていたわ。発端はあなたへの親切心からだったのよ。少なくともわたしは、そう信じてる」

親切心だって？　誰かが自分を哀れんでいたのだと思うと、クリストファーはぞっとした。

「どうして、わたしを騙そうとした人間の片棒をかついだりしたんです？」

「しかたがないでしょう」オードリーは険しい声音になった。「ジョンの看病をするのに精いっぱいで、食事も睡眠もとれなくて、疲れきっていたわ。だからこのことも、ゆっくり考える余裕なんてなかった。誰かがあなたに手紙を書いても、なんの害にもならないだろうと判断したのよ」

「だが大いに害になったんだ！」

「プルーデンスからの手紙だと、信じたがったのはあなたよ」義姉はそう言って責めた。

「でも、彼女が書いた手紙でないのは一目瞭然だったわ」

「こっちは戦場にいたんだ。塹壕を出たり入ったりしている人間が、本当の手紙の書き手は誰かなんて考えられるわけが――」

「オードリー」戸口のほうから呼びかける声に、クリストファーはさえぎられた。オードリーの兄のひとり、長身にたくましい体つきをしたギャヴィンだった。戸枠に軽く寄りかかって、警告する目でクリストファーをにらんでいる。「言い争う声が、屋敷中に響いていてね。助っ人はいるかい？」

「いいえ、お兄様」オードリーは硬い声で応じた。「ひとりで大丈夫」

ギャヴィンは薄く笑った。「いや、フェラン君に訊いているんだが」

「彼にもいりません」オードリーがもったいぶってこたえる。「しばらくふたりだけにして、お兄様。彼と大事な話があるの」

「いいだろう。すぐそこにいることにしよう」

過保護な兄の背を見送りつつ、オードリーはため息をついて、義弟に意識を戻した。

クリストファーは彼女をねめつけた。「名前を」

「その女性を、けっして傷つけたりしないと誓えば教えるわ」

「誓う」

「ジョンのお墓に誓ってちょうだい」

長い沈黙が流れる。

「あらためて言うわ」オードリーは頑として譲らなかった。「彼女を絶対に傷つけないと約束できない人に、名前を教えるわけにはいかないの」

「夫のいる女性ですか？」クリストファーの声はかすれている。

「いいえ」

「ハンプシャーに住んでいる？」

しばしためらってから、義姉は用心深くうなずいた。

「では彼女に、きっと見つけだすと伝えてください。そのときはきっと、後悔させてやると」

張りつめたしじまが落ちるなか、クリストファーは戸口へ向かい、肩越しにオードリーを振りかえった。「そうそう、義姉上にまず祝ってもらわねば」と唐突に言う。「プルーデンスとわたしは、婚約したも同然なんです」

義姉の顔が青くなる。

「クリストファー……いったいなんのまね？　なにかのゲームのつもりなの？」

「いずれわかります」クリストファーは冷ややかに応じた。「義姉上と謎めいたお友だちにもきっと楽しんでいただけると思いますよ――ふたりとも、ゲームがお好きなようですから」

14

「いったいなにを食べさせてる？」

ラムゼイ卿レオ・ハサウェイは、ラムゼイ・ハウスの居間に立ち、黒髪の長女と長男を見た。双子のエドワードとエマリーヌは、絨毯敷きの床で遊んでいる。

妻のキャサリンが、双子のブロック遊びを手伝っていた手をやすめ、笑みを浮かべて顔を上げた。

「ビスケットだけど？」

「それがビスケット？」テーブルの上に置かれた、小さな茶色いかたまりが入ったボウルを、レオはしげしげと眺めた。

「ベアトリクスが犬にやっている、まずそうな餌にそっくりじゃないか」

「そっくりで当たり前よ、まさにそれなんだもの」

「なる……ほどじゃないぞ、キャット！　どういうつもりなんだ？」床にしゃがみこみ、レオはエドワードの手からよだれまみれのビスケットを取り上げようとした。

怒ったエドワードが金切り声をあげる。

「ぼくの！」息子は泣きだし、ビスケットをつかんだ手を握りしめた。

「取り上げないで」妻がたしなめる。「ふたりとも歯が生えはじめたのよ。でも普通のビスケットじゃ硬すぎるの。毒になるようなものは入っていないから安心して」

「なぜ断言できる？」

「ベアトリクスの手作りだもの」

「あいつは料理などしない。わたしの知るかぎり、パンにバターを塗るくらいのことしかできない」

「たしかに、人間のために料理はしないわ」ベアトリクスがほがらかに言いながら、犬をしたがえて居間に入ってきた。「でも、動物のためなら話は別」

「そうだろうとも」茶色のかたまりをボウルからひとつ取り、レオはじっくりと観察した。

「で、この不気味な物体の材料は？」

「カラスムギ、ハチミツ、卵……栄養たっぷりよ」

ベアトリクスの説明を聞きつけたかのように、キャサリンのペットのドジャーがレオに忍び寄った。フェレットはビスケットをかすめ取ると、近くの椅子の下へと引っ張っていった。

夫のしかめっ面に気づいたキャサリンが、くすくすと笑う。

「材料は子ども用のビスケットと一緒よ、ラムゼイ卿」

「わかったよ」レオは陰気にうなずいた。「ただし、双子が吠えたり、おもちゃをどこかに埋めたりしだしたら、そのときはただじゃおかない」娘のとなりに腰を下ろす。

エマリーヌはよだれまみれの顔に笑みを広げ、湿ったビスケットを父親の口元に押しつけた。

「どうぞ、パパ」

「いや、遠慮しておくよ、エマリーヌ」肩のあたりで犬がくんくんやっているのに気づき、レオは振りかえって撫でてやった。「こいつは犬か、それともモップか？」

「アルバートというの」ベアトリクスが答える。

犬はすぐさま床に腹這いになり、尻尾を何度も床に打ちつけた。

ベアトリクスはほほえんだ。わずか三カ月前には、こんな場面を想像することさえできなかった。敵意を丸出しにして吠えまくるアルバートを、子どもたちに近づけるなどとんでもない話だった。

けれども忍耐力と愛情と訓練（それともちろん、ライの熱心な世話）のたまものだろう、アルバートはすっかり生まれ変わった。ラムゼイ・ハウスのせわしない暮らしにも、ペットの動物たちにも徐々に慣れていった。いまでは見知らぬ人やものにも、恐れや怒りではなく好奇心をもって接することができる。

痩せっぽちだった体にもだいぶ肉がつき、毛並みもよくなっていかにも健康そうだ。ベアトリクスはアルバートに丹念にブラシをかけ、定期的に毛を梳いたり刈ったりしつつ、顔周りの長い毛は残しておくようにした。そのほうが愛嬌のある顔に見えるからだ。村に散歩に連れていけば子どもたちが集まってきて、アルバートも彼らに気持ちよさげに撫でられている。遊ぶのが好きで、投げたおもちゃを取ってくるのも上手になった。誰にも見られていないとわかると、靴を盗んでどこかに隠したりもする。要するにアルバートは、ごくごく普通の犬だった。

ベアトリクスはといえば、三カ月経ったいまもまだクリストファーに恋い焦がれ、悲嘆に暮れている。それでも、他人のためになにかをしているうちに、失恋の痛みは癒やされていくようだと気づいた。この世にはいつだって、助けを必要としている人が大勢いる。ラムゼイ領に住む小作人や労働者だってそうだ。ウィンがアイルランドに行っており、アメリアが家事で忙しいいま、姉妹で慈善活動に参加する余裕と時間があるのはベアトリクスだけ。だから彼女は、村の病人や貧しい人たちのもとに食べ物を差し入れ、目の悪い老婦人たちに本を読み聞かせ、教会の活動に携わるようになった。そうした日々を送るうち、自分も得るものがあることに気づいた。忙しくしていれば、憂鬱にとらわれる心配はない。

兄がアルバートを撫でるさまを眺めながら、ベアトリクスは思った。愛犬がすっかり生まれ変わったのを見て、クリストファーはどんな反応を示すだろう。

「それで、こいつは新しい家族なのか？」兄がたずねる。

「いいえ、お客さんよ」ベアトリクスは答えた。「フェラン大尉の飼い犬なの」

「フェランなら、ロンドンでシーズン中に何度か会った」兄が言った。口元に小さな笑みが浮かぶ。「トランプをやるたびに今度こそ勝つぞとむきになるなら、二度と相手をしてやらないと言ってやった」

「へえ、フェラン大尉に会ったの」ベアトリクスはさりげなく聞こえるように努めた。「元気そうだった？　ロンドンで楽しんでいる様子だった？」

思いかえす表情で、キャサリンが応じた。

「元気そうだったし、シーズンを楽しんでいるようだったわ。だいたいいつも、プルーデンス・マーサーさんと一緒だったわね」

嫉妬が胸に広がるのをベアトリクスは覚えた。兄夫婦たちから顔をそむけ、「そうなの」と声を振りしぼるようにして言った。「さぞかしお似合いだったでしょうね」

「婚約したらしいとの噂よ」キャサリンが言い添え、からかうような笑みを夫に向けた。

「フェラン大尉もついに、貞節なレディへの愛に屈するのかしら」

「そうじゃないレディへの愛には、もう十分に屈してきただろうからな」レオが訳知り顔で言い、キャサリンが声をあげて笑った。

「まったくもう、自分のことは棚にあげて」夫を責めつつ、キャサリンの瞳はきらきらと輝いている。

「すべて昔話さ」レオは応じた。

「男性は、貞節じゃない女性のほうが好きなの？」ベアトリクスは思わずたずねた。

「いいや、ビー。だが、比較のためにはそういう女性との交際も必要でね」

兄たちとのおしゃべりのあと、ベアトリクスは気がふさいでしかたがなかった。クリストファーとプルーデンスが一緒にいるところを想像しては落ちこんだ。婚約するふたり。結婚するふたり。同じ名字になるふたり。

ベッドをともにするふたり。

嫉妬に駆られるなど、生まれて初めての経験だった。ベアトリクスは苦しくてならなかった。毒を飲んで、ゆっくりと死を迎えるかのようだ。この夏、プルーデンスは勇敢でハンサムな軍人に求愛されて過ごした。一方のベアトリクスは、犬のしつけに奔走していた。しかも犬は、間もなくクリストファーに連れ戻されてしまう。ベアトリクスは、彼の犬さえも失うのだ。


ストーニー・クロスに戻るとすぐ、クリストファーはアルバートがベアトリクス・ハサウエイにさらわれたことを知った。使用人たちは申し訳なさそうな態度すら見せず、犬が勝手に逃げた、ミス・ハサウェイが面倒を見てくれると言ったと作り話をした。

ロンドンから二四時間の長旅で疲れきっていたし、空腹で、埃まみれで、ありえないほど不機嫌だったが、クリストファーは気づけば馬にまたがりラムゼイ・ハウスに向かっていた。ベアトリクス・ハサウェイのお節介は、これっきりでごめんだった。

目的地に着いたころには、すでに夕闇が迫りつつあった。森のほうから影が忍び寄り、黒々とした木立はまるで屋敷を覆い隠すカーテンのようだ。光の残滓がレンガを赤く染めあげ、格子に区切られた窓に照りかえしている。不規則な屋根線と、そちこちに伸びる煙突が魅力的なラムゼイ・ハウスは、肥沃なハンプシャーの土地に育った生き物、森の一部であるかのようにも見える。ひょっとしてあの家は、地面に根を張り、いまなお天高く背を伸ばしつつあるのではないか。

屋敷の周りには、従僕や庭師や馬丁が一日の仕事を終え、いそいそと屋内へ戻っていく姿がある。家畜たちは納屋へ、馬は厩舎へ連れていかれる。クリストファーはつかの間、私道で馬をとめ、あたりを見まわした。自分が場ちがいな闖入者に感じられた。

さっさと用事をすませてしまおう。彼は心を決めると玄関へ向かい、従僕のひとりに手綱を預けて、扉に歩み寄った。

現れたメイド長に、ベアトリクスとの面会を請う。

「申し訳ございません、ご家族でお夕食の時間でございまして――」メイド長が断りの文句を口にする。

「かまわん。ミス・ハサウェイを呼んでくれたまえ。できないなら、わたしが自分で探しに行く」一家はおそらく、彼の邪魔をいっさいしないはずだ。気難し屋の犬と一夏を過ごした彼らは、少しもためらわずに犬を飼い主に返すにちがいない。ベアトリクスはクリストファーを止めようとするだろうが、むしろそうしてくれたほうが、言いたいことを言ってやれるから都合がいい。

「では、応接間でお待ちいただけますでしょうか」

クリストファーは無言でうなずいた。

困ったような表情を浮かべ、メイド長は玄関広間に彼を残して立ち去った。

ほどなくしてベアトリクスが現れた。今日の彼女は、薄物の生地を幾層にも重ねた純白のドレスをまとっていた。身ごろが胸の丸みを美しくつつみこんでいる。胸元と袖の生地が透けているせいで、あたかも真っ白な絹の繭から生まれいでたかのように見える。

人の犬をさらった犯人にしては、ずいぶんと落ち着いた様子だ。

「こんばんは、フェラン大尉」優雅におじぎをして、ベアトリクスはクリストファーの前に立った。

すっかり魅了されたクリストファーは、先ほどまでの怒りを呼び覚まそうとしたが、それはすでに砂となって指のあいだからこぼれて落ちていた。「今日はブリーチじゃないのか?」

気づけば、かすれ声でそうたずねていた。

ベアトリクスがほほえんだ。

「もうじきあなたがアルバートを迎えに来るはずだから、男みたいな格好を見せて気を損ねちゃいけないと思って」

「人の気を損ねるのがそんなにいやなら、犬をさらう前にもっとよく考えるべきだったんじゃないのか?」

「さらったわけじゃないわ。アルバートが喜んでわたしについてきたの」

「あいつに近づくなと言ったはずだが」

「そうだったわね」ベアトリクスは悔やむような口調になった。「でもアルバートが、わが家で夏を過ごすほうを選んだの。とても元気にしていたわ」いったん口を閉じ、クリストフアーの全身にさっと視線を走らせる。「あなたは?」

「疲れてる」クリストファーはぶっきらぼうに答えた。「ロンドンから戻ったばかりで」

「そうなの。おなかもぺこぺこでしょう? 一緒に夕食をいかが?」

「ありがたいが、遠慮しておこう。犬を返してもらい、家に連れ帰ることができればそれでけっこうだ」そのあと、浴びるほど酒を飲めればますますけっこう。「アルバートはいまどこに?」

「もうちょっと待ってて。メイド長が連れてきてくれるから」

クリストファーは目をしばたたいた。「メイド長は、怖がっていないのか?」

「アルバートのことを? まさか。みんなあの子をかわいがっているもの」

あのけんか好きな犬をかわいがる人間が、自分以外にこの世にいるとは。ラムゼイ・ハウスで犬がなにをしでかしたか、ことこまかに聞かされるとばかり思っていたクリストファーは、意外な展開にぽかんとしてベアトリクスを見つめるばかりだ。

そこへメイド長が戻ってきた。きれいに毛並みの整った犬が、いかにも忠実そうにとなりで小走りをしている。

「アルバート?」クリストファーは呼びかけた。

犬が彼のほうを見やり、耳をぴくぴくさせる。表情に変化が現れ、瞳が嬉しげに輝きだす。ためらうことなく、アルバートは元気に吠えながら飼い主に駆け寄った。床にひざまずいたクリストファーは、満足そうに尾を振る犬を両腕で抱きしめた。アルバートが飼い主の顔を舐めようと体を突っ張り、幾度も幾度も鼻を鳴らし、鼻づらをあててくる。

アルバートへの愛情と安堵感で、クリストファーは胸がいっぱいになった。引き締まった温かな体をぎゅっと抱きながら、小声で何度も名前を呼びかけ、荒っぽく毛皮を撫でてやる。犬はくうんと鳴いて身震いをした。

「会いたかったぞ、アルバート。いい子だ。本当にいい子だ」こみあげてくるものを抑えられず、クリストファーは硬い毛に顔を押しつけた。彼は罪悪感を覚えていた。夏のあいだ中ほったらかしにしていた自分を、アルバートは嬉々として迎えてくれている。「長いことひとりにしてすまなかった」とささやきかけ、愛情あふれる茶色の瞳をのぞきこむ。「二度と留守番なんかさせないからな」クリストファーは視線をベアトリクスに向けた。「こいつを置いてきぼりにしたのは、まちがいだった」とぶっきらぼうに言う。

すると彼女はほほえんだ。

「アルバートはあなたを責めてなんかいないわ。人間は過ちを責め、動物は過ちを赦すものよ」

そのとおりだと言わんばかりに口元に笑みを浮かべる自分自身に、クリストファーは驚きを覚えた。犬を撫でつづけていると、体つきがずっと引き締まって、毛もなめらかになっているのがわかった。

「手入れもしっかりしてくれたのか」

「お行儀もずっとよくなったのよ。これからは、どこにだって一緒に連れていけるわ」

クリストファーは立ち上がり、ベアトリクスを見下ろした。「どうしてここまで？」と優しくたずねる。

「アルバートがとてもいい子だから。誰が見ても一目でわかるわ」

互いに焦がれる気持ちが、痛いほどに感じとれる。クリストファーの心臓は不規則に早鐘を打っている。純白のドレスをまとったベアトリクスは、ありえないほど愛らしかった。彼女が醸しだす健康的な女性らしさは、洗練されたロンドンのレディたちのかよわげな風情とは正反対だ。クリストファーは想像をめぐらした。ベアトリクスとともにする一夜はいったいどんなふうだろう。ベッドのなかでもやはり、彼女はあふれる情熱を隠すことなく見せてくれるのだろうか。

「お夕食を食べていって」ベアトリクスがあらためて誘う。

だがクリストファーはかぶりを振った。「帰らないと」

「もう食事をすませたとか？」

「いや。でも帰れば、厨房になにかしらあるだろうから」

アルバートは床に座ったまま、じっとふたりを見守っている。

「長旅のあとだもの、ちゃんとした食事をとらなくちゃ」

「ミス・ハサウェイ――」言いかけたクリストファーは息をのんだ。ベアトリクスが両手で彼の腕をつかんだからだ。片手で彼の手首を、もう一方の手で肘をとり、そっと自分のほうに引っ張る。手の感触が股間まで伝わり、見る間にそこが反応しだす。当惑と興奮を同時に覚えつつ、クリストファーは真っ青な瞳をのぞきこんだ。

「人と話す気分じゃないんだ」と言い訳を口にする。

「でしょうね。でもそのことなら心配はいらないわ」またもや誘うように軽く腕を引かれる。

「来て」

気づけばベアトリクスとともに玄関広間を通り抜け、絵画が飾られた廊下を歩いていた。アルバートが足音もたてずにあとからついてくる。

やがてふたりは食堂に着き、ベアトリクスが腕から手を離した。蠟燭の光があふれる食堂は、テーブルに銀器やクリスタルのグラスや山ほどの料理が並んでいた。ラムゼイ卿レオ・ハサウェイとその妻のキャサリン、ローハンとアメリアの四人が席についている。ローハン夫妻の黒髪の息子、ライもいた。戸口で立ち止まったクリストファーは、おじぎをしてから、ぎこちなく口を開いた。

「すみません。今日こちらにお邪魔したのは――」

「わたしがお招きしたの」ベアトリクスが告げた。「でもおしゃべりをする気分じゃないんですって。だから、どうしても必要なとき以外は彼になにも訊かないでね」

奇妙な断りの言葉にも、一同は平然としている。従者が現れて、クリストファーの席を用意した。

「ようこそ、フェラン君」レオが気安く声をかけてきた。「物静かな客人は大歓迎――その分こちらはたっぷりしゃべることができる。きみはただ、黙って座っていればいい」

「でもできれば」キャサリンがほほえみとともに言葉を添える。「わが家の人間の知性や気の利いたせりふに、感心するそぶりも見せてね」

「会話に参加できるよう、努力します」クリストファーは思いきって応じた。「なにか適当な言葉が見つかれば、ですが」

「その間も、われわれはしゃべりどおしだろうけれどね」キャムがちゃかした。

クリストファーの席はライのとなりだった。目の前には、たっぷりと料理が盛られた皿に、ワインのグラス。食べはじめてようやく彼は、自分がひどく空腹だったことに気づいた。舌平目のソテー、ポテト、牡蠣の燻製のベーコン巻きといったごちそうを彼が頬張る横で、一家は政治や領地管理といった話題で盛り上がり、ストーニー・クロスで起こるさまざまな出来事について語りあっている。

ライはまるで小さな紳士だった。会話にじっと耳を傾け、ときおり質問を挟む。質問への答えはすぐにかえってきた。クリストファーの周囲で、こんなふうに子どもを夕食に同席させる家庭はない。上流階級に属する家では、子どもは子ども部屋でさびしく食事をとるのがしきたりだ。

「きみはいつも、ご家族のみなさんと食事をするのかい?」クリストファーは小声でライにたずねた。

「うん、そうだよ」ライがささやきかえす。「食べ物をほおばったましゃべったり、ポテトで遊んだりしないかぎり、いっしょに食べてもいいんだ」

「では、わたしも気をつけよう」クリストファーはまじめな顔で応じた。

「それとね、テーブルからアルバートにえさをあげちゃいけないんだ。アルバートがどんなにせがんでもだよ。ベアトリクスおばちゃまいわく、にんげんの食べ物は犬によくないんだって」

アルバートを目で探すと、隅のほうで静かに横になっている。

「フェラン大尉」彼の視線に気づいたアメリアが問いかけてきた。「アルバートの変身ぶりを目の当たりにして、いかが？」

「信じられない気持ちです」クリストファーは答えた。「戦場暮らしから、こんなふうに平和な日々に果たして順応させられるのかどうか、わたしも自信がなかったのですが」ベアトリクスのほうを見やり、重々しくつけくわえる。「きみには心から感謝してる」

ベアトリクスは真っ赤になって皿に視線を落とし、ほほえんだ。「なんてことないもの」

「妹は、動物を手なずけるのが本当にうまいの」とアメリア。「だから、この子の手にかかったら殿方がどんなふうに変わるのかと昔から楽しみで」

レオがにやりとする。

「ベアトリクスにはぜひ、道徳観念などいっさいない、正真正銘の放蕩者を相手として見つけてやりたいね。二週間とかけずに、そいつを改心させられるはずだ」

「二足歩行動物を改心させてみたいとは思わないわ」ベアトリクスが言った。「四足歩行動物だけで十分。それにキャムが、これ以上納屋で生き物を飼ってはいけないというし」

「あんなにでかい納屋なのに？」レオがたずねる。「まさか、もう部屋が足りなくなったのか？」

「なにごとにも限度がある」とキャム。「だから、ロバが現れたところで打ち止めにした」

クリストファーはおやという表情でベアトリクスを見つめた。

「きみは、ロバを飼っているのかい？」

「いいえ」ベアトリクスは即答した。明かりのかげんのせいだろうが、顔が青ざめたように見えた。「あの、いえ、たしかにロバは一頭いるわ。でも、その話はいいでしょう？　話したくないの」

「ぼくは話したい」ライが無邪気に口を挟んだ。「ヘクターはね、とっても利口なロバなんだよ。でも背中がわるくて、かんせつのびょうきもあるの。生まれたあと、だれもかいたがらなかったから、ベアトリクスおばちゃまがケアードさんのところから――」

「ロバの名前が、ヘクターだって？」クリストファーは問いただし、ベアトリクスをまじまじと見つめた。

彼女は答えなかった。

得体の知れない、冷たいものがクリストファーをつつむ。全身に鳥肌がたち、血液のどくどくという流れすら感じとれる。

「父親は、モーズリーさんのところのロバか？」彼はたずねた。

「どうしてしってるの？」というライの問いかけが聞こえる。

答える自分の声が、いやに優しげだった。「誰かが手紙で教えてくれたんだ」

クリストファーはワイングラスを口に運びつつ、無表情を巧みによそおうベアトリクスから視線を引き剝がした。

食事が終わるまで、二度と彼女を見なかった。

いや、見ることができなかった。見れば自制心をすべて失ってしまうとわかっていた。


食事のあいだ中、ベアトリクスは不安で押しつぶされそうだった。クリストファーを無理やり引き留めた自分を、かつてないほど悔やんでいた。彼女がケアードさんのロバを譲りうけ、クリストファーが少年時代に飼っていたロバの名前をつけたと知り、いったいどう思っただろう。きっと事情を知りたがるにちがいない。プルーデンスから話を聞かされていたふりをするしかないだろう。〝プルーから聞いたときに、ヘクターという名前が頭に残ったんだと思うの〟とさりげなく言えばいい。〝ロバにはちょうどいい名前でしょう？　あなたが気にしなければいいんだけど〟

そうだ、そんなふうに説明して、あとは平然としていれば大丈夫。

問題は、パニックに陥りながら平静をよそおえるかどうか。

幸い、クリストファーはその話にすぐに興味を失ったようだった。ベアトリクスのことはちらと見ただけで、ロンドンに住む共通の知人についてレオやキャムと話を始めてくれた。落ち着いた様子でほほえみを浮かべ、レオの皮肉に笑い声まであげている。

どうやらヘクターの話題はすっかり忘れているらしい……ベアトリクスの不安は徐々に消えていった。

ときおり彼女はクリストファーのほうを盗み見た。すっかり彼に魅了され、食事がすむまで幾度となく視線を送った。褐色の肌は日に焼けて輝き、琥珀色の髪に混じる金髪は蠟燭の明かりを受けてきらめいている。炎が放つ黄色の明かりが、うっすらと伸びだしたひげを光らせた。やわらかな物腰に隠された荒々しい男性らしさを垣間見た気がして、ベアトリクスは大いに惹きつけられた。嵐の最中にあえて外に飛びだす人のように、クリストファーのすべてを解き放ち、すべてを知りつくしたいと思った。そうしてなによりも、彼と語りあうことを切望した。言葉でもって相手の心を開き、夢も秘めた思いもなにもかも分かちあいたかった。

「今日は、温かなおもてなしを本当にありがとうございました」食事が終わると、クリストファーが言った。「久しぶりに楽しい時間を過ごせました」

「すぐにまた来てくれたまえ」とキャム。「材木作りをぜひ見てもらいたい。つい先日も新しい設備を導入したばかりでね。リヴァートン領でもいずれ必要になるだろうから」

「ありがとうございます。楽しみにしています」クリストファーはそう応じてから、ベアトリクスをまっすぐに見つめてきた。「ミス・ハサウェイ、おいとまする前に、例のロバを見せてもらえるかい？」問いかける口調はものやわらかだが……瞳は獣のように鋭かった。

不安のあまり口のなかがからからになる。逃げ場はない。どう考えてもない。クリストファーは真実を知りたがっている。いまがだめなら、いずれなんとしても知ろうとするだろう。

「いまから？」ベアトリクスは弱々しくたずねかえした。「もう夜よ」

「きみさえさしつかえなければ」と応じる声は、奇妙なほど優しげだ。「厩舎は、母屋からすぐなんだろう？」

「ええ」ベアトリクスは答え、椅子から立ち上がった。男性陣が礼儀正しく腰を上げる。

「では、わたしはちょっと。すぐに戻るわ」

「ぼくも行っていい？」ライがせがむように訊く。

「だめよ、ライ」アメリアが止めた。「あなたはそろそろお風呂に入らないと」

「泥んこひとつ、ついてないのに？」

「心の清らかさに欠けるわが家の人間は」アメリアはほほえんで答えた。「せめて見た目だけでも清らかでいないとね」


ライが二階に行き、ベアトリクスとクリストファーがアルバートをしたがえて厩舎に向かったあとも、家族は食堂で軽いおしゃべりをつづけた。

なんとなく沈黙が流れたとき、最初に口を開いたのはレオだった。

「みんなも気づいたか——」

「ええ」キャサリンがうなずいた。「どう思う？」

「まだなんとも言えないな」眉根を寄せて、レオはポートワインを口にした。「だが、ビーの相手にああいう男は考えていなかった」

「どんな人がいいと思っていたの？」

「よくわからないが、同じような価値観を持った男かな。村の獣医とか」

「八三歳のおじいさんだし、ほとんど耳が聞こえないのよ」キャサリンが指摘する。

「口論にならなくていい」レオはやりかえした。

笑みをたたえたアメリアが、ゆっくりと紅茶をかきまぜながら言った。

「認めたくないけど、お兄様と同感ね。村の獣医がいいという意味じゃなくて……ベアトリクスと軍人さんじゃ、お似合いとは思えないわ」

「フェラン君はもう退役したんですよ」キャムが教えた。「だから軍人ではない」

「彼がリヴァートン領を継いだら」アメリアは思案げにつぶやいた。「ベアトリクスはあの広い森を散策できるようにはなるけれど……」

「ふたりには、共通点もあるんじゃないかしら」キャサリンが思いかえすように言った。

レオは片眉をつりあげた。

「いったいどんな？　ビーは動物愛好家で、あいつは銃撃愛好家だぞ」

「ベアトリクスは、世間に対して常に距離を置いているわ。愛想はとてもいいけど、本心はなかなか明かさない。フェラン大尉にもそういう一面があるんじゃないかしら」

「たしかにそうね」とアメリア。「あなたの言うとおりだわ、キャサリン。そう考えると、お似合いのふたりに思えてくるわね」

「それでも、わたしはやっぱり反対だ」レオは言い張った。

「お兄様はいつもそうでしょ」アメリアが応じる。「キャムのときだって最初は反対していたけれど、いまは義弟として認めているじゃない」

「義弟が増えるにつれて、キャムはましなほうだとわかったからさ」

15

厩舎に向かうベアトリクスとクリストファーのあいだで、言葉はいっさい交わされなかった。雲に隠れた月が空に低くかかり、漆黒に浮かびあがる煙の輪のように、幻想的な姿を見せている。

ベアトリクスはばかみたいに気にしていた。自分の呼吸を。砂利道を踏む靴の音を。背後を歩く男性の存在を。

ふたりに気づいて頭を下げた馬番の少年の脇を通り、暖かく薄暗い納屋のなかへと足を踏み入れた。ベアトリクスが始終ここに来ることに慣れている馬丁たちは、話しかけたりせずに彼女の好きなようにさせてくれる。

干し草、馬、餌、堆肥――厩舎独特の匂いが入り交じって、懐かしくも心落ち着く香気を醸している。先に立ったベアトリクスは無言で奥へと進み、数頭のサラブレッドに一頭の荷馬車馬、よく似た二頭の馬車馬の前を通りすぎた。馬たちがいななき、ふたりに顔を向ける。

ロバの房に到着し、ベアトリクスは歩みを止めた。「これがヘクターよ」

小柄なロバがふたりを歓迎するかのように前に進みでた。欠点があるにもかかわらず、いや、だからこそ、ヘクターには人を惹きつける魅力がある。背中は曲がっているし、片耳も折れているが、表情は生き生きとして幸せそうだ。

クリストファーが撫でようと腕を伸ばすと、ヘクターはその手のひらに鼻づらを押しあてた。思いやりにあふれた彼の態度に、ベアトリクスはほっとした。もしかしたら、それほど怒っていないのかもしれない。

深呼吸をひとつしてから、彼女は声をかけた。「ヘクターと名づけたのは――」

「言い訳はいい」さえぎったクリストファーは驚くほどすばやい身のこなしで、ベアトリクスを支柱のところまで追いつめた。「先に訊きたいことがある。プルーデンスが手紙を書くのを手伝ったのはきみか？」

目を見開いて、ベアトリクスはクリストファーの陰になった顔を見つめた。血液が奔流となって、肌を紅潮させるのがわかった。「いいえ」やっとの思いで答える。「手伝わなかったわ」

「では誰が？」

「誰も手伝わなかった」

嘘ではない。正真正銘の真実とも言いがたいが。

「きみはなにか知っているはずだ」クリストファーが問いつめる。「知っていることを、話してもらおう」

彼の怒りが感じとれた。怒りは空気まで変えてしまっていた。ベアトリクスの心臓は小鳥のように早鐘を打った。気持ちが高ぶって、抑えられそうにない。

「どいてちょうだい」それでもベアトリクスは、どこまでも落ち着きはらった声で言った。「そういう振る舞いは、お互いにとってよくないわ」

クリストファーの瞳が怖いくらいに細められる。

「犬をしつけるときみたいな口調はよしてくれ」

「犬にこんな口調は使いません。そんなに真実が知りたいのなら、どうしてプルーデンスに訊かないの？」

「訊いたとも。彼女は嘘をついた。いまのきみのようにね」

「ずっとプルーデンスが好きだったんでしょう？」ベアトリクスは思わず口走った。「その彼女を手に入れたんでしょう？　だったらなぜ、手紙でわたしのことなんか気にするの？」

「騙されていたからだ。どうやって、どんな理由でわたしを騙したのかが知りたい」

「自尊心ね」ベアトリクスは苦々しげに言った。「あなたにとって大切なのはそれだけ……自尊心を傷つけられたのが我慢できないんだわ」

彼の手がベアトリクスの頭に伸びてきて、優しく、だが容赦なく髪をつかんだ。そのまま頭を後ろに引っ張られ、ベアトリクスはあえいだ。

「話をそらそうとしてもむだだ。わたしに、なにか隠していることがあるだろう？」

クリストファーの空いているほうの手が、あらわな首筋へと伸ばされる。ベアトリクスは一瞬、喉を締め上げられるのではないかと怯えた。けれども彼は、首の付け根のくぼみに円を描くように、親指でそっと撫ではじめた。その感触に激しく反応してしまう自分に、ベアトリクスは驚いた。

半ば目を閉じ、「やめて」と弱々しく抗う。

彼女が身を震わせるのを、嫌悪感か恐怖心のためとかんちがいしたのだろう、温かな息が頰にかかるほど深々と身をかがめて、クリストファーは「真実を知るまではやめない」と脅し文句を口にした。

絶対に言うわけにはいかない。真実を知ればクリストファーは、自分を騙し、そうして捨てたベアトリクスを憎むようになる。この世には、けっして赦されない過ちもあるのだ。

「とっとと消えうせてよ《ゴー・トゥ・ヘル》」ベアトリクスはとぎれがちに言った。そのような悪態をつくのは生まれて初めてだった。

「言われるまでもなく、もう地獄《ヘル》にいるとも」クリストファーの体が密着してきて、幾層にもなったスカートに脚が押しつけられる。

罪悪感と恐れと欲望に苛まれつつ、ベアトリクスは愛撫を与えてくる手を首からどけようとした。髪に差し入れられた手に、痛くない程度に力が込められる。クリストファーの唇は、彼女の唇のすぐそばにあった。まるで彼に、彼の力強さと活力と男らしさに、つつみこまれているかのようだ。ベアトリクスはぎゅっと目をつぶって、高ぶりが静まっていくのを感じながら、なすすべもなくただひたすらに待った。

「絶対に真実を言わせてみせる」とクリストファーがささやくのが聞こえる。

次の瞬間には、彼のくちづけを受けていた。

ベアトリクスはぼんやりと思った。どうやらクリストファーは妙なかんちがいをしているらしい。ベアトリクスが彼のキスを不快なものとみなし、それをやめさせるために、真実を打ち明けるはずだと。いったいどうして、そのようなかんちがいができるのやら。現実の彼女は、まともに考えることすらできずにいるというのに。

えもいわれぬ角度で重ねられたクリストファーの唇が、ベアトリクスの唇の上でしなやかにうごめき、やがて、完璧に重なりあう。ベアトリクスは全身の力が抜けるのを覚えた。骨抜きになったように床にくずおれてしまいそうで、思わず彼の首に腕をまわした。するとクリストファーは力強いわが身に彼女を強く抱き寄せ、ゆっくりと探るように、舌先で愛撫をくわえてきた。

歓喜のあまり四肢が重くなってくる。ベアトリクスはすっかり彼に身をゆだねた。彼の怒りが、情熱にとって代わられる瞬間を感じとることができた。欲望が、白熱の切望へと変化するのが。ベアトリクスはクリストファーの美しい髪に指をからめた。短く刈られた髪は豊かで張りがあり、手のひらに触れた地肌はとても熱かった。息を吸うたびに彼の香りが鼻孔をくすぐる。サンダルウッドのほのかな香気と入り交じった、温かな男性の肌の匂いだ。

クリストファーの唇が離れ、首筋へと荒々しく下りていく。感じやすい場所に触れられるたび、ベアトリクスは身をよじった。夢中で顔を横に向け、彼の耳たぶに唇を寄せる。クリストファーは鋭く息をのみ、首をのけぞらせた。大きな手が顎に触れ、強くつかむ。

「知っていることを言うんだ」クリストファーがささやき、吐息がベアトリクスの唇を焦がした。「さもないと、もっとひどい目に遭わせてやる。いまこの場できみを奪ってやる。そうしてほしいのか？」

じつを言えば、そのとおり……。

喉元まで出かかった言葉をのみこんだベアトリクスは、罰を与えられ、無理強いされているはずの自分を思い出し、弱々しい声で「いやよ。やめて」と訴えた。するとふたたび唇を奪われた。ベアトリクスはため息をついて、とろけるように彼に身を任せた。

今度のくちづけはずっと激しかった。クリストファーがベアトリクスの背中を支柱に押しつけ、両手でみだらに全身を撫でまわす。けれども幾層にも重ねられたレースのドレスにぴったりと肌をつつまれているせいで、思うように愛撫できないらしい。

当のクリストファーの服は、さほど邪魔になるわけではない。ベアトリクスは彼の上着の下に両腕を差し入れ、ベストとシャツを乱暴に引っ張り、素肌に触れようとした。ズボンつりを探りあてると、シャツの裾をウエストから引き抜いた。シャツは体温でぬくもりを帯びていた。

燃えるように熱い背中に冷たい指が触れたとたん、ふたりは同時に息をのんだ。ベアトリクスはうっとりとなりながら、いかにも男らしく湾曲した筋肉をまさぐり、張りつめた腱と骨の感触を味わい、その下に隠された驚くほどの力強さを堪能した。やがて指先は、素肌に残された傷跡に、戦いと苦痛の名残にたどりついた。癒えてなめらかになった傷跡をそっと撫で、手のひらで優しく覆ってみる。

　クリストファーは身を震わせた。うめき声とともに唇に唇を重ね、ベアトリクスをきつく抱き寄せる。気づけばふたりは、ともにエロチックなリズムを刻んでいた。本能的に彼を求めて、ベアトリクスは唇を吸い、舌をからませて、ひとつになろうとした。

　ところがクリストファーはふいにくちづけをやめた。息をあえがせつつ、両手で彼女の頭を抱き、額に額をあてる。

「きみなのか？」クリストファーはかすれ声でたずねた。「そうなのか？」

　まつげの下から涙がこぼれ落ちるのをベアトリクスは感じた。まばたきをしてこらえようとしても、もう遅かった。心臓が燃え上がっている。自分が生まれてきたのはクリストファーと出会うためだったのだと、この言葉にならない愛の瞬間を迎えるためだったのだと思えた。

　けれども彼に嘲笑されるのが怖くて、自らの振る舞いがひどく悔やまれて、問いかけに答えられなかった。

　湿った頰に残る涙の跡を、クリストファーの指先が見つける。ベアトリクスの震える唇に押しつけた唇を、彼はやわらかな口角のところにしばしとどめてから、涙に濡れた頰へと滑らせた。

　それから彼女を引き離し、一歩後ずさって、当惑と怒りの入り交じった表情でにらみつけた。これほど激しく互いを求めているのになおも距離を置ける彼が、ベアトリクスは不思議でならなかった。

震える吐息がクリストファーの口からもれる。服のしわを伸ばす手の動きは、まるで酔っぱらった人のように妙に用心深かった。

「くそっ」とつぶやく声は低く張りつめていた。クリストファーが大またで厩舎をあとにする。

かたわらに座っていたアルバートが、小走りにクリストファーを追う。ベアトリクスが一緒に来ないのに気づくと、犬は彼女に駆け寄ってくうんと鼻を鳴らした。

ベアトリクスはしゃがんでアルバートを撫で、「行きなさい」とささやいた。

ほんのつかの間ためらってから、犬は飼い主を追った。

打ちひしがれた思いで、ベアトリクスは彼らの背中を見送った。

二日後、ウェストクリフ伯爵夫妻の住むストーニー・クロス・パークで舞踏会が催された。広大な庭に囲まれたハチミツ色の石造りの由緒正しい屋敷以上に、ハンプシャーでこうした社交行事にふさわしい場所はない。ウェストクリフ領は、イッチェン川を見下ろす断崖に位置する。伯爵夫妻の隣人で、友人でもあるため、ハサウェイ家では家族全員が舞踏会に招かれた。とりわけキャムは伯爵にとってかけがえのない話し相手で、ふたりは何年も前から交流を深めてきた。

ストーニー・クロス・パークにはベアトリクスも何度も招待されたことがある。それでも彼女はいまなお、屋敷の壮麗さに、わけてもその豪奢な内装に畏怖の念を覚えずにはいられない。舞踏室は比べるもののない美しさで、複雑な寄木張りの床も、二層式のシャンデリアも、ベルベット張りの長椅子が置かれた半円形の壁龕《へきがん》が並ぶ左右の長い壁も、すべてが素晴らしい。

巨大なビュッフェテーブルで軽食をつまんでから、ベアトリクスはアメリアとキャサリンとともに舞踏室に入った。室内は色彩であふれていた。レディたちは華やかなドレスに、紳士たちは黒と白の盛装にそれぞれ身をつつんでいる。クリスタルのシャンデリアが放つきらめきも、女性陣の手首や胸元や耳たぶを飾るいくつもの宝石の輝きの前にかすみそうだ。

今宵の主催者であるウェストクリフ卿がやってきて、姉妹に歓迎の言葉をかけた。ベアトリクスは以前から伯爵に親しみを覚えていた。思いやり深く高潔な伯爵のハサウェイ家に対する友情は、一家に幾度となく利益をもたらしてくれたものだ。いかめしい面立ちに、漆黒の髪と黒い瞳の持ち主である伯爵には、ハンサムというよりも印象深い顔という言葉がふさわしい。彼はまた、権威をことさらに誇示することなく、さりげなく身につけている人でもある。あいさつを終えた伯爵がキャサリンにダンスを申し込み（彼がそこまでの好意を招待客に見せることはめったにない）、義姉がほほえみを浮かべてそれを受ける。

「本当に親切な方ね」アメリアがベアトリクスに言い、伯爵が踊りの輪へとキャサリンをいざなうさまを眺める。「伯爵はいつだってハサウェイ家に礼儀正しく、愛想よく接してくださる。周りの誰も、わが家の人間を見下したり、鼻であしらったりしないのは彼のおかげだわ」

「きっと変わり者が好きなのよ。みんなが思うほど、くそまじめな方じゃないんだわ」

「レディ・ウェストクリフもそうおっしゃっていたわね」アメリアはほほえんで応じた。

ベアトリクスは口にしかけた言葉をのみこんだ。部屋の向こうに、いかにもお似合いの男女が見えたからだ。クリストファーがプルーデンスと語りあっている。黒と白の盛装をまとえばどんな男性も素敵に見えるものだが、クリストファーの場合は文字どおり息をのむようだった。彼はごく自然に盛装を着こなしていた。背筋はぴんと伸びているのにくつろいだ様子で、肩幅が驚くほど広い。糊のきいた純白のクラヴァットが褐色の肌を際立たせ、シャンデリアの光が金髪混じりの琥珀色の髪をきらめかせる。

妹の視線を追ったアメリアが、両の眉をつりあげた。「ハンサムねえ」と感心した口ぶりで言い、妹に視線を戻す。「彼が好きなんでしょう?」

冷静をよそおうとしたのに、ベアトリクスは姉に苦悩の表情を向けてしまった。うつむいて打ち明ける。

「誰かと出会って、この人を好きになれればと思ったことは、いままでに何度もあったわ。自分に似合う人、ふさわしいと思える人、気楽につきあえる人は何人もいた。でも、特別な誰かを待つことしかできなかったの。象に踏みつけられ、アマゾン川に投げ入れられ、ピラニアに食べられたときみたいな気持ちにさせてくれる誰かをね」

姉は思いやり深くほほえんだ。手袋をした手で、ベアトリクスの手を握る。

「ねえ、ビー。こう言えば、あなたも少しは気が楽になるのかしら。そんなふうに誰かに恋心を抱くのは、ごく自然なことなのよ」

手のひらを上に向け、ベアトリクスは姉の手を握りかえした。一二歳で母を亡くして以来、アメリアはいつだって、愛情と忍耐をもって接してくれた。「これが本当にただの恋心？」と小声で姉にたずねる自分の声が聞こえる。「それよりずっとつらいのに？　死の病みたいなのに？」

「そこまで言われるとどうかしら。愛と恋を見分けるのはとても難しいわ。でも時が、いずれ明らかにしてくれる」アメリアはいったん言葉を切った。「彼もあなたに惹かれているわ。このあいだの夜、みんなそれに気づいたとあとで言っていたの。あなたのほうから、水を向けてみればいいのに」

ベアトリクスは喉が詰まるのを覚えた。「できないわ」

「どうして？」

「詳しい事情は言えないの」みじめったらしく答える。「彼を騙したから、としか」

驚いた顔で姉がこちらを見た。

「らしくないわね。あなたは絶対にそういうことをしないと思ったのに」

「わざとじゃないの。それに彼も、騙した張本人がわたしだとは気づいていないの。疑っているとは思うけど」

「そうなの」アメリアは眉根を寄せて、よくわからない説明を理解しようと努めている。

「ともかく、厄介なことになっているようね。いっそ彼に正直に話したほうがいいのではないかしら。案外、怒らないかもしれないわ。お母様も、わたしたちの悪さがすぎたときによく言っていたでしょう……〝愛はすべてを赦す〟って。覚えてる？」

「もちろん覚えてるわ」ベアトリクスはうなずいた。同じ言葉を、クリストファーへの手紙に書いたことだってある。思い出すと、喉がますます詰まった。「いまはこの話はやめましょう、お姉様。床に突っ伏して泣いてしまいそう」

「それだけはやめて。誰かがあなたにつまずいたら大変」

紳士がひとり、ベアトリクスにダンスを申し込みにやってきたので、姉妹の会話はそこで中断された。踊りたい気持ちなどこれっぽっちもなかったが、個人宅での舞踏会で誘いを断るほど、マナー知らずな振る舞いはない。脚が折れているなどの明白な、もっともらしい理由がないかぎり、誘いは受けねばならない。

それに正直な話、現れた紳士――ミスター・テオ・チッカリング――と踊るのが苦痛というわけではない。チッカリングは気立てのいい魅力的な青年で、昨シーズンにロンドンで出会っていた。

「お相手願えますか、ミス・ハサウェイ？」

ベアトリクスは彼にほほえみかけた。「ええ、喜んで、ミスター・チッカリング」姉の手を離し、チッカリングに歩み寄る。

「今夜のあなたはとてもきれいですね、ミス・ハサウェイ」

と、ってておきの一枚を選んでいた。白い肌を大胆に見せる、胸元が深く刳れたドレスだ。髪は巻いて結い上げ、パールのヘアピンをいくつもあしらってある。それ以外に、宝石のたぐいは身に着けていない。

誰かの視線にうなじの後れ毛が逆立つのを覚え、ベアトリクスはすばやく室内を見まわした。その瞳はすぐさま、冷たい銀色のまなざしにとらえられた。クリストファーが、険しい顔でこちらを見ていた。

チッカリングが優雅な身のこなしで、彼女をワルツの輪へといざなう。彼に合わせてひとつターンをしてから、ベアトリクスは肩越しに視線を送ったが、クリストファーはもうこちらを見ていなかった。

けっきょくその晩、彼がベアトリクスに目を向けたのはこの一度きりだった。

ベアトリクスは懸命に笑い、チッカリングとのダンスに興じようとした。内心では、意に反して楽しいふりをするほど難しいことはないと嘆いていた。そうしてときおり、クリストファーのほうを盗み見た。見るたびにいつも、彼は気を惹こうとする女性と戦場での逸話を聞こうとする男性に囲まれていた。どうやら誰もが、クリミア戦争における英国一の英雄と称される男性とお近づきになることを願っているらしい。クリストファーは冷静に対応していた。落ち着いた、礼儀正しい態度でみなに接し、ときおり魅力的な笑みを浮かべてみせた。

「彼にはかなわないな」チッカリングがクリストファーのほうを顎でしゃくりながら淡々と

言った。「栄誉、莫大な財産、ふさふさの髪。たったひとりで英国を勝利へと導いたとあっては、嫌うことさえできない」

ベアトリクスは声をあげて笑い、同情するふりをした。

「あなただって、フェラン大尉に劣らず立派な紳士だわ」

「どういう点で？　わたしは軍にも属していなかったし、栄誉も莫大な富も持っていない」

「でも、髪はふさふさよ」

チッカリングがくすりと笑った。

「もう一曲踊っていただけますか？　ふさふさの髪を、存分に見られますよ」

「ありがとう。でももう二曲も踊ってしまったでしょう？　これ以上は、噂の的になるから」

「振られたわけか」チッカリングがふざけ、ベアトリクスは笑った。

「傷心を癒やしてくれる素敵なレディなら、今夜はたくさんいるわ。どうぞほかのどなたかを誘ってらして――あなたみたいな踊りの名手を、ひとり占めしたら悪いもの」

しぶしぶといった様子でチッカリングが去ると、聞きなれた声に背後から呼びかけられた。

「ベアトリクス」

しりごみする気持ちを抑え、ベアトリクスは背筋をしゃんと伸ばすと、かつての友人に向きなおった。

「お久しぶり、プルーデンス。元気だった？」

プルーデンスは象牙色の豪華なドレスをまとっていた。金色のレースがたっぷりとスカートにあしらわれ、ところどころに絹布でできたピンクの薔薇のつぼみが飾られている。

「ええ、おかげさまでとっても元気。それ、素敵なドレスね……今夜のあなたは大人のレディみたい」

自分よりひとつ年下の彼女にそのように言われて、ベアトリクスは苦笑をもらした。

「だってわたし、もう二三歳よ、プルー。いまさらそんなふうに言うのは、変じゃない？」

「それもそうね」

長くぎこちない沈黙が流れる。

「なにか用？」ベアトリクスはぶっきらぼうにたずねた。

笑みを浮かべたプルーデンスが、少し近づいてくる。「ええ、お礼が言いたくて」

「お礼？」

「忠実なお友だちでいてくれたあなたにね。秘密をばらして、わたしとクリストファーの仲を引き裂くことだってできたのに、あなたはそうせず、約束を守ってくれた。まさか本当に守ってくれるとは思わなかったわ」

「なぜ？」

「だって、あなたもクリストファーの気を惹きたがっているようだったから。ばかげた願望だなとは思ったけど」

ベアトリクスは軽く首をかしげた。「ばかげた願望？」

「言葉がまずかったかしら。つまり、ふさわしくないという意味よ。クリストファーのような立場の男性には、洗練されたレディが似つかわしいもの。社交界で、彼を支えてあげられるようなね。あれほどの栄誉と影響力を持った紳士なら、いずれ政界に進出する日が来るかもしれないわ。そんな彼の妻が、一日中森で……あるいは厩舎で過ごすような人じゃ困るでしょう？」

クリストファーの皮肉が思い出され、矢のように胸に突き刺さる。

〝応接間より厩舎にいるのがお似合いだ〟彼はかつてそう言った。

しかめっ面に見えないよう注意しながら、ベアトリクスは無理やり口角を上げて笑顔を作った。

「そうよね」

「本当に感謝しているわ」プルーデンスは優しげに言った。「こんなに幸せな気持ちは生まれて初めてよ。いままでは彼のことを心から思っているの。じきに婚約もするわ」舞踏室の入口のあたりで、数人の紳士と立つクリストファーを見やる。「なんてハンサムなのかしら」

元友人は誇らしげにつぶやいた。「あの見事な勲章を並べた軍服姿のほうが、わたしは好みだけど。でも、盛装姿の彼も素敵だと思わない？」

プルーデンスに意識を戻したベアトリクスは、どうやってかつての友人を追いはらおうかと思案した。

「あら、見て！　マリエッタ・ニューベリーがいるじゃない。婚約の予定があるって彼女にも話した？　きっと彼女も聞いたら喜ぶと思うわ」

「ええ、そうね！　あなたも一緒に来ない？」

「ありがとう、でもなんだかすごく喉が渇いたから。軽食のテーブルに行ってくる」

「じゃあ、またあとでね」

「ええ、またね」

金色のレースをひるがえし、プルーデンスは立ち去った。

いらだちまぎれに、ベアトリクスはふーっと息を吐いた。すると額にかかる髪が揺れた。あらためてクリストファーを盗み見ると、周囲の人と談笑中だった。いかにも落ち着いた表情（きまじめな表情と言ったほうが正しいだろう）を浮かべているものの、額に汗がにじんでいるのが見える。話し相手からしばし顔をそむけ、彼はさりげなく、震える手で汗をぬぐった。

ひょっとして気分が悪いのだろうか。

ベアトリクスはまじまじと彼を見つめた。

管弦楽団が軽快な曲を奏で、そのせいで人びとの話し声もひときわ高くなる。舞踏室は騒音と色彩であふれんばかりで……どちらを向いても人また人だ。軽食テーブルのほうからは、グラスのぶつかりあう音や、ナイフが食器にあたる音が聞こえてくる。シャンパンのコルクが抜かれるポンという音に、クリストファーが眉をひそめた。

その表情を目にするなり、ベアトリクスは理解した。

クリストファーにはこの喧騒が苦痛なのだ。いまにも我慢の限界に達しそうなのだろう。きっと自制心を総動員して耐えているにちがいない。

気づいたときには、ベアトリクスは急ぎ足でクリストファーに歩み寄っていた。

「こちらにいらしたのね、フェラン大尉」といきなり大声で呼びかける。

不意に入った邪魔に、紳士たちが会話を中断する。

「わたしから隠れようとしてもむだよ」ベアトリクスはほがらかにつづけた。「ウェストクリフ卿のギャラリーを案内してくれる約束だったでしょう?」

クリストファーは平静をよそおっている。だが瞳をのぞきこめば、瞳孔がすっかり開いて、銀色の虹彩まで真っ黒になっているのが見えた。「そうだったね」彼はこわばった声で応じた。

周囲の紳士たちはすぐに納得顔になった。ここまで大胆に振る舞うベアトリクスを前にしては、ほかに対応のしようがあるまい。

「われわれは、約束を破る片棒をかつぐつもりはないよ、フェラン」ひとりが言った。

「とりわけその約束が、ミス・ハサウェイのように楽しい相手とのものならね」別のひとりが同調する。

クリストファーはうなずき、「ではわたしはこれで」と仲間たちに断ると、ベアトリクスに腕を差しだした。そうして舞踏室のとりわけ人でごったがえしたあたりを離れるなり、荒い息をつきはじめた。ひどく汗をかいており、腕の筋肉が張りつめているのがベアトリクスの指先にも伝わってくる。「これできみの評判はがた落ちだ」クリストファーはつぶやいた。

「わたしの評判なんてどうでもいいわ」

勝手知ったるウェストクリフ邸だ、ベアトリクスはクリストファーをいざなうようにして、小さな温室のほうへ向かった。円形屋根を支える細い柱と室内を、庭に並ぶたいまつの明かりがほのかに照らしだしている。

屋敷の壁に寄りかかったクリストファーは目を閉じ、さわやかに香る冷たい空気を深々と吸いこんだ。その様子は、遠泳を終えて水面に顔を出したばかりの人を思わせた。

かたわらに立ったベアトリクスは、心配そうに彼を見つめた。

「舞踏室の騒々しさに我慢できなかったの？」

「なにもかもに、我慢できなかった」クリストファーはつぶやいた。しばらくして薄く目を開き、「ありがとう」

「どういたしまして」

「あの男は誰？」

「あの男って？」

「きみとダンスをしていた」

「ミスター・チッカリングのこと？」クリストファーに見られていたのだとわかると、ベアトリクスの心はぐっと軽くなった。「とてもいい人なのよ。ロンドンで前に会ったことがあるの」いったん口を閉じてつづける。「プルーとも話をしたんだけど、見てた？」

「いいや」

「そう、彼女の話だと、あなたといずれ結婚するみたいね」

クリストファーの表情に変化は現れない。「おそらくね。妻にするにふさわしい人だ」

どう応じればいいのかわからず、ベアトリクスは眉根を寄せた。

「愛しているの？」

嘲笑を浮かべたまなざしが向けられる。「愛していないわけがないだろう？」

ベアトリクスの眉間のしわがますます深くなる。

「そんなふうに嫌みな口をきくなら、わたしはなかに戻るわ」

「ああ、どうぞ」ふたたび目を閉じたクリストファーは、相変わらず壁に寄りかかったままだ。

本気で邸内に戻るつもりだった。けれども汗で光った無表情な顔を見つめるうち、なんともいえない優しい気持ちがふつふつとわいてきた。

大柄なクリストファーは、いかにも強い男に見える。眉間に刻まれたしわ以外に、その胸の内を垣間見せるものはない。でもベアトリクスには、彼が極度の緊張に苛まれているのがわかる。人はみな、自制心を失いたくないと思うものだ。自制心こそまさに命綱だった人なら、なおさらだろう。

ふたりの隠れ家はすぐそこにあるのよ。ベアトリクスはそうクリストファーに打ち明けてしまいたかった。打ち明けて、〝一緒に行きましょう〟と彼を誘いたかった。〝静けさに満ちた、とても素敵なところなの……〟

誘う代わりに、ベアトリクスはドレスの隠しポケットからハンカチを取りだし、クリストファーに歩み寄った。「じっとしていて」と声をかけ、つま先立って、ハンカチでそっと汗をぬぐう。

クリストファーはされるがままだった。

汗をぬぐい終えると、彼はベアトリクスを見下ろしてきた。口元がゆがんでいた。

「ときどき……正気でなくなるんだ」クリストファーはぶっきらぼうに言った。「会話の途中とか、ごく普通のことをしているときに、脳裏に映像が浮かびあがる。それから頭のなかが真っ白になって、その間に自分がなにを言い、なにをしたかも思い出せない」

「どんな映像?」ベアトリクスは問いかけた。「戦場で目にした光景?」

彼はほとんどそれとわからないほど小さくうなずいた。

「それは、正気を失ったわけではないと思うわ」

「だったら、いったいなんだと?」

「わたしにも、はっきりとはわからないけれど」

つまらなそうな笑い声がクリストファーの口からもれる。

「あれがどんなものか、まるで知りもしないくせに」

「どうして決めつけるの?」

ベアトリクスは彼をじっと見守りながら、この人をどこまで信じていいのだろうと考えた。

自分の恥ずかしい一面を知られたくないという思いと、彼を助けてあげたい、彼となにかを共有したいという思いがせめぎあう。〝大胆不敵よ、わが味方に！〟シェイクスピアの『シンベリン』からお気に入りのせりふを内心でつぶやく。それはいわば、ハサウェイ家の家訓のようなものだった。

そうだ。これまでけっして他人に打ち明けたことのない、恥ずべき秘密をクリストファーに話して聞かせよう。それで彼を助けられるのなら安いものだ。

「わたしには盗癖があるの」ベアトリクスは淡々と告げた。

彼の注意を引くことができたようだ。

「ちょっとしたものを盗む癖よ。かぎタバコ入れとか、封蠟とか、そんなもの。意図して盗むわけじゃないの」

「意図せずに、どうしてなにかを盗めるというんだ」

「すごく怖い話なの」真剣な口調で訴える。「お店とか、よそのお宅とかにいて、なにかが視界に入る……宝石みたいに高価なもののこともあれば、紐みたいになんでもないものの場合もあるわ。そういうなにかが目に留まったとたん、ひどくいやな気分に襲われるの。不安というか、いらだちというか……体のどこかが死ぬほど痒いのに、どうしても掻けないときの気持ちに似ているのだけど、わかる？」

クリストファーは唇をひきつらせた。

「ああ、わかる。軍靴をはいて、膝までの深さの塹壕に立っているときによくある。敵の攻撃を受けている最中だから、どんなに痒くても掻くわけにはいかない」

「それはつらいわね。とにかく、その感覚に抗おうとするのだけどますます激しくなるばかりで、けっきょく目の前のものを盗んで、ポケットに入れてしまうの。そうして家に帰ってから恥ずかしさと困惑に苛まれ、盗んだものをどうやって返せばいいのかしらと悩む羽目になる」ベアトリクスは顔をしかめた。「まるで気づかないうちに盗んでいることもあるわ。それが原因で、フィニッシングスクールも放校になったし。人様のヘアリボンだの、短くなった鉛筆だの、本だのが手元にいくつも……全部ちゃんと返したいのに、どこから盗ってきたのかもわからない」用心深くクリストファーの顔をうかがい、そこに非難の色が浮かんでいないかどうかたしかめる。

彼の唇はもうひきつっていないし、まなざしも優しげだった。

「いつごろから始まったんだい？」

「両親が亡くなってからよ。父はある晩、胸の痛みを訴えて床に入ったまま、二度と目覚めることはなかったわ。母のときはずっとひどかった……夫を亡くしてから母はなにもしゃべらず、食事もろくにとらず、あらゆる人とものから距離を置くようになった。そうして数カ月後に、悲嘆のあまり亡くなったの。当時のわたしはまだ子どもで、自己中心的だったから、なんというか――見捨てられたように感じたんだと思うの。娘を愛しているなら、母は亡くなったりしなかったはずだって」

「そういうのは、自己中心的とは言わないよ」というクリストファーの声は静かで優しかった。「子どもならみな、そんなふうに感じるものさ」

「兄と姉たちは、懸命にわたしの面倒を見てくれたわ」ベアトリクスはつづけた。「でも母が亡くなって間もなく、盗癖が始まってしまったの。いまは昔ほど頻繁には起こらないのだけどね……穏やかで満ちたりた気分なら、悪い癖は出ないの。だけど悩みや不安や心配ごとがあるときは、気づけば人のものを盗っているというわけ」思いやりを込めて、クリストファーを見上げる。「あなたの苦しみも、わたしの場合と同じようにいずれ和らぐはずよ。そうしたらあとは、ごくたまに、ごく軽い症状しか出なくなる。ずっといまの苦しみがつづくわけではないわ」

見つめるクリストファーの瞳に、たいまつの明かりが映る。彼は手を伸ばすと、驚くほどの優しさでベアトリクスをゆっくり引き寄せた。片手が彼女の顎をつつみこむ。長い指の先に、たこがあるのが感じとれた。それからさらに驚いたことに、彼はベアトリクスの頭を自分の肩に抱き寄せた。両の腕で抱きしめられる心地よさは、かつて体験したことのないものだった。喜びに恍惚となりながら、ベアトリクスは彼に身をあずけ、規則正しく上下する胸板の感触を味わった。クリストファーは、ベアトリクスのうなじの後れ毛をもてあそんでいるようだ。親指の先が肌をかすめたとき、彼女は背筋にえもいわれぬしびれが走るのを覚えた。

「じつは、あなたのカフスを持っているの」ベアトリクスはためらいがちに打ち明け、クリストファーの上等そうな上着に頰を押しつけた。「銀製の。それと、ひげ剃りブラシも。ひげ剃りブラシを返しに行ったはずなのに、カフスまで盗んでしまった。あらためて返しに行きたかったのだけど、また別のものを盗んでしまうかもしれないと思うと、恐ろしくてできなかった」

クリストファーの胸の奥で、笑い声に似た音が響く。

「そもそも、なぜひげ剃りブラシなんか？」

「だから言ったでしょう、盗ろうと思って盗るわけでは――」

「いや、そうじゃなくて。盗ったとき、いったいなにを悩んでいたんだい？」

「そこのところは、別に気にしなくていいわ」

「いや、気になるね」

わずかに後ずさって、ベアトリクスは彼を見上げた。あなたのこと。あなたのことで、悩んでいたの。そう言ってしまいたい気持ちを抑え、

「覚えてないわ。ねえ、そろそろ舞踏室に戻らないと」

クリストファーの腕が緩められる。「評判なんてどうでもよかったんじゃないのかい？」

「多少の傷がつくのはしかたがないわ」ベアトリクスはもっともらしく応じた。「でも、地に堕ちるのはできれば避けたいでしょう？」

「なるほどね」クリストファーが両手を下ろし、ベアトリクスは足を踏みだした。「ああ、ベアトリクス……」

歩みを止め、怪訝に思いながら相手を見つめる。「なあに？」

クリストファーが見つめかえしてくる。「ひげ剃りブラシは、返してほしい」

ベアトリクスは口元にゆっくりと笑みを浮かべた。「じきにお返しするわ」と請けあい、月明かりのなかに彼を残して邸内へと戻った。

16

「ベアトリクスおばちゃま、お客さんだよ！」

ライが叫びながら放牧地にやってきた。かたわらにはアルバートがいる。

ベアトリクスは新しく飼いはじめた馬に、歩く練習をさせているところだった。競走馬として育てられたものの調教に失敗し、馬主に売りに出された馬だ。すぐに後ろ脚で立ってしまうという競走馬としては致命的な欠点があり、しつけを試みた乗り手を危うく踏みつぶしかけたこともあるという。子どもと犬を目にしたとたんに落ち着きをなくした馬を、ベアトリクスは優しく撫でてなだめ、放牧地にゆっくりと円を描くようにして歩かせた。

ライに目を向けると、柵によじのぼり、支柱のてっぺんに座っていた。アルバートはといえば、柵の横木に顎をのせて腰を落とし、用心深げにベアトリクスを見つめている。

「アルバートが一匹でやってきたの？」ベアトリクスは当惑気味にたずねた。

「そうだよ。つなもつけてなかったから、きっと家出してきたんだよ」

返事をしかけたベアトリクスの下で、立ち止まった馬がいらだたしげに後ろ脚で立とうとする。すぐさま彼女は手綱を緩めて身をかがめ、馬の首に右腕をまわした。馬が落ち着きを取り戻したところで、ふたたび歩くよう促す。きっかり半円を描きながら、まずは馬を右に進ませ、そこで向きを変えて左に、また向きを変えて右に進ませる。

「どうして行ったり来たりさせるの？」ライがたずねた。

「じつは、ライのお父さんに習った方法なの。こうすると、飼い主と一緒にがんばってるんだって意識が、馬にめばえるんですって」ベアトリクスは馬の首筋をぽんぽんとたたき、静かに歩かせつづけた。「馬が後ろ脚で立とうとしたときはね、絶対に手綱を引いちゃいけないのよ。手綱を引くと、後ろ向きに倒れようとするから。万が一、前脚が浮いてきたなと思ったら、少し速く歩くように促せばいいの。歩いているかぎり、後ろ脚だけで立つことはできないでしょう？」

「その馬、いつになったらお利口さんになるかなあ？」

「それは誰にもわからないわ。こうして一緒に練習して、少しずつこの子が学んでいくのを見守るだけ」

馬の背を下りたベアトリクスが柵に歩み寄ると、ライが馬の汗ばんだ首を撫でた。

「こんにちは、アルバート」彼女は気さくに声をかけ、腰をかがめて犬に触れた。「ここでなにをしているの？　飼い主から逃げてきちゃったの？」

アルバートが勢いよく尻尾を振る。

「さっき水をあげたんだ」ライが報告した。「ねえ、夕方まで、こいつをあずかってもいいでしょう？」

「どうかなあ。フェラン大尉がアルバートのことを心配しているかもしれないし。すぐにあちらに送っていったほうがよさそうね」

ライはため息をついた。

「ぼくもいっしょに行きたいけど、べんきょうがあるんだ。なんでもかんでもわかっちゃう日が、はやく来るといいなあ。そうしたら、もう本も読まなくていいし、けいさんだってしなくていいでしょう?」

ベアトリクスはほほえんだ。

「がっかりさせるようなことを言いたくないけど、なんでもかんでもわかっちゃう人なんてこの世にいないのよ、ライ」

「でも、ママはなんでもわかってるよ」ライは言ってから、思案気な表情で言葉を切った。「すくなくともパパはぼくにこう言うよ。ママはなんでもおみとおしだってふりをしなさい、そうすればママはごきげんだからって」

「あなたのパパほど」ベアトリクスは笑いながら応じた。「賢い男性には会ったことがないわ」

自分は馬に乗り、アルバートにかたわらを走らせながらフェラン邸までの道のりを半分ほど行ったところで、ベアトリクスはブーツにブリーチという格好のままだったのを思い出した。おかしななりを見て、きっとクリストファーはいやな顔をするはずだ。

ストーニー・クロス・パークでの舞踏会からすでに一週間が経つが、彼からの連絡はいっさいない。訪問を期待していたわけではないが、顔を見せるくらいの誠意は示してもいいのではないだろうか。そもそも自分たちは隣人同士なのだ。あれから一週間、ベアトリクスは散歩を欠かさなかった。延々と歩いているうちにいつか彼とばったり会えるのではないかと思っていたが、けっきょく、姿を見かけることすらなかった。

どんな意味だろうとクリストファーが自分に関心を抱いていないことは、もはや疑いようのない事実だ。そう思うと、彼に秘密を打ち明けたのはとんでもないまちがいだったと悔やまれてきた。自分と彼の悩みを同列に語ろうとするなど、ずうずうしいにもほどがある。

「最近ね、彼のことをもう愛していない自分に気づいたの」フェラン邸が見えてきたころ、ベアトリクスはアルバートに言った。「なんだか、すごくほっとしたわ。これでもう、彼と会うときにいちいち緊張しなくてすむんだから。やっぱりあの気持ちは単なる恋にすぎなかったのね。すっかり冷めてしまったもの。彼がなにをしようが、誰と結婚しようがもう全然気にならないし。ああ、自由って本当にいいわ」犬を見やると、まるでわかっていない顔をしていた。ベアトリクスは重たいため息をついた。

屋敷の正面にたどり着いた彼女は馬を下り、手綱を従者に預けた。女性のブリーチ姿を目の当たりにして仰天している従者に気づき、思わず笑いそうになる。

「馬はすぐに出せるようにしておいて。二、三分で戻るから。おいで、アルバート」

玄関先に現れたのはミセス・クロッカーで、やはりベアトリクスのなりを見てぎょっとした。「まあ、ミス・ハサウェイ……」メイド長が口ごもる。「なぜそのような……」

「ごめんなさい。人前に出る格好じゃないわよね。でも、急いでいたものだから。アルバートがラムゼイ・ハウスにやってきたから、こちらに送り届けなくちゃと思って」

「わざわざありがとうございます」メイド長はおろおろしながら礼を言った。「犬がいなくなったことにも気づきませんで。なにしろ、だんな様のご様子がいつもとちがうものですから……」

「様子がちがう？」ベアトリクスはたちまち不安に駆られた。「どんなふうにちがうの、ミセス・クロッカー？」

「ミス・ハサウェイにお聞かせするような話では」

「いいえ、聞かせてちょうだい。秘密を打ち明ける相手にはもってこいよ。わたしはとっても思慮深いの——噂話だって動物相手にしかしないし。ひょっとしてフェラン大尉は、ご病気かなにか？　大尉になにかあったの？」

メイド長はひそひそ声で語りだした。

「三日前の晩です。だんな様の寝室から、煙の臭いがしているのに使用人たちが気づきまして。寝室に行ってみると、泥酔なさっただんな様が暖炉で軍服を焼いていらしたんです。勲章まで全部一緒に焼こうとなさって！　勲章はなんとか無事だったものの、軍服は黒焦げです。騒動のあとはお部屋に閉じこもってしまわれて、それからずっと飲んでいらっしゃるんです。片時もお酒を離そうとなさらずに。お酒をお持ちするときに、なるべく水で薄めるようにはしているんですけれど……」ミセス・クロッカーは弱り果てたように肩をすくめた。

「しかも誰とも話そうとしないんです。お夕食のトレーにも手をつけてくださらなくて。しかたなく医者を呼びましたら、医者など必要ないとおっしゃいまして。昨日は牧師様を連れてきてみたんですが、殺すぞと脅し文句を口になさいました。最後の手段で、ミセス・フェランをお呼びしようかと思っていたところなんです」

「大尉のお母様のこと？」

「いえ、若奥様のほうです。大奥様はなにもしてくださらないでしょうから」

「そうね、オードリーを呼ぶのは名案だわ。理性的だし、大尉のこともよくわかっているもの」

「問題は」メイド長が訴える。「いまからお呼びしても、若奥様のご到着は早くて二日後……その間にもしも……」

「もしも、なんなの？」

「だんな様が今朝、かみそりと熱い風呂を所望されたんです。刃物なんてお渡ししていいのかしらと不安でしたけれど、ご命令に背くわけにはいきません。でも、まさかご自分の体を傷つけたりしやしないかと、なんだか心配で」

ふたつの事実に、ベアトリクスはすぐさま思いあたった。ひとつ。メイド長がここまでことこまかに事情を打ち明けたのは、まさに途方に暮れているからだ。ふたつ。クリストファーはいま、ひどく苦しんでいる。

彼の苦しみを思うと、ベアトリクスの胸の奥を突き刺すような痛みが走った。ついさっき自分に言い聞かせたこと――ふたたび自由になっただの、恋は終わっただの――は、戯言にすぎなかったのだ。ベアトリクスは気も狂わんばかりにクリストファーを思っている。彼のためならどんなことだってするだろう。不安に襲われつつも、いまの彼に必要なものはなんだろう、どんな言葉をかければいいだろうと考えをめぐらす。けれども、なにひとつ浮かばなかった。彼に与えるべきものも、思慮深い言葉も。クリストファーのそばにいたいという気持ちが、胸にあるだけだった。

「ミセス・クロッカー」彼女は用心深く呼びかけた。「あのね……これから二階に上がってみるけど、知らん顔していてくれる？」

メイド長は目を丸くした。

「いえ、それは……おやめになったほうがよろしいかと存じます。分別のある行動とは思えません」

「ねえ、ミセス・クロッカー。わが家にはこんな信条があるの。どう見ても解決不可能な難題に直面したとき、最善の解決策を示してくれるのは分別ある人びとではない。分別を失った人びとだ」

当惑の面持ちで、メイド長は反論しようと開きかけた口を閉じた。

「なにかあったら大声をあげてください」しばしののちに、そう言った。「すぐに助けにまいりますから」

「ありがとう。でもその必要はないと思うわ」

邸内に入り、ベアトリクスは二階へと向かった。ついてこようとするアルバートに声をかける。

「おまえは来ちゃだめよ。ここで待っておいで」

「こっちにいらっしゃい、アルバート」メイド長が呼んだ。「厨房に残飯があるかもしれないよ」

犬はためらうことなく体の向きを変え、嬉しそうにはあはあ言いながら、メイド長についていった。

ベアトリクスはゆっくりと時間をかけて階段を上った。苦笑交じりに思いかえす。傷ついた野生動物の心なら、これまでに幾度となく解きほぐしてきた。でも、人の心の奥底に分け入るのはまるでわけがちがう。

クリストファーの部屋の前にたどり着くと、ベアトリクスはそっと扉をたたいた。返事がないので、勝手になかに入る。

意外にも、部屋は陽射しであふれ、晩秋の日の光が窓辺で埃をきらめかせていた。あたりには酒とタバコと石鹸の匂いが漂い、一隅には簡易型の浴槽が置かれて、濡れた足跡が絨毯に点々とついている。

乱れたベッドの上では、適当に重ねた枕に寄りかかるようにしてクリストファーが半身を起こしている。片手には、いまにも床に落ちそうになっているブランデーの瓶。ぼんやりとしたまなざしがベアトリクスに向けられ、焦点を結ぶなり警戒の色を宿した。

彼は淡黄褐色のズボンをはいていたが、ボタンは一部しか留めておらず……筋肉に覆われた引き締まった上半身は裸だった。半ば横たわる姿は、褐色の弧がベッドに描かれているかのようだ。日に焼けた肌のいたるところに傷跡が見え……肩には銃剣で刺されたとおぼしき、ぎざぎざの三角形。榴散弾の跡も数えきれないほど残されている。脇腹の小さな丸いくぼみは、銃弾によるものだろう。

のろのろと身を起こしたクリストファーは、酒瓶をサイドテーブルに置いた。裸足を片方だけ床につき、上半身をベッドに軽くあずけて、無表情にベアトリクスを見つめた。髪はまだ湿って、骨董品のような金色に輝いている。肩は目をみはるばかりにたくましく広く、ゆるやかなカーブを描いて、頑健そうな腕へとつながっている。

「なぜここにいる？」ずっとしゃべっていなかったためだろう、彼の声はしわがれていた。

胸板を覆うきらきらした胸毛にうっとりと見入っていたベアトリクスは、やっとの思いで視線を彼の顔へと移した。

「アルバートを送り届けに来たの。今日、いきなりラムゼイ・ハウスにやってきたから。飼い主がちっとも世話をしてくれなくなったとぼやいていたわ。近ごろは散歩にも連れていってもらえないって」

「あいつが？　そんなにおしゃべりだとは知らなかった」

「あの、もう少しなにか……着たほうがよくない？　それから、一緒に散歩に出かけるというのはどう？　頭のなかがすっきりするように」

「頭なら、このブランデーがすっきりさせてくれるからいい。いまいましい使用人どもが、水を混ぜなければもっとよく効くんだが」

「ねえ、散歩に行きましょう」ベアトリクスは食い下がった。「まだ断るなら、犬をしつけるときの口調で言うわよ」

クリストファーは陰険な目で彼女をにらんだ。

「しつけならもう十分に受けてきた。英国陸軍でね」

室内は光にあふれているが、ベアトリクスには感じとれる――一隅に悪夢が潜んでいるのが。いますぐに彼をここから連れだすべきだ、戸外に連れだして幽閉状態を解くべきだと、全神経が命じてくる。

「理由は？」ベアトリクスはたずねた。「こんなふうになった理由を教えて」

まるで虫でも払うかのように、クリストファーがいらだたしげに片手を上げる。

ベアトリクスは慎重に、彼に歩み寄った。

「よせ」と鋭い声が響く。「来るんじゃない。それ以上なにも言うな。いますぐ帰ってくれ」

「どうして？」

ますますいらだった様子で、クリストファーはかぶりを振った。

「どんな言葉を使ってでも、帰らせるぞ」

「それでも帰らなかったら？」

クリストファーの瞳は怖いくらいぎらつき、表情は険しい。

「そのときはきみをベッドに引きずりこみ、無理やり相手をさせてやる」

そんなまねができるわけがない。けれどもいまの脅し文句は、彼の苦しみの深さを物語っていた。ベアトリクスはあからさまな疑いのまなこで相手を見やった。

「そこまで泥酔していて、わたしをつかまえられるわけがないわ」

次の瞬間、いきなりクリストファーがベッドから下りてきた。

豹と見まがうすばやさでベアトリクスをつかまえるなり、彼女の背を扉に釘づけにし、頭の両脇に手のひらをどんと置いた。かすれた低い声で言う。

「見た目ほど酔っちゃいない」

ベアトリクスは反射的に両腕を上げ、顔の前で交差させていた。止めていた呼吸を、再開するよう自分に言い聞かせなければならなかった。問題は、ふたたび呼吸を始めたら今度は肺の動きを抑制できなくなったことだ。肺はまるで、数キロも走ったあとのように激しく動いていた。目の前には男らしい、たくましい胸板がある。肌が放つ熱を感じとることさえできた。

「わたしの怖さがわかったか？」クリストファーがたずねてくる。

ベアトリクスは大きく目を見開き、わずかに首を横に振った。

「いや、怖いはずだ」

ベアトリクスはびくりとした。彼の手が腰に添えられ、脇腹のほうへと大胆に愛撫しだしたからだ。コルセットを着けていないことに気づいたのだろう、クリストファーの呼吸が荒くなった。手のひらがゆっくりと、自然な曲線を撫でまわす。

半ば目を閉じたクリストファーが、まつげの向こうから見つめてくる。頬の赤みが増していた。彼の手が胸元にやってきて、そっと丸みをつつみこむ。脚の力が抜けて、ベアトリクスはいまにもその場にしゃがみこんでしまいそうになる。つづけて彼は、親指と人差し指で胸の先をつまみ、優しくつねった。

「これが最後のチャンスだ」クリストファーはしわがれ声で警告した。「出ていくか、ベッドに行くか」

「三つめの選択肢は？」ベアトリクスは弱々しくたずねた。愛撫を受けた胸がうずいている。

答える代わりに、クリストファーは彼女をいとも簡単に抱き上げてベッドに運んだ。マットレスに下ろすと、彼女に動くすきも与えず、腰の上にまたがった。つややかな褐色の体に釘づけにされる。

「待って」ベアトリクスは訴えた。「わたしを奪う前に、五分だけちょうだい。理性的に話しましょう。五分だけでいいの。無理なお願いではないでしょう？」

クリストファーのまなざしは冷ややかだった。

「理性的な会話を求めているなら、ほかの男のもとに行くんだな。きみの大切なミスター・チッタリングとか」

「チッカリングよ」ベアトリクスは正し、逃れようとしてもがいた。「それに彼は大切でもなんでもないし――」ふたたび胸に触れてきた手をぴしゃりとたたく。「やめて。わたしはただあなたと――」クリストファーは耳を貸さず、すでにブラウスの脇開きに手をかけている。ベアトリクスはいらだたしげに眉根を寄せた。「もういいわ」と投げやりに言う。「どうぞご自由に！　終わってからなら、まともに話ができるかもしれないものね」身をひねってうつ伏せになる。

するとクリストファーは動きを止めた。長いことためらってから、最前よりずっと落ち着いた声音でたずねてきた。

「いったいなんのまねだ？」

「言われる前にうつぶせになってあげただけよ」ベアトリクスは挑戦的に応じた。「さあ、つづけて。早くわたしを奪えばいいわ」

ふたたび沈黙が下り、しばらくして、「なぜうつぶせに？」

「だってこうするものでしょう？」ベアトリクスは腰をひねって肩越しに彼を見上げた。なんとなく自信がなくなってきて、思わずたずねる。「ちがうの？」

クリストファーはぽかんとしている。「誰からも教わっていないのか？」

「ええ。でもちゃんと本で読んだわ」

彼が横にどき、一気に身が軽くなる。問いかけるとき、クリストファーは妙な表情を浮かべていた。

「なんの本だ？」

「獣医学書よ。もちろん、春先のリスの様子も観察したし、家畜たちのだって――」

ベアトリクスの説明は、クリストファーの盛大な咳ばらいにさえぎられた。もう一度咳ばらいする彼を、当惑のまなざしで見つめる。どうやら笑いをのみこもうとして失敗したらしい。

彼女は憤慨した。生まれて初めて男性とベッドに入り、笑われるとは。

「いいこと」事務的な口調で話をつづける。「わたしはね、二〇種類以上の動物の交尾について学んできたの。巻き貝だけは生殖器が首についているから別だけど、それ以外の動物はみんな――」言葉を切り、眉をひそめる。「どうして人のことを笑うの？」

いよいよ笑いの発作に襲われたクリストファーは、その場に突っ伏している。顔を上げ、ベアトリクスのむっとした顔に気づくなり、またもや噴きだしそうになるのをぐっとこらえた。

「ベアトリクス、きみの……きみのことを笑っているわけではないんだ」

「いいえ、笑っているわ！」

「そうじゃないんだ。ただね……」目じりの涙をぬぐい、クリストファーはまたくっくっと笑った。「リスときたものだから……」

「あなたにとっては笑い話かもしれないけれど、リスにとってはすごく重要な問題なのよ」

クリストファーが腹を抱えて笑いだす。小動物の生殖の権利など、彼にとってはどうでもいいのだ。しまいには枕に顔をうずめ、肩を震わせはじめた。

「リスの交尾の、いったいどこがおかしいというの？」ベアトリクスは腹立たしげに問いただした。

そのころには、クリストファーはいまにも窒息しそうな様子だった。「もうよしてくれ」とあえぎながら懇願する。「頼むから」

「わかったわ、人間の場合はちがうと言いたいのね」屈辱感を覚えつつ、ベアトリクスは重々しく言った。「動物と同じやり方ではないのね？」

ようやく落ち着きを取り戻したクリストファーが、マットレスに横になって彼女のほうを見つめる。さんざん笑ったせいで、目に涙まで浮かんでいた。

「そのとおり。ああ、いや、人間もああいうやり方をするにはするが……」

「でもあなたは、好みじゃないわけね？」

思案気な表情を浮かべ、クリストファーは手を伸ばして彼女の乱れた髪を撫でた。ヘアピンがずれて髪がほどけていた。

「いや、そうじゃない。じつを言えば、あのやり方は大いに気に入ってる。でも、初めてのときはよくないと思うんだ」

「どうして？」

ベアトリクスを見上げるクリストファーの口元に、ゆっくりと笑みが浮かんだ。問いかける声は深みを増していた。

「実際に、やってみようか？」

彼女はなにも言えなかった。

沈黙を承諾ととらえたのか、クリストファーはベアトリクスを仰向けにして覆いかぶさった。慎重な手つきで彼女に触れ、四肢を広げさせる。腰が据えられたとたん、ベアトリクスは息をのんだ。彼のものが硬くなっており、大切な部分にえもいわれぬ圧迫感を覚えたからだ。クリストファーは両腕をついて、上気した顔を見下ろしてきた。

「これが」と説明を始めながら、軽く腰を突き上げる。「レディに具合のいいやり方」

彼が腰を動かすと、ベアトリクスの全身に歓喜が走った。彼女は声を発することもできなかった。クリストファーへの思いがあふれて、なすすべもなく背を弓なりにした。たくましい胸板を見上げると、やわらかそうな褐色の胸毛に心をそそられた。

さらに身をかがめたクリストファーが、いまにも触れんばかりに唇を近づけてくる。

「こうして向きあってすれば……そのあいだずっと、きみにキスもできる。それに女性の体のやわらかさもたっぷり堪能できる……ほら、こんなふうに……」

彼はベアトリクスの唇を奪い、こじ開けるようにして、彼女のなかからぬくもりと喜びを引きだそうとした。身震いしつつ、ベアトリクスは両の腕を彼の首にまわした。ぴったりと重なりあって、熱を帯びた彼の体の重みを味わった。

クリストファーは愛の言葉をささやき、ベアトリクスの首筋に沿ってくちづけ、それと同時にブラウスのボタンをはずして、布地を左右に押し開いた。ブラウスの下は、コルセットカバーとして着る丈の短いシュミーズしか身に着けていない。クリストファーはレースをあしらった肩紐を下ろし、透きとおるように白い乳房をあらわにした。つぼみはすでに硬くなり、薔薇色に染まっている。深々と身をかがめた彼は、口と舌でそこに愛撫を与えた。感じやすいつぼみに軽く歯を立てた。そうしながらも情け容赦なく、リズミカルな腰の動きをつづけ……彼にのしかかられ、彼を感じながら、ベアトリクスは切望感が耐えがたいほど高まるのを覚えた。

大きな両手がベアトリクスの頭をつつみこみ、クリストファーがふたたび唇を重ねてくる。執拗で大胆なくちづけはあたかも、彼女の体から魂を引きだそうとするかのようだ。ベアトリクスは情熱的にこたえ、両の手足を彼にからめた。けれども次の瞬間には、クリストファーはかすれ声で悪態をついて身を離してしまった。

「やめないで」ベアトリクスは懇願する自分の声を聞いた。「お願い――」

クリストファーの指先が唇に触れ、そっと撫でて彼女を黙らせた。

ふたりは向きあってベッドに横たわり、ともに息をあえがせている。

「まいったな、きみが欲しくてたまらなくなってきた」というクリストファーの口調は、自分の気持ちに困惑しているようだ。彼は親指で、キスではれたベアトリクスの唇をなぞった。

「わたしをいまいましく思っているのに?」

「いまいましいなんて思ってないさ」クリストファーはブラウスのボタンを丁寧に留めていった。「たしかに最初はそう思ったかもしれない。でもいまの気持ちは、足がしびれたときのあの感覚に似てる。しびれた足を動かすと、いきなり血がめぐりだして変な感じがするだろう? でもなんとなく気持ちいいというか……言っている意味、わかるかい?」

「ええ。わたしを見ると、むずむずするわけね」

クリストファーは口元に笑みを浮かべた。「まあ、そのほかにもいろいろね」

ふたりはしばし並んで横たわったまま、互いを見つめていた。

本当に、なんて印象深い顔をしているんだろう……ベアトリクスは思った。欠点ひとつない、しっかりした顔立ちだ。でも目じりに笑いじわがあるので、けっして冷たい感じはしない。口元にはほのかな色気もにじんでいる。風雨にさらされた肌は……彼をとても大人に見せている。彼を目の前にしたら、どんな女性の心臓も早鐘を打ちだすだろう。

おずおずと手を伸ばし、ベアトリクスは肩に残る銃剣の傷跡に触れた。クリストファーの素肌は熱いアイロンをかけたばかりのサテンを思わせた。美しいサテンにつけられた、周囲より少し色の濃い、ぎざぎざにえぐられた傷跡。「さぞかし痛かったでしょうね」ベアトリクスはささやいた。「まだ痛む?」

クリストファーは小さくかぶりを振った。

「だったら……いったいなにがあなたを苦しめているのかしら」

彼は黙りこんだ。片手はベアトリクスの腰に置いている。思案気な表情を浮かべつつ、クリストファーはめくれたブラウスの裾から手を忍ばせ、指の背で肌を撫でた。

「戦場に行く前の自分にはもう戻れない」長い沈黙の末に、彼はそう言った。「戦争中の自分でもいられない。どちらにもなれないのなら、いまの自分にはなにが残されているんだろう。数えきれないほど大勢の命を奪ったという事実以外に」どこか遠くを見つめるまなざしは、悪夢をのぞきこんでいるかのようだ。「まずは将校を亡きものにし……隊の秩序を乱して……ちりぢりになった敵兵の命を奪っていく。誰も彼も、子どものおもちゃみたいに簡単に倒れた」

「でも、それがあなたに与えられた任務だったのでしょう？　相手は敵兵だわ」

「任務などくそくらえ。相手だって人間だ。誰かに愛されていたはずの。忘れることなんてけっしてできやしない。銃で撃たれた人間がどんなことになるか、きみには想像もつかないだろう？　負傷した兵士は戦場に倒れたまま、水を請い、あるいはとどめを刺してくれと懇願し――」

ベアトリクスに背を向けてベッドに起き上がると、クリストファーは頭をたれた。「怒りを抑えつけられないんだ」という押し殺した声が聞こえてきた。「今朝は従者のひとりに襲いかかりそうになった。彼から話を聞かなかったかい？　まったく、これじゃアルバートと大差ない。きっと、女性とベッドをともにするなんてことも二度とできない。眠っているあいだに相手の女性を手にかけ、命を奪ってしまってからはっとわれにかえる、なんてことになりかねない」

ベアトリクスも起き上がった。「そんなことにはならないわ」

「きみはわかってない。きみは、とても純粋だから」クリストファーは言葉を失い、震える息を吸いこんだ。「この状態から抜けだせるとは、とうてい思えない。でも、あれを抱えたまま生きていくなんて不可能だ」

「あれって？」ベアトリクスは優しくたずねた。どうやらなにかが、耐えがたい記憶が彼を苦しめているらしい。

クリストファーは彼女の存在すら忘れてしまったようだ。陰をにらんで、どこか遠くに思いを馳せているのがわかる。近づこうとすると、彼はあたかも降参するかのように手のひらを前に向けて両腕を上げた。大きく力強い手があまりにも無力に見えて、ベアトリクスの胸は引き裂かれんばかりだった。

彼を抱きしめたい強烈な衝動に駆られた。そうして、断崖に立つ彼を救いたいと思った。けれどもベアトリクスは両手を膝に置き、彼の髪を、褐色のうなじを、ただひたすら見つめていた。背中の筋肉が張りつめているのがわかる。その波打つ引き締まった背中を、せめて撫でることができたなら。そうして彼を慰めることができたなら。だが自力で立ちなおらなくては意味がないのだ。

「インカーマンで友人が死んだ」クリストファーはようやく口を開いたが、言葉はとぎれがちで、声もかすれていた。「中尉のひとりだ。名前はマーク・ベネット。連隊一、優秀な男だった。どんなときも誠実で。冗談は下手だったが。人になにか頼まれると、それがどんな難題でも、危険なことでも、絶対にやり遂げる男だった。仲間のためなら、命すら惜しまなかっただろう。

ロシア軍は小銃兵用の壕をいくつも設け、丘の斜面に石の小屋を建て、そこからわが軍の包囲網に攻撃をしかけてきた。それに対する大将の命令は、敵の前線を奪取せよというものだった。そうしてライフル旅団から中隊が三つ選ばれた。

万一、中隊が側面からの攻撃を受けた場合には、騎兵中隊が敵軍に攻め入って援護する作戦だった。あいにく、騎兵中隊を率いる人間はわたしの苦手な男だった。フェンウィック中佐といって、誰からも嫌われていた。将校職を買って最初に所属した騎兵連隊の、司令官だった男だ」

ふたたび沈黙し、クリストファーは記憶のなかに沈みこんでいった。半ば伏せたまつげが、頬に小さなとがった影を落としている。

「なぜその人はみんなに嫌われていたの？」ずいぶん経ってからベアトリクスは促した。

「意味もなく、部下をしいたげる男だったから。やつにとっては、罰を与えることそのものが目的だった。ちょっとした違反行為にも、鞭打ちや断食といった厳罰を命じた。鍛錬と称して懲罰する方法をやつが考えだしたとき、我慢できずに口を出したことがある。上官への不服従とみなされ、危うく軍法会議にかけられそうになったよ」クリストファーはゆっくりと、震える息を吐いた。「ライフル旅団への転属に同意した理由のひとつも、フェンウィックの存在だ。それなのにインカーマンで、やつの援護に頼らざるを得ない羽目になった。

敵壕の手前で、狭い渓谷に出た。砲弾でできたとおぼしき穴倉があったから、そこに身を潜めた。すでに闇が迫っていた。われわれは三手に分かれた。攻撃を開始すると、ロシア軍が応戦してきた。敵軍からの奪取を命じられた前線は、まさに目の前だった。銃で攻撃をつづけながら前進し……敵兵の命を奪い……気づけば白兵戦になっていた。戦いの最中にベネットとはぐれ、やがてロシア軍の援護部隊が現れて後退を余儀なくされ……砲弾とぶどう弾が雨あられと降ってきた。敵の反撃はやまなかった。仲間がどんどん倒れていき……遺体は傷口がぱっくりと開き、血みどろだった。わたしも両腕と背中を榴散弾でやられた。ベネットを捜したが見つからなかった。あたりは真っ暗で、退却するしかなかった。

アルバートは渓谷の穴倉に残してあった。名前を呼ぶと穴倉から出てきた。あたりは地獄のようなありさまなのに、あいつは野生の本能にも背いて、ちゃんと出てきた……暗闇のなか、負傷した仲間たちを一緒に捜すために。あいつが先に立って、丘のふもとに仲間がふり倒れているのを見つけてくれた。ひとりはベネットだった」

残酷な結末に気づいて、ベアトリクスは目を閉じた。

「もうひとりはフェンウィック中佐ね」

クリストファーは険しい表情でうなずいた。

「フェンウィックは落馬したらしかった。馬の姿はなかった。やつは両脚を折っていて……片脚の脇に銃弾が命中していたが、命に別状はなさそうだった。だがベネットは……腹部が開き、意識も朦朧としている。刻一刻と死に近づいていた。なぜわたしじゃないんだと思った。わたしこそ死ぬべきだと。わたしは危険を顧みなかったが、ベネットは慎重だった。家族のもとに、愛する女性のもとに戻りたがっていた。なぜ死ぬのがわたしじゃなかったのか、理由なんて見当もつかない。でもそれが戦場の恐ろしいところなのかもしれない――すべては運。いつ自分の番が来るか、誰にもわからない。隠れようとしたのに、砲弾に見つかることもある。敵兵と相対したのに、ライフルの弾が詰まっていて命拾いする場合もある。すべてはめぐりあわせだ」わき起こる感情を抑えようと、クリストファーは歯を食いしばった。「ふたりとも安全な場所に連れていってやりたかったが、手を貸してくれる仲間はいない。フェンウィックを置き去りにするわけにはいかなかった。万一、敵の捕虜にでもされたら、機密情報を吐かされるにちがいなかったからだ。やつは全大将の通信文に目を通していた。戦略、物資……あらゆる情報がやつの頭のなかにあった」

わずかにそむけられたクリストファーの横顔を、ベアトリクスはじっと見つめた。「フェンウィック中佐を先に救助しなければならなかったのね」とささやく。話の結末が見えてきて、胸が痛んだ。「友だちよりも先に」

「マークに言った。〝絶対に戻ってくるからな。絶対に。それまではアルバートがそばにいる〟マークの口から血があふれた。なにか言いたかったんだろう。でもできなかった。アルバートは彼のとなりに座っていた。わたしはフェンウィックを起こし、背中にかついで穴倉へと運んだ。

マークのもとに戻ってみると、空が真っ赤に燃えていた。煙があがって、数メートル先も見えない。手榴弾の炎はまるで雷光のようだった。マークはいなくなっていた。文字どおり。敵軍に連れ去られたんだ。アルバートはけがをしていて——銃剣で殴られたんだろう。片耳が半分ちぎれていた——あとできちんと縫合してもらえなかったせいで、いまも少しでこぼこが残っている。わたしはライフル片手にアルバートとその場に残り、中隊がふたたび攻撃を開始し、戻ってくるのを待った。そうしてついに敵の壕と前線を奪取した。任務完了だ」

「ベネット中尉は見つからなかったの？」ベアトリクスは弱々しくたずねた。

クリストファーは首を横に振った。「捕虜交換のときにも戻らなかった。捕らえられたあと、長くは生きていられなかったと思う。だがわたしは、彼を救えたかもしれなかった。いまとなってはもうわからないが。くそっ」涙の浮かぶ目を腕でぬぐい、クリストファーは黙りこんだ。

彼はなにかを待っている……でも、同情はいらないと言うはずだ。非難の言葉はふさわしくないだろう。自分よりずっと賢い人、言葉に長けている人ならなんと言うだろうか……ベアトリクスは考え、そして気の利いた言葉をかけるのはあきらめた。彼に必要なのは真実だけだ。

「聞いて、クリストファー。あなたに選択肢はなかった。ベネット中尉……マークは、あなたを責めてはいないはずよ」

「わたし自身が責めているんだ」クリストファーは疲れた声で言った。

彼は死にうんざりしているのだ。悲嘆に暮れ、罪悪感に襲われる毎日にも。それでもベアトリクスは言った。

「そんなふうに考えてはだめ。友だちがひとりぼっちで死んでいった、あるいは、敵の手に命を奪われたと考えるたび、つらくなるのはわかる。でも大切なのは、どうやって死んだかじゃなくて、どうやって生きたかでしょう？　生前のマークは、周りの人に愛されていた。

家族も友だちもいた。それ以上の幸せはないと思うわ」

クリストファーはかぶりを振った。だめだ。言葉などでは彼を助けられない。

それ以上は我慢できず、ベアトリクスは彼の肩に手を伸ばした。温かな褐色の肌を、そっと手のひらで撫でた。

「自分を責めるのは、よくないと思うの」とつづける。「でも、わたしがどう思うかなんて、どうでもいいわね。あなたはあなた自身で、そう思えるようにならなくちゃいけないんだもの。だけど、悲しい選択をせざるを得なかったのは、あなたのせいじゃない。立ちなおる時間を自分自身にあげなくちゃ」

「どれだけかかる?」クリストファーは苦々しげにたずねた。

「わからない」ベアトリクスは正直に答えた。「一生かかるかも」

皮肉めかした笑い声が彼の口からもれる。「長すぎる」

「マークに起こったことに対して、責任を感じるのはわかるわ。でも、たとえどんな罪を犯していようと、あなたはもう赦されているのよ。嘘じゃない」なおもかぶりを振るクリストファーに、ベアトリクスは力強く言った。「なぜなら、愛はすべてを赦すから。あなたは大勢の人に――」彼の体がふいにこわばったのに気づき、言葉を切る。

「いま、なんと言った?」というささやき声が聞こえる。

おのれの失態にベアトリクスは気づいた。両腕を彼の肩から下ろす。

耳の奥で血の流れる音がする。心臓が早鐘を打って、いまにも気を失いそうだ。気づいたときには、あたふたとクリストファーから離れ、ベッドを下りて、部屋の中央まで逃げていた。

荒い息を吐きながら、彼と向きあう。

クリストファーは彼女をじっと見つめていた。瞳には奇妙な、怖いくらいの光が宿っていた。「わかっていたよ」クリストファーはささやいた。

この場で殺されるかもしれない……ベアトリクスは焦った。

そのときを待つつもりはない。

恐怖に駆られて、ベアトリクスは怯えた野ウサギさながらの速さで逃げた。クリストファーにつかまる前に駆けだし、扉にたどり着くと勢いよく開け、一目散に一階まで下りた。なりふり構わず走ったせいで、ブーツがみっともないほど大きな音をたてた。

クリストファーは寝室の戸口まで追い、そこであきらめたらしい。大声で彼女の名を呼んでいた。

だがベアトリクスは一秒たりとも立ち止まらなかった。服を着終えた彼が、追ってくるにちがいない。

玄関広間に立っていたミセス・クロッカーが、驚きと困惑がないまぜになった顔をベアトリクスに向けた。

「ミス・ハサウェイ？　いったいどうなさった――」

「じきに彼が部屋から出てくるはずよ」ベアトリクスは早口に告げつつ、階段の最後の数段を駆け下りた。「わたしはもう帰らなくちゃ」

「あの、だんな様は……」

「馬を用意しろと大尉に言われたら」息を切らしつつ伝える。「たっぷり時間をかけて用意してあげて」

「かしこまりましたが、あの――」

「じゃあね」

あたかも悪魔に追われているかのように、ベアトリクスは急いでフェラン邸をあとにした。

17

ベアトリクスは、クリストファーに絶対に見つからない唯一の場所へと逃げた。

皮肉としか言いようがなかった。彼とふたりきりで訪れる日を夢見た場所に、まさか身を隠す羽目になるとは。そもそも、ずっと隠れているわけにはいかないのだ。いずれ、嘘をついた報いを受けるときが来るのはわかっている。

でも、嘘つきが彼女だと気づいたときのクリストファーの顔を見たら、そのときをできる限り先延ばしにしたくなってしまった。

だから彼女は、ウェストクリフ領の秘密の隠れ家へと馬を全速力で走らせた。到着すると馬をつなぎ、階段を上って塔のてっぺんにある部屋を目指した。室内には家具はほんのわずかしかない。おんぼろの椅子が二脚に、背の低い古ぼけた長椅子、がたついたテーブル、それから、壁際に置かれたベッド。それでも自分でちゃんと掃除をしているし、壁には風景画や動物画を額に入れて何枚か飾ってある。

窓辺には、蠟燭の燃えさしののった皿が一枚。

空気を入れかえてから、彼女は室内を行ったり来たりし、ぶつぶつとつぶやきつづけた。

「きっとクリストファーに殺されるわ。でも、嫌われるよりはずっとまし。首をきゅっと絞められて、それでおしまいだもの。いっそ自分で首を絞めれば、彼に面倒をかけずにすむのに。窓から飛び降りたほうがいいくらいだわ。手紙なんて書かなければよかった。嘘なんかつくんじゃなかった。やだ、クリストファーがラムゼイ・ハウスでわたしを待っていたらどうしよう。ひょっとすると――」

おもてで音がし、ベアトリクスは歩みを止めた。吠え声が聞こえる。窓辺にそろそろと歩み寄り、窓下を見下ろした。もじゃ毛のアルバートが、塔の周りを元気に走りまわっていた。クリストファーが、彼女の馬のとなりに自分の馬をつないでいる。

見つかってしまった……。

「なんてこと」ささやいたベアトリクスは真っ青になった。戸口に向きなおり、壁に背中をつける。刑の執行を待つ囚人の気分だった。まさに人生最悪の一瞬……ハサウェイ家がこれまでにくぐり抜けてきた数々の困難も、いまこの瞬間に比べたらなんてことはない。

数秒後には、飛ぶように室内に入ってきたアルバートが目の前にいた。

「おまえが彼をここまで連れてきたんでしょう？」ベアトリクスは声を潜めて犬をなじった。「裏切り者！」

すまなそうな表情を浮かべたアルバートは椅子に歩み寄るとぴょんと飛びのり、前脚に顎をのせた。階段を上ってくる規則正しい足音に、耳をうごめかせる。

ほどなくしてクリストファーが現れた。中世に建てられた塔は天井が低いので、腰をかがめながら戸口をくぐった。部屋に入ると背を伸ばし、室内をざっと見まわしてから、刺すような視線をベアトリクスに向けた。堪忍袋の緒が切れて、それでも憤怒を抑えこんでいるといったまなざしだった。

ベアトリクスはつくづく思った。気絶できるような、ひ弱なレディだったらよかったのに。このような場面では、気を失ってしまうのが一番いい。

だがどんなにがんばっても、意識はきわめて明瞭なままだった。

「ごめんなさい」とかすれ声で謝罪してみる。

返事はない。

また逃走を図るとでも思っているのか、クリストファーはゆっくりと近寄ってきた。目の前までやってくると、逃がすまいとしてベアトリクスの両腕をきつくつかんだ。それから、「なぜあんなまねをした？」とたずねた。その声は低く、憎しみのためか、それとも怒りのためか、かすかに震えていた。「くそっ、泣くな。ゲームのつもりだったのか？　プルーデンスに頼まれてやっただけなのか？」

みじめにすすり泣きながら、ベアトリクスは顔をそむけた。

「いいえ、ゲームなんかじゃない……プルーがあなたの手紙を見せてくれて、返事は出さないと言うから、わたしが書かなくちゃと思った。なぜだか、わたしに宛てて書かれた手紙に思えたから。一回きりでやめるつもりだったわ。でも、あなたからの返事が来て、もう一通だけ……あともう一通だけ、もう一度だけって……」

「手紙の内容はどこまで本当なんだ？」

「全部だわ」ベアトリクスは叫ぶように答えた。「プルーの署名以外は全部。なにもかも本当よ。ほかのことは信じられなくても、これだけは信じて」

クリストファーはしばらく黙りこみ、荒い息をついた。「書くのをやめた理由は？」

その問いかけを、彼がやっとの思いで口にしたのがわかった。けれども、答えるほうがもっとつらかった。

「胸が痛くて。あなたの言葉が、胸に刺さるようで」ベアトリクスは泣きながらも必死に語りつづけた。「あなたを愛してしまった。でも、けっして手に入れられないとわかっていた。だからもう、プルーのふりはできなかった。心から愛していたのに、わたしには――」

彼女の言葉はふいにかき消えた。

クリストファーにキスされている自分を、ベアトリクスはぼんやりと感じていた。いったいなんのキスなのだろう。彼はなにを考えているのだろう。どうして彼は――そこまで思ったところで頭のなかが真っ白になり、彼女は考えるのをやめた。

たくましい両の腕が体にまわされ、片手がうなじをつかんでいた。心震わせながら、ベアトリクスはクリストファーに身をゆだねた。彼はくちづけで泣き声をのみこみ、深く荒々しく唇を重ねた。これはきっと夢。そう思うのに、五感は現実だと言い張っていて、彼の匂いとぬくもりとたくましさに、つつまれている自分を実感できる。クリストファーがさらにきつく抱きしめてきたので、ベアトリクスは息もできなくなった。でもかまわなかった。くちづけの心地よさに満たされ、酔いしれていた。唇が離れたときには、思わず不満げにうめいてしまった。

クリストファーは彼女の顔を自分のほうに向かせた。

「愛していた?」とかすれ声で訊く。「過去形なのか?」

「現在形よ」ベアトリクスはやっとの思いで答えた。

「わたしを見つけて、と手紙に書いてあった」

「あの手紙は送るつもりじゃなかったの」

「でも送った。本当は見つけてほしかったから」

「そうよ」涙でひりつく瞳から、またもや涙があふれた。するとクリストファーは腰をかがめ、こぼれる涙に唇を押しあてた。

銀色の瞳が、ベアトリクスの瞳をのぞきこむ。いつもは冷たくぎらついて見える瞳が、いまは煙のようにやわらかい。

「愛してる、ベアトリクス」

やっぱりわたし、気絶できるかも……。

実際、ベアトリクスはほとんど気絶寸前だった。膝に力が入らず、クリストファーの肩に顔をうずめる。彼はベアトリクスを抱き、擦り切れた絨毯にともに横たわった。片腕を彼女のうなじにまわし、ふたたび唇を重ねた。もはや自分を抑えきれず、ベアトリクスはなすすべもなくくちづけをかえした。ふたりの脚がからみあい、クリストファーの太ももが彼女の脚を割って入る。

「あなたに、き、嫌われているものとばかり……」困惑した自分の声が、どこか遠くから聞こえる。

「嫌ったことなんかない。きみがどんなに遠くへ逃げようと、わたしに愛されずにすむ場所にはけっしてたどり着けない。きみがなにをしようと、わたしの愛を止めることはできない」

そうささやきながらクリストファーがなにをしているのか気づいて、ベアトリクスは身を震わせた。彼はブラウスを脱がせ、両の手をその下へとすべりこませていた。乳房に熱い手のひらが触れ、つぼみがたちまち硬くなる。

「あなたに、殺されるんじゃないかと思ったのに」ベアトリクスは声を振りしぼるようにして言った。

クリストファーの口元に、笑みに似たものが浮かんだ。

「まさか。そんなつもりは、これっぽっちもなかったよ」

彼はふたたび唇を重ね、情熱的に、荒々しく飢えたようにキスをした。彼女のブリーチの前を開き、引き締まった腹部をあらわにする。さらにブリーチの奥へと手を忍ばせて素肌に触れる。クリストファーの指に優しく、けれども執拗に探られて、ベアトリクスは鳥肌をたてながら身をよじった。

「クリストファー」とかすれ声で呼び、彼のズボンの前を開けようとする。けれども手首をつかまれ、下におろされてしまった。

「久しぶりなんだ。うまくできるかどうか、自信がない」

燃えるばかりに熱い頬を、ベアトリクスははだけたシャツからのぞく彼の首にうずめた。開いた唇の下で、彼が息をのみ、首筋がうごめくのがわかった。

「あなたのものになりたい」

「きみはわたしのものだ、誰がなんと言おうと」

「だったら、愛して」ベアトリクスは熱っぽくクリストファーの首筋にくちづけた。「愛して――」

「しーっ」彼はささやいた。「いまのわたしには自制心が足りない。ここで愛を交わすわけにはいかないよ。きみにいやな思いをさせてしまうかもしれない」ベアトリクスの乱れた髪に唇を寄せつつ、彼女の腰をぎこちなく撫でる。「それよりも話を。わたしがプルーデンスと結婚しても、かまわないと本気で思っている?」

「それであなたが幸せなら。あなたの求めていた相手が彼女なら」

「わたしが求めていたのは、きみだ」クリストファーはまたくちづけた。罰を与えるかのような荒っぽいキスだった。「気が変になるかと思ったよ。愛した女性をプルーデンスのなかに見いだそうとするのに、どうしても見いだせない。しかもその女性が、きみのなかにいることに気づきはじめて」

「ごめんなさい」

「すぐに打ち明けるべきだったと思わないか？」

「そうね。だけど、あなたを怒らせるのではないかと思うと言えなかった。それにあなたが好きなのはプルーデンスなんだと信じていたし。彼女みたいにきれいで、明るくて――」

「焼き串みたいにとげとげしい」

「そもそも、彼女に手紙を書いたのはなぜだったの？」

「さびしかったからさ。人柄なんてよく知らなかった。ただ……誰かと語りあいたかった。あの返事、モーズリーさんのロバや一〇月の匂いの話を読んだとき……まさにあの瞬間、手紙の相手を愛するようになった。きっとこれは、プルーデンスの隠された一面なんだと思った。別の誰かが書いているなんて、疑いもしなかったよ」クリストファーは咎めるようにベアトリクスを見た。

後悔の念につつまれながら、ベアトリクスは彼を見つめかえした。

「わたしからの手紙なんて、あなたは欲しがらないだろうと思ったから。あなたが好きになるような女性ではないもの」

するとクリストファーは彼女を横向きにさせ、硬くなった部分を腰に押しあてた。

「これでもまだ、そう思う？」

硬く屹立したものと、彼の体から放たれる獰猛なほどの熱に、ベアトリクスは陶然とした
……お酒を飲んだとき、ううん、星明かりに酔ったときみたい……。まぶたを閉じて、彼女はクリストファーの肩に顔をうずめた。

った。


「だけどわたしのこと、変人だと思っていたんでしょう？」とくぐもった声でたずねる。

　彼の唇が耳たぶをかすめ、さらに首筋へと押しあてられる。彼がほほえんでいるのがわかった。

「愛するベアトリクス……たしかにきみは変人だ」

　返事をする代わりに、ベアトリクスはほほえんだ。上にのしかかってきたクリストファーに太ももで脚を押し開かれると、喜びに身が震えた。もどかしげに深々と、際限もなくくちづけられて、体のなかで血が炎となっていった。たこのできた力強い両の手、戦う人の手が、丹念に体を愛撫してくる。やがてブリーチが脱がされ、透きとおるように白い肌があらわにされた。

　ふたりはともにあえぎ、とぎれがちに息を吐いた。大きな手のひらが、優しく肌をつつみこむ。クリストファーは湿り気を帯びた素肌を撫で、大切なところを指先でなぞり、押し広げた。

　ベアトリクスは抗いもせず、静かに横たわっていた。心臓が狂ったように鼓動している。指が挿し入れられ、無垢な部分にそっと忍び入った。身をかがめたクリストファーが、やわらかな丸みを描く乳房に唇を押しあてる。硬くなったつぼみを唇で挟まれたとき、ベアトリクスは思わずうめき声をもらした。彼はつぼみをリズミカルに吸いながら、ときおり舌でなぶった。指先がさらに奥へと忍びこみ、一番感じやすい部分に、手の付け根が愛撫を与えてくる。

ベアトリクスは身をよじった。視界にはなにも映らなかった。耐えがたいくらいの高ぶりが何度も押し寄せてきて、下腹部がうずいた。やがて、想像だにしなかったほど大きな歓喜の波がやってきた。すすり泣きが口からもれた。それでもクリストファーはやめようとしない。乾いた口をやっとの思いで開き、ベアトリクスは当惑した震え声で言った。

「クリストファー――だめよ――」

「大丈夫」クリストファーは彼女のほてった肌に唇を寄せてささやいた。「来て」

じらすように、官能的に指先が動き、いっそう奥深くへと沈んでいく。わき起こる喜びに抗うかのように筋肉が収縮したかと思うと、次の瞬間には全身で快感を受け入れていた。血管が膨張したかと思うほど、体中が熱くなる。ベアトリクスはクリストファーの髪に両の手を差し入れ、彼の唇を自分の唇へと重ねた。クリストファーはすぐさま応じ、ベアトリクスのあえぎ声とうめき声をのみこみ、身を震わせる彼女をいたずらな手でなだめた。

歓喜の波が、静かな引き潮へと変わっていく。気だるさにつつまれながら、ベアトリクスは身震いをした。しばらくしてわれにかえり、目を開けると、愛する人の腕に抱かれたまま床の上に半裸で横たわる自分がいた。それはなんだかとても奇妙な、それでいて甘美で大切なひとときだった。愛しい人の腕のなかで顔を横に向ければ、アルバートの姿があった。ふたりのたわむれにまるで興味がないのだろう、椅子の上で眠りこけている。

クリストファーがゆっくりとベアトリクスの体を愛撫しはじめる。こぶしが、胸の谷間を通っていった。

ふたたび顔を彼のほうに向ける。汗をかいたせいで肌が磨きあげた金属のように輝き、意志の強そうな男らしい顔が、青銅で造られたもののように見えた。そこには陶然とした表情が浮かんでいる。あたかもベアトリクスの肢体に見とれるかのように。あるいは、見たこともない希少な素材で彼女ができていて、それに魅了されているかのように。クリストファーが身をかがめて手首の内側にキスをし、熱くやわらかな息が肌をなぞった。小さく脈打つ部分に、舌先がしばらく押しあてられた。クリストファーとの親密なひとときは、生まれて初めて経験するもの。それなのにもう、鼓動と同じくらいなくてはならないものに感じられる。二度とクリストファーの腕のなかから出たくないと思った。どんなときもずっと一緒にいたいと。

「わたしたち、いつ結婚するの?」ベアトリクスは気だるげにたずねた。

クリストファーの唇が頬をかすめる。抱きしめる腕に少し力が込められる。

彼は無言だった。

困惑につつまれ、ベアトリクスは目をしばたたいた。彼のためらいに遭って、冷水を浴びせられたように感じた。

「わたしたち、結婚するんでしょう?」

上気した顔を彼が見つめてくる。「難しい質問だね」

「そんなことはないわ。イエスかノーで答えられる、簡単きわまりない質問よ」

「結婚はできない」クリストファーは静かに応じた。「それがきみにとって、最善の選択肢だと確信できるまでは」

「なぜこの場で確信できないの？」

「訊かなくてもわかるだろう？」

「いいえ！」

クリストファーの唇がゆがむ。

「怒りを抑制できず、悪夢にうなされ、幻覚に悩まされ、大酒をくらっている……そんな男が結婚できると思うかい？」

「プルーデンスとは結婚しようとしたわ」ベアトリクスは憤慨した。

「いずれ破談になったはずだ。相手がどんな女性だろうと、妻に迎えることなどできない。命より大切な女性が相手なら、なおさらだよ」

くるりと転がって身を離し、床に座ったベアトリクスは、乱れた服の前をかきあわせた。

「では、いつまで様子を見るつもり？　たしかにあなたは完璧ではないわ、だけど――」

「〝完璧ではない〟という形容詞が当てはまるのは、禿げとかあばた面がせいぜい。わたしの抱える欠点は、もう少し重大でね」

不安に駆られたベアトリクスは、震える声で応じた。

「わが家の人間は欠点だらけで、同じように欠点のある相手と結婚したわ。人はみな、愛にすべてを賭けてきたのよ」

「愛しているからこそ、きみの身を危険にさらすまねはしたくないんだ」

「だったら、いま以上に愛して」ベアトリクスは懇願した。「どんな障害があろうとわたしとの結婚をためらわないくらい、深く愛して」

クリストファーは眉根を寄せた。

「結果を気にせずに欲しいものを手に入れるのは、たしかに簡単だ。片時もきみと離れたくないと思う。毎晩きみを抱いて眠りたいと思う。きみと愛を交わしたくて、息もできないくらいだ。でも、きみが傷つくようなことは、絶対にあってはならないんだ。とりわけ、わたしのこの手によってね」

「絶対にそんなことにはならないわ。あなたの本能が、きっと衝動を抑えてくれるはずよ」

「わたしの本能は狂人なんだ」

ベアトリクスは両腕で膝を抱いた。「わたしの欠点は受け入れてくれるのに」と悲嘆に暮れた声で言う。「あなたの欠点をわたしが受け入れるのは、だめだというのね」両腕に顔をうずめる。「わたしを信じていないからだわ」

「そういう問題じゃないと、きみだってわかっているはずだよ。わたしがわたしを信じられないんだ」

感情が高ぶりすぎて、ベアトリクスはもう涙をこらえられそうもない。こんな理不尽な状況には耐えられない。頭がどうにかなりそうだった。

「ベアトリクス」クリストファーが呼びかけてとなりにひざまずき、抱き寄せようとする。

ベアトリクスは身を硬くした。「抱きしめるだけだから」彼が耳元でささやく。

「結婚しないのなら、いったいいつ会うの？」みじめな声でベアトリクスは問いただした。「お目付け役を付けて、わが家で歓談？　馬車で遠乗り？　それとも密会でもする？」

クリストファーは彼女の髪を撫で、涙に揺れる瞳をじっとのぞきこんだ。

「それでも、いままでよりはずっとましじゃないか」

「でも、もうそれだけじゃいや」ベアトリクスは両の腕を彼の体にまわした。「あなたを怖いなんて思ってない」シャツの背中をきつく握り、訴えるかのように、軽く布地を引っ張った。「あなたが欲しいの。あなたもわたしが欲しいと言ったわ。それなのにあなた自身が、ふたりのあいだに立ちはだかっている。幾度も戦火をくぐり抜け、つらく苦しい思いをし、ようやく帰還を果たしたと思ったら、こんな――」

クリストファーの指が口を覆う。「しーっ。少し考えさせてくれないか」

「わけがわからないわ――」

「ベアトリクス」クリストファーが警告するようにさえぎる。

口をつぐみ、ベアトリクスは険しい表情を浮かべる彼をじっと見つめた。

クリストファーは眉間にしわを寄せて考えている。考えをめぐらせ、それでもなお納得できる結論を見いだせずにいるようだ。

沈黙が下りるなか、ベアトリクスは彼の肩に頭をあずけていた。彼の体は温かく、心地よく、鍛え上げられた筋肉がいともたやすく彼女の重みを支えてくれる。もっと密着したくて、ベアトリクスは身をよじった。しばらくそうしていると、乳房にたくましい胸板が触れた。

さらにもぞもぞと動いて体の位置を整えると、硬くなったものが腰にあたった。クリストファーとひとつになりたくて、痛いほどに体がうずく。彼女はそっと、汗ばんだ首筋に唇を押しあてた。

するとクリストファーは彼女の腰に手を置いた。ふたたび口を開いたときには、声に笑いがにじんでいた。

「もぞもぞしないでくれないか。そんなふうにされて、まともにものを考えられる男はいないよ」

「まだ考え終わらないの？」

「ああ」という返事には不満だったが、額にキスをするクリストファーの唇に笑みが浮かんでいるのがわかった。「結婚したら」と彼がようやく考えを口にする。「わたしは、わたし自身から妻を守らなくてはいけなくなる。きみの健康と幸福だけが、わたしにとってすべてなのに」

結婚したら……その言葉に、ベアトリクスは心臓が口から飛びでるかと思った。なにか言おうとしたが、顎の下にこぶしを添えられ、口を閉じるしかなかった。

「それと、きみのご家族は夫婦のあり方についてとても興味深い考えを持っているようだが」彼はつづけた。「わたしは伝統的な考え方を重んじるたちだ。一家のあるじは、夫だと信じている」

「それは言うまでもないわ」即答しつつベアトリクスは、ちょっと返事が早すぎたかしらと悔やんだ。「わが家の人間も、まったく同じ考えよ」

クリストファーの瞳が疑わしげに細められる。

いまのは言いすぎだったかもしれない。クリストファーの気をそらそうと、ベアトリクスは彼の手に頬を押しあてた。

「動物たちは、一緒でもいい？」

「もちろん」と応じる声は優しかった。「きみにとって大切なものを、否定したりできるものか。ただひとつだけ……ハリネズミについては交渉可能かい？」

「メデューサのこと？　無理よ、絶対無理。あの子はひとりでは生きていかれないもの。子どものころに母親に捨てられて、それからずっとわたしが面倒を見ているの。新しい家を探してみてもいいけど、どうも世間の人は、ハリネズミをペットにするのはあまり気が進まないみたいだから」

「そいつは不思議だね」とクリストファー。「では、メデューサも一緒だ」

「これってつまり、わたしに求婚しているの？」ベアトリクスは期待を込めてたずねた。

「いや」目を閉じたクリストファーは、短いため息をついた。「いけないことと知りつつ、やはり求婚しようかなと思っているだけだよ」

18

ふたりはただちにラムゼイ・ハウスへ向かった。後ろから、アルバートが嬉しそうに駆け足でついてきた。そろそろ夕食の時間というころで、レオもキャムもその日の仕事を終えているはずだった。家族に事情を説明する時間がないのが、ベアトリクスの一番の気がかりだった。メリペンがまだアイルランドから戻っていないのがせめてもの救いだ。あらゆる部外者を疑いのまなこで見る彼は、クリストファーのこともおいそれとは受け入れないだろう。レオもおそらく反対するはずだから、最初に話をするべき相手はキャムということになる。なにしろキャムは、一家の男性陣のなかでは飛び抜けて理性的だ。

けれども、誰にどんなふうに話すのがいいか助言をしようとすると、クリストファーはくちづけでベアトリクスをさえぎり、自分に任せてくれと言ったのだった。

「わかった」ベアトリクスはしぶしぶうなずき、「でもきっとみんな、この結婚に反対すると思うわ」

「わたしも反対なんだ」クリストファーは応じた。「少なくともその点では、ご家族と同意見みたいだね」

屋敷に入ったふたりは、居間を目指した。部屋ではキャムとレオがなにやら話しこんでおり、キャサリンがかたわらの小机についていた。

「やあ、フェラン」キャムが言い、気さくな笑みを浮かべて顔を上げた。「材木作りを見に来たのかい？」

「お邪魔します。じつは、別件でお話が」

窓辺に立っていたレオが、クリストファーのしわくちゃの服からベアトリクスの乱れた髪へと視線を移す。

「ベアトリクス、いつもそんな格好で領地の外まで出かけているのか？」

「今日だけよ」ベアトリクスは弁解がましく答えた。「急いでいたから」

「フェラン大尉に急ぎの用だった？」レオは鋭いまなざしをクリストファーに向けた。「話というのは？」

「個人的なことです」クリストファーは口早に応じた。「妹さんにも関係するんですが」キャムとレオを順番に見る。どちらに話すべきか、本来であれば悩む必要などない。領主であるレオに決まっている。だがハサウェイ家では、役割分担が普通とは異なっているように見えた。

「どちらにお話しすればいいでしょうか？」クリストファーはたずねた。

するとふたりは同時に、

「彼だ」

キャムがレオを咎める。「きみは子爵だろう」

「この手の話はおまえの担当だ」レオが抗う。

「たしかに。だが本件については、きみはわたしに反対するはずだ」

「まさか本気で、許可するつもりじゃないだろうな？」

「ハサウェイ姉妹のなかでは」キャムが穏やかに応じる。「夫選びはベアトリクスが一番うまいと思う。だからわたしは、彼女の判断を信じるよ」

ベアトリクスが明るい笑顔を義兄に向ける。「ありがとう、キャム」

「いったいどういうつもりだ？」レオは義弟に食ってかかった。「ベアトリクスの判断なぞ信じちゃいかん」

「なぜ？」

「若すぎる」

「もう二三歳よ」ベアトリクスは抗議した。「犬ならもう寿命だわ」

「しかもおまえは女だ」レオが言い募る。

「ちょっと待って」キャサリンが口を挟んだ。「つまり、女性の判断力は男性に劣ると言いたいの？」

「この手の問題に関しては、そうだ」レオは妻の詰問にそう答え、クリストファーのほうを指さした。「やつを見てみろ。ギリシャの神みたいにハンサムだろう？　ベアトリクスが、やつの知性を買って選んだと思うか？」

「出身はケンブリッジ大学です」クリストファーは辛辣な声で応じた。「なんなら卒業証書をお見せしますよ」

「あいにくわが家では」とキャムがさえぎる。「大学の学位は知性のあかしにならないんだよ。ラムゼイ卿が、その最たる例でね」

「フェラン」とレオが呼びかける。「嫌みを言うつもりはないが――」

「もともとそういう人なの、ごめんなさいね」キャサリンが優しく言う。

レオは妻をにらんでからクリストファーに視線を戻した。

「結婚を考えるには、きみとベアトリクスはお互いを知らなすぎる。親しくなってまだ数週間だろう？　それに、プルーデンス・マーサー嬢のことはどうなってる？　彼女と婚約しているんじゃないのか？」

「ご指摘はごもっともです」クリストファーはうなずいた。「質問にお答えするのは簡単ですが、その前にまず言っておきたい。わたし自身、結婚に反対なんです」

レオは当惑気味に目をしばたたいた。「マーサー嬢との結婚に、ということか？」

「まあ……それもですが。正確には、ベアトリクスとの結婚に」

沈黙が下りる。

「なにかの冗談のつもりか？」レオが問いただした。

「あいにく、冗談ではありません」クリストファーは答えた。

また沈黙が流れる。

「フェラン大尉」呼びかけたキャムは、慎重に言葉を選んでつづけた。「きみは、ベアトリクスとの結婚の許可を得るために来たのだろう？」

クリストファーは首を横に振った。

「ベアトリクスとの結婚を決心したら、あなた方の許可があろうがなかろうがしますよ」

レオはキャムに向きなおった。「とんでもないやつだ」とうんざりした声でつぶやく。「ハリーの比じゃない」

キャムは当惑の面持ちだが、それでも忍耐強く提案した。

「書斎でフェラン大尉と話したほうがよさそうだな。ブランデーでも飲みながら」

「わたしはボトルでやる」レオは憮然とした声で宣言し、先に立って居間を出ていった。


ベアトリクスとの親密なやりとりのいくつかは省いて、クリストファーはすべてをレオとキャムに話した。自身の欠点についてもつつみ隠さず打ち明けたが、たとえ相手が家族だろうと、ベアトリクスが批判の的にはならないよう注意した。

「そんなふざけたまねをするなんて、あいつらしくないな」手紙の話を聞いたレオが、首を横に振りながら感想を口にした。「いったいなんだって、そんな遊びを思いついたのやら」

「遊びではなかったんです」クリストファーは静かに正した。「お互いに思ってもみなかった方向に転がりはしましたが」

キャムがいぶかしげに見つめてくる。

「フェラン、打ち明け話で気が高ぶっていると、つい言い忘れてしまうことがあるものだ。それでけっきょく、きみは本当にベアトリクスを愛しているのかい？　なにしろ彼女は――」

「変人だ」レオが引き取った。

「わかっています」クリストファーは笑いをかみ殺した。「無意識に人のものを盗んでしまうのも知っています。ブリーチをはき、ギリシャの哲学者の言葉を引用し、獣医学書を読みあさったことも知っています。普通の人が金を払って駆除するような動物を、ペットにしていることも」ベアトリクスを思い、切望感に胸が痛くなる。「ロンドンにはとうてい住めないだろうことも、自然に囲まれた暮らしでなければ元気がなくなってしまうことも。思いやり深く、知性にあふれ、勇敢な女性だということも。彼女にとってたったひとつの恐怖は、見捨てられること。だからわたしは、けっして彼女を見捨てたりしません。どういうわけか、気が変になるほど彼女を愛してしまったものですから。ただ、ひとつだけ問題がありまして」

「どんな？」とレオ。

クリストファーはたった一言、「わたしです」

刻々と時が過ぎるのを感じつつ、クリストファーはさらに説明をつづけた――戦場から戻って以来、われながら不可解な行動に走ってばかりいること。狂気とも呼ぶべき状態にたびたび陥ってしまうこと。ハサウェイ家の男たちは、そうした事実を聞かされてもとくに警戒心を示さなかった。予期してしかるべき反応だったとはいえ、やはりクリストファーは不思議に思わずにはいられなかった。いったい全体、どういう一家なんだ、と。

クリストファーが語り終えると、書斎は沈黙につつまれた。

レオが期待を込めた面持ちでキャムを見やる。「で？」

「で、とは？」

「ここらでお得意の、ロマの人生訓が出てくるんじゃないのか？　卵を抱く雄鶏の話とか、果樹園で踊る豚の話とか。いつも披露してくれるじゃないか。早くフェランにも聞かせてやったらどうだ」

キャムは冷笑を浮かべて義兄をにらんだ。「いまは思いつかない」

「ふん、わたしにはさんざん聞かせたくせに。フェランには、ただのひとつも授けてやらないのか？」

義兄を無視して、キャムはクリストファーだけに視線を向けた。「いまきみが言ったような問題は、徐々に消えていくと思う」いったん口を閉じる。「兄のメリペンも、もしこの場にいたら確約してくれたはずだ」

クリストファーは用心深くキャムを見つめた。

「メリペンに従軍経験はない」穏やかな声で説明がつづけられる。「ただ、暴力や非道は戦地だけのものではない。メリペンの胸にも倒すべき悪魔がいて、無事に打ち勝ってみせた。だからきみに、同じことができないわけはないと思う」

「フェランもベアトリクスも、少し待ったほうがいいんじゃないか？」レオが提案した。「待ったところで失うものがあるわけでもなし」

「それはどうかな」とキャム。「ロマの格言にもある。〝時をかけすぎれば、いずれ時に追い越される〟」

「そらきた」レオは澄ました顔で言った。

「どうやら」クリストファーはつぶやいた。「いくら話したところで結論は出ないようですね。せめておふたりのどちらかでも、ベアトリクスにはもっとふさわしい男がいるはずだと言ってくださるべきだった」

「そのせりふなら、わが妻にこそぴったりだ」レオが冗談めかす。「キャットにももっとふさわしい男がいただろうが、当人がその事実に気づく前に結婚に持ちこんでやった」彼はほほえんで、不機嫌そうなクリストファーをまじまじと見つめた。「いまのところ、きみの欠点とやらにはたいして驚いてもいない。たしかにきみは必要以上に飲みすぎだし、衝動を抑えられないうえに、短気とくる。だがそんなものは、ハサウェイ家の一員の必要条件と言ってもいい。しかし本来ならベアトリクスは、かぎタバコ入れを集めたり、詩を書いたりするのが趣味の、物静かな若者と結婚するべきなんだ。だからそういう相手との交際を勧めてもみたが、けっきょくうまくいかなかった。当人がそういう男を望んじゃいない。望んでいるのは、残念ながらきみだ」

「若く理想に燃えている彼女には、まともな判断なんてできません」クリストファーは応じた。「彼女はまちがっているんです」

「同感だ」レオはきっぱりと言った。「だがあいにく、わが妹たちは誰ひとりとして夫選びをわたしに任せてくれなくてね」

「ちょっといいかな、ふたりとも」キャムが静かに口を挟んだ。「フェラン、きみにひとつ訊きたいんだが……正式に求婚するのは少しあとにするとして、その間も彼女とは会いつづけるつもりかい？」

「はい」クリストファーは力強く答えた。「なにがあろうと、ベアトリクスと会うのをやめるなんてできない。もちろん、お互いそれなりの配慮はします」

「そいつは疑わしいな」レオが横やりを入れた。「ベアトリクスの辞書に配慮の単語は載っているが、当人が意味をわかっていない」

「いずれ噂になるはずだ」キャムが言った。「世間の批判にさらされれば、ベアトリクスの評判にも傷がつく。そうなったら、早晩きみはベアトリクスと結婚せざるを得なくなる。必然の結果が訪れるのを、多少遅らせたところであまり意味はない」

「つまり、わたしと彼女の結婚を望んでいるのですか？」クリストファーは信じられないとばかりに問いかえした。

「いいや」キャムは苦笑交じりに応じた。「ただ、反対だとも言いきれない。ベアトリクスがさぞかし落ちこむだろうからね。それにひとつ問題がある。われわれのうちのいったい誰が、彼女に少し待てと伝えるか」

三人は黙りこんだ。

その晩、少しでも眠らなくてはと思いつつ、ベアトリクスは不安と疑念で眠れなかった。クリストファーは夕食もともにせず、レオたちとの話を終えるとすぐに帰ってしまった。

息子のアレックスを寝かしつけて階下に下りてきたアメリアは、知らせを聞いて喜びを隠そうともしなかった。「いいお話だわ」姉は言い、ベアトリクスを抱きしめてから、ほほえんで妹を見つめた。「フェラン大尉なら誠実そうだし、人柄もよさそうだもの」

「それに勇敢だ」キャムがつけくわえた。

「そうね」アメリアは重々しくうなずいた。「戦争での活躍ぶりを、忘れてはならないわね」

「そうじゃなくて」キャムが妻の指摘を正す。「ハサウェイ家の娘との結婚を決断したのが、勇敢だってことです」

アメリアが夫に向かって舌を出し、キャムがくすりと笑った。

夫婦のやりとりはごく自然で、どこかたわむれるような、深い親密さを感じさせる。ベアトリクスは考えずにはいられなかった。いつか自分とクリストファーもふたりのようになれるのだろうか。クリストファーが心の壁を取りはらい、すべてをさらけだしてくれる日は来るのだろうかと。

彼女は眉根を寄せて姉のとなりに腰を下ろした。

「キャムとお兄様に、クリストファーとどんな話をしたのか教えてと何度も訊いているのよ。

でもけっきょく、なにも決まらなかったみたい。三人でブランデーを飲んだだけ」

「フェランには、妹と珍獣どもを引き取ってくれるなら、こんなにありがたい話はないと言ってやった」レオがちゃかす。「そうしたら、考える時間をくださいとさ」

「なにを？」ベアトリクスは問いただした。「いったいなにを考えるというの？　決断するのに、どうしてそんなに時間がかかるの？」

「男の人はしかたがないのよ、ビー」アメリアが優しく諭した。「じっくり考えないとなにも決められない生き物だから」

「そうとも、女性とはちがうんだ」レオがやりかえした。「なにも考えずに決断するという素晴らしい才能は、男にはないからな」


翌朝、クリストファーはふたたびラムゼイ・ハウスにやってきた。散歩用のふだん着だったにもかかわらず、なぜかいかにも軍人然として見えた。ベアトリクスを散歩に誘うときもいやに控えめで、非の打ちどころのない礼儀正しさだった。彼にまた会えてベアトリクスは胸を高鳴らせたが、同時に不安も覚えた。まるで面倒な義務を果たそうとしている人のように、クリストファーが険しい表情を浮かべ、用心深く振る舞っていたからだ。

幸先がいいとは、とうてい言えなかった。

それでも彼女は努めて明るくクリストファーに接し、先に立って、お気に入りの散歩道へといざなった。右手に農場が、左手に森が広がる小道だ。環状に伸びたその道は森のなかへとつづいており、いくつかの獣道と交差して、最後には小川の脇にたどり着く。同行するアルバートはふたりの前後を行き来しながら、周囲を熱心に嗅ぎまわっていた。

「……こういう空き地は」陽射しがまだらに照りつける小さな草地へとクリストファーを導きながら、ベアトリクスは説明した。「青銅器時代の畑の名残である場合が多いの。当時は地面を耕す方法なんてわからなかったから、ある畑でものがとれなくなると、また別の土地を掘りかえして畑にしたわけ。そうすると、もとの畑はハリエニシダみたいなシダ類やヒースに覆われる。ああ、見て見て――」空き地のそばにオークの木を見つけ、そこにできた洞《うろ》を指さす。「夏の初めに、チゴハヤブサの一家がここに住んでいたのよ。チゴハヤブサは自分たちで巣を作らず、ほかの鳥が作った巣を拝借するの。すごく速く飛ぶから、まるで空を切り裂く鎌みたいに見えるのよ」

クリストファーは熱心に耳を傾けている。琥珀色の髪を風にそよがせ、口元にかすかな笑みをたたえるさまは、思わず見とれるほどハンサムだ。「森の秘密を、すべて知っているんだね」彼は穏やかに言った。

「学ぶことがありすぎて、まだ表面をなぞっただけ。スケッチブックに動物や植物の絵をいくつも描いたわ。それでもまだ、勉強しなくちゃいけないことがたくさんあるの」ベアトリクスはもどかしげにため息をついた。「ロンドンに、博物学の協会ができるそうよ。わたしも会員になりたかった」

「なればいいのに」

「女性の入会は認めてくれないわ。ああいう団体はみんなそうだもの。ひげをたくわえ、パイプをくわえた老紳士が、昆虫について意見を交わす場所。残念だわ。わたしなら、老紳士たちと対等に昆虫について語れるのに」

クリストファーの顔にゆっくりと笑みが広がっていく。

「きみがパイプをくわえても、ひげをたくわえてもいないのはありがたいね」彼はちゃかした。「だけど、きみほどの動物好き、昆虫好きが意見交換の場に出られないのはたしかに残念だ。例外として認めてもらえるよう、話をしてみようか」

驚いたベアトリクスは彼を見上げた。

「本当に？　でも、女性がそんなおかしなことに興味を持ってもいやじゃないの？」

「全然。おかしなことに興味を持っている女性を妻に迎え、まともになれと言い聞かせるなんて、まるで無意味だろう？」

ベアトリクスは目を真ん丸にした。「それって、わたしに結婚を申し込んでいるの？」

クリストファーが彼女を自分のほうに向かせ、指先で顎の先をなぞり、さらに上を向かせる。

「その前に、話したいことがある」

期待を込めて、ベアトリクスはクリストファーを見つめた。

穏やかな表情だった。クリストファーは彼女の手をとり、草に覆われた小道を歩きだした。

「まずひとつ……夫婦で同じベッドに眠るつもりはない」

ベアトリクスは目をしばたたき、おずおずとたずねた。

「肉欲を伴わない愛を築くということ？」

クリストファーがやや口ごもる。

「いや。まさか。つまりね、親密な関係にはなるけれど、同じベッドでは眠らないんだ」

「でもわたし……きっとあなたと眠りたくなると思うわ」

クリストファーの手に力が込められた。

「わたしの悪夢のせいで、きみまで眠れないといけないからね」

「そんなこと気にしないわ」

「寝ぼけてきみの首を絞めるかもしれない」

「そうなの。でも、それも気にしないわ」ベアトリクスは眉根を寄せて考えをめぐらせつつ、ゆっくりと歩を進めた。「わたしからも、ひとつ提案していい？」

「もちろん」

「これからは強いお酒をやめて、ワインくらいにするのは無理かしら？　あなたはいろいろな問題を抱えていて、その薬代わりにお酒を飲んでいるのはわかっているの。だけど、お酒のせいで悪化する場合もあるし――」

「その件では説得の必要はないよ、ビー。強い酒はやめようと自分でも思ってる」

「よかった」嬉しくなって、ベアトリクスは彼にほほえんだ。

「もうひとつ、お願いがあるんだ」クリストファーがつづけた。「危ないまねはもうやめてほしい。木登りとか、半野生の馬を調教したりとか、野生動物をわなから逃がしたりとか、そういうまねを」

ベアトリクスは彼を見つめ、無言で抗議した。自由を多少なりとも奪われるのだと思うと、耐えられなかった。

その気持ちをクリストファーは理解したようだ。

「なんでもかんでも、だめと言うつもりはないんだ」と静かに言葉を継ぐ。「ただ、きみがけがをするのではないかと、心配したくないんだよ」

「人はみんな、ひょんなことでけがをする可能性があるのよ。女性ならスカートに火が燃え移ることがあるし、通りを歩いていて馬車に轢かれる危険性だってあるし、けつまずいて転ぶことも――」

「だからこそだよ。きみのようなおてんばでなくても、人生はただでさえ危険に満ちている」

ベアトリクスはふと気づいた。家族は、未来の夫のように自由を奪おうとはしなかった。それでも、自由を失ってでも得るものが結婚にはあるはずだ。

「……わたしはすぐにでもリヴァートン領に移らなければいけない」クリストファーは話をつづけている。「領地の運営についても、材木市場に関しても学ばなければいけないことがたくさんある。領地管理人の話では、どうもリヴァートンの材木作りは生産高に波があるようでね。ちょうどいまはあのあたりに新しい鉄道駅が建設中で、周辺に立派な道路を敷設できれば、新駅も活用できる。だから道路建設計画にも携わらなくては、あとから問題が出てきたときに不満を述べることもできない」歩みを止め、ベアトリクスを自分のほうに向かせる。「きみとご家族の深い絆はわかっているつもりだ。ご家族と離れて暮らす人生に、本当に耐えられるかい？　フェラン邸はもちろん手放さないが、ふだんはリヴァートンに住むことになるはずだ」

家族と離れて暮らす――考えてもみなかった。ベアトリクスにとって家族は、いわば〝世界〟だった。とりわけアメリアは、いつだってそばにいてくれた。ベアトリクスはかすかな不安に駆られ……同時に興奮も覚えた。新しいわが家、新しい出会い、新しい土地……そこにはクリストファーがいる。そう、クリストファーがいるのだ。

「大丈夫よ」ベアトリクスは答えた。「さびしくなるけど、いまだって始終、兄や姉といるわけじゃないんだもの。なにしろみんな、自分の家族や暮らしのことで忙しいでしょう？　当たり前のことだけど。だから、みんなに会いたいときにここに来ることができれば、それで十分幸せよ」

クリストファーは彼女の頬をいとおしげに撫でた。手の甲が、そっと首筋へ下りていく。彼の瞳には理解と思いやりと、なんだかよくわからない感情が浮かんでいて、ベアトリクスは頬を赤らめた。

「きみの幸せのために必要なものは」クリストファーがささやく。「なんでもあげる」ベアトリクスを引き寄せると、彼は額にくちづけ、唇を鼻先へと下ろしていった。「ベアトリクス。最後にもうひとつだけ訊きたいことがある」笑みを浮かべたベアトリクスの唇へと、彼の唇が移動する。「愛しい人……ほかの女性と過ごした長い時間より、きみと分かちあったわずかな時間を、わたしはこれから選ぼうとしている。きみはあの手紙を書く必要も、〝わたしを見つけて〟と請う必要もなかったんだ。生まれてからずっと、わたしはきみを探していたんだと思う。きみの夫にふさわしいすべてを兼ね備えた男など、この世にいやしない。でも、きみにふさわしい男になるチャンスを与えてほしい。わたしと結婚してくれますか？」

ベアトリクスはクリストファーの頭を引き寄せ、耳元に唇を寄せた。「もちろんするわ」とささやきかけると、なぜか衝動的に彼の耳たぶを軽くかじった。

思いがけない愛撫に驚き、クリストファーは彼女を見下ろした。彼の瞳に浮かぶ色に、ベアトリクスの鼓動は期待で速くなる。クリストファーは荒々しく唇を重ねた。

「どんな結婚式がいい？」彼はたずね、返事を待たずにもう一度くちづけた。

「あなたを夫に迎えられれば、どんなお式でも」ベアトリクスは指先で彼の唇の端をなぞった。「あなたはどんなのがいい？」

クリストファーは苦笑交じりに答えた。

「手っ取り早いのが」

19

それから二週間で、クリストファーは未来の義理の家族とすっかり打ち解けてしまった。そうして、その事実を悪い兆候ととらえない自分をいぶかしんだ。当初は彼らの風変わりな暮らしぶりを避けようとしていたのに、いまでは一緒にいるのが楽しくて、ほぼ毎晩のようにラムゼイ・ハウスを訪れている。

ハサウェイ家の人びとは始終口げんかをし、笑いあい、互いに心からの愛情を抱いているのが見ていてわかる。彼らは、クリストファーの知るどんな家族ともちがっていた。新しい思想、発明、発見……彼らはあらゆることに興味を抱く。そうした好奇心の強さは、亡父エドワードの影響らしかった。

幸福に満ちあふれ、ときに混沌に陥るハサウェイ家の暮らしが、自分によい影響を与えているのをクリストファーは実感した。喧騒につつまれたロンドンではこうはいかない。どういうわけかハサウェイ家の騒々しさは、彼の心の傷を癒してくれるらしい。クリストファーは一家の全員に好意を抱くようになった。とりわけキャムには深い親近感を覚えた。キャムは一家の、あるいは当人いわく〝部族〟の、長としての役目を立派に果たしていた。穏やかで忍耐強いキャムはいわばみんなのなだめ役で、ときには羊飼いのように彼らを導くこともある。

一方、長兄のレオには、キャムほどの親しみは感じなかった。一緒にいて楽しい相手だが、どこか不遜なところがある。皮肉めかした態度にかつての自分を思い出し、クリストファーは落ち着かないものを覚えた。クリストファーもかつてはよく、他人を揶揄《やゆ》しておもしろがったものだ。ベアトリクスについても、厩舎がお似合いだなどと言ったことがあった。じつを言えばそんな言葉を口にした記憶はないのだが、いかにも自分が言いそうなことだと思う。あのころは、言葉の持つ力をよくわかっていなかった。

だがこの二年間で、クリストファーは言葉の重みというものを学んだ。

レオについては、ベアトリクスからこんなふうに言われている。たしかに兄は口が悪いが、本当は愛情深く、誠実な人なのだと。「あなたもきっと、お兄様を好きになるわ」ベアトリクスはそうも言った。「でも、キャムのほうがつきあいやすいと思うのは当然ね。あなたもキャムも、キツネだから」

「キツネ？」興味を引かれ、クリストファーはおうむ返しにたずねた。

「そう。わたしは誰かを動物にたとえるのが得意なの。キツネは狩人だけど、力ずくで獲物を手に入れようとはしない。賢くて、さりげないの。相手の裏をかくのが上手なのね。ときには遠く旅に出ることもあるけれど、安全で居心地のいいわが家に必ず帰ってくる」

「兄上のレオはライオンか」クリストファーはそっけなく言った。

「そのとおりよ。目立つのが好きで、なにかにつけて大げさで、知らん顔されるのが大嫌い。ときにはあなたに、鋭い一撃を食わせることもあるかもしれない。でもどれほど牙をむき、鋭い爪を見せたところで、猫族であることに変わりはないわ」

「きみを動物にたとえると？」

「フェレットよ。いろいろなものを、集めずにはいられないの。起きているときは片時もじっとしていないけど、なにもしないで静かに過ごすのも好き」ベアトリクスはクリストファーににっこりとほほえみかけた。「それと、フェレットはとても愛情深いの」

クリストファーはかねて想像していた。結婚したらきっと、こまごまと目配りできる行儀のいい妻が采配する、秩序ある厳格な家庭を築くことになるのだろうと。それがいまや、部屋という部屋を動物たちが駆けめぐり、よちよち歩き、這いまわり、跳びまわる屋敷を、ブリーチ姿で闊歩する妻を迎えようとしている。

普通の女性ならとうていできないことに、ベアトリクスがその才能を発揮するさまを見るにつけ、クリストファーは大いに魅了された。彼女は槌《つち》やらなにやらの道具を上手に使う。どんな女性よりも、いやひょっとするとどんな男性よりも巧みに馬を乗りこなす。独創的で、記憶力と直感に裏打ちされた知性を備えている。けれども彼女を知れば知るほど、心の奥底に不安を抱えているのもわかるようになっていった。自分を異質なものと感じているらしく、ひとりきりで過ごしたがることも多い。原因はおそらく両親の早すぎる死、とりわけ母親との別れにあるのだろう。母を亡くしたとき、ベアトリクスは捨てられたように思ったのだ。

それともうひとつ、ハサウェイ家がまったく思いがけずいまの社会的地位に就かされたことにも関係しているはずだ。上流社会に属する者は、ただ単にその社会の規則に従えばいいわけではない。上流階級ならではの考え方や立ち居振る舞い、世間との向きあい方は、生まれたときからたたきこまれていくものなのだ。貴族社会に生まれ育った若いレディたちのような洗練を、ベアトリクスはけっして身につけることはできないだろう。

けれどもそうした一面こそ、クリストファーが彼女を愛する理由のひとつだった。

ベアトリクスとプルーデンスときちんと向きあわなかった自分に非があるのはわかっていたので、真摯に謝るつもりだった。だが誠実でなかった自分を責める気持ちは、応接間で相手に会うなり消えうせた。プルーデンスが、彼を騙していた事実をこれっぽっちも反省していないのがわかったからだ。

控えめに言っても、その話しあいは愉快なものではなかった。怒りで顔を真っ赤にした彼女は、気でもふれたかのように怒鳴り、わめき散らした。

「わたしを捨てるなんて！　しかも、あんなぶさいくで髪の真っ黒な娘と、おかしな一家のために！　物笑いの種になってもいいというの？　あの一家の半分はロマで、半分は変人なのよ。縁故もろくにない、礼儀作法もわきまえていない、薄汚い田舎者の集まりだわ。死ぬまで後悔することになっても知らないから。ベアトリクスみたいに不作法で野蛮な娘は、きっと獣を産み落とすにちがいないわ」

息継ぎのためにプルーデンスが口を閉じたところで、クリストファーは静かに応じた。

「あいにく、この世の誰もがマーサー家の人びとのように洗練されているわけじゃないんだよ」

その一言でいよいよ堪忍袋の緒が切れたらしい。プルーデンスは魚売りのようにわめきつづけた。

すると、クリストファーの脳裏にある風景が浮かびあがった。いつもの、戦場の残像ではない。もっと平和な光景……ちょうど前日、穏やかな表情をたたえたベアトリクスが一生懸命に、けがをした鳥の世話をしていたときの姿だ。小さなスズメの傷ついた羽を撫でつけてやりながら、ベアトリクスは幼いライに、餌のやり方を教えてやっていた。その様子を見つめていたクリストファーは、ベアトリクスの手の繊細でいて力強い動きに心打たれたのだった。

目の前でわめきたてる女性に意識を戻し、クリストファーは祈った。いずれプルーデンスの夫となる男に、どうか幸あれと。

そこへ、騒ぎに気づいたのだろう、プルーデンスの母親が現れ、娘をなだめはじめた。ほどなくしてクリストファーはマーサー邸を辞去した。帰り道、彼はプルーデンスと過ごしてむだにした一分一秒を悔やみつづけた。

それから一〇日後、ストーニー・クロス中に驚きの知らせが広がった。プルーデンスが、かねて求愛を受けていた地元の名士と駆け落ちしたというのだ。

駆け落ちの朝、ベアトリクス宛の手紙がラムゼイ・ハウスに届いた。プルーデンスからだった。大きなインク染みのある、怒りに満ちたなぐり書きの手紙は、ベアトリクスへの恨みと、不吉な予言と、数えきれないほどのスペルミスにあふれていた。当惑と罪悪感に駆られたベアトリクスは、クリストファーに手紙を見せた。

彼は口元をゆがめて手紙を半分に切り裂き、ベアトリクスに返した。それから、「ようやく」と気さくな声で言った。「彼女も誰かに手紙を書く気になったわけか」

たしなめる表情を浮かべようとしたベアトリクスが、しぶしぶ笑い声をもらした。

「こんなときに冗談はよして。罪悪感でいっぱいなんだから」

「どうして？　プルーデンスは罪悪感なんて覚えていないよ」

「わたしにあなたを奪われたと思っているはずだわ」

「そもそも、彼女のものになった覚えはないよ。プレゼント交換ゲームのプレゼントでもない」

ベアトリクスは噴きだした。「あなたがプレゼントなら」と挑発する目で彼を見ながら言う。「包みを剥がしてみたいわ」

身を乗りだしてキスをしようとするベアトリクスに、クリストファーは首を横に振ってみせた。

「だめだよ、仕事が終わらないだろう？」板を所定の位置に置き、目顔で促す。「釘を打って」

ふたりは納屋の二階にいた。ベアトリクスが作った巣箱の修理を、クリストファーが手伝っているところだった。板の端に彼女がきれいに釘を打っていくさまを眺め、クリストファーは大いに楽しんでいた。女性が工具を巧みに扱う姿が、こんなにもかわいらしいものだとは思ってもみなかった。彼女がかがみこむたびにブリーチが太ももにぴったりと貼りつく様子には、わくわくせずにいられなかった。

だが、わが身が反応しそうになるのは懸命に抑えた。最近はよくこんなことがある。ベアトリクスがしつこいくらいに彼を誘惑してくるからだ。キスをするたびに彼女が無邪気に反応するので、クリストファーはぎりぎりのところで自分を抑えている。

戦地におもむく前のクリストファーにとって、恋人を見つけるのはたやすかった。愛の営みも、罪悪感や良心の咎めを覚えることなく気軽に楽しんでいた。けれども長い禁欲生活を経たいま、ベアトリクスと初めて結ばれるときを思うと不安でたまらない。彼女に痛い思いや怖い思いをさせたくない。

クリストファーはいまだに、危うく自制心を失いそうになるときがある。

たとえばこんなことがあった。ある晩、ラムゼイ・ハウスで、レオの双子の子どもたちがベアトリクスの猫のラッキーをうっかり踏んでしまったのだ。怒った猫が耳をつんざくようなすさまじい鳴き声をあげ、びっくりした双子が大声で泣きだし、母親のキャサリンが慌てて子どもたちに駆け寄った。

クリストファーは心臓が口から飛びでるかと思うほど驚いた。突然の騒動にパニック状態となり、身をこわばらせ、震えながら、うつむいてぎゅっと目をつぶった。彼は一瞬にして、赤く燃えた空の下、戦場に立っていた。深呼吸をくりかえしたところで、となりに座るベアトリクスに気づいた。彼女はなにも訊こうとはせず、黙ってそばにいてくれた。

しばらくするとアルバートもやってきて、クリストファーの膝に顎をのせ、くすんだ茶色の瞳で飼い主を見つめた。

「あなたの気持ちがわかるみたいね」とベアトリクスが優しくささやいた。

クリストファーが腕を伸ばして頭を撫でてやると、アルバートは手のひらに鼻づらを押しつけ、手首を舌で舐めた。そう、アルバートにはわかっていた。彼もまた、砲弾や大砲が雨と降りそそぐ日々に、弾丸に肉を切り裂かれる痛みに耐えてきたのだから。

「わたしたちは仲間だものな、アルバート？」クリストファーは犬にささやきかけた。

物思いから現実に立ち返ってみれば、ベアトリクスは釘打ちを終えて槌を脇に置き、両手の埃を払っているところだった。

「よし」と満足げにつぶやく。「これでまた誰か住めるわ」

彼女は床を這って、壁に軽く寄りかかるクリストファーの脇にやってくると、猫のように伸びをした。クリストファーはうつむいて彼女を見つめた。いますぐ抱き寄せ、やわらかな肌に思う存分に触れて、みずみずしく引き締まった体にわが身を重ねたい。けれどもベアトリクスに引き寄せられそうになると、彼は拒んだ。

「巣箱の修理以外のことをしていたんじゃないかと、ご家族に疑われたら困るだろう？　それに、干し草まみれになるぞ」

「干し草まみれはいつものことだもの」

いたずらっぽいほほえみと生き生きとした青い瞳が、クリストファーの心を解きほぐす。観念した彼は身をかがめ、優しく探るようにくちづけた。ベアトリクスの両の腕が首にまわされる。クリストファーはゆっくりと、時間をかけてキスをした。じらすようなキスをつづけると、やがて彼女がおずおずと舌をからませてきた。快感が身内を走り、体が熱くなる。

首にまわした腕に力を込め、ベアトリクスが本能的に腰を押しあててくる。クリストファーも、やわらかな肌に自分を押しあてずにはいられなかった。リズミカルな動きに、ふたりはともに陶然となった。彼の名をささやきながら、ベアトリクスが首をのけぞらせる。クリストファーはあらわな首筋に濡れた唇を這わせた。感じやすい部分を舌で探りあて、舌先で愛撫すると彼女が身をよじるのがわかった。クリストファーは片手を乳房へと下ろし、シュミーズとブラウス越しに自然な丸みをつつみこみ、硬くなったつぼみを熱い手のひらでもてあそんだ。小さなあえぎ声がベアトリクスの口からもれた。

すっかり高ぶった様子で彼女がもだえ、腕のなかで背を弓なりにする。クリストファーは欲望にのみこまれていく自分を感じた。頭のなかが真っ白になり、理性が働かなくなる。ベアトリクスの服を脱がせ、おのれを解放してしまえばいい……彼女のなかに入り、自分を解き放って――。

うめき声をあげ、クリストファーは背中から床に倒れた。それでもベアトリクスは離れようとせず、しがみついてくる。

「愛して」彼女は息も絶え絶えに訴えた。「この場で。いますぐに。お願いよ、クリストファー――」

「だめだよ」クリストファーはやっとの思いで彼女を引き離し、その場に身を起こした。「納屋の二階でなんて。いつ誰がやってくるかもわからないのに」

「そんなの気にしないわ」ベアトリクスは熱い頬を彼の胸に押しあてた。「全然気にしないわ」と熱病のようにくりかえす。

「わたしは気にするよ。それにきみには、干し草の上なんてふさわしくない。わたしだってそうだ。もう二年以上もしていないんだからね」

目を見開いて、ベアトリクスが見つめてくる。

「本当に？　そんなに長いこと貞節を守っているの？」

クリストファーは小ばかにするように彼女を見た。

「あいにく貞節は女性の純潔を指す言葉で、わたしには当てはまらないね。いずれにしても、禁欲生活はつづけている」

床を這ってクリストファーの背後にまわり、ベアトリクスは彼の背中についた干し草をはたきはじめた。

「女性と過ごす機会がなかったの？」

「あった」

「じゃあ、どうして？」

のかい？」

腰をひねって肩越しに彼女を見つめ、「本気で詳しい話を聞きたいのかい？」

「ええ」

「ベアトリクス、レディがそういう不適切な質問をしたら、どんな目に遭うかわかっている

「納屋の二階で純潔を奪われるのかしら」

クリストファーは呆れてかぶりを振った。

ベアトリクスは後ろから抱きしめてきた。背中に誘うような胸の感触がある。「教えて」

彼女が耳元でささやくと、湿った息が肌を撫で、うなじに心地よいしびれが走った。

「野営地に娼婦がいたんだ」クリストファーは説明を始めた。「男たちの相手をして、いつも忙しそうだった。でもお世辞にもきれいとは言いがたかったし、彼女たちのせいで連隊中にいろいろな病気がはびこった」

「かわいそうに」ベアトリクスは心からそう言った。

「娼婦が？　それとも男たちが？」

「両方よ」

まったく彼女らしい。こんな話にさえ、不快感ではなく同情を示すなんて。クリストファーはベアトリクスの手をとり、手のひらにキスをした。

「将校のなかには奥方を戦地に連れてきている人もいてね。奥方のひとりかふたりから、誘

われたこともあった。でも、他人の妻と寝るなんてとんでもないと思った。ひょっとしたらそのあと、夫のほうと戦場でとなりあって敵と戦う羽目になるかもしれないんだからね。それから野戦病院では、誘えば〝うん〟と言いそうな看護師が何人かいた。もちろん、看護係として派遣された修道会のシスターじゃなくて、本物の看護師のほうだよ。でも、ずっと包囲網を張ったり、仲間の墓を掘ったりしてきて……さらに負傷までして……そういう気分にはなれなかった。だから待つことにした」クリストファーはしかめっ面をした。「そうして、いまも待っている」

ベアトリクスがうなじに唇と鼻を押しあて、彼のなかに新たな興奮がわき起こる。

「かわいそうに、わたしがそういう気分にしてあげるわ」ベアトリクスはささやいた。「大丈夫よ、無理強いはしないから」

こんな感覚は初めてだとクリストファーは思った。欲望と愉快な気持ちとがないまぜになっている。振りかえった彼は両の腕をベアトリクスにまわし、膝の上に抱きかかえた。

「もちろん、きみが相手ならきっとそういう気分になるさ」

そう請けあうと、荒々しく唇を重ねた。

その日の午後、クリストファーはレオとともに、ラムゼイ領の材木置き場を訪れた。ラムゼイ領の林業は、規模的にはリヴァートンの足元にも及ばないが、技術的にはずっと上だった。レオによれば、現在は留守中の義弟のメリペンが林業には一番詳しいらしい。市場に出すための材木選びから、木々の間引き技術、土壌改良のための植林まで、正確な知識を蓄えているという。

材木置き場にも、三女のポピーの夫であるハリー・ラトレッジの助言に基づき、革新的な技術がいくつか採り入れられていた。クリストファーはそこで、切りだした丸太を効率的かつ安全に運ぶための、台車に厚板をのせてローラーを取り付けた装置を見せてもらったのち、レオにいざなわれて屋敷まで歩いて戻った。

やがて会話は、材木市場や商人との取引へと移っていった。「市場での諸々の取引や」とレオが説明する。「競売だの買主との直接交渉だのは、すべてキャムが取り仕切っている。あいつほど財務に長けた男はいないからな」

「興味深いですね。ハサウェイ家では、あなたと義弟さんたちがそれぞれの得意分野で力を発揮している」

「なかなかうまくいっているよ。メリペンは大地とともに過ごすのが、キャムは数字をいじくるのが好きでね……わたしはといえば、なるべく領地管理に手を出さずにいるのが仕事だ」

クリストファーは騙されなかった。

「あなたが領地管理のすべてに深く通じていらっしゃるのは、わたしでもわかりますよ。きっとここで、長い時間をかけて懸命に仕事にあたってきたはずだ」

「まあね。だが、無知をよそおったほうが、やつらに手伝えと言われなくてすむんだ」

ほほえんだクリストファーは、目の前の地面をじっと見つめた。ブーツをはいたふたりの足が、背後から陽射しを受けて長い影を作っている。

「わたしの場合は、無知をよそおう必要もないんです」クリストファーは陰気につぶやいた。「林業について、本当になにひとつ知りませんから。兄が、幼いころから林業を継ぐために勉強をつづけていました。わたしも、周りの人間も思ってもみなかったんですよ——まさかわたしが兄の後釜に座ることになるなんて」そこで口を閉じ、彼は悔やんだ。最後の一言は言うべきではなかった。まるで、同情を請うているみたいではないか。

だがレオは、気さくな、淡々とした口調で応じた。

「気持ちはわかるよ。だが安心したまえ、メリペンが手を貸してくれるはずだ。やつは驚くほど物知りでね、しかも人にものを教えるのが大好きとくる。あいつと二週間も一緒に過ごせば、きみも林業の専門家だ。ああ、ベアトリクスから聞いてるか？　メリペンとウィンも、結婚式に間に合うようにアイルランドから帰国するそうだ」

クリストファーはうなずいた。結婚式は約一カ月後に、村の教会で行う予定だ。

「ベアトリクスも喜んでいるでしょうね。家族全員が集まるのを望んでいますから」小さな笑い声をもらす。「彼女について、動物たちが教会中を行進しないことを祈るばかりですよ」

「象がいなかっただけでも幸いだと思いたまえ」とレオ。「もしもいたら、ベアトリクスがきっと花嫁付き添い人にすると言い張ったはずだ」

「象ですって？」クリストファーはぎょっとしてレオを見やった。「まさか、象も飼っていたんですか？」

「ごく短期間。ベアトリクスが新しい家を探してやった」

「ありえない」クリストファーはかぶりを振った。「ベアトリクスだったら、たしかに象も飼いかねませんが。でも、やっぱりありえません」

「嘘じゃないぞ」レオは譲らなかった。「神に誓ってもいい」

それでもまだ、クリストファーは信じられなかった。

「ある日いきなり象が玄関口に現れて、誰かがうっかり餌付けしてしまったとでもいうんですか？」

「ベアトリクスに訊けよ、詳しいことはあいつに――」

レオがいきなり言葉を切った。少し先の放牧地で、なにやら騒動が起きているらしかった。怒った馬のいななきが空気を切り裂く。栗毛の競走馬が後ろ脚で立ち、背中にのった誰かを振るい落とそうとしていた。

「くそっ」レオが罵りの言葉を吐き、歩みを速める。「だからあの短気な駄馬を買うなと言ったんだ。調教師が無能なやつでね、さすがのベアトリクスも手を焼いている」

「あれはベアトリクス？」クリストファーは問いただした。不安が身内を走り抜ける。

「ベアトリクスかローハンだろう。ほかの誰が、あの駄馬に乗ろうとするものか」

クリストファーは一散に駆けだした。あれはベアトリクスではない。彼女のはずがない。もう危険なまねはしないと、約束したのだから。けれども放牧地の前まで来てみると、ベアトリクスの帽子が宙を舞い、黒髪が揺れるのが見えた。怒り狂った馬は、後ろ脚で立ったまま激しく暴れている。ベアトリクスはといえば、驚くほど落ち着いた様子で馬にまたがったまま、馬になにごとかささやきかけ、なだめようとしている。馬も徐々に冷静さを取り戻しつつあるように見えた。だが次の瞬間には、ありえないほど高く前脚を突き上げて、ほっそりとした後ろ脚だけで立った。

巨体を支えきれずに馬が身をよじり、バランスを崩す。

その瞬間、時の流れが急に遅くなった。傾いた巨体が、ベアトリクスのきゃしゃな体を押しつぶさんとして、地面へと倒れていく。

戦場でいつもそうだったように、クリストファーは直感だけで動いた。考えるより先に行動していた。もはやなにも聞こえなかったが、放牧地の柵をひらりと乗り越えながら、自分が荒々しく叫んでいるのはわかった。

ベアトリクスもまた、直感で動いたようだ。馬がバランスを崩したそのとき、彼女は鐙《あぶみ》から足をぐいと引き抜き、馬から巧みに身を引き離して宙を舞った。地面に落ち、二回、三回と転がる。馬はそのとなりに倒れ……あと数センチというところで、飼い主を押しつぶさずにすんだ。

朦朧とした状態なのだろう、ベアトリクスは地面に横たわったままだ。興奮した馬は身を起こすと、飼い主の頭の脇の地面を、恐ろしいほどの勢いで蹴りはじめた。クリストファーはベアトリクスに駆け寄り、すぐさま抱き上げて放牧地の脇へと運んだ。レオが馬に歩み寄り、すかさず手綱をつかむ。

ベアトリクスを地面に横たえたクリストファーは、けがないかたしかめた。肋骨と頭に手のひらを這わせた。瞬間的に呼吸も止まってしまったのだろう、彼女は苦しげにぜえぜえと荒い息をした。

やがて困惑の面持ちでクリストファーを見上げた。「なにが起こったの？」

「馬が後ろ脚で立って、きみを振り落とした」クリストファーはきしむような声で答えた。

「自分の名前を言って」

「どうしてそんなことを？」

「いいから名前を」クリストファーは強く言った。

「ベアトリクス・エロイーズ・ハサウェイ」見開いた青い瞳で彼を見つめる。「わたしの名前はわかったけど……あなたはどなた？」

20

クリストファーの表情に気づいて、ベアトリクスは忍び笑いをもらし、いたずらっぽく鼻にしわを寄せた。

「冗談よ。ただの冗談。あなたの名前もちゃんとわかるわ。なんともないから安心して」

するとクリストファーの肩越しに、レオが警告するように頭を振り、片手で首を斬るまねをするのが見えた。

冗談を言うときではなかったのかもしれないと、思ったときにはもう遅かった。ハサウェイ家の人間には笑い飛ばせても、クリストファーには激しい怒りの種でしかないこともある。

彼が憤怒の面持ちでにらんでくる。そのときになってようやくベアトリクスは、不安と恐れのあまり彼が身を震わせているのに気づいた。

やはり、冗談を言うときではなかったらしい。

「ごめんなさい――」ベアトリクスはしゅんとして謝った。

「その馬を調教するのはもうやめてくれと頼んだはずだ」クリストファーは激しい口調でさえぎった。「きみもやめると約束した」

たちまちベアトリクスは、謝罪の気持ちを忘れた。これまでずっと好きなことをして暮らしてきた。落馬するのはこれが初めてではないし、最後でもない。

「そこまで具体的な話じゃなかったわ」ベアトリクスはもっともらしく反論した。「危ないまねはやめてほしいと言われただけ。わたしの考えでは、この子を調教するのはちっとも危なくないの」

だが相手を納得させるどころか、かえって怒りに火をつけてしまったらしい。

「トーストみたいにぺしゃんこにつぶされかけておいて、よくも危なくないなんて言えるな」

それでもベアトリクスは引き下がらなかった。

「いずれにしても、危ないか危なくないかはどうでもいいんじゃない？　だってわたし、結婚、い、いしたら危ないまねをやめると約束したんだもの。わたしたち、まだ結婚してないでしょ？」

兄が片手で目を覆い、かぶりを振って、視界から消えていく。

ベアトリクスをきっとにらんだクリストファーは、なにか言おうとして口を開きかけ、すぐに閉じた。それ以上はなにも言わずに彼女から身を離して立ち上がると、地面を蹴らんばかりの勢いで厩舎のほうへと行ってしまった。

身を起こしたベアトリクスは、当惑といらだちの入り交じった表情で婚約者の後ろ姿を見つめた。

「帰るのかしら」

「みたいだな」兄がそばにやってきて片手を差しだし、ベアトリクスを立ち上がらせる。

「どうして口論の途中で帰るの？」彼女はむっとして、じれったそうにブリーチの汚れを払った。「途中で帰るなんて卑怯よ。口論はちゃんと終わらせるのが決まりでしょう？」

「途中で帰らなかったら」と兄が諭す。「おまえの首に両手をかけ、わたしに無理やり止められる羽目になったからさ」

兄妹はそこで会話をやめた。馬にのったクリストファーが厩舎から現れたからだ。優雅な駆け足へと馬を駆りたてるクリストファーの背は、刃のようにまっすぐだった。

ベアトリクスはため息をついた。「口論に負けたくないと思うより先に、彼の気持ちを考えなくちゃいけなかったのよね」と素直に認める。「たぶん、馬につぶされかけたわたしを見て心配したんだわ」

「心配した？」兄がおうむがえしに言った。「心配どころか、死神を見たような顔をしていたぞ。例の悪夢だか呪縛だかに、またぞろ憑りつかれたんじゃないのか？」

「彼を追いかけなくっちゃ」

「その格好じゃだめだ」

「お願いよ、お兄様。今回だけでいいから――」

「例外はなし。わが妹はみんなそうだ。ひとつでも例外を認めれば、百の例外を認めさせようとする」兄は手を伸ばし、妹の乱れた髪を直した。「それと……お目付け役なしで出かけるのもだめだ」

「お目付け役なんていらないわ。いるとかえって退屈だもの」

「それがお目付け役の仕事だからな」

「わたしなんかよりずっとお目付け役を必要としている人間が、わが家にはそろっているんじゃないの？」

反論しようと開いた口を、兄は閉じた。

さすがの兄にも、異を唱えられないらしい。

笑いをかみ殺し、ベアトリクスは大またで屋敷へと戻った。


フェラン邸に到着する前から、クリストファーはベアトリクスを赦していた。これまで徹底的に自由を満喫してきた彼女は、あのいまいましい馬と同様、手綱などかけられたくないはずだ。自由を制限される暮らしに慣れるまで、多少の時間がかかるのは当然だろう。そんなことは、とうにわかっていたはずだ。

わかっていても、気が動転して冷静に考えられなかった。大切なベアトリクス――わが人生そのものと言ってもいい。そんな彼女がけがをしたらと思うと、とても耐えられなかった。彼女が危うく死にかけるところを目の当たりにしたときの衝撃。圧倒的な恐れと怒りがないまぜになって身内で爆発し、混沌につつまれてしまった。いや、混沌などではない。もっと恐ろしいもの、闇だ。あの瞬間クリストファーは灰色の濃厚な霧にのみこまれ、なにも聞こえず、なにも感じられなくなった。魂がかろうじて体のなかに踏みとどまっているようだった。

これと同じ精神の麻痺状態に、クリストファーは戦場と野戦病院でたびたび襲われた。治すすべはなく、ただ、正常に戻るのを待つしかなかった。

邪魔をしないでくれとメイド長に告げた彼は書斎へと、薄暗く静寂に満ちた避難場所へと向かった。サイドボードのなかをさんざん探してようやくアルマニャックのボトルを見つけると、グラスにそそいだ。

熱く刺激的な液体が喉の奥を焼いた。その感覚をこそクリストファーは求めていた。冷えきった魂も焼いてくれと祈りつつ、彼はグラスの残りを飲み干し、二杯めをついだ。

扉を引っかく音が聞こえてきたので、開けに行った。嬉しそうに尾を振り、鼻を鳴らしながら、アルバートが書斎に入ってくる。

「役立たずの駄犬め」クリストファーは声をかけ、膝を折って犬を撫でた。「イーストエンドの酒場の床みたいな臭いがするぞ」もっと撫でろといわんばかりに、アルバートが手のひらに鼻づらを押しつけてくる。しゃがみこんだクリストファーは、苦笑交じりに犬を見つめた。「こんなとき、おまえが話せたらなんと言うかな?」と訊いてみる。「話せなくてよかったんだろうな。人間が犬を飼うのは、犬が話せないからだ。会話なんていらない。ただじっと見つめて、荒い息を吐いてくれるだけでいいよ」

そこへ、背後の扉の向こうから人の声が聞こえ、クリストファーはぎくりとした。

「そういうのを期待するのは無理だと思う……」

さっと振り向いたクリストファーは、反射的に手を伸ばし、相手のやわらかな喉笛をつかんでいた。

「……妻にはね」ベアトリクスが苦しげに言葉を継いだ。

クリストファーは凍りついた。麻痺状態の頭をなんとか働かせようと、震える息を吐いて、幾度も目をしばたたいた。

わたしはいったい、なにをしている？

ベアトリクスの首を絞め上げ、扉の側柱に彼女の背を押しつけて、反対の手は硬いこぶしを握っている。すんでのところでそのこぶしを繰りだし、頰のもろい骨を砕いてしまうところだった。

クリストファーは自分が怖くなった。意志の力を総動員しなければ、こぶしを緩め、腕の力を抜くこともできなかった。反対の手はまだ彼女の首にあって、親指の腹にかすかな脈と、つばをのみこむときの喉の動きを感じていた。

鮮やかな青い瞳をのぞきこんだとき、渦巻くような狂乱状態がかき消えて、絶望の波が襲ってくるのがわかった。

口のなかで悪態をつき、乱暴に首から手を放して、酒を置いたテーブルへと戻る。

「ミセス・クロッカーから、邪魔をしないよう言われていると聞いたけど」とベアトリクスが口を開いた。「やっぱり邪魔しに来ちゃった」

「背後から近づかないでくれ」クリストファーはぞんざいに告げた。「絶対に」

「わかっていて当然だったのに、ごめんなさい。もう二度としないわ」

クリストファーはアルコールをぐっとあおった。

「わかっていて当然とは、どういう意味だ？」

「野生動物も、背後から近づかれるのをいやがるものだから」

冷ややかに彼女をにらむ。

「きみの動物好きが、わたしとの結婚生活にそこまで役立つとはね」

「そういう意味では……あなたが神経過敏になっているのを、忘れずにいるべきだったと言いたかっただけよ」

「神経過敏などではない」クリストファーはぴしゃりと言った。

「ごめんなさい。別の呼び方をするようにしましょう」というベアトリクスの声はとても穏やかで慈愛に満ちている。きっとコブラや虎、クズリやアナグマの群れも、あの声になだめられたらみんなで丸くなって寝入ってしまうことだろう。

クリストファーは歯を食いしばり、沈黙を守りつづけた。

ドレスのポケットからビスケットのようなものを取りだしたベアトリクスが、それをアルバートに差しだす。犬は彼女に駆け寄り、嬉しそうにおやつを食べた。先に立った彼女は、アルバートに部屋を出るよう促した。

「厨房に行きなさい」とほがらかに声をかける。「ミセス・クロッカーがごはんをくれるからね」犬は一瞬にして厨房へと消えた。

扉を閉じて鍵をかけ、ベアトリクスはクリストファーに歩み寄った。ラベンダー色のドレス姿の彼女はみずみずしく、とても女らしく見えた。髪もきちんとまとめて櫛で留めてある。ブリーチをはいて飛びまわる風変わりなレディを、いまのベアトリクスから想像できる人はいまい。

「きみを殺しかけた」クリストファーはぶっきらぼうにつぶやいた。

「してないわ」

「きみにけがをさせるところだった」

「それもしてないわ」

「どうしたらいいんだ、ベアトリクス」グラスを手にしたまま、クリストファーは暖炉脇の椅子にどかりと座りこんだ。

ラベンダー色の絹地が揺れるさらさらという音とともに、ベアトリクスがとなりにやってくる。

「じつはわたし、ベアトリクスじゃないの。彼女よりずっといい子の、双子の片割れ。ベアトリクスから、あなたのお相手をするよう言われてきたの」彼女はアルマニャックのグラスに視線をやった。「強いお酒は飲まないと約束したんじゃなかった?」

「結婚したら、という約束だ」ベアトリクスの最前の言葉をまねる自分を恥じるべきなのに、どうしても言わずにはいられなかった。

彼女は眉ひとつひそめなかった。

「あんなことを言ってごめんなさい。心配してくれたあなたに、冗談なんて言うべきじゃなかった。無鉄砲だったわ。自分の能力を過信してた」クリストファーの足元の床にしゃがみこみ、両の腕を彼の膝にのせる。黒いまつげに縁どられた誠実そうな青い瞳が、彼の瞳をのぞきこんだ。「あんな口のきき方をあなたにするべきじゃなかった。うちの家族にとって口論は娯楽みたいなものだけど――口論で、人格を否定されたように思う人もいるのよね」ベアトリクスの指先が、彼の太ももに小さな紋様のようなものを描きだす。「これでも、長所が増えるよう努力しているのよ」彼女はつづけた。「たとえば、犬の毛を気にしないようになったし。つま先でものをつかめるようにもなったわ。すごく便利なのよ」

雪解けのように、クリストファーの心の麻痺が解けていく。アルマニャックのおかげなどではなかった。すべてベアトリクスのおかげだった。

やはり彼女は素晴らしい女性だ。

だが麻痺が解けていけばいくほど、今度は感情が爆発せんばかりに高ぶっていった。薄板のごとき自制心の下で、欲望がうねりをあげている。抑えがたいほどの切望が。

飲みかけのグラスを絨毯敷きの床に置き、クリストファーはベアトリクスを膝のあいだに引き寄せた。身をかがめて額に唇を押しあてる。すると、じらすような甘い香りが鼻孔をくすぐった。彼は椅子の背にもたれ、ベアトリクスをまじまじと見つめた。まるで天使のように、悪意のかけらもないベアトリクス。砂糖でさえ、彼女の口のなかでは溶けまい。愛しいいたずらっ娘――優しい気持ちにつつまれて、クリストファーは思った。太ももに置かれたしなやかな手を撫でる。深々と吸った息を、彼はゆっくりと吐きだした。

「ミドルネームは、エロイーズというんだね」

「そうよ。中世フランスの修道女、エロイーズにちなんでいるの。父が彼女の遺した作品が好きで。だけど……エロイーズは、スコラ哲学者のピエール・アベラールとの恋文のほうがよく知られているのよね」ベアトリクスの表情がぱっと明るくなる。「やっぱりわたし、彼女にちなんだ名前だけのことはあるのかしら」

「だがアベラールはけっきょく、エロイーズの家族に去勢されたからね。彼女にちなむのは、あまり好ましくないいな」

ベアトリクスはにっこりとした。「その点なら心配無用よ」クリストファーを見つめるうち、彼女の顔からほほえみが消えていった。「わたしを赦してくれる？」

「わが身を危険にさらしたことについて？　いや、絶対に赦さない。きみはわたしにとって、誰よりも大切な人だから」クリストファーは彼女の手をとりくちづけた。「ベアトリクス、そのドレスを着たきみはすごくきれいだし、きみとのひとときほど幸せな時間はこの世にないと思ってる。だけどやっぱり、いますぐ家まで送らないと」

ベアトリクスは動かなかった。「解決するまで帰らないわ」

「もう解決しただろう」

「いいえ、ふたりのあいだにはまだ壁があるもの。わたしにはそれが感じられる」

クリストファーはかぶりを振った。「それは……わたしが考えごとをしているせいだろう」彼女の両の肘をとる。「さあ、立って」

ベアトリクスは抗った。「なにかが変よ。あなたが、とても遠く感じられる」

「ここにいるじゃないか」

心の奥底にあるこの壁をどう言葉で表現すればいいのか、クリストファーはわからなかった。なぜそんな壁が現れるのかも、どうすればそれを壊せるのかも。わかっているのは、じっと待っていればじきに消えてくれるということだけ。少なくともこれまではそうだった。だがいずれ、現れたが最後、二度と消えなくなる日が来るかもしれない。そのときは、どうすればいい。

クリストファーを見つめていたベアトリクスは、彼の太ももに両の手で触れた。そうして立ち上がる代わりに、膝立ちになって身を寄せてきた。

そっと探るように唇が重ねられる。クリストファーは軽い衝撃に襲われた。あたかも心臓がふたたび鼓動を打ちだしたかのように、胸が高鳴った。ベアトリクスの唇はやわらかく熱く、かつて教えてあげたとおりに彼をじらしてくる。クリストファーは危険なほどの勢いで欲望がわき起こるのを覚えた。いまやベアトリクスは全体重を彼にかけており、乳房の重みや、太ももののあいだでしわくちゃになったスカートの重みがひしひしと感じられた。心地よさに一瞬だけ身をゆだね、彼は唇をいっそうぴったりと重ねると、思う存分に深く激しいキスを堪能した。ベアトリクスの体から緊張が解け、それがクリストファーをますます駆り立てる。

彼女のすべてが欲しかった。ありとあらゆる愛撫を与えたかった。けれども彼女はあまりにも無垢すぎる。唇を引き剝がし、クリストファーは腕を伸ばして彼女の身を離した。

ベアトリクスは当惑したように目を見開いている。

やがて彼を支えに立ち上がってくれたので、クリストファーは安堵した。

と思ったら、身ごろの編み紐をほどきだした。

「なんのまねだ」クリストファーは問いただした。

「大丈夫よ、鍵をかけたから」

「そういう問題では――ベアトリクス――」ふらつきながらも立ったときには、身ごろはすでに左右に開かれていた。原始の太鼓の音が耳の奥でとどろく。「初体験に挑むような気分じゃないんだ」

ベアトリクスはまったく悪びれずにこたえた。「同感」

「わたしといるのは危険だ」クリストファーは手を伸ばし、身ごろの胸元をぐいっとかきあわせた。震える指で紐を結びなおしていると、ベアトリクスはドレスの裾をたくし上げた。なにかを引っ張り、身をよじったかと思うと、ペチコートを床に放った。

「わたしが脱ぐほうが、ずっと速いみたい」ベアトリクスが言う。

クリストファーは歯を食いしばり、彼女がドレスを腰のほうへと引き下ろすさまを見ていた。

「くそっ、わたしにはできない。できないんだ」汗がたれ、筋肉が張りつめる。抑えつけた欲望のせいで、自分の声が震えている。「きっと自制心を失ってしまう」そうしてベアトリクスを傷つけてしまう。初めて結ばれるときには、自制心を完璧に保った状態でいたかった。欲望にのまれてしまわないよう、先に自らを解放しておくつもりだった。いまの彼はきっと、腹を空かせた獣のように彼女に襲いかかってしまう。

「わかってる」ベアトリクスは髪から櫛を抜き、脱ぎ捨てたラベンダー色のドレスの上に放ると頭を振った。きらめく漆黒の髪が肩に広がる。見つめてくる彼女のまなざしに、クリストファーは全身に鳥肌をたてた。

「きみにはわからない、そう思っているのでしょう？　でもわかるの。わたしも、あなたと同じくらいに求めてる」ベアトリクスはゆっくりとコルセットの留め具をはずし、それを床に落とした。

目の前で女性が一糸まとわぬ姿になるところなど、最後に見たのはいつだっただろう。クリストファーは身じろぎも口を開くこともできず、ただその場に突っ立っていた。頭のなかが真っ白で、激しい渇望感に襲われて、食い入るように裸身を見つめた。

その視線に気づいたベアトリクスは、いっそう時間をかけてゆっくりと下着を取り去っていった。シュミーズを頭から脱ぐ。乳房は高く盛り上がり、やわらかな曲線を描いて、つぼみは薔薇色を帯びていた。ドロワーズを脱ぐために彼女がかがむと、乳房が軽く揺れた。

ベアトリクスはクリストファーの目の前に立った。

ここまで向こう見ずに振る舞いながら、ベアトリクスは緊張しているらしかった。頭のてっぺんからつま先まで真っ赤に染めていた。それでもクリストファーの顔から目をそらさず、そこに浮かぶ感情を理解しようと努めていた。

これほどまでに美しいものを、クリストファーは見たことがなかった。ベアトリクスの体はほっそりとしなやかで、両の脚は薄いピンクのストッキングと純白のガーターにつつまれている。クリストファーは圧倒された。漆黒の髪は肩から腰までを覆い、両脚のあいだの小さな三角形はまるで毛皮のようで、磁器を思わせる肌とエロチックな対照をなしている。

クリストファーは体に力が入らなかった。それなのに欲望は、獰猛なほどに身内で暴れていた。彼女とひとつになること以外、なにも考えられない……この場で奪わなければ死んでしまいそうだ。それにしても、どうしてベアトリクスは彼の自制心を壊そうとするのか、なぜ恐れを感じないのか。やがて自分の喉の奥からうめき声のようなものがもれるのが聞こえた。次の瞬間には、自らの明確な意思もないままに、ふたりのあいだの距離を詰めてベアトリクスを抱きしめていた。広げた両手で彼女の背中を撫で、曲線を描く腰へと下ろしていく。抱き上げんばかりに強く自分のほうに引き寄せると、唇を重ね、むさぼるようにくちづけた。

ベアトリクスはすべてを彼にあずけ、されるがままにその身と唇をゆだねている。ぴったりと唇を重ねたクリストファーは、腰を抱いた手をさらに下へとおろして脚を開かせた。やわらかな秘所を探りあてると、そこを押し広げ、しっとりと潤ってくるまで愛撫を与え、温かく湿ったなかへと指を二本挿し入れた。ベアトリクスがくちづけたままあえぎ、つま先立って弓なりになる。クリストファーは奥まで指を入れたまま、彼女を抱きしめ、キスをつづけた。

「あなたを感じたいの」ベアトリクスは息も絶え絶えに懇願し、彼の服を脱がせようとした。

「お願い……感じさせて……」

クリストファーは無我夢中でベストとシャツを脱いだ。慌てたせいでボタンがいくつかちぎれ飛んだ。上半身があらわになると、ふたたびベアトリクスを両の腕で抱きしめた。ふたり同時に喉を鳴らして身じろぎするのをやめ、触れあう感覚を味わった。肌と肌が重なりあい、胸毛が乳房を優しくくすぐる。

半ば引きずるようにしてベアトリクスを長椅子に運んだクリストファーは、クッションの利いた座面に彼女を座らせた。彼女が頭と両肩を肘かけにあずけ、片足を床についたままゆっくりと横臥する。脚が閉じられる前に、クリストファーはそのあいだにひざまずいた。

両の手でストッキングをなぞると、それが絹でできているのがわかった。ピンクのストッキングなど見たことがなかった。普通は黒か白だろう。だがピンクのほうがずっといいと思った。脚を撫で、絹地越しに膝にくちづけ、ガーターをはずして、肌に残された赤い跡を舐める。ベアトリクスは無言で体を震わせた。太ももの内側に唇を這わせると、なすすべもなく身をよじった。小刻みに、みだらにうごめく腰を見て、クリストファーは狂おしいほどの激情に駆られた。

ストッキングを丸めて脱がし、つま先から引き抜く。興奮に酔いしれながら、彼はベアトリクスの裸身をつま先から顔のほうへと眺めていった。熱に浮かされたような顔、半ば閉じられた瞳、滝のごとく広がる黒髪。クリストファーは両の手で太ももを押し開いた。彼女の匂いを存分にかぎ、三角形の柔毛に舌を這わせた。

「クリストファー」と懇願するように呼ぶ声が聞こえたかと思うと、彼女の両手が頭をつかんできた。彼がなにをしているのか気づいてさぞかし驚いたのだろう、頬を真っ赤に染めている。

「きみが始めたことだ」クリストファーはかすれ声で応じた。「最後までさせてもらうよ」

抵抗する隙を与えず、彼はふたたび身をかがめた。やわらかな秘密のくぼみにキスをし、舌先で押し広げる。ベアトリクスはあえぎ、半身を起こして背を弓なりにし、膝を曲げた。あたかも、その身で彼をつつみこもうとするかのようだった。クリストファーはふたたび彼女を横臥させてから、脚を大きく開かせ、存分に愛撫を与えた。

もうなにも考えられなかった。小刻みに震える襞と、愛する女性の味と、ワインよりも、アヘンよりも、異国の香辛料よりもなお刺激的な香りのことしか頭になかった。優しく舌を使うたび、ベアトリクスの口からあえぎ声がもれる。彼女の反応が自分のもののように感じられた。あえぎ声は彼のものをしびれさせ、おののきは炎の投げ矢のごとく心に突き刺さった。彼女の一番感じやすい場所に意識を集中させ、ゆっくりとそこをなぞり、濡れた絹の感触に恍惚となる。クリストファーはそこをリズミカルに舐めて彼女をじらし、情け容赦なく駆り立てた。やがてベアトリクスの声がやんだ。快感の波にのまれているのだろう、体をこわばらせている。自分が与えた喜びに、彼女がすっかり身をゆだねているのがわかった。さらに愛撫をくりかえすと、ベアトリクスの鋭い呼吸は叫び声へと変わっていった。絶頂は前のときよりもずっと長く激しく……クリストファーはそれを耳と感覚と舌で味わった。

おののきがおさまったところで、彼女を引き寄せ、今度は乳房に唇を寄せた。ベアトリクスが両の腕を首にまわしてくる。彼女は満たされ、すっかり受け入れられる状態だ。彼が腰を据えると、抗うこともなく脚を開いた。クリストファーはズボンの前に手を伸ばし、震える手で引きちぎるようにボタンをはずした。

もはや自制心はいっさい残っていなかった。切望感に全身が痛いほどで、言葉を発することもできなかった。〝わたしを止めないでくれ、止めるなんて不可能だ、きみと結ばれたい〟などと懇願することも。つまり、もはや自分自身に抵抗する力はこれっぽっちもなかった。

ベアトリクスを見下ろし、名前を呼ぶ。問いかけるように呼ぶ声はかすれていた。

ベアトリクスは小さく喉を鳴らし、彼の背中を撫でた。「やめないで」とささやきかける。「あなたが欲しいの。愛してる……」クリストファーを抱き寄せ、迎え入れるかのように背を反らす。彼は一息に自分のものを突き立てた。

乙女とベッドをともにしたことはないが、とくに苦労することもなく、すぐに受け入れられるのだろうと思っていた。ところがベアトリクスはどこもかしこもきつく、無垢な筋肉がいまにも彼を締めだそうとする。それでも奥へと分け入ろうとすると、彼女はうめき、しがみついてきた。クリストファーはさらに奥深くへと忍ばせ、みずみずしく熱いなかへと突き立てたくなる本能に抗って、できるかぎり優しく腰を動かした。するとどういうわけか、彼を締めだそうとしていた筋肉がむだな努力をやめてくれた。ベアトリクスが緊張を解くのがわかる。頭を彼の腕にあずけた彼女は、太い上腕に頬を寄せた。クリストファーは安堵のうめき声をもらし、いっそう奥へと忍びこんだ。自分はいまベアトリクスと結ばれている、彼女に愛されているという喜びで頭がいっぱいだ。耐えがたいほどの歓喜は死にも似て、彼をどこまでも駆り立てる。

長引かせるつもりはなかった。絶頂はすぐにやってきた。それは息もできなくなるくらい激しく、クリストファーは身を震わせながら荒々しく性を放った。おののきが全身を貫いていく。幾度も歓喜の波にのまれながら、彼はベアトリクスを両のかいなで抱きしめ、愛する女性を守ろうとするかのように背を丸めつつ、実際には飢えたように腰を振りつづけていた。

ベアトリクスが絶頂の余韻に身を震わせ、全身をこわばらせる。クリストファーは腕に力を込め、小さな頭を胸に抱き寄せた。目の奥が熱く、視界がかすむ。彼はベルベットのクッションで目元をぬぐった。

そうして、しばらくしてから気づいた。震えているのは、ベアトリクスではなく自分だと。

21

幸福感に満ちた静寂のうちに数分間が流れた。ベアトリクスは黙ってクリストファーの抱擁に身をゆだね、抱きしめる力が強くても抗ったりしなかった。じっとしていると、心地よさをひとつひとつ味わうことができた。クリストファーが発する熱と重み。汗の匂い。結ばれたままの場所がしっとりと潤っている感じ。大切なところが痛むのに、なんだかそれが気持ちよくて、静かに、温かく満たされているのを実感できる。

やがてゆっくりと、クリストファーの腕に込められた力が緩まっていった。片手が頭のほうに伸びてきて髪をもてあそぶ。彼はベアトリクスの首筋に唇を寄せながら、空いているほうの手で彼女の背中や腰を撫でた。安堵感につつまれたのか、彼の体にゆっくりと小さな震えが走った。クリストファーは腕を彼女の背中にまわすと強く抱き寄せ、乳房に唇を這わせた。湿った感覚に、ベアトリクスはとぎれがちな息を吐いた。

クリストファーが仰向けになり、ベアトリクスはその上に覆いかぶさる格好になった。結ばれていた部分がほどけて、ベアトリクスは彼のものが焼き印のように下腹部に触れているのを感じた。頭をもたげて、愛する人の顔を、少し瞳孔が大きくなった銀色の瞳をのぞきこむ。彼と重なりあう感覚をベアトリクスは堪能した。まるで、大きくて温かな動物のようだと思った。彼を飼い馴らしたような錯覚にも陥った。実際には、飼い馴らされたのは自分かもしれなかったけれど。

ベアトリクスはクリストファーの肩に唇を寄せた。自分よりずっとなめらかな肌をしていると思った。硬く引き締まった筋肉を、サテン地がぴったりと覆っているかのようだ。銃剣でできたでこぼこの傷跡を見つけると、舌先でそこに触れてみた。

「自制心を失ったりしなかったでしょう?」ベアトリクスはささやいた。

「失ったよ、ときどき」という声は、長い眠りから覚めたばかりの人のようだった。クリストファーの手が、幾本もの細流に分かれていた彼女の髪を一本の川へとまとめる。「最初からこうするつもりだったのかい?」

「あなたを誘惑するつもりだったのか、という意味? いいえ、まったくの思いつきよ」無言がかえってきたので、ベアトリクスはふたたび頭をもたげて、にっこりとほほえんでみせた。「ふしだらな娘だと思っているんでしょう?」

クリストファーの親指が、はれた唇を撫でる。

「いや、どうやってきみを上の寝室に連れていこうかなと思ってたところ。でも、言われてみればたしかに……きみはふしだらな娘だ」

ほほえんだまま、ベアトリクスは彼の親指の先を軽くかんだ。

「さっきは怒らせてしまって本当にごめんなさい。あの馬の調教は、今後はキャムにお願いするわ。わたし、誰かに従うなんてこと、いままでしてこなかったから――これから慣れていかなくちゃね」

「そのとおりだ。いまからそうしてもらう」

横柄な口ぶりに、抗議したい気持ちもあった。でもクリストファーの瞳には、まだどこか怒っているような色がある。つまり、彼もいらだちを覚えているのだ。彼もまた、相手が誰だろうと女性の言いなりになるのは不快なのだろう。

それならばしかたがない。なんでもかんでも彼の言うことを聞くつもりはもちろんないが、たまに譲歩するくらいならできる。

「今度からはもっと慎重に行動するわ」ベアトリクスは約束した。

クリストファーは笑わなかった。でも口元に苦笑めいたものを浮かべていた。彼はそっとベアトリクスを長椅子に寝かせると、脱ぎ捨てた服に歩み寄り、しばらくしてからハンカチを取りだした。

体を丸めて横たわったまま、ベアトリクスはクリストファーを観察し、心のなかを探ろうとした。本来の彼にほとんど戻ったように見えるが、まだふたりのあいだに距離を、あるいは壁を感じる。彼女には見せようとしない気持ち、口にできない言葉があるとでも言えばいいだろうか。考えうるかぎり最も親密な行為を終えたばかりなのに、なぜだろう。

やがてベアトリクスは、その壁が新たに生まれたものではないことに気づいた。それは最初からふたりのあいだにあった。クリストファーの繊細さを知ったいまだからこそ、以前よりもはっきりと感じとれるようになっただけの話だ。

こちらに戻ってきたクリストファーがハンカチを差しだした。彼と結ばれていまさら赤面することもないだろうに、脚のあいだの濡れて痛む場所を拭くときには、さすがに顔が赤くなるのを覚えた。ハンカチには血痕がついていた。予期していなかったわけでないけれど、もう昨日までの自分には戻れない、乙女ではなくなったのだと痛感させられた。そうして、自分がひどく弱い人間になったように感じた。

クリストファーが自分のシャツを彼女に着せかける。肌をつつむ純白のやわらかなリネンは、彼の匂いがした。

「ドレスを着て家に帰らなくちゃ」ベアトリクスは訴えた。「お目付け役を付けずにわたしがここに来たことは、家族も知っているの。わが家の人間も、さすがになんでもかんでも許してくれるわけじゃないわ」

「夕方までここにいてもらう」クリストファーは淡々と告げた。「勝手にわが家にやってきて、わたしと過ごし、あたかも用事がすんだかのようにさっさと帰るのを認めるわけにはいかないね」

「大変な一日だったのよ」ベアトリクスは抗った。「馬から落ちて、あなたを誘惑して、おかげで体中が痛いわ」

「では痛いところを治してあげよう」クリストファーが怖い顔で見下ろしてくる。「まだ言いあうつもりか？」

ベアトリクスは従順そうな声音をつくった。「いいえ」

彼の顔にゆっくりと笑みが広がる。「従順なふりをするのがきみほど下手な人はいないな」

「じゃあ練習しましょう」ベアトリクスは応じ、彼の首に両の腕をまわした。「なにか命令して。ちゃんと従えるかどうか練習するわ」

「キスを」

ベアトリクスは唇に唇を重ねた。長い沈黙がつづく。クリストファーの両手がシャツの下に忍びこんできて、優しく責め苦を与える。ベアトリクスは我慢できずに彼に身を寄せた。体のなかが溶けていき、まるで力が入らず、彼が欲しいという気持ちだけにつつまれる。

「二階に行こう」唇を重ねたまま、クリストファーはささやき、ベアトリクスを軽々と抱き上げた。

抱かれたまま扉のほうに運ばれながら、ベアトリクスは蒼白になった。

「こんなふうにして二階に行くなんてだめよ」

「どうして」

「あなたのシャツしか着てないわ」

「別にいい。取っ手をまわして」

「使用人に見られたら困るでしょう」

クリストファーの瞳に笑みが浮かぶ。

「いまさら慎み深いことを言ってどうする。扉を開けて、ベアトリクス」

彼女は言われたとおりにした。二階に運ばれるあいだ、目はかたくつむっていた。使用人に見られたとしても、誰にもなにも言われなかった。

自室に着くと、クリストファーは腰湯とシャンパンを用意させた。そうして、ベアトリクスがどんなに拒んでも、体を洗ってやると言って聞かなかった。

「無理だったら無理よ」ベアトリクスは抗議しつつ、金属製の浴槽に用心深く体を沈めた。

「なにもせずにぼけっと座って、自分でできることを、わざわざあなたにやってもらうだなんて」

クリストファーは棚のほうに行った。銀のトレーにシャンパンとフルートグラスが二脚並んでいる。彼はグラスの一方にシャンパンをつぎ、ベアトリクスのもとに持ってきた。

「暇ならこれを飲んでいればいい」

泡のたつ冷たいシャンパンを口に含み、ベアトリクスは浴槽に背をあずけてクリストファーを見つめた。

「昼間っからシャンパンなんて。しかもお風呂に入りながら。万一、溺れそうになったらちゃんと助けてよ」

「腰湯で溺れるのは無理だよ」クリストファーは浴槽のかたわらにひざまずいた。上半身は裸だ。「そもそも、きみの身に万一のことなんて絶対に認めない。これからいろいろと、してあげたいこともあるわけだし」言いながら海綿に石鹸をつけ、さらに手にも石鹸をつけてから、ベアトリクスの体を洗いだした。

人に体を洗われるなんて子どものころ以来だ。でもそうしてもらうと、なんだか安心感につつまれ、大切にされていると感じられた。浴槽に背をもたせたベアトリクスは、なんの気なしに彼の腕に触れ、指先で石鹼の泡をなぞった。海綿がゆっくりと肩や胸を、脚や膝の裏を撫でていく。やがてクリストファーがもっと別の場所も洗いだした。彼の指が大切なところへと忍びこんできたとたん、安心感は吹き飛んだ。ベアトリクスは息をのんで腰を引き、彼の手首をつかもうとした。

「グラスを落とすぞ」クリストファーはささやいた。手はまだ彼女の脚のあいだにある。もう一口シャンパンを口に含んだとき、ベアトリクスは危うくむせそうになった。

「いたずらしないで」と抗議し、半ば目を閉じる。クリストファーの指が、感じやすい部分を探しあてた。

「黙ってシャンパンを飲んで」と優しくささやく声。

酩酊を呼ぶ液体をもう一口飲む。クリストファーは小さな円を描くように愛撫を与えている。ベアトリクスは息もできなくなった。「そんなふうにされたら、飲みこめないわ」と弱々しく訴え、グラスを持つ手に力を込めた。

クリストファーは優しい瞳でこちらを見つめている。「わたしにも一口」

ベアトリクスは苦労しいしいグラスを彼の口元に運び、シャンパンを飲ませた。その間も彼の指は湯の下で、じらすように愛撫をつづけていた。クリストファーが唇を重ねてくる。くちづけは、シャンパンの甘くさわやかな香りがした。舌をからめられると、ベアトリクスの心臓はとどろいた。

「残りを飲んで」とささやきかける相手を、ベアトリクスはぼんやりと見つめた。指の動きに合わせて自然と腰が動き、泡の浮かぶ湯が波をたてる。体の内も外も熱くて、歓喜のときを求めて全身がうずいた。「飲み干して」クリストファーが促した。

最後の一口をぎこちなく飲みこむと、力を失った手からグラスが取りあげられ、脇に置かれた。

クリストファーはあらためてベアトリクスにくちづけ、空いているほうの腕を彼女のうなじにまわした。

彼のあらわな肩をつかみ、ベアトリクスはあえぎ声をもらすまいと努めた。

「お願いよ、クリストファー。もっとちょうだい。わたし、もう――」

「我慢して」彼は耳打ちした。「なにが欲しいのか、ちゃんとわかっているから」

指が引き抜かれ、いらだったベアトリクスは小さくうめいた。クリストファーの手を借りて腰湯用の浴槽から出る。すっかり脱力して立っているのもやっとという状態で、いまにも膝が萎えそうだ。クリストファーは手際よく彼女の体を拭き、背中にまわした腕で支えながらベッドへといざなった。

自分もベッドに横たわると、両の腕でベアトリクスを抱きしめ、くちづけと愛撫を始めた。ベアトリクスは猫のように身をよじり、彼が教えようとしていることを、あまさず身につけようと努めた。肌と手と唇で語る新しい言語は、言葉よりもずっと原始的で……ひとつの触れあいが約束となり、互いを刺激する。

「じっとしてなくちゃだめだよ」クリストファーが耳元で言い、その手がふたたび脚のあいだに忍びこんでくる。「きみが欲しいものをあげる……」

手のひらが押しあてられ、指がなかに入ってきて、じらすようにもてあそぶ。あげると言いながら、クリストファーはそれをくれようとはせず、力を抜いて、言うとおりにするんだ、なにも考えないでとささやくばかりだ。彼の言うとおりにするのは、すべてを彼にあずけてしまうのは、恐ろしくもあり、胸安らぐ気持ちもある。それでもベアトリクスは、言われたとおりにした。たくましい腕に頭をもたせかけ、背を弓なりにして、脚を大きく広げた。するとすぐに快感の波が押し寄せてきて、なかが収縮した。愛撫を受けている秘密の場所に、意識という意識が凝集していく。

ようやくわれにかえって、恍惚から覚めたとき、ベアトリクスはクリストファーの瞳が不安げに光るのを見た。彼はあらわな腰のあたりをじっと見つめて、落馬のときにできた大きな紫色のあざをそっと撫でていた。

「なんでもないわ」ベアトリクスは言った。「だいたいいつも、あざやすり傷があるんだもの」

その言葉に安心するどころか、クリストファーは口元をゆがめてかぶりを振った。

「すぐに戻るから、ここにいて」

言われるまでもない。ベアトリクスはその場から動くつもりさえなかった。ただ枕のほうに少し体をずらし、綿毛のつまった枕に頰をあずけた。ため息をついて、うとうとしていると、戻ってきたクリストファーがかたわらに腰を下ろすのを感じた。大きな手が腰に触れ、手のひらが軟膏のようなものを素肌に広げる。刺激的な薬草の匂いに気づき、ベアトリクスは目を覚ました。

「んん、いい匂い。なにかしら」

「クローブ油の軟膏だよ」彼は慎重な手つきでそれを肌にすりこんだ。「兄もわたしも、小さいころはいつもこいつを体に塗りたくっていた」

「幼いころにあなたがどんな冒険をしたか、わたし知っているわ」ベアトリクスは言った。「あなたのお兄様が、オードリーとわたしに話してくれたから。夕食前にふたりでプラムのタルトを盗んだときのこととか……お兄様があなたに木から飛び下りてみろと言って、それであなたが腕を折った話とか……お兄様は、弟は〝できない〟と言えない性格なんだとおっしゃっていたわ。だから弟になにかをさせるのは簡単だって。〝おまえには無理だ〟と言えばいいんだって」

「ばかなガキだったよ」クリストファーは苦笑交じりに応じた。

「お兄様はあなたを、〝暴れん坊〟と」

「わたしは父親似なんだ」

「嘘よ。少なくとも、お兄様はそうはおっしゃっていなかった。実際には父親に似てもいないのに、いつだって父親似だと言われるのは、弟にとって不公平だって」クリストファーに軽く押されて、ベアトリクスは素直にうつぶせになった。力強く優しい手が、張りつめた筋肉に軟膏をすりこんでいく。クローブ油のせいだろうか、肌が少しひんやりして気持ちよかった。

「兄はいつだって、人のいい面を見ようとする人間だったからね」クリストファーはつぶやいた。「ときには真実ではなくて、真実だと思いたいものを見ていたようだが」

肩を揉まれ、凝りがほぐれていくのを感じながら、ベアトリクスは眉根を寄せた。

「わたしにも、あなたのいい面が見えるわ」

「わたしについて、幻想を抱くのはよしたほうがいい。結婚したら、きみは最悪の伴侶となんとかやっていく方法を考えなければいけなくなる。自分がどんな状況に置かれているのか、わかっていないんだ」

「そうね」心地よさに、ベアトリクスは思わず背を弓なりにした。背骨の両側の凝りが、マッサージでほぐれていく。「こんな状況に置かれて、世界中の女性に同情されるでしょうね」

「一度だけベッドをともにするのと」クリストファーが陰気に言う。「狂人と毎日顔突きあわせて暮らすのは、まるで話がちがうんだ」

「狂人との暮らしなら、よくわかってるわ。ハサウェイ家の一員だもの」ベアトリクスはため息をもらした。腰の付け根の感じやすい部分を彼の手が揉みほぐしている。凝りがほぐれると今度は全身がうずきだし、あざや痛みのことなど頭から消えてしまった。腰をひねって肩越しに見上げると、クリストファーは険しい表情を浮かべていた。たちまち、彼をからかいたい衝動に駆られる。「一カ所、忘れてるんじゃない？」

「どこ？」

肘をついて身を起こし、ベアトリクスはベッドにひざまずくクリストファーのかたわらに這い寄った。クリストファーはベルベットのローブを羽織っており、はだけた胸元から日に焼けた素肌が誘うようにのぞいている。彼の首に両の腕をまわし、ベアトリクスはキスをした。

「なかよ。なかも痛むの」

クリストファーが口の端にしぶしぶ笑みを浮かべる。「軟膏は強すぎるよ」

「そんなことないわ。気持ちいいはずよ。見本を見せてあげる――」軟膏の瓶にさっと手を伸ばし、ベアトリクスは指先にたっぷりと中身をとった。クローブ油のいい香りが漂う。

「じっとしててね――」

「じっとなんかしていられるか」かすれた声で応じ、クリストファーは彼女の手首をつかもうとした。

フェレット顔負けのすばしこさで、ベアトリクスは身をひねって彼の手から逃れた。一回、二回とベッドの上を転がり、ローブの腰ひもに手をかける。

「わたしには全身に軟膏を塗りたくったくせに」と忍び笑いをもらしながら責める。「臆病者ね。今度はあなたの番よ」

「そうはさせない」クリストファーが手を伸ばし、羽交い締めにしようとする。彼のかすれた笑い声に、ベアトリクスはどきどきした。

なんとかしてクリストファーの上に這い上ると、硬くなったものが触れて思わず息をのんだ。くんずほぐれつをつづけ、最後にはやすやすと仰向けにされ、両の手首を押さえつけられる。ローブの前はすっかりはだけて、互いの肌がこすれあった。

きらめく銀色の瞳が、鮮やかな青をのぞきこむ。ずっと笑っていたせいで息をあえがせながら、ベアトリクスは彼のまなざしに陶然となった。クリストファーが身をかがめ、彼女のほほえみを味わうかのようにくちづけ、舌で舐める。

彼はベアトリクスの手首を放すとごろりと横たわり、ローブの前を開いた。

ベアトリクスは問いかけるように彼を見、本能的に指先をもぞもぞと動かした。

「そこに……触れてほしいの？」

クリストファーはなにも言わず、まなざしだけで促した。

好奇心に抗えず、ベアトリクスはおずおずと手を伸ばし、慎重に彼のものを握った。触れたとたん、ふたりとも小さく飛びあがった。それはひんやりとしていながら熱を帯びていた。クローブ油ですべる手を動かすと、シルク地のようになめらかで、驚くほど硬いものの感触が伝わってきた。

「こんな感じ？」ベアトリクスはささやき、それを優しく撫でた。

まぶたを半ば閉じたクリストファーは、食いしばった歯のあいだから息をのんでいる。彼女の手を止めようとする気配はない。

ベアトリクスは親指の腹で、円を描くように先端を愛撫してみた。硬く膨張したものに指をからめ、その指を下におろし、初めて知る感触に驚嘆した。クリストファーは彼女のなすがままになっている。見れば肌は赤みを帯び、胸板は常にない速さで上下していた。彼のすべてが自分の手のなかにある。そう思うとすっかり魅了され、ベアトリクスは広げた手を彼の腰から太ももへと這わせていった。岩のように硬い筋肉を撫で、きらめく毛をそっとかき分け、ふたたび脚のあいだへと戻っていく。丸みを帯びたものの重たさを手で感じとり、それをもてあそび、さらに両手で、張りつめて屹立した部分を握りしめた。

するとクリストファーの胸の奥からうめき声がとどろいた。彼はローブの袖から腕を引き抜き、脱いだローブを脇にやると、ベアトリクスの臀部をつかんだ。その張りつめた表情と、瞳に浮かぶ原始の衝動に気づいて、彼女は胸を高鳴らせた。クリストファーの腰にまたがらされる。まだ痛む部分を彼のものに押し開かれ、奥まで貫かれて、ベアトリクスはすすり泣きをもらした。彼のすべてをのみこんだとき、最前とはちがうところに触れるのがわかった。痛みとえもいわれぬ心地よさにつつまれて、秘密の場所が激しくうずく。

クリストファーは身じろぎもせず、焼き焦がすかのようなまなざしを彼女だけに向けている。

軟膏が効き目を現し、クローブが熱を冷ますと同時に、高ぶりを呼び覚ます。ベアトリクスは絶え間なく身をよじった。クリストファーが彼女の腰をつかみ、身を起こして馬乗りになって、さらに深々と突き立てる。

「クリストファー……」

身もだえ、腰を突き上げる自分をベアトリクスは止められなかった。なすすべもなく腰を動かすたび、クリストファーに腰を強く引き寄せられる。彼が太ももで腰を押さえ、結ばれた場所に片手で触れる。クリストファーは彼女を見つめながらそこに愛撫を与えつつ、深々と突き立て、挑発するように腰を動かすのをやめなかった。

「休戦しましょう」ベアトリクスはやっとの思いで言った。「もうだめよ」

「だめじゃない」クリストファーは身をかがめ、彼女の顔を引き寄せて唇を重ねた。

「お願い。もういって」

「まだだ」彼は両手でベアトリクスの背中を撫でた。「きみはなんてきれいなんだろう」とささやく。「それに、なんて感じやすいんだろう。きみとなら、ずっとこうしていられる」

「クリストファー――」

「もう一度いかせてあげる」

「だめよ、疲れたわ」ベアトリクスは彼の下唇をそっと噛んだ。「あなただけいって」

「まだだよ」

「じゃあ、わたしがいかせてあげる」

「どうやって」

ベアトリクスはクリストファーをじっと見つめた。尊大そうな、ハンサムな顔。瞳には挑むような光が浮かんでいる。ベアトリクスは身を起こして上にまたがり、絶え間なく、優しく下から突き上げられながら、彼の耳元に唇を寄せた。

「愛してるわ」とささやきかけ、相手のリズムに合わせて、自分もリズムを刻んでいく。

「愛してる」

それだけで十分だった。小さくうめいて息をのみ、クリストファーは奥深くまで突き立てると、たくましい体を震わせて一気に性を放った。両の腕を彼女にまわし、痛いほどの切望感をそそぎこむ。ベアトリクスはずっとささやきつづけた。愛と安寧と、なくした夢に代わる新しい夢を、彼に約束しつづけた。

永遠に。

22

ロンドンの社交シーズンが終わったあとも、貴族たちは領地に戻って社交行事に興じつづける。舞踏会や晩餐会、ダンスの夕べへの招待状が送られ、猟場管理人によって猟場にライチョウが放たれ、銃は掃除されオイルを差され、乗馬道は手入れされ修繕され、ブリストルやロンドンの港からはワインや珍味が届けられる。

今年、ハンプシャーで最も人気の招待状となったのが、九月半ばにラムゼイ・ハウスで開かれる夜会にいざなう一通だ。夜会では、ベアトリクスとクリストファー・フェランの婚約が発表されることになっている。ハサウェイ家の催しごとはいつも盛況だが、今回はちょっとちがった。出席の返事は即座に届き、それにつづいて、招待を希望する人びとからの手紙や問い合わせが山ほど来た。なかには、招待を〝要求する〟人もいた。

「笑える話だな」とレオがつぶやいた。「わが家の男連中で貴族社会との交流を最も望んでいない人間が、向こうから交流を熱望されるとは」

「笑えませんよ、ラムゼイ」クリストファーが応じると、レオはにやりとした。

けれどもさりげなく使われた「わが家の男連中」という言いまわしは、クリストファーの心を温めた。レオとのあいだには、すでに気の置けない友情がめばえている。彼といるとクリストファーは兄のジョンを思い出した。もちろん兄の代わりになれる人間などいないが、未来の義兄との時間はじつに居心地がよかった。少なくとも、レオとキャムとの時間は。メリペンにも同じように好意を抱けるかどうかは、まだわからない。

メリペンと妻のウィンことウィニフレッドは、幼い息子とともに九月の初めにアイルランドから戻った。感情を抑えるなどという慎みをいっさい知らないハサウェイ家の人びとは、三人の帰国に大はしゃぎだった。再会の場面はほとんど混沌と化し、クリストファーは居間の片隅に落ち着いて、彼らが抱きあったり笑いあったりするさまを眺めるばかりだった。キャムとメリペンも抱きあい、互いの背中を力強くたたき、早口のロマニー語で語りあっていた。

メリペンには、戦場におもむく前に一、二度会ったことがある。だが無口で陰気そうな大男という印象しかなかった。まさかその大男と、いずれ家族になる日が来るなどとは思ってもみなかった。

妻のウィンは大きな青い瞳に淡い金髪の、ほっそりとした上品そうな女性だった。この世の人とは思えないほどはかなげな風情を、姉妹のなかでひとりだけ漂わせている。居間の中央に固まっている家族から離れて、ウィンがクリストファーに歩み寄り、手を差しだしてきた。

「こんばんは、フェラン大尉。あなたを家族の一員に迎えられるなんて、なんて幸運なのかしら。いままでわが家の男性陣は数で負けていたでしょう――四対五で。やっとこれで、五対五になったわ」

「まだ負けている気がするけどな」とレオ。

メリペンもそばにやってきて、クリストファーの手をとりぎゅっと握ると、値踏みするまなざしを向けた。

「キャムから、きみは悪い人間じゃないと聞いている。ガッ、ジョ、に、し、ては、だが」メリペンは言った。「それとベアトリクスからは、きみを愛していると聞いている。だから結婚を認めるつもりだが……まだ検討中だ」

「念のためお伝えしておくと」クリストファーは応じた。「彼女のペットも喜んで迎えるつもりです」

メリペンは思案する顔になった。「それなら認めよう」

夕食のテーブルでの会話は、初めのうちは話題がいくつも飛び、活気にあふれていた。けれどもやがてアイルランドのことに、メリペンが間もなく継ぐ領地のことに話題が移ると、場は重たい空気につつまれた。

一〇年ほど前にじゃがいもの疫病が大発生し、それが原因で飢饉に襲われたアイルランドは、いまだ復興への途上にある。疫病が発生した折、いずれ自然におさまるだろうと高をくくった英国政府は、一時しのぎの救済措置を講じるだけで、最低限の支援に終始した。

ただでさえ食糧不足にあえいでいたアイルランドでは、疫病で主食のじゃがいもがとれなくなったため、飢饉が全土に広がった。道端や泥壁の小屋で餓死する一家も出た。メリペンがこれから継ぐことになるキャヴァン家のような領主たちは、一文無しの小作人を領地から追いはらい、それでも居座る者がいれば裁判所に訴え、深い怨恨を残した。

「キャヴァンの領地も小作人も、ずっと放置されていた」メリペンは言った。「祖父が、英国に持っている屋敷や地所の修繕や改善にかかりきりだったせいだ。だがアイルランドの領地は干拓もまだだし、農耕機もない。小作人たちも、ごく原始的な農耕技術しか知らない。住まいだって、泥壁と石でできた小屋だ。借地代を払うために、家畜だってほとんど売ってしまった」暗い表情を浮かべ、いったん口を閉じる。「帰ってくる前に、祖父と会った。小作人などのために、一シリングたりとも使いたくないと拒絶された」

「おじい様は、もう長くはないのでしょう?」アメリアがたずねた。

「一年ももたない」メリペンが答える。「クリスマスを迎えられたら、驚きだ」

「キャヴァンの財産を領地に還元するのは」ウィンが口を挟む。「ご存命のあいだは難しいわね」

「だが本当の問題は金じゃない」とメリペン。「泥壁の小屋を住み心地のいいコテージに建て替える必要がある。小作人に、新しい農耕技術を教えることも大切だ。いまの彼らにはなにもない。農耕機も、燃料も、家畜も、種も……」声がとぎれる。メリペンは、なんともいえないまなざしをキャムに向けた。「兄弟《パル》、ラムゼイ領でやったことが、おれにはまるで子どもの遊びに思えるよ」

キャムは片手を上げ、額にかかる前髪をぼんやりとかきあげた。

「いまから準備を始めたほうがよさそうだな。キャヴァンの財産と所領について、わかることを全部教えてくれ。じいさんが——いや、おまえが英国に所有している資産の一部を処分して現金化しよう。おまえは必要なものにいくらかかるか見積もり、優先順位を決めてくれ。すべてを一時にやるのは難しい」

「不可能だ」メリペンが淡々と言った。

その言葉に、一同が驚いて黙りこむ。メリペンが〝不可能〟などという言葉を口にするのはめったに、いやもしかすると絶対にないのだろう——クリストファーは思った。

「わたしも手伝おう、パル」キャムが落ち着いたまなざしを兄に向ける。

「困ったことになったたな」レオが言った。「どうやらわたしは、おまえたちふたりがアイルランド救済にかかりきりのあいだ、ひとりでラムゼイ領を管理する羽目になるらしい」

ベアトリクスがクリストファーを見つめ、口元にかすかな笑みを浮かべてつぶやいた。

「ひとごととは思えないわね」

クリストファーも、まさにそう思っていたところだ。

メリペンが鋭い視線をクリストファーに向けた。

「きみはリヴァートンを継ぐんだろう？　兄上が亡くなられたと聞いた」

「ええ」クリストファーは自嘲して口をゆがめた。「兄は跡取りとしての準備を万全に整えていましたが、わたしはなにも。わたしが知っているのは、人を撃ったり、塹壕を掘ったりする方法だけで」

「部下をまとめる方法もだろう」メリペンが指摘した。「計画を立て、実行する方法もだ。それから、危険の度合いを測り、必要に応じて計画を修正することもできる」ふっと笑って、キャムのほうを見る。「ラムゼイ・ハウスの修復のとき、おれたちにできるのは、まちがいを犯すことくらいだと言いあったな。でも、そこからなにかを学んだ」

クリストファーはようやく気づいた。ハサウェイ家の男たちと自分には共通点があるのだと。たしかに生まれや育った環境はだいぶちがう。だがみんな、急速に変化を遂げる世界と向かいあい、初めての難問に取り組もうと必死だ。社会全体が動乱の最中にあり、階級制度は崩壊へと向かい、権力はかつてそれを持たなかった人びとの手に移りつつある。その先にある未来は魅力的だが、不安を感じないわけではない――同じ気持ちが、メリペンの顔に浮かんでいるのがわかった。レオとキャムの顔にも。だが誰も、なすべきことを前にひるんだりはしていない。

クリストファーは、少し離れたところに座るベアトリクスをじっと見つめた。あの瞳……どこまでも青く、知性にあふれ純粋で、怖いくらいに洞察力に富む瞳。彼女の人となりは、とてもじゃないが一言では言い表せない。沈着冷静にもなれるのに、ときどき子どものようにはしゃぎたがる。知的で、動物的なところがあって、ひょうきんだ。クリストファーは彼女と話すたび、見えない宝箱を開けて、思いがけない喜びを探そうとしている自分に気づく。

クリストファーはまだ二〇代。ベアトリクスとは六歳ちがいだが、一〇〇歳もちがうような錯覚に陥ることもある。ベアトリクスを求め、必要とし、そばにいたいと思っている。だが同時に、あの最悪の日々を彼女にまで味わわせては絶対にならないと決心してもいる。

二週間前のあの午後から、愛は交わしていない。結婚するまで我慢しようと決めたからだが、始終思い出しては悶々としている。ベアトリクスとのひとときにおいて、過去の経験は参考にも比較にもならなかった。これまでつきあってきた女性はベッドでも巧みで、気楽な喜びをくれた。ベアトリクスのがむしゃらな情熱とは、まるでちがう。

自分に定められた運命が、ベアトリクスほど純粋で素晴らしい女性にふさわしくないのはわかっている。だがクリストファーは、その事実すらも忘れたくなるほど彼女を激しく求めていた。だから彼女を手に入れると決心した。どんな苛酷な運命が待っていようと、その運命がベアトリクスを苦しめることだけは阻止してみせる。

あるいは、自分自身が彼女を苦しめることだけは。

応接間から金切り声が聞こえてきて、ラムゼイ・ハウスの夜会に集まった人びとは一斉に黙りこんだ。

「なにごとだ？」クリストファーの祖父のアナンデール卿が、眉をひそめて問いただした。居間の長椅子にふんぞりかえり、招待客らのあいさつを受けているところだった。ハンプシャーまでの長旅で、祖父はすっかり疲れて怒りっぽくなっている。そのためロンドンから同行したオードリーは、祖父のかたわらでなだめ役を強いられていた。

　義姉が応接間の戸口を凝視しているのに気づいて、クリストファーは笑いをかみ殺した。祖父の詰問をいいことに、居間を離れようという魂胆だろう。義姉と祖父はふだんは相性がいいのだが、なにしろ昨日からずっと偏屈老人と馬車にふたりきりだったのだ。

「なぜ夜会で金切り声をあげる者がいるのだ」祖父がさらに眉をひそめる。

　クリストファーは無表情をよそおった。どうせハサウェイ家の誰かがかかわっているのだろうから、金切り声の原因はいくらでも考えられる。

「行って見てきましょうか？」オードリーがここぞとばかりに提案する。

「いや、おまえはここにいなさい。なにか用を頼むかもしれん」

　オードリーはため息をのみこんだ。「わかりましたわ」

　やがてベアトリクスが居間に現れ、招待客をかき分けてこちらにやってきた。クリストファーに歩み寄り、小声で報告する。

「あなたのお母様が、メデューサに会っちゃったの」

「さっきの金切り声は母上の？」クリストファーはたずねた。

「なんだと？」祖父が長椅子に座ったまま問いただす。「叫んだのが、わが娘だと？」

「そうみたいです」ベアトリクスは申し訳なさそうに言った。「わたしのペットのハリネズミが檻を抜けだし、ばったり会ってしまったらしくて」クリストファーに向きなおり、ほがらかにつけくわえる。「以前のメデューサは太っていたから檻の壁をよじのぼったりできなかったのよ。きっと運動をさせたおかげね！」

「トゲは？」笑いたいのをこらえて、クリストファーは訊いた。

「大丈夫、お母様に刺さったりはしなかったから。でも念のためお姉様が、上の部屋にお連れしたわ。メデューサに会ったせいで、頭痛がするんですって」

オードリーが天を仰ぐ。「お義母様の頭痛はいつもの話よ」

「なぜハリネズミなぞをペットにしているのだ」祖父がベアトリクスに詰問した。

「ひとりでは生きられない子なんです。まだ小さいころに、杭打ち用の穴に落ちたところを兄が助けだして、母親を捜したんですけど見つからなくて。以来、わたしが面倒を見ているんです。ハリネズミも、しつけさえ怠らなければかわいいペットになるんですよ」ベアトリクスはそこでいったん言葉を切り、興味津々に祖父を見つめた。「驚いた、おじい様はワシなのね」

「なんだって？」不快げに目を細め、祖父が訊きかえした。

「ワシ」ベアトリクスが祖父の顔を凝視する。「いかめしい顔に、じっと座っていても醸しだされるその力。それにおじい様は、人を観察するのがお好きでしょう？　一目見て、相手がどんな人間かわかってしまう。しかもその判断はまちがっていたためしがない」

クリストファーは口を挟もうとした。きっと祖父は辛辣な言葉でやりかえすにちがいない。ところが意外にも、ベアトリクスの賞賛のまなざしを受けた祖父は、いかにも得意げな顔になった。

「そのとおりだ」祖父はうなずいた。「まず判断をまちがうことはないな」

義姉がまた天を仰ぐ。

「おじい様、なんだか寒そうだわ」ベアトリクスは祖父を観察しつつ指摘した。「そこ、ちょうどすきま風があたるんじゃありませんか？　そうだわ――」駆け足でどこかに消え、膝掛けを手に戻ってくると、やわらかそうな青い毛織物を祖父の膝に広げた。

部屋は寒くなどなかったし、すきま風も吹いていない。けれども膝掛けを掛けてもらった祖父は満足げだ。クリストファーはふと、祖父の家が夏でも暖炉に火を入れていたのを思い出した。だからこの部屋は、祖父には本当に寒かったのだろう。なぜそのことにベアトリクスが気づいたのかは謎だが。

「ねえ、オードリー」ベアトリクスは懇願する声で呼びかけた。「アナンデール卿のおとなりに、座らせていただいてもいいかしら」まるでそれが、たいそうな特権でもあるかのような口調だ。

「もちろん」義姉ははじかれたように立ち上がった。

腰を下ろす前に、ベアトリクスはいきなりかがみこむと長椅子の下を探りだした。うたた寝をしていた灰色の猫を引きずりだし、祖父の膝にのせる。

「どうぞ。寒いときは、膝に猫を抱くのが一番なんですよ。この子の名前はラッキー。撫でるとごろごろいうんです」

祖父は無表情に猫を見た。

それから驚いたことに、なめらかな灰色の毛皮を撫ではじめた。

「脚が一本ないな」とベアトリクスに向かって言う。

「はい。それで、片腕の提督にちなんでネルソンと名づけようと思ったんですけど、メスだからあきらめました。もともとはチーズ屋さんの飼い猫だったのが、ネズミ捕りにつかまって、脚を切断せざるを得なかったんです」

「なぜラッキーと名づけた？」祖父はたずねた。

「運命が好転するきっかけになるんじゃないかなと思って」

「結果は？」

「伯爵様の膝で眠るくらいだから、好転したんじゃないかしら」ベアトリクスが答えると、祖父は心からの笑い声をあげた。

残っている脚に触れ、「新しい環境に適応できたのは、幸運だったな」

「すごくがんばったんですよ」ベアトリクスは応じた。「脚の切断手術をした直後の、この子の苦しみといったらなかった。失った脚があるかのようにもがいたり、椅子から飛び下りようとしたり。そのたびにつまずいたり、転んだり……でもある朝、目覚めたこの子は、脚はもう戻ってこないんだって悟ったらしくて。そうしたら前と同じ、元気いっぱいの猫になったんです」意味深長な口ぶりでつけくわえる。「要は、失ったもののことをくよくよ思い悩むのをやめるのが大切なんじゃないかしら……そうして、残されたものでやっていくすべを学ぶのが」

祖父は魅了されたようにベアトリクスを見つめ、口元に笑みを浮かべた。

「頭のいい子だ」

意外な展開に、クリストファーはオードリーと顔を見あわせた。ベアトリクスと祖父は、ふたりで談笑をしている。

「どこに行っても、ベアトリクスは男の人の注目の的だもの」義姉がクリストファーのほうを向いて小声で言った。瞳に笑みが浮かんでいる。「おじい様はちがうだろうと思った？」

「それはもう。祖父は人間嫌いだ」

「自尊心をくすぐり、自分の言葉を一言ももらさず聞いてくれる若い女性は、どうやら別みたいね」

光り輝くようなベアトリクスの顔を、クリストファーはちらと盗み見た。祖父が好意を抱くのも当然だ。ベアトリクスは人の話を聞くのがとてもうまい。それで相手のほうは、自分よりおもしろい話をする人間はいないと錯覚してしまう。

「どうしていままで独身だったんだろう」クリストファーはつぶやいた。

オードリーは潜めた声のまま応じた。

「貴族の大半が、ハサウェイ家とつきあうのは不名誉なことだと考えているわ。そうしてたいていの男性は、ベアトリクスに惹かれても、一風変わった妻は迎えたくないと思う。訊くまでもないんじゃない？」

義姉の皮肉に、クリストファーは眉根を寄せた。

「彼女の人となりを知るようになって、すぐに自分のまちがいに気づいたさ」

「見なおしたわ。あなたが偏見なしに彼女を見られるようになるとは思わなかった。ベアトリクスに夢中になった男性はこれまでに何人もいたけれど、本気で求愛しようとした人はいなかった。ミスター・チッカリングがいい例ね。ベアトリクスに求婚するのを認めてほしいとお父上に頼みこんだら、勘当すると言われたんですって。それで彼は、ベアトリクスを遠くからひたすらあがめ、機会を見つけては声をかけていたというわけ。むだな努力と知りながらね」

「今度そんなまねをしたら」クリストファーは言った。「今度やつがベアトリクスに近づいたら……」

オードリーはにんまりとした。

「あらあら。嫉妬なんていまどき流行らないわよ。妻がよその男性に言い寄られるのを、楽しめるくらいじゃなくちゃ」

「相手の男を窓から放りだすほうが、よほど楽しそうだ」クリストファーは口をつぐんだ。冗談だと思っているのだろう、オードリーは笑っている。彼は話題を変えた。「義姉上も、もっと社交の場に出たらいいんですよ」本心だった。結婚してすぐに兄が病に倒れたため、オードリーはずっと看病に明け暮れていた。長い闘病生活と、それにつづく服喪期間のあいだ、つらくさびしい日々を送ってきた。義姉にだって、楽しく過ごす権利はある。誰かと友情をはぐくむ権利も。「好きな人とか、いないんですか？」

オードリーは顔をしかめた。

「あの兄たちを前にしても、怖気づかない人という意味？　あいにく、そういう意味で惹かれる人はいないわ。寡婦給与財産がたっぷりあるから、お金目当ての殿方ならロンドンでよりどりみどりだろうけど。でも、子どもができない体質だからやっぱり無理ね」

ぎょっとして、クリストファーは義姉を見つめた。

「本当の話ですか？　どうしてわかるんです？」

「ジョンと結婚して三年間、子どもを授からなかったもの。流産すらしなかった。こういう場合、責任は女性のほうにあると誰もが考えるわ」

「わたしはそうは思わないな。必ずしも女性に責任があるわけじゃない——医学的にもちゃんと証明されている。そもそも兄は、結婚してすぐに倒れたわけだし。相手がちがえば子どもを授かることができると考えても、ちっとも変じゃない」

義姉は苦笑した。

「どんな運命が、わたしを待ちかまえているのかしら。いずれにしても、再婚は望んでいないの。なんだかとても疲れてしまって。まだ二五歳なのに、九五歳のおばあさんになった気分」

「義姉上には時間が必要なんだ」クリストファーはつぶやいた。「いつか、そんなふうには思わなくなりますよ」

「そうね」と言いつつ、オードリーは納得していないようだった。

ベアトリクスと祖父の会話は、だいぶはずんでいる。

「……ラムゼイ領で働く人たちみたいに、木だって上手に登れます」ベアトリクスが祖父に告げた。

「まさか」祖父は一蹴したが、彼女の話に興味津々の様子だ。

「本当です。スカートとコルセットを脱いで、ブリーチにはきかえれば――」

「ベアトリクス」オードリーがさえぎった。はしたない話題をこれ以上つづけさせてはならない。「となりの部屋にポピーがいるのを見かけたわ。彼女とはずいぶん久しぶりなの。ご主人ともまだお会いしたことがないし」

「そうなの」ベアトリクスはしぶしぶ、友人に視線を向けた。「じゃあ、一緒にポピーのところに行く？」

「ありがとう」オードリーはベアトリクスの腕をとった。

祖父は不満げに黒い眉をひそめ、ベアトリクスを連れだすオードリーの背中をにらんでいる。

クリストファーは笑いをかみ殺した。「彼女のこと、どう思いますか？」

祖父が即答する。「わしが結婚したいくらいだ。あと五歳若かったらな」

「五歳？」信じられない、とばかりにクリストファーは訊きかえした。

「ふん、では一〇歳だ」やりかえしつつ、祖父はしわだらけの顔にかすかな笑みを浮かべた。

「いい相手を選んだな。肝の据わった娘だ。恐れを知らない。個性的な美人だ。あれだけの魅力があれば、古典的な美など必要ない。しっかり手綱を握っていなくちゃならんだろうが、そうするだけの価値がある」祖父は言葉を切り、なにかを悔やむような表情になった。「あのような娘と出会ってしまったら、普通の相手ではもう満足できまい」

ベアトリクスの美しさについて、クリストファーは反論するつもりだった。彼女は誰よりも美しい。けれども、祖父の最後の一言が気になった。

「おばあ様のことをおっしゃっているのですか？」

「いいや。あれのことは、結婚相手にふさわしいと思って選んだ。愛していたのは別の女性——身分の釣りあわない娘だった。だから別れ、それからずっと悔やんでいる」祖父はため息をつき、遠い記憶をたどっている。「彼女のいない生涯なぞ……」

クリストファーはもっと訊きたいと思った。あいにく、そのような会話をするべきときでも場所でもない。だがいまの会話のおかげで、祖父の思いがけない一面を知ることができた。ベアトリクスのような女性との結婚も可能なのに、プルーデンスのような娘をめとったら、男はそれからどんな人生を送ることになるか。どんな男でも、冷淡な人間に変わってしまうのではないだろうか。

やがて夜もふけ、トレーにのったシャンパンが供されると、そろそろ婚約発表の時間だと気づいた招待客の顔に期待の色が広がりはじめた。

ところが、発表をするはずの当主の姿が見当たらない。

しばらくして発見されたラムゼイ卿レオ・ハサウェイは、応接間に引っ張り出され、気のきいた乾杯のあいさつをしたのち、このたびの結婚の理由の数々をおもしろおかしく披露した。招待客の大半はくすくすと笑いながら彼の話に聞き入っていた。しかしクリストファーの耳には、未来の義兄を揶揄する声も聞こえてきた。近くでふたり組の女性が、ひそひそ声で噂をしていた。

「……ラムゼイ卿ったら、部屋の隅で女性とたわむれていたそうよ。ご家族が、相手の女性からラムゼイ卿を引き剝がしたんですって」

「相手の女性って？」

「奥様」

「まあ、いやだ」

「でしょう？　ご夫婦でそんな、みっともない」

「ハサウェイ家は常識知らずだから」

笑いをのみこみ、クリストファーは振りかえってふたり組に教えてやりたい衝動を抑えた。ハサウェイ家だって常識くらい知っている。そんなものはどうでもいいと思っているだけなのだと。ベアトリクスを見下ろし、彼女もいまの会話を聞いていただろうかと考える。幸い、噂話など気にも留めず、兄の言葉だけに耳を傾けていた。

レオが締めくくりに、婚約したふたりのこれからの幸福と幸運を祈る。招待客がグラスを掲げて、同じようにふたりの前途を祝福してくれた。

手袋をしたベアトリクスの手をとり、口元に持っていくと、クリストファーは手首にキスをした。混雑した応接間から彼女を連れ去り、ふたりきりになりたい。

「いまはだめ」ベアトリクスが彼の心を読んだかのようにささやく。クリストファーは彼女に熱いまなざしを向けた。「それと、そんな目で見るのもだめよ。膝に力が入らなくなるから」

「では、いますぐきみをどうしたいか、口にするのもやめておこう。言えばきみは、九柱戯のピンみたいに倒れてしまうだろうから」

ふたりだけの、心地よいひとときはあっという間に終わってしまった。

レオのとなりに立つ祖父が一歩前に進みでると、シャンパングラスを掲げて宣言した。

「友よ。この幸せなる婚約発表の場で、ロンドンからの知らせをお聞かせしたい」

招待客が謹《つつし》んで黙りこむ。

クリストファーの背中を冷たいものが下りていく。レオを見やれば、当惑気味に肩をすくめていた。

「どういうこと?」ベアトリクスが小声でたずねる。

クリストファーはかぶりを振り、祖父を凝視した。「わたしにもわからない」

「ハンプシャーに発つ前に」祖父は言葉を継いだ。「ケンブリッジ公より知らせを受けた。わが孫に、ヴィクトリア十字勲章が授けられることになった。この一月に制定された、英国最高の武勲章だ。来年の六月にロンドンで開かれる式典で、女王がじきじきにフェラン大尉に授与される」

その場の誰もが歓声をあげた。当のクリストファーは全身から血の気が引いていくのを感じていた。そんなものは欲しくない。胸に飾るいまいましい金属などいらない。思い出したくもない出来事を称える、忌まわしい式典など出たくない。しかもよりによって、人生最高の瞬間をこのような話に邪魔をされるとは。なぜ祖父は、事前に一言も言ってくれなかったのか。

「それで、具体的にどの武勲に対して授与されるのです？」招待客のひとりが祖父にたずねた。

祖父はクリストファーに笑みを向けた。「当の孫に当てさせてやろう」

かぶりを振り、クリストファーは無表情に祖父を見つめた。

孫がちっとも嬉しそうでないのを見てとり、アナンデール卿はいらだたしげな表情を浮かべた。

「激しい銃撃を受けながら、負傷した将校を安全な場所まで運んだ武勲を称えてのことと聞いておる。当時、英国軍はロシア軍の前線奪取に失敗して、退却を余儀なくされていた。フエラン大尉はその将校を救助したのち、援軍が到着するまで陣地を守り抜いた。その後、英国軍は無事に敵の前線を奪取し、負傷したフェンウィック中佐は回復した」

応接間が歓声につつまれ、おめでとうの言葉が飛び交うなか、クリストファーは口を開くことすらできなかった。シャンパンの残りを無理やり飲み干し、冷静をよそおってその場にじっと立ちながら、急峻な坂を転がり落ちていく錯覚に陥っていた。やっとの思いで斜面にすがりつき、すんでのところで狂気を抑えこむ。そうして胸の内にある、あの恐ろしくも頼もしい壁に手を伸ばした。

やめてくれ。クリストファーは心のなかで叫んだ。フェンウィックを救った自分に栄誉などふさわしくない。

23

身じろぎひとつしないクリストファーに不穏なものを感じとったベアトリクスは、彼がシャンパンを飲み干すのを待ち、「いやだわ」と周りにも聞こえる程度の小声でつぶやいた。

「熱気のせいで、なんだか気分が悪いみたい。フェラン大尉、居間までエスコートしてくださらない……？」

周囲の人びとが口々に慰めの声をかける。ひ弱な女性がこのように不調を訴えれば、まず無視されることはない。

か弱いレディを演じながら、ベアトリクスはクリストファーの腕にすがりつき、彼について応接間をあとにした。向かった先は居間ではなく庭園で、ふたりは砂利敷きの小道に置かれた長椅子に腰を下ろした。

そうして、無言で心を通わせあった。クリストファーがベアトリクスに腕をまわし、髪に唇を寄せる。近隣の森から聞こえてくる夜の音に、ベアトリクスは耳を澄ました。鳥の鳴き声、葉擦れの音、カエルの心地よい会話、鳥やコウモリの羽音。やがて、長いため息にクリストファーの胸が大きく上下しているのが伝わってきた。

「つらかったでしょう」ベアトリクスは言った。彼がマーク・ベネットのことを、助けられなかった親友のことを思い出しているのはあきらかだった。「勲章の話を聞いて、平静でいられなくなるのは当然よ」

クリストファーはなにも言わない。見るからに緊張している様子から、それがとりわけ思い出したくない記憶なのが察せられた。

「断ることはできないのかしら？」ベアトリクスは問いかけてみた。「あるいは、授与されずにすむ方法は？」

「断るのは無理だろう。法に触れることでもすれば、授与は取り消しになるかもしれないが」

「じゃあ、さっそく犯罪計画を練りましょう」ベアトリクスは提案した。「うちのみんなに相談すれば、きっと名案が浮かぶわ」

ようやくクリストファーがこちらを向いた。月明かりを受けた瞳は、銀色の鏡のようだ。軽口をたたいたりして、気分を害したのではないか――ベアトリクスは一瞬不安になったが、やがて彼が小さく笑うのが聞こえた。クリストファーが両の腕で抱きしめてくる。

「ベアトリクス……やっぱりきみが必要だ」

ふたりはしばらく外にいた。戻るべき時間になってもキスと抱擁をやめず、満たされぬ欲求にしまいには息さえ苦しくなるしまつだった。やがてクリストファーが小さくうめき、長椅子から彼女を立たせ、ふたりは室内へと戻った。

招待客と談笑し、彼らの助言に耳を傾けるふりをしながら、ベアトリクスは機会をうかがってはクリストファーの様子をたしかめた。軍人らしい物腰で、冷静そのものに見えた。周囲の誰もが彼におべっかを使っている。社会的地位や血筋ではるかに勝る人たちすら例外ではない。だがクリストファーの落ち着きはらった表情の裏に、ベアトリクスは苦しみを感じとれた。あるいは嫌悪を。かつて慣れ親しんだ風景に、クリストファーはふたたび溶けこむことができずにいる。旧友に囲まれながら、疎外感を覚えているのにちがいない。戦場でクリストファーが体験し実感した現実を、彼らの誰ひとりとして理解できないのだから。勲章や金モールや愛国音楽だけが、彼らにとって関心のある話題だ。だからクリストファーは、ほんのつかの間、用心深く本心を垣間見せることしかできない。

「ベアトリクス」オードリーがかたわらにやってきて、新たな会話が始まる前にベアトリクスをそっと招待客の輪から引き離した。「ふたりきりになれる？　あなたに渡したいものがあるの」

ベアトリクスは友人を屋敷の裏口のほうにいざなった。二階の妙な形をした部屋へとつづく、階段が見えてくる。ラムゼイ・ハウスの魅力のひとつは、これといった用途もないだろうにこのようにおかしな部屋や風変わりな空間が、あたかも有機物のようにそこここに出現するところだ。

ふたりは親しげに、並んで階段に腰を下ろした。

「あなたのおかげで、クリストファーはずいぶん変わったわ」オードリーが口を開いた。

「戦争から戻ってきたばかりのとき、義弟にはもう幸福を味わう気力も残されていないんじゃないかと思ったものよ。でもいまは、ずっと気持ちが楽になったように見える……以前ほど陰気な顔も、張りつめた様子も見せなくなった。お義母様でさえ彼の変わりように気づいて、喜んでいらっしゃるわ」

「クリストファーのお母様には、わたしもよくしてもらってる」ベアトリクスは応じた。「息子の妻にと、望んでいたような娘じゃないでしょうにね」

「まあね」オードリーはふっと笑ってうなずいた。「お義母様もお義母様なりに、いい方向に進むようにと願ってらっしゃるんでしょう。リヴァートンの名前を奪われないためには、どうしてもあなたが必要だもの。あなたとクリストファーに子どもができなければ、リヴァートンの名前はお義母様のいとこのものになってしまう。それだけは許せないとお考えのはずよ。わたしに子どもができていたら、お義母様もわたしにずっとよくしてくださったんでしょうけど」

「オードリー」ベアトリクスは小声で呼びかけ、友人の手をとった。

オードリーの笑みがほろ苦いものへと変わる。

「そういう運命だったのよ。わたしにもやっとわかったわ。運命は、抗うか受け入れるしかない。ジョンが亡くなる前に言っていたわ。ふたりで過ごす時間を与えられたことを感謝しようって。自分にはなにもかもがはっきりと見てとれる、人生が終わりに近づいているのもわかるって。それを思い出して、あなたにこれを渡すことに決めたの」

ベアトリクスは期待を込めて友人を見つめた。

オードリーはドレスの袖から、きれいにたたんだ羊皮紙を取りだした。封蠟のない手紙だ。

「読む前に」友人が言う。「まずは聞いてちょうだい。それはジョンが亡くなる一週間に書いた手紙よ。自分で書くと言って聞かなかったの。そうして書き終えると、クリストファーが帰ってきたら、無事に戻る日が来れば、渡してほしいと言った。だけど中身を読んだら、ジョンの言うとおりにすべきなのかどうかわからなくなってしまった。クリミアから帰国したときのクリストファーは、ひどく短気になって、苦しんでいて……しばらく様子を見たほうがいいだろうと思った。たしかにジョンから手紙を渡すよう頼まれたけど、あれだけ苦しんできたクリストファーを、さらに傷つけるようなまねは絶対にしてはいけないと思ったから」

ベアトリクスは目を見開いた。「この手紙が、クリストファーを傷つけるという意味?」

「断言はできないの。クリストファーとは仲のいい家族だけど、本心まではわからないから」オードリーは肩をすくめた。「読めば、わたしの言っている意味がわかるわ。その手紙はクリストファーのためになる、意図せず彼を傷つけたりはしない――そう確信できるまで、彼に渡したくないの。手紙はあなたに託すわ、ベアトリクス。あなたの判断を、信じてるから」

24

一カ月後のからりと晴れた一〇月のある日、広場に立つ教区教会で結婚式がとりおこなわれた。ストーニー・クロスの伝統にのっとった式は、参列者や村人にも大好評だった。新郎新婦を乗せた馬車は教会から少し離れた通りで止まり、ふたりはそこから、花や豊穣の薬草が敷きつめられた道を歩いていく。教会まで向かう道程で祝福者の数はどんどん増え、しまいには、結婚式ではなくにぎやかな行進のように見えてくる。

行進の先頭をしずしずと行くのは、ベアトリクスの飼いロバのヘクターだ。ヘクターが背負ったふたつの大きな籠にも花が山盛りになっており、行進にくわわる女性たちが籠に手を伸ばしては、ひと握りのみずみずしい花を道にふわりと撒いていく。ヘクターは花飾りのついた麦わら帽子をかぶり、帽子の両脇に開けた穴から長い耳が飛びだしていた。

「よかったな、アルバート」クリストファーは苦笑交じりに、かたわらを歩く犬に語りかけた。「ロバに比べたら、おまえの格好のほうがまだましだよ」

アルバートは風呂に入れられ毛を刈られて、白薔薇で作った首輪を付けられていた。飼い主同様、周囲の群衆が気に入らないらしく、用心深い表情を浮かべている。

通りの半分は女性が、もう半分は男性が占めているため、クリストファーの視界にベアトリクスの姿はたまにしか入らない。ベアトリクスは、純白のドレスを着た村娘たちに囲まれている。純白のドレスは、花嫁に下心を抱く魔性のものを惑わすためだ。一方のクリストファーは、ライフル旅団時代の友人たちとかつて所属した軽騎兵隊の仲間たちからなる儀仗兵に囲まれている。

ようやく教会にたどり着くと、屋内はすでに参列者でいっぱいだった。ヴァイオリンの奏でる軽やかな音楽があたりを満たしている。

クリストファーは教会の奥へと進み、祭壇の前に立って新婦を待った。しかしベアトリクスは、入口付近でレオとなにやら話しこんでいる。

「ベアトリクス」兄が呼びかける。「ヘクターのあの格好はなんだ?」

「花ロバよ《フワワー・ミユール》」見ればわかるでしょう、とばかりにベアトリクスは答えた。

「残念なことを言うようだが、ヘクターは帽子を食べてるぞ」

ベアトリクスは笑いをかみ殺した。

軽く身をかがめて、兄が小声で言う。

「ビー、祭壇のところでおまえをやつに渡す前に、言っておきたいことがある。やつに渡すというのは言葉のあやにすぎない。わたしたちに負けない愛情をおまえにそそぐ、そのチャンスをやつにやるだけだ」

ベアトリクスは目に涙をため、兄に寄りかかってささやいた。

「彼にも、ちゃんと愛されているわ」

「わかっているよ」兄はささやきかえした。「じゃなかったら、結婚を認めるものか」

そのあとの時間は、めくるめくような幸福のうちに過ぎていった。誓いの言葉を交わしたあと、ふたりは儀仗兵の掲げる剣のアーチをくぐって教会を出た。正面の門は閉められており（これもまたストーニー・クロスの伝統だ）、新郎が通行料を払ってようやく開かれる。クリストファーはベルベットの巾着に手を入れ、ひと握りの金貨を取りだすと、群衆に向かってそれを投げた。降りそそぐ金貨の雨に、歓喜の叫び声があがる。光り輝く金貨はさらに三回撒かれたが、ほとんどは地面に落ちる前に人びとの手のなかにおさまった。

最後の一枚まで金貨を拾い終えると、人びとは広場へと移動した。広場には長卓が並べられ、村民がこぞって用意したケーキが小山をなしている。ベアトリクスとクリストファーが互いにケーキを食べさせるなか、村民は新婚夫婦の豊穣を祈ってケーキくずをふたりにかけた。

新郎新婦一行がラムゼイ・ハウスに向かったあとも、広場には結婚を祝う村人が残って豪勢な食事を楽しみ、乾杯をくりかえした。

長い一日を終えて、着替えのために屋敷の二階に下がったベアトリクスは、ほっと安堵のため息をもらした。かさばるドレスをアメリアとメイドに手伝ってもらって脱いだとき、ケーキくずが床に散らばるのを見て、三人で笑い転げた。

「ストーニー・クロスの伝統的な結婚式で、これだけは困りものね」ベアトリクスは苦笑交じりにぼやき、腕についたケーキくずを払った。「ま、鳥たちは大喜びだろうけど」

「鳥といえば……」メイドが風呂の用意をしに下がるのを見計らって、アメリアが言った。

「サミュエル・コールリッジが春についてうたった詩があったわね。〝ハチが飛び交い、鳥は翼を広げ――〟」

ベアトリクスはきょとんとして姉を見つめた。

「秋なのに、春の詩を思い出すなんて変じゃない？」

「そうね、でも、鳥の子作りについてもうたっている詩でしょう？　それについて、わたしに訊きたいことがあるんじゃないかしらと思って」

「鳥についてということ？　だったら、お姉様よりわたしのほうがずっと詳しいけど？」

姉はため息をついた。遠まわしに言うのはあきらめたらしく、

「鳥のことは忘れましょう。あのね、あなたは初夜を迎えるわけでしょう？　だから、なにか訊きたいことはない？」

「ああ。ありがとう、でも、ええと、クリストファーが……詳しく教えてくれたから」

姉は両の眉をつりあげた。「フェラン大尉が？」

「そうなの。鳥やハチの子作りを例にしたわけじゃないけど」

「そうだったの。それで、なにを例に教えてくれたの？」

「リスよ」ベアトリクスは答え、姉の怪訝そうな表情に笑いそうになり、顔をそむけた。

翌朝にはコッツウォルズへ二週間の新婚旅行に出かける予定だが、初夜はフェラン邸で過ごすことになっていた。そこでベアトリクスはあらかじめ、着替えと化粧品とナイトドレスを入れた旅行鞄を先方に送っておいた。だからクリストファーから、やっぱり計画変更だと告げられたときにはびっくりした。

家族にさようならを言ってから、ベアトリクスはクリストファーとともにラムゼイ・ハウスの私道に出た。夫はすでに、輝く勲章がずらりと並ぶ軍服から、簡素なツイードの上下にブロード地のシャツ、純白のクラヴァットという格好に着替えていた。ベアトリクスはそういう、あっさりとくつろいだ服装のほうが好きだった。軍服に身をつつんだクリストファーはまばゆいばかりで直視できない。太陽は秋らしい濃密な金色にきらめいて、黒ずんだこずえに落ちかかっている。

私道でふたりを待っていたのは予想に反して馬車ではなく、クリストファーの鹿毛馬一頭だけだった。

ベアトリクスは問いかけるまなざしを夫に向けた。

「わたしの馬は？　その馬が荷馬車を引いてくれるのかしら。それとも、後ろから走ってついてこいということ？」

クリストファーは口元をひくつかせた。

「いやでなければ、一緒に乗ろう。驚かせたいことがあるんだ」

「珍しいのね」

「ああ、きみはこういうのが好きだろうと思って」クリストファーは彼女に手を貸して先に馬に乗せてから、背後にひらりとまたがった。

どんな驚きが待ち受けているにせよ、夫の腕に抱かれて身をもたせているこのひとときは、まさに至福だった。ベアトリクスは夫の感触を、たくましさにつつみこまれる感覚を堪能した。クリストファーの体が、馬のあらゆる動きにいとも簡単に順応するのが伝わってくる。森に入る手前で、目をつぶっていてとクリストファーに言われた。ベアトリクスは彼の胸に寄りかかってくつろいだ。森のなかは気温が下がって甘い空気がたちこめ、松脂と土の香りがした。

「どこに向かっているの？」夫の上着に顔をうずめてベアトリクスはたずねた。

「もうすぐ着く。目を開けないで」

ほどなくしてクリストファーが手綱を引き締め、自分が先に下りてから彼女を馬の背から下ろした。

目を開けたベアトリクスは周囲を見渡し、当惑しつつもほほえんだ。ウェストクリフ領の秘密の隠れ家だった。開いた窓からは明かりが射している。

「なぜここに？」

「上がって、見てきてごらん」クリストファーは言うと、馬をつなぎに行った。

青いドレスの裾をつまみ、ベアトリクスはらせん階段を上った。等間隔でランプが置かれた壁の張り出し棚には、かつてはたいまつが据えられていたのだろう。階段を上りきった円形の部屋にたどり着き、敷居をまたぐ。

別の部屋に来たのかと思った。

暖炉には初めて火が入れられ、ランプの金色の明かりが室内を満たしている。傷だらけの床はきれいに磨きあげられて、高そうな分厚いトルコ絨毯が敷かれている。花模様のタペストリーが古ぼけた石壁にやわらかさを与えていた。きしむベッドの代わりに置かれているのは、彫刻とらせん状の支柱が美しいチェストナット材の大きなベッド。厚いマットレスが敷かれ、華やかな色彩のキルトとリネンが掛けられ、ふっくらした純白の枕が三段重ねになっている。片隅のテーブルを彩るのは藤色のダマスク織だ。その上に置かれた銀のトレーと籠にさまざまな料理が並ぶ。シャンパンのボトルを冷やす銀のアイスペールに水滴が浮かび光っている。ベアトリクスの旅行鞄が、豪奢なついたての脇に置かれていた。

驚いたベアトリクスはそろそろと奥まで進み、部屋の変貌ぶりをもっとよく見ようとした。

クリストファーが背後にやってきた。ベアトリクスが振りかえると、問いかけるように見つめてきた。

「きみさえよければ、初めての夜はここで過ごさないか？　いやなら、フェラン邸に行ってもいい」

ベアトリクスはやっとの思いで口を開き、「わたしのためにしてくれたの？」

彼はうなずいた。

「一晩泊まらせてほしいと、ウェストクリフ卿に頼んだんだ。改装についても、まったく問題ないとおっしゃってくれてね。どうかな――」

最後まで聞かずに、ベアトリクスは彼に飛びつくと両の腕をきつく首にまわした。

クリストファーも彼女を抱きしめ、背中と腰を両手でゆっくりと愛撫する。彼の唇が、ベアトリクスの頰や顎、しなやかな唇の上をさまよった。とらえどころのない歓喜が幾層にもなって全身をつつんでいく。ベアトリクスは愛撫にやみくもにこたえ、長い指で顎を撫でられると震える吐息をもらした。唇がぴったりと重ねられ、舌が優しくまさぐってくる。くちづけは甘く、えもいわれぬ味わいがあり荒々しく、酔わせるようだった。クリストファーがもっと欲しくて、さらに深く激しくくちづけようとすると、彼は小さく笑って抗った。

「待って。慌てないで……もうひとつ、驚かせたいものがあるんだ。気に入るといいんだが」

「なあに?」ベアトリクスはのろのろと言い、片手でクリストファーの胸を探るように撫でた。

押し殺した笑い声をあげ、夫は彼女の肩に手をかけるとそっと引き離した。見つめる銀色の瞳がきらめいている。

「耳を澄ましてごらん」彼はささやいた。

心臓のとどろきがおさまると、やがて音楽が聴こえてきた。楽器の演奏ではなく、歌声が奏でるハーモニーだ。ベアトリクスは当惑の面持ちで窓辺に歩み寄り、おもてを眺めた。満面の笑みになる。

夫の部隊の士官たちが数人、軍服姿のままで整列し、心揺さぶるバラッドを歌っていた。

グリーンランドの岸辺に立ち
わが腕に愛しい娘を抱けば
永久の霜すら溶かすぬくもり
半歳《はんさい》の夜もすぐに去りぬ
さすればわたしは日も夜もあなたを愛し
来る夜も来る夜もあなたにくちづける
あなたがともにさすらってくれるなら
丘を越えてはるかに《オーヴァー・ザ・ヒルズ・アンド・ファー・アウェイ》

「ふたりの歌ね」窓辺を流れる甘い歌詞に耳を傾けつつ、ベアトリクスはささやいた。

「そうだよ」

床にひざまずき、窓の下枠に両腕をのせる……遠い土地で戦う戦士のため、何本もの蠟燭を並べた窓枠に。

クリストファーも窓辺にやってきて、一緒にひざまずくと両腕で抱いてくれた。歌が終わるとベアトリクスは兵士たちに投げキスをした。「ありがとう、みなさん」と声をかける。

「今夜のこと、ずっと忘れないわ」

兵士のひとりが口を開いた。

「ミセス・フェランはご存じないかもしれませんが、ライフル旅団のあいだに伝えられる古来の結婚式では、式の晩、花嫁が新郎の儀仗兵ひとりひとりにキスをするのです」

「ばかを言うな」クリストファーが陽気にやりかえした。「わたしが知っている唯一の伝統は、〝そもそも結婚するな〟というものだぞ」

「では大尉は伝統を守れなかったわけだ」兵士たちはからからと笑った。

「大尉のせいではない」ひとりが言う。「ミセス・フェランが美しすぎるからだ」

「月明かりのように美しい」とまた別のひとり。

「礼を言おう」クリストファーが応じた。「だがそのへんでわが妻を口説くのはあきらめて、とっとと帰ってもらいたい」

「幕開きは上々だったでしょう？」下からひとりが言った。「仕上げは大尉にお任せします」

軽快な口笛と門出の言葉とともに、ライフル旅団の面々は去っていった。

「連中、人の馬まで連れて帰るつもりらしい」クリストファーは笑いを帯びた声でつぶやいた。「こいつはいよいよ、ふたりきりというわけだな」ベアトリクスに向きなおり、顎の下に指を添えて上を向かせる。「どうした？」と言う声は優しかった。「なにか気に障ったことでも？」

「なんでもない」ベアトリクスは答え、涙をあふれさせながら夫を見つめた。「なんでもないの。ただ……わたし、ここで何時間も過ごしたわ。いつかあなたと、ここに来たいと夢見ながら。だけど、それが現実になるなんて思ってもみなかった」

「少しは思ったはずだよ」クリストファーがささやいた。「じゃなかったら、現実になるはずがない」広げた脚のあいだにベアトリクスを引き寄せ、しっかりと抱きしめる。ずいぶん経ってから、彼女の髪に唇を寄せながら言った。「ベアトリクス。あの午後以来きみと愛を交わさずにいたのは、きみの思いにつけこみたくなかったからなんだ」

「つけこむだなんて」ベアトリクスは抗議した。「わたしは自分の意思であなたに捧げたのよ」

「ああ、わかってる」クリストファーは彼女の頭にくちづけた。「寛大で、美しくて、情熱的なベアトリクス。きみ以外の女性などもう目にも入らない。でも、初めてのときはもっと別のかたちで結ばれたかった。だから今夜、きみに償いたい」

その約束の言葉が意味するところに気づいて、ベアトリクスは期待に身を震わせた。

「償う必要なんてないわ。でも、どうしてもと言うのなら……」

「どうしてもだ」クリストファーは彼女を抱きしめたまま、片手で背中を撫でた。抱擁が安心感をくれる。それから彼は、ゆっくりと時間をかけて首筋にキスをした。熱を帯びた唇は執拗で、最前の安心感など吹き飛んだ。感じやすい部分にくちづけられ、ベアトリクスの息が荒くなる。

震える吐息に気づいたクリストファーが顔を上げ、笑みを浮かべて見下ろしてきた。

「先に食事にするかい？」優雅な身のこなしで立ち上がり、手を差し伸べてベアトリクスを立たせる。

「結婚式でたっぷり食べたから」ベアトリクスは応じた。「おなかが空くことなんて二度となさそう。でも……」にっこりと笑う。「シャンパン一杯くらいなら」

両手で彼女の頰をつつみこみ、クリストファーはすばやくキスをした。

「そんなふうにほほえんでくれるなら、ボトル一本だってあげる」

ベアトリクスは夫の手のひらに頰を押しあてた。「その前に、ドレスを脱がせてくれる？」

クリストファーは彼女を後ろ向きにすると、ドレスの背中に並ぶ隠しボタンをはずしていった。

夫らしいその振る舞いに、ベアトリクスは安らぎと心地よさを覚えた。うなじがあらわになると彼はそこに唇を寄せ、さらに背筋にも長い長いキスをした。

「コルセットもはずそうか？」と耳元でたずねる。

自分がまだ立っていられる事実に、ベアトリクスは内心驚いていた。

「いいえ、それは自分で」

ついたての裏に逃げこみ、旅行鞄を引っ張る。鞄を開けると、きれいにたたんだドレスや、ブラシや箱入りのヘアピンをしまったモスリンの巾着、その他の身の回りの品々が現れた。それらのあいだに、ペールブルーの包み紙にそろいのリボンが結ばれた、見慣れぬものがあった。リボンの下に折りたたまれた小さな手紙を見つけ、ベアトリクスは広げてみた。

愛するビーへ、初めての夜のために贈りものです。ロンドン一のおしゃれな仕立て屋で作ってもらったナイトドレスよ。あなたがいつも着ているのとは、だいぶちがうけど。花婿はきっと大喜びすると思うわ。姉を信じて、着てちょうだい。

ポピー

ナイトドレスを広げてみる。黒の薄い紗織に、小さなジェットのボタンがついていた。純白のキャンブリック地かモスリン地の地味なナイトドレスしか着たことのないベアトリクスは、正直言ってどぎまぎした。でも、男の人がこういうのを好むのなら……。

コルセットをはずし、下着を脱いでから、ベアトリクスはナイトドレスを頭からかぶって着た。シルクを思わせるひんやりとした感触につつまれる。紗織のドレスは上半身が肌にぴったりと沿うデザインで、ウエストにボタンがついており、床に届くスカートは透けている。スカートには深いスリットが入っていて、動くたびに脚があらわになった。後ろは深く刳れていて、背中が丸見えである。ベアトリクスは髪に挿したピンや櫛を取り、鞄のなかの巾着袋にしまった。

それからおずおずと、ついたての陰から出た。

クリストファーはちょうど、ふたつのグラスにシャンパンをそそぎ終えたところだった。振りかえるなりその場で凍りつく。燃えるような瞳だけがベアトリクスのすべてをとらえようと動いていた。「信じられない」とつぶやき、シャンパンを飲み干す。空のグラスを脇に置き、あたかももう一杯をこぼすまいとするかのように、手に力を込めた。

「気に入った？」ベアトリクスはたずねた。

クリストファーはうなずき、一瞬たりとも視線をそらさずに応じた。

「ほかにナイトドレスは？」

「これしかなかったの」彼をからかいたくなり、上半身をひねって背中を見ようとする。「ひょっとして、後ろ前だったかしら？」

「見てあげよう」と応じたクリストファーにあらわな背中を見せると、背後で鋭く息をのむのがわかった。

さらに小さく悪態をつくのも聞こえてきたが、腹は立たなかった。ポピーの助言は正しかったようだ。二杯めのシャンパンまで彼が飲んでしまったので、ベアトリクスは必死の思いで笑いをかみ殺した。ベッドに歩み寄り、上にのって、波打つキルトとリネンのやわらかさを味わう。横向きに寝そべったとき、スカートがはだけて脚があらわになったが、あえて隠さずにいた。

クリストファーがこちらにやってきながら、シャツを脱ぎ捨てた。引き締まった筋肉と日に焼けた肌は、息をのむほど美しかった。まるで傷だらけのアポロのようだと思った。夢に見た恋人。それが自分のものになった。

腕を伸ばし、胸板に手のひらを広げると、息が詰まった。きらめくやわらかな胸毛を、指先でなぞってみる。覆いかぶさってきたクリストファーは、きつく目を閉じて口を引き結んでいる。高ぶっている証拠だ。

夫への愛と切望感に耐えきれず、ベアトリクスは苦しげに呼んだ。「クリストファー――」

すると彼は親指で震える唇をなぞり、指先で開かせた。そうして唇を重ね、角度を変えてはまたくちづけた。キスをされるたびに体の奥深くに甘いしびれが走り、炎が広がって、ベアトリクスはまともに考えることもできなくなった。軽やかに全身を撫でる手は、彼女を満たすというよりむしろ、なにかを約束するかのよう。夫の誘惑は巧みだった。

気づけば仰向けになって、脚のあいだにクリストファーの片脚があった。指が乳房をなぞり、痛いほど硬くなったつぼみを紗織越しに探しあてる。彼は親指でつぼみを愛撫し、円を描くように触れ、そっと撫でまわした。じらされたベアトリクスが身をよじると、親指と人差し指で紗織の上からつぼみをつまんだ。激しい切望感が身内を走って、ベアトリクスはくちづけたままあえぎ、唇を引き剝がして懸命に息を吸った。

クリストファーが身をかがめ、湿り気を帯びた息がきらめく紗織にかかり、その下に隠された素肌にぬくもりを与えた。硬いつぼみに触れた舌が、布地の上から愛撫をくわえる。濡れた紗織が貼りついて、ベアトリクスはいらだちと興奮を同時に覚えた。震える手を伸ばし、ナイトドレスを脱ぎ捨てようとする。

「焦らないで」クリストファーはささやいて、舌先を肌に這わせたが、一番触れてほしいところには触れようとしない。

ベアトリクスは夫の頰と顎にさわった。手のひらをくすぐる伸びかかったひげが、ベルベットのように感じられた。顔を引き寄せてくちづけようとすると、彼は小さく笑って抗った。胸のあいだのやわらかな肌に軽くキスをし、「焦らないで」とくりかえす。

「どうして？」もどかしげに荒い息を吐きながら、ベアトリクスはたずねた。

「そのほうがお互いにとっていいから」クリストファーは乳房の下に手を添え、優しく指でつつみこんだ。「とくに、きみにとって。そのほうが、喜びがもっと深く、甘くなる……ちゃんと教えてあげるから……」

舌が肌に触れ、ベアトリクスはこらえきれずに首を左右に振った。「クリストファー……」と震える声で呼びかける。「あのね……」

「なんだい？」

身勝手な言い分だとわかっていても、言わずにはいられなかった。

「わたし以前に、女性を知らないでいてほしかった」

見下ろす彼のまなざしに、ベアトリクスはハチミツのようにとろけてしまうのではないかと思った。唇が下りてきて、優しいけれども切迫感を帯びたキスがくりかえされる。

「わたしの心はきみのものだよ」彼はささやいた。「いままでの経験は、愛の営みとはけっして言えなかった。だから、わたしにとってもきみは初めての相手だ」

いまひとつ納得できず、ベアトリクスは夫のきらめく瞳をのぞきこんだ。

「相手を愛しているかどうかで、ちがうということ？」

「そうだよ、愛するベアトリクス。愛のある営みは、まるでちがうんだ。夢ではないかと思うくらい」クリストファーの手がベアトリクスの腰のほうへと下りていき、黒の紗織をそっと開いて素肌に触れる。誘うような指の動きに、ベアトリクスの下腹部がうずいた。「きみがいるから、わたしは生きていける。きみでなかったら、現実の世界に戻ってくることもできなかった」

「そんなことを言わないで」夫にもしものことがあったらと思うだけで、ベアトリクスは耐えられなかった。

「〝すべては、きみのもとに帰るためなんだ〟……手紙にそう書いたのを、覚えているかい？」

ベアトリクスはうなずき、唇をかんだ。クリストファーの手が半透明の紗織のさらに奥へと忍びこんでいく。

「心からの言葉だった」彼はつぶやいた。「もっといろいろ書きたかったけれど、きみを怖がらせたくなかった」

「わたしも、もっといろいろ書きたかった」ベアトリクスは声を震わせた。「あらゆる思いを、あなたと分かちあいたかったわ。なにもかも――」脚のあいだの感じやすい場所を探しあてられ、言葉を切り、息をのむ。

「すごく熱くなってる」クリストファーがささやき、そっと撫でた。「それに、すごくやわらかい。ああ、ベアトリクス……手紙を通じてきみを愛するようになったけれど……でも、正直に言うと……こんなふうに語りあうほうがずっといい」

心地よさに朦朧として、ベアトリクスは口を開くのもやっとだ。「これも、恋文の一種だわ」と応じ、金色の輝くたくましい肩を手で撫でる。「ベッドのなかで交わす恋文」

クリストファーはほほえんだ。「では、正しい文法を心がけないと」

「懸垂分詞もなしよ」と応じると、彼は声をあげて笑った。

けれども愉快な気持ちは、愛撫され、抱きしめられ、じらされるうちに消えていった。数えきれないほどの快感が、別々の方向からやってくる。体が熱くなってきて、ベアトリクスは身をよじった。耐えがたいほどに喜びが高まり、凝縮されかけると、クリストファーは震える四肢を両手で優しく撫でて落ち着かせようとした。

「お願い」頭の地肌にまで汗をかきながら、ベアトリクスは懇願した。「あなたが欲しいの」

「まだだよ。もう少しだけ待って」クリストファーは彼女の両脚をさすり、親指で湿った秘所に愛撫を与えた。

この世で最も難しいことはなにか、ベアトリクスはいまになって知った。絶頂に達しそうになるのをこらえることだ。まだだよ、と言われるたび、それはさらに大きな波となって彼女を襲う。どうやら夫もそれをわかっているらしく、「まだだよ。まだ、早すぎる」とささやきかけるときには、瞳がいたずらっぽく輝いていた。そうやってささやきかけながら、彼はなおも脚のあいだを気だるく撫で、乳房にくちづけている。ベアトリクスは体の隅々まで渇望感に満たされるのを覚えた。「まだだめだよ」震える肌に唇を寄せてクリストファーがささやく。「待って……」

息をあえがせ、身を硬くし、ベアトリクスは快感の波を抑えこもうとした。けれども、つぼみを口に含まれ、そっと噛まれると、頭のなかが真っ白になってしまった。叫び声をあげて身をそらし、狂おしいほどの歓喜にすべてをゆだねる。身もだえ、あえぎながら、快感が全身を貫いていくのを感じたけれど、ふがいなさに涙があふれた。

見下ろすクリストファーは、優しくなにごとかつぶやいた。なだめるように両手で全身を撫で、こぼれる涙をくちづけで舐めとる。「泣くことはないよ」彼はささやいた。

「我慢できなかったの」ベアトリクスは哀れっぽく言った。

「そりゃそうだろう」と応じる声は穏やかだ。「これだけじらされ、いたぶられたらね」

「だけど、もっとしていたかった。ふたりの初夜なのに、もう終わってしまったわ」ベアトリクスは言葉を切り、むっつりとつけくわえた。「少なくとも、わたしのほうは」

クリストファーは顔をそむけた。けれどもベアトリクスには、夫が笑いをこらえているのがわかった。真顔を取り戻すと、彼はかすかにほほえんでベアトリクスを見下ろし、妻の額にかかる髪をかきあげた。

「じゃあ、もう一度その気にさせてあげよう」

しばし無言で、ベアトリクスは麻痺したような四肢や感覚の具合を探ってみた。

「無理だと思うわ。厨房の、使い古しのモップみたいな気分だもの」

「大丈夫だよ、断言できる」

「時間がかかると思うわ」ベアトリクスは当惑の面持ちでこたえた。「だといいけど」

両の腕で彼女を抱きしめ、クリストファーは荒々しくくちづけた。気だるく味わっ互いの服を脱がせてから、彼は汗ばんだベアトリクスの全身にキスをし、気だるく味わった。伸びをし、背をそらした彼女の呼吸が徐々に速さを増していく。クリストファーはかすかな反応を見逃さず、ちょうど焚火をおこすときのように、熱を呼び覚ましていった。ベアトリクスは衝動的に両手を伸ばし、男らしい胸板を、やわらかな胸毛を、引き締まってつややかな肌を、少しずつ見慣れたものになってきた傷跡を撫でた。

クリストファーが彼女を横向きにさせ、片方の膝を引き上げる。彼が背後から入ってくる。硬いものが彼女を押し開き、信じがたいほどきつく締まったなかへと押し入っていく。もう無理だと思う一方で、ベアトリクスはもっと欲しいと願った。支えてくれる腕に頭をあずけ、すすり泣きながら、首筋にくちづけを受ける。クリストファーは彼女をつつみこみ、全身を満たし……ベアトリクスは大切な場所が熱くしびれるのを感じた。無意識のうちに、体が夫に順応していくようだ。

耳元で彼が切望と賞賛と愛の言葉をささやきかけ、どんなふうにベアトリクスに喜びを与えたいか語りかける。それから優しく彼女をうつぶせにし、膝を使って脚を大きく広げさせた。夫の片手が前に伸びてくると、ベアトリクスは思わずうめいた。手のひらがそこをつつみこみ、結ばれた部分に愛撫をくわえながら、深く、執拗なリズムが刻まれていく。それは前のときよりも速く、それでいて悠々としており、情け容赦がなかった。快感が火を放った瞬間、ベアトリクスはあえぎ、キルトを握りしめた。

そうして絶頂を迎えそうになったところで、クリストファーは動きを止め、彼女を仰向けにした。熱を帯びた銀色の瞳、稲妻の光る嵐のごとき瞳から視線をそらすことができない。

「愛してる」彼はささやくと、ふたたびベアトリクスのなかへと入った。彼女は両の手足を夫にからませ、誘うように盛り上がった肩の筋肉にくちづけ、歯を立てた。クリストファーが低くうなり、彼女の腰をつかんで、さらに深く突き立てる。挿入がくりかえされるたびに肌と肌が心地よく触れあい、結ばれた部分がこすれあう。やがて訪れた頂点は、細胞という細胞、神経という神経を駆け抜けていった。

クリストファーは深々と自分のものを沈めたまま、震える彼女を抱きしめた。ふたり同時に絶頂に身をゆだね、うめき声をもらす。それでもまだ、切望感はやまなかった。肉体の喜びよりも、さらに深い結びつきを求めていた。向かいあって横向きになったあとも、クリストファーは結ばれたまま彼女を抱きしめつづけた。ここまで来てもなお、もっと彼女が知りたくて、彼女が欲しくてたまらなかった。

しばらく経ってから、ふたりはベッドを出て、部屋に用意してあったごちそうを堪能した。ミートパイにサラダ、熟したブラックプラム、ニワトコの花のリキュールをかけたケーキをシャンパンとともに食べつくし、最後の二杯はベッドに運んだ。ベッドのなかで、クリストファーはみだらな言葉をささやきながら乾杯を幾度もくりかえした。一方のベアトリクスは、シャンパンで冷えた唇で夫の全身にくまなくキスをした。ふたりはじゃれあい、笑いあい、やがて黙りこみ、蠟燭の炎が尽きるさまを眺めた。

「眠りたくない」ベアトリクスはつぶやいた。「今夜が永遠につづけばいいのに」

頰を寄せあっていたクリストファーが、ほほえむのがわかった。

「その必要はないと思う。明日も楽しい晩が待っているはずだからね」

「だったら、もう寝るわ。まぶたが重くなってきちゃった」

クリストファーがそっとキスをしてくる。「おやすみ、ミセス・フェラン」

「おやすみなさい」うとうとしながら、ベアトリクスは笑みを浮かべ、ベッドを出る夫を見つめた。蠟燭を消すのだろう。

ところが彼は、ベッドから枕をひとつ取り、予備のキルトと一緒に絨毯の上に落とした。

「なにをしているの？」

クリストファーは肩越しに彼女を見つめ、片眉をつりあげた。

「忘れたのかい？　一緒には寝ないと言っただろう？」

「でも、初夜なのよ」ベアトリクスは食い下がった。

「すぐそばにいるから」

「だけど、床じゃ寝にくくない？」

彼は蠟燭を吹き消し、

「かつて寝た場所に比べれば、ここは宮殿だよ。寝にくくなんてないから、安心して」

ベアトリクスはむっとしてキルトを引き上げ、横向きになった。部屋が暗くなり、夫が横になる音につづいて、規則正しい呼吸が聞こえてくる。ほどなくして彼女自身も、心地よい闇のなかへと吸いこまれていき……クリストファーはひとり、眠りのなかで悪魔と闘いつづけた。

25

英国で最も美しい場所はハンプシャーだとベアトリクスは常々思っていたが、コッツウォルズも負けてはいなかった。英国の中心とも呼ばれるコッツウォルズは、グロスターシャーとオックスフォードシャーにまたがる、連なり重なりあう斜面や丘陵でできた土地だ。こぢんまりとした簡素なコテージが並ぶおとぎ話に出てきそうな村々や、太った羊に覆いつくされた緑の丘に、ベアトリクスは大いに魅了された。当地では古くから羊毛業が大変盛んで、羊毛を売って得た利益で土地を開発し、教会を建てている。そのため村中のさまざまな場所で、〝羊のおかげ〟と書かれた飾り板を目にするほどだ。

牧羊犬が羊同様の立場を得ているのも、ベアトリクスには嬉しい驚きだった。村人たちの犬への接し方を見ていると、キャムが以前教えてくれたロマの格言が思い出された。いわく、〝客人を心からもてなしたければ、その飼い犬ももてなすべし〟ベアトリクスたちが滞在する村では、人びとがあらゆる場所に犬を連れていく。教会も例外ではなく、信者席には引き綱を巻いた跡がくっきりとついている。

クリストファーに連れていかれた先は、ブラックリー子爵の領地に立つわら葺き屋根のコテージだった。ブラックリー卿はクリストファーの祖父アナンデール卿の古い友人で、いつまでも滞在してよいと言ってくれているという。コテージはブラックリー邸からやや離れた場所、年季の入った納屋を通りすぎた先に位置する。低いアーチ扉に、急な傾斜をなすわら葺き屋根、年に二度花開くピンクのクレマチスに覆われた外壁……ベアトリクスはコテージにすっかり惹きつけられてしまった。

なかに入れば、居間に石造りの暖炉があった。天井には梁がめぐらされ、家具調度品類が落ち着いた雰囲気を醸し、格子窓からは裏庭が望める。アルバートが二階の探検に向かい、従者がふたり、旅行鞄を運び入れた。

「気に入ったかい？」クリストファーがたずね、ベアトリクスの興奮ぶりを見てほほえんだ。

「気に入らないわけがないでしょう？」ベアトリクスは応じ、その場でゆっくりとまわって部屋全体を見渡した。

「新婚旅行には、ちょっとつつましくないかな」クリストファーは言い、彼女が抱きついて首に両腕をまわすと、また笑みをもらした。「どこにだって連れていけるんだよ。パリでも、フィレンツェでも――」

「前に言ったでしょう？　静かな、居心地のいい場所が好きなの」ベアトリクスは夫の顔に衝動的にキスをした。「本とワイン、長い散歩……そしてあなた。世界一素敵なところだわ。いまからもう、帰る日を残念に思うくらい」

クリストファーがくすくすと笑い、唇を重ねようとする。「たっぷり二週間はここにいられるんだから」ようやくベアトリクスの唇をとらえると、彼は焼き焦がすような長いキスをした。ベアトリクスは夫にしなだれかかり、ため息をもらした。

「ふだんの生活が、つまらないものに見えてきちゃう」

「ふだんの生活だって、負けないくらい素晴らしいよ」クリストファーはささやいた。「きみと一緒なら」


クリストファーの言いつけに従い、ベアトリクスは二階の隣接した寝室の一方で眠った。夫の寝室とは、薄い板壁と漆喰で隔てられている。夫婦で寝室をともにしないことに、ベアトリクスが不満を感じているのは承知のうえだ。だが彼の眠りはきわめて浅く、まるで予期せぬときに悪夢に襲われる。危険を冒すわけにはいかなかった。

幸せに満ちあふれたこのコッツウォルズのコテージにいてすら、クリストファーはつらい夜を幾度も過ごしている。血と銃弾と、苦痛にゆがむ顔の悪夢から目覚めてがばりと起き上がり、気づけばわが身を守る銃や剣を探しているしまつだ。とりわけ恐ろしい悪夢にうなされる夜には、アルバートがベッドの足元に上ってきて、そばにいてくれる。戦場にいたときのように飼い主の護衛役を務め、敵が接近したときには知らせてくれようというのだろう。

けれどもどんなに苦しい夜を過ごそうと、日中の時間は素晴らしかった。喜びと平穏に満ち、久方ぶりで心からの安寧に浸ることができた。コッツウォルズの陽射しには独特の感じがあって、薄い乳白色の光で丘陵や農地をつつんでいるかのようだ。朝のうちは太陽が照りつけ、午後になると雲がだんだん厚みを増していく。夕方には美しい秋の森に雨が降り、草葉を濡らし、すがすがしくも濃厚な土の匂いをあたりに広げる。

ふたりの生活はすぐに一定のリズムを刻みだした。簡単な朝食をすませたあとは、アルバートを連れて長い散歩に出かけ、午後にはさまざまな店舗やパン屋が立ち並ぶ近隣の市場を訪れるか、遺跡や景勝地まで足を運ぶ。ベアトリクスと一緒だと、目的地までまっすぐ向かうのはまず不可能だ。彼女はしばしば立ち止まっては、クモの巣や虫、苔、なにかの巣を見つけて観察を始めてしまう。屋外の音に耳を傾けるさまは、普通の人がモーツァルトに聴き惚れる様子を思わせる。彼女の耳にそれは、交響曲のように響くのだろう……空と水と土が奏でる交響曲だ。ベアトリクスは日々、新しい世界と出合い、いまを精いっぱいに、周りのあらゆるものと調和して生きている。

一度だけ、ブラックリー夫妻の招待を受けて、屋敷でともに夕食を楽しんだことがあった。だがそれ以外はほとんどふたりきりで過ごした。夫婦の時間に邪魔が入るのは、ブラックリー邸の使用人が食材や替えのリネン類を運んでくるときくらい。夜はたいてい、暖炉の前か寝室で愛を交わした。ベアトリクスとベッドをともにすればするほど、クリストファーはいっそう彼女が欲しくなった。

けれども彼は、自分のなかの暗い一面、逃れることのできない記憶だけは、けっして妻に見せてはならないと固く心に決めていた。会話がそちらの方向に進んでしまったとき、あるいはベアトリクスの問いかけが危険な領域に踏みこみそうになったとき、彼女はそれ以上、追及しようとはしなかった。夫の様子に沈鬱なものを感じとっても、そっとしておいてくれた。夫の心のこまかな襞にそんなふうに対処しなければならないベアトリクスに、クリストファーは申し訳なく思った。

ときにはベアトリクスのさりげない詮索にかっとなることもあったが、そういう場合もクリストファーは感情を爆発させず、ただ黙りこむのが常だった。ふたりがぶつかりあうのはおおむね、寝室の一件が原因だった。夜はひとりきりになりたいという夫の言い分を、ベアトリクスはまだ受け入れていないらしい。だが問題は悪夢だけではないのだ——となりに誰かいると、クリストファーは文字どおり眠れないのである。軽く触れたり、物音がしたりするだけで、すぐに目が覚めてしまう。つまり毎晩が闘いだった。

「せめて、一緒にうたた寝するくらいいいでしょう？」ある午後、ベアトリクスが懇願してきた。「一度だけでいいから。きっと素敵よ。やってみればわかるわ。ふたりで一緒に横になって——」

「ベアトリクス」癇癪を起こしそうになるのをやっとの思いで抑えこみ、クリストファーはさえぎった。「その話はもうよそう。いくら言われても、こっちはいらいらするだけだ」

「ごめんなさい」ベアトリクスはしゅんとした。「ただ、あなたのそばにいたいだけなの」

その気持ちはクリストファーにもよくわかる。だが、昼も夜も一緒にいたがる彼女の願いを聞き入れるわけにはいかない。クリストファーにできるのは、別の方法で妻の思いにこたえることくらいだ。

ベアトリクスを求める気持ちは日ましに深まり、いまや彼の血の一部となり、骨の髄まで浸みこんでいる。なぜそのような不思議が可能なのか、理由などわからない。だがわからなくていい。たとえば愛を分解し、相手に惹かれるあらゆる要素を調べてみたところで、理由を完璧に説明することなどできやしない。

愛とはそういうものなのだ。

ストーニー・クロスに戻ったクリストファーとベアトリクスを待っていたのは、秩序を失ったフェラン邸だった。使用人たちはまだ、厩舎と屋敷の新しい住人たち——猫にハリネズミ、ヤギ、鳥やウサギ、ロバなどなど——に慣れることができずにいた。だが邸内がひどいありさまなのはもっぱら、大部分の部屋を閉めきって、リヴァートンに引っ越すための荷造りを進めているせいだった。

オードリーもクリストファーの母親も、ふたりが引っ越したあとのフェラン邸に住むつもりはないという。オードリーはロンドンの実家に住むらしい——そのほうが家族の愛情があっていいだろう。母親はハートフォードシャーの弟宅にそのまま住むことを選んだ。したがって今後は、ストーニー・クロスを離れられない、あるいは離れたくないという使用人に、フェラン邸と領地の手入れを任せることになる。

あるじ夫婦が留守のあいだの出来事は、メイド長のミセス・クロッカーがクリストファーに詳しく報告した。

「結婚のお祝いの品がさらに届きまして。クリスタルや銀の素敵な置物は、書斎の長卓にお祝いのカードと一緒にまとめてあります。それから、手紙が山ほどと、ご来訪者のカードもたくさん。あとは……陸軍の将校様が、だんな様に会いにいらっしゃいました。結婚式に参列された方ではなくて、初めて見るお顔です。その方もカードを置いていかれて、日をあらためますとおっしゃっていましたが」

クリストファーは無表情で、「名前は?」と静かにたずねた。

「フェンウィック中佐と」

夫はなにも言わなかった。けれどもとなりに立つベアトリクスにはわかった。夫が脇に下ろした手の先をわななかせ、ほとんどそれとわからないほどに、小さく二度まばたきするのが。冷ややかな、険しい表情を浮かべた彼は、メイド長に向かって短くうなずいた。

「報告ありがとう、ミセス・クロッカー」

「お役に立てまして幸いでございます」

それからクリストファーは、ベアトリクスに言葉もかけずに居間を離れ、書斎に向かった。

彼女はすぐに夫のあとを追った。

「クリストファー――」

「あとにしてくれ」

「フェンウィック中佐は、なんの用でいらしたんだと思う?」

「知るか」クリストファーはつっけんどんに答えた。

「ヴィクトリア十字勲章に関係があるんじゃないかしら」

いきなり立ち止まったクリストファーがくるりと勢いよく振りかえり、ベアトリクスは危うく後ろに倒れそうになった。夫の視線はかみそりの刃のように鋭かった。限界まで神経が張りつめて、いまにも怒りが爆発する寸前なのだろう。フェンウィックの名前を耳にしただけで、彼がここまで動揺するとは。それでも夫は深呼吸を何度かくりかえし、爆発せんばかりの怒りを抑えこんだ。

「いまは話したくない……ひとりにしてくれないか、ベアトリクス」夫は言うと、背を向けて歩み去った。

「わたしから逃げるの？」ベアトリクスはたずね、眉根を寄せてクリストファーを見送った。

ふたりのあいだの冷ややかな空気は、夜になってもそのままだった。夕食の席でもクリストファーはほとんどしゃべらず、ベアトリクスは自分がみじめで、腹も立った。ハサウェイ家ではたとえ誰かとけんかをしても、別の誰かと話せばよかった。でも結婚して子どもがまだだと、夫とけんかをしてしまえば、事実上ひとりも話し相手がいなくなる。クリストファーに謝るべきだろうか。いや、そんな必要はない。自分は悪いことなどしていない。ただ質問をしただけだ。

寝る直前になって、ベアトリクスはアメリアの助言を思い出した。〝夫に腹を立てたままベッドに入ってはだめよ〟という助言だ。ナイトドレスと化粧着に着替えてから、ベアトリクスはクリストファーを探して邸内を歩き、ようやく書斎で、暖炉脇の椅子に座っているのを見つけた。

「卑怯よ」戸口で立ち止まり、ベアトリクスは言った。

クリストファーがこちらを向く。炎が赤と黄の光を夫の顔に投げかけ、琥珀色の髪をきらめかす。彼は両手を、折りたたみ式ナイフのようにきちんと握りあわせていた。アルバートは椅子の脇の床で、前脚に顎をのせて寝そべっている。

「わたしがなにをしたの？」ベアトリクスはさらに言った。「どうして話してくれないの？」

夫はまるで無表情だ。「話ならした」

「ええ、他人みたいにね。愛情のかけらも見せずに」

「ベアトリクス」クリストファーは疲れた顔でつぶやいた。「すまなかった。もう寝なさい。明日、フェンウィックに会ってくる。そうしたらすべて元どおりになるから」

「でも、わたしがいったいなにを――」

「きみはなにもしていない。この件は、わたしに任せてくれ」

「どうしてわたしをのけ者にするの？　なぜわたしを信じてくれないの？」

クリストファーの表情が変わり、最前よりやわらかくなる。見つめるまなざしにも、愛情に似たものが浮かんでいる。立ち上がった彼はゆっくりとベアトリクスに歩み寄った。暖炉の明かりを背にした姿は、いやに大きく黒々と見える。ベアトリクスは側柱に背をぴたりと押しつけた。夫が近づいてくるにつれ、鼓動が速くなっていく。

「きみと結婚したのは、わたしのわがままだ」クリストファーは言った。「与えられるものだけで満足するのは、けっしてたやすくはないと思う。だが、あらかじめきみにもそう言っておいたはずだ」感情のうかがい知れない目で、ベアトリクスを見つめる。彼女の頭上の側柱に手を置いたクリストファーは、反対の手で化粧着の前に触れた。胸元にのぞく純白のナイトドレスのレースをもてあそび、身をかがめる。「ベッドに行こうか？」彼は優しくささやいた。「それで許してくれるかい？」

夫はベアトリクスをなだめすかすつもりなのだ。きちんと話しあう代わりに、ベッドでの喜びで懐柔しようとしている。一時しのぎとはいえ、魅力的な提案だ。クリストファーをそばに感じて、ベアトリクスの体はすでに反応している。彼の温かな香りと、指先の感触に情熱をかき立てられている。それでも、心は抵抗していた。話をごまかすために愛を交わすなどというやり方は、認めてはいけない。ベアトリクスは彼の妻でありたかった。ただの玩具にはなりたくなかった。

「そのあと、一緒に眠ってくれる？」彼女は頑として譲らなかった。「朝までずっと一緒に」

クリストファーの指が動きを止める。「だめだ」

眉根を寄せて、ベアトリクスは夫から身を引き離した。

「だったら、ひとりで寝るわ」と告げてから、どうしてもいらだちを抑えきれず、大またに歩み去りながら言い添えた。「いつもと同じようにね」

26

「クリストファーとけんかしたの」ベアトリクスはアメリアに言った。夫と口論をした翌日の午後、姉と腕を組んでラムゼイ・ハウスの裏手の砂利道を歩いている。「事情を話す前に言っておくけど、このけんかで筋を通しているのは一方だけよ。つまり、わたし」

「いやになるわね」姉は思いやり深く応じた。「どうして夫という生き物は、ときどき人を怒らせるのかしら。事情とやらを聞かせて。どうせあなたの言うとおりでしょうけど」

ベアトリクスは、フェンウィックの置いていったカードのことや、その後のクリストファーの態度について姉に話して聞かせた。

アメリアは苦笑交じりに横目で妹を見た。

「どうやらクリストファーには、あなたに打ち明けられない悩みがあるようね」

「そうなの」ベアトリクスはうなずいた。「でも、だからってああいう態度はないでしょう？　彼を本気で愛しているの。だから彼が、頭にふと浮かんだ恐れや衝動を抑えようとして、苦しんでいるのがわかる。それなのに彼は、なにを苦しんでいるのか、ちっとも話してくれない。クリストファーの心は手に入れたけど、なんだか、鍵のかかった部屋ばかりの家みたいで。不快なものは見せまいとしているのね。でもそんなの、本当の結婚とは言えないでしょう？　お姉様とキャムのようになるには、いい面も悪い面も両方、クリストファーにさらけだしてほしいのに」

「男の人は、その手の冒険をあまり好まないから。辛抱強く待つしかないわ」姉の口調は抑揚を失い、笑みも苦々しげなものになっている。「でもたしかに……いつまでも、いい面だけを見ていることはできないものね」

ベアトリクスは陰気に姉を見やった。

「そのうちクリストファーを本気で怒らせて、本心をさらけださせてみせるわ。わたしが詮索し、クリストファーにあしらわれる……そんな結婚生活が一生つづくなんていやだもの」

姉は愛情を込めてベアトリクスを見つめた。

「どんな結婚生活も、一生同じ状態がつづくなんてありえないわ。変化を避けられない点こそが、結婚のいいところでもあり、悪いところでもある。機会が訪れるのを待ちなさい、ビー。いずれきっとやってくるから」

ベアトリクスが姉のところに出かけてしまってから、クリストファーはしぶしぶ、ウィリアム・フェンウィック中佐に会いに行かねばと自分を奮い立たせた。中佐がインカーマンで負傷後に英国に送還されて以来、顔も合わせていない。それに控えめに見ても、いい別れ方をしたとは言えなかった。

最後に会ったとき、フェンウィックはクリストファーへの敵愾心《てきがいしん》を隠そうともしなかった。自分が手に入れるはずだった注目も敬意も、すべてクリストファーに横取りされたと思いこんでいたためだ。周囲の誰からも嫌われていたフェンウィックだが、ひとつだけ、誰もが認める点があった。軍功だ。馬に乗れば横に並ぶ者はなく、どこまでも勇敢で、戦場では精力的に戦った。戦地で大きな功績を残し、伝説の英雄に名を連ねる――そんな野心をフェンウィックは抱いていた。

だから余計に、クリストファーに救われた事実が癪に障るのだろう。クリストファーが勲章を授与されるのを見るくらいなら、いっそ戦場で朽ちたほうがましだ、くらいのことは考えているかもしれない。

それにしても、いまになってなぜ。おおかた、ヴィクトリア十字勲章の授与の件を知って悪罵でも吐きに来たのだろう。それならそれでいい。フェンウィックに言いたいことを言わせ、二度とハンプシャーに現れるなと伝えればいいだけの話だ。彼が置いていったカードには、住所がなぐり書きされている。どうやら村の宿に泊まっているようだ。つまり、そこで会う以外に方法はない。彼を家に招き入れるのも、ベアトリクスのそばに近寄らせるのも、絶対にいやだった。

午後の空は灰色で、なぶるような風が吹き、森を行く小道は茶色の枯葉や折れた小枝で覆われている。太陽は雲に隠れて、射すのは青く鈍い光ばかり。湿った冷気がハンプシャーに居座って、冬が秋を押しやろうとしている。クリストファーは森の脇に延びた本通りを進んだ。鹿毛のサラブレッドはこの陽気が気に入った様子で、嬉々として脚を動かしている。風が吹いて森の奥でからみあう枝葉を揺らし、まるで、木々のあいだを亡霊たちがせわしなく飛び交っているかのように見えた。

誰かにつけられているような気がする。クリストファーは、そこに死神か悪魔がいることを半ば期待しつつ、肩越しに振りかえった。クリミアから帰って以来、こういう病的な妄想が彼にとりついている。それでも最近は、狂気に駆られる頻度がだいぶ減ってきた。

ベアトリクスのおかげだ。

妻を思ったとたん、胸が締めつけられた。彼女がどこにいようが、いますぐ会いたい。探しだして、きつく抱きしめたい。ゆうべは、妻に打ち明けるなんて不可能だと思えた。でも今日は、できるんじゃないかと思っている。ベアトリクスが望む夫になるためなら、どんなことだってしてしたい。一足飛びには無理だということくらい承知している。だがベアトリクスは忍耐強い女性だし、とても寛大だ。彼女のそういう面もクリストファーは愛している。そんなことを考えていたおかげで、冷静さを保ったまま気づけば宿に到着していた。村はひっそりと静まりかえり、店の扉も、十一月の冷たく湿った風に閉ざされている。

ストーニー・クロス・インは、ほどよく古びた居心地のいい宿で、なかに入ると料理とエールの匂いがした。漆喰の壁は時とともに濃いハチミツ色に変色している。宿のあるじのミスター・パルフリーマンとは、少年のころから顔見知りである。あるじはクリストファーを温かく迎え、新婚旅行についてふたつ三つ、陽気に質問をし、フェンウィックの部屋をたずねるとすぐに教えてくれた。数分後、クリストファーはその部屋の扉をたたき、緊張とともに待った。

扉が開き、廊下のゆがんだ床にこすれる音が響く。

ふだん着のフェンウィックを目にした瞬間、クリストファーは不快感を覚えた。深紅と金色の、騎兵隊の軍服姿しか見たことがなかったからだ。顔つきは変わっていない。ただ、屋内で過ごす時間が増えたせいで肌はいやに青白くなっていた。馬術を磨くことにとりつかれていた男には、まるで不似合だ。

相手に近寄るのを、クリストファーは本能的に避けた。「お久しぶりです、フェンウィック中佐」と呼びかけ、敬礼しそうになってやめる。その代わりに片手を差しだして握手を交わした。ひんやりと湿った手の感触に、ぞくりとする。

「やあ、フェラン」フェンウィックはぎこちなく脇にどいた。「入るかね?」

クリストファーはためらった。「下に談話室がふたつあります。酒場も」

中佐はかすかにほほえんだ。「あいにく、古傷に悩まされていてね。階段がつらい。悪いがここでかんべんしてくれ」苦笑を浮かべた顔は、どこか申し訳なさそうでもある。

ぎりぎりのところで冷静さを保ち、クリストファーは部屋に足を踏み入れた。

宿のほかの部屋同様、室内は広々として掃除がゆきとどき、必要最低限の家具だけが並んでいる。椅子に腰を下ろすフェンウィックを見ていると、動きがぎこちなく、とくに片脚がこわばっているのがわかった。

「座ってくれ」フェンウィックが言った。「わざわざご足労だった。家にあらためてうかがってもよかったのだが、こうして来てもらって助かった」言いながら、脚を指さす。「近ごろは痛みがひどい。切断せずにすんだのは奇跡だと言われたが、切ったほうがよかったんじゃないかと思うこともある」

なぜハンプシャーに来たのか、相手が説明を始めるのをクリストファーはじっと待った。だがなかなか本題に入らないので、唐突に水を向けた。

「なにかご用があってこちらにいらしたのでしょう？」

「昔とちがってずいぶん短気だな」中佐は愉快そうにつぶやいた。「待つのが仕事の狙撃の名手が、いったいどうした？」

「戦争は終わったんですよ。いまはほかに、やるべきことがいくらでもありますから」

「花嫁と一緒にか？　おめでとうと言っておこうか。それで、英国一の勲章の数を誇る軍人をものにしたのは、どんな女性なんだ？」

「勲章や栄誉には無関心な女性です」

信じられない、とばかりにフェンウィックが言う。

「冗談はよせ。関心があるに決まっている。不朽の戦士の妻となったのだからな」

クリストファーは相手をぼんやりと見つめた。「なんですって？」

「おまえの名は何十年と語り継がれることになる。いや、何世紀と。そんなものに意味はないなどとは、言わせんぞ」

小さくかぶりを振り、クリストファーは中佐の顔をまじまじと見た。

「わが家の男たちは代々、軍功を称えられてきた。わたしは、自分こそがそのなかで最も大きな功績を残し、最も長く名を残すと信じていた。ちっぽけな人生を過ごした男、夫や父親としての役割しか果たせなかった男、善意の当主、王族の友人、そんな先祖のことは誰も思い出さない。名もなきただの人間のことなど誰も気に留めない。だが戦士はあがめられる。けっして忘れられることはない」苦々しげにゆがめられたフェンウィックの顔に、熟しすぎたオレンジのようなしわが刻まれる。「ヴィクトリア十字勲章――わたしが求めていたのは、そういう栄誉だ」

「獅子の紋様が刻まれた、半オンスの青銅ですか？」クリストファーは疑わしげにたずねた。

「生意気な口をきくんじゃない、尊大な青二才が」と応じたフェンウィックだが、言葉とは裏腹に口調は落ち着いていた。「初対面のときから、おまえのことは頭の空っぽなただのしゃれ者だとわかっていた。軍服にはおあつらえ向きの色男だと。だがじきに、それなりの才能を発揮しはじめた――銃の腕前だ。そうしてライフル旅団に転属し、ついには正真正銘の軍人となった。戦地からの電文で初めてフェランという名前を見たとき、同姓異人だろうと思った。電文のなかのフェランは勇猛果敢な戦士だったからな。おまえにその素質はなかった」

「インカーマンで、ご自分の思いちがいに気づかれたはずです」クリストファーは静かに言いかえした。

皮肉を言われたのに、フェンウィックは笑みを浮かべた。人生と距離を置き、単なる奇縁とみなしている人ならではの笑みだった。

「そう。おまえはわたしを助け、それによって英国一の栄誉を手に入れようとしている」

「欲しくもない栄誉を、です」

「だから余計にいまいましいのだ。わたしは家に送還されたというのに、おまえは一国の英雄となり、わたしのものになるはずだったすべてを手に入れた。おまえの名前は永遠に残るというのに、そんなことはどうでもいいとほざく。あのとき戦場で死んでいたら、少なくともわたしはなんらかの形で名を残せた。だがおまえは、その権利すらも奪った。しかもその過程で親友を裏切ったのだ。おまえを信じていた親友をな。おまえは、ベネット中尉をひとりぼっちで死なせた」フェンウィックは鋭くクリストファーをにらみ、動揺の色は浮かんでいないかと探している。

「同じ場面に出くわしたら、また同じ道を選びますよ」クリストファーは淡々と応じた。

フェンウィックが疑わしげな表情を浮かべる。

「特別な理由があってのことだとでもお思いですか？」クリストファーは詰問した。「あなたが上官だから、あるいはくだらない勲章が欲しかったから、助けたとでも？」

「だったら、なぜなんだ」

「マーク・ベネットが死にかけていたからです」憤怒の声で答える。「あなたにはまだ助かる見込みがあった。仲間たちが大勢死んでいくなかで、救える人間は救わなくてはならない。

それがたまたま、あなただったただけの話だ」

長い沈黙が流れる。フェンウィックはいまの言葉を頭のなかで反芻《はんすう》しているらしい。やがて彼は、うなじの毛が逆立つほど鋭い視線を向けてきた。

「ベネットの傷は、見た目ほどひどくはなかったようだ。彼は死にかけてなどいなかった」

意味がわからず、クリストファーはフェンウィックをただ見つめた。小さく身震いをして、相手に意識を集中させる。中佐は話をつづけていた。

「……ロシアの軽騎兵隊がふたり、ベネットを発見して捕虜にとった。ベネットはそこで手術を受け、クリミア奥地の捕虜収容所に送られた。まともな食事も寝る場所もなく、じきに作業にも出されて、過酷な日々だったようだ。そうして幾度か逃亡を試み、ついに自由の身となると、友軍に助けを求めた。ロンドンには二週間ほど前に戻ったらしい」

クリストファーは自分の耳を信じたくなかった。嘘だろう？　落ち着け……落ち着くんだ……考えがうまくまとまらない。全身の筋肉が張りつめ、骨の髄から戦慄がわき起こるのを抑えている。なんとしてもそれを抑えなければ、二度と止められなくなる。

「終戦後、捕虜交換でベネットが解放されなかった理由は？」そう自分が問いただす声が聞こえる。

「彼を捕らえていた男たちが、捕虜と引き換えに金と物資と武器を手に入れようとしたからだろう。ベネットはおそらく尋問の際に、自分は海運会社の跡継ぎだと認めたはずだ。いずれにしても交渉は物別れに終わり、このことは陸軍省の最上層部だけの機密となった」

「連中め」クリストファーは怒りを込めてつぶやいた。「わかっていたら、彼を助けに行くことだって……」

「おまえなら、そうしていただろうな」フェンウィックは冷ややかに言った。「だが信じがたいことに、おまえの英雄的行為はなくとも、問題は無事に解決したわけだ」

「ベネットはいまどこにいるんです？ 体のほうは？」

「そのことを教えに、わたしはここに来た。いや、警告するために、かな。これでおまえに対する借りはなくなる。いいな？」

クリストファーは立ち上がり、両のこぶしを握りしめた。

「警告とはどういう意味です？」

「ベネット中尉は正気ではない。英国に戻る船のなかで彼に付き添っていた医師は、精神病院に入れるべきだと言っている。彼の帰国が官報や新聞に載らなかったのも、そういう事情があったからだ。家族が、世間に知られないことを望んでいる。帰国後、ベネットはバッキンガムシャーの家族のもとへ送られたが、その後、誰にもなにも言わずに姿を消した。いまどこにいるのかもわからない。おまえに警告しに来たのは、身内の人間から聞いたからだ――ベネットは、おまえのせいで捕虜にとられたと言っていたらしい。そうして、おまえを殺してやると」冷たく酷薄な笑いが、薄氷に入ったひびのようにフェンウィックの顔に走る。「皮肉だな。おまえを蔑む人間を救って勲章を授けられ、救うべきだった人間に命を狙われるとは。フェラン、やつを捜したほうがいいぞ。やつに見つかる前に」

よろめくように部屋を出たクリストファーは、大またで廊下を引きかえした。真実だろうか。フェンウィックのいやらしい作り話という可能性もある。だが、マーク・ベネットが本当に正気を失っているとしたら、いったいどんな目に遭わされたというのか。記憶のなかのさっそうとして気さくなベネットと、フェンウィックに聞かされた現在のベネットとを重ねあわせてみる。ありえない、と思った。

だが……ベネットがクリストファーを捜すのは簡単だ。フェラン邸に行けばいい。

とたんに、かつて味わったことのない、刺し貫くような恐怖に襲われた。ベアトリクスを守らなければ。それ以上にこの世で大切なことはない。クリストファーは階段を下りた。鼓動がとどろき、自分の足音がベアトリクスの名を呼んでいるかに聞こえる。

ミスター・パルフリーマンが宿の入口近くに立っていた。「お帰りになる前にエールをどうぞ」と勧める。「英国一の英雄には、いつでも無料ですから」

「いや、急いでるんだ」

あるじは腕を伸ばしてクリストファーを引き留め、どこか心配げな表情を浮かべた。

「フェラン大尉、どうぞ酒場のほうに。いい娘もいますから、ちょっと一杯。そういえば顔色がよくないようですよ。上等なブランデーかラムでもお出ししましょう。お帰りになる前に一杯だけ、ね？」

クリストファーは首を横に振った。「時間がない」そんな暇はないのだ。クリストファーは駆け足でおもてに出た。来たときよりだいぶ暗く、風も冷たくなっている。夕方の空は悪夢の色に似て、世界をのみこもうとしている。

彼は馬でフェラン邸に戻った。戦場で叫ぶ男たちの、この世のものとは思えない声が耳をつんざく。悲嘆と懇願と苦悶の声。ベネットが、生きている……ありえるだろうか。クリストファーはたしかに彼の腹の傷を見たのだ。あれほどの傷を負ったら、死はまぬかれない。だが、もしもなにかの奇跡で……。

屋敷のそばまで来ると、アルバートが森のなかから勢いよく現れ、それにつづいてベアトリクスのほっそりとした姿も見えた。ラムゼイ・ハウスから帰ってきたところだろう。突風が吹いて、妻のワイン色のマントをなびかせ、勢いよくはためかせる。帽子が風に飛ばされる。ベアトリクスは笑いながら、帽子を追いかけてと犬に命じた。それから、クリストファーが通りをやってくるのを見つけると、大きく手を振った。

安堵感に、クリストファーは圧倒されそうだった。パニックが去っていく。闇も。彼は内心でつぶやいた……神よ、感謝します。ベアトリクスはすぐそこを、元気に歩いている。わが妻。美しく生命力にあふれた彼女を、クリストファーはこれから一生をかけて守り抜くのだ。彼女が望むものを、彼女が求める言葉や思い出を、すべて与えよう。それがなんだか、簡単なことに思えてきた。愛の力は、不可能を可能にするのかもしれない。

クリストファーは馬の歩みを緩めた。「ベアトリクス」と呼びかけた声が、風にのって運ばれていく。

ベアトリクスはまだ笑っていた。ほどけた髪が揺れている。クリストファーがそばに行くのを待っている。

そのとき、頭に鋭い痛みを感じた。一瞬ののちには、ライフルの銃声が耳をつんざいた。聞き慣れた音……記憶に刻みこまれ、二度と消すことはできない。砲弾が炸裂し、爆破音が響き、男たちが叫び、パニックに陥った馬がいななき……。

彼は鞍から投げだされた。ゆっくりと地面に落ちていきながら、わけのわからない景色を目にし、音を聞いていた。空と地面が逆転している。自分は落ちているのか、天に向かっているのか。やがて硬い地面にたたきつけられ、うっと声がもれた。熱い血が額から耳へと流れていくのがわかった。

また悪夢を見ているのか。目を覚まし、しゃんとしなければ。だがなぜか悪夢のなかにベアトリクスもいて、なにごとか叫びながらこちらに走ってくる。アルバートもひどく吠えたてながら、そばまでやってきた。

肺が空気を取りこもうとし、まるで水から引き上げられたばかりの魚のように心臓が跳ねる。ベアトリクスがかたわらにひざまずき、青いドレスが大波のように広がった。彼女の膝に、頭がのせられる。

「クリストファー――大丈夫？　ああ、なんてこと――」

誰かが近づいてくる気配がし、アルバートが吠え、うなり声をあげた。一瞬の静寂ののち、獰猛な吠え声に、くうんという鳴き声が交じりだした。

クリストファーは上半身を起こし、こめかみを伝う血を上着の袖でぬぐった。強く目をしばたたき、数メートル先に立つ痩せこけた、乱れたなりの男を見つける。男は拳銃を手にしていた。

クリストファーの脳は瞬時にして、その武器がなんであるかを正確に見てとった――キャップアンドボール式の、五連発。英国陸軍の支給品だ。

男の憔悴した顔を見上げる前から、それが誰なのか、クリストファーは気づいていた。

「ベネット」

27

ベアトリクスは反射的に、夫とベネットのあいだに割って入ろうとした。けれどもクリストファーに、背後に押しやられてしまった。恐怖と驚愕に荒い息をつきながら、彼女は夫の肩越しに男を見つめた。

骨と皮ばかりの体を、だぼだぼの服がつつんでいる。背は高く、肩幅も広いが、何カ月もろくに眠っても食べてもいないように見える。ぼさぼさの黒い髪は、どう考えても散髪が必要だ。瞳には、狂人を思わせる野蛮な、不穏な色が浮かんでいる。にもかかわらず、もとはハンサムなのだろうと思わせた。だがいま目の前にいるのは、命だけは助かった廃人。まだ若いだろうに、老人めいた顔に、とりつかれたような目が光っている。

「地獄から戻ってきた」ベネットはしゃがれ声で言った。「信じられないんだろう?」

「ベネット……マーク」とクリストファーが呼びかける。ベアトリクスは、それとわからぬほど小さなおののきが夫の全身を走るのに気づいた。「きみがどうなったのか、ちっとも知らなかった」

「だろうな」ベネットの手のなかで拳銃が震えた。「きさまは、フェンウィックを助けるのに忙しかった」

「ベネット、そいつを下ろしてくれ。わたしは――アルバート、静かにしろ――きみを残していくとき、本当につらかった」

「だが、きさまは去った。おかげでこっちは地獄を味わわされた。こっちが飢えに朽ち果てそうになっているあいだ、きさまは英国一の英雄とあがめられていた。裏切り者。きさまなど――」

ベネットはクリストファーの胸に拳銃を向けた。ベアトリクスは息をのみ、夫の後ろでちぢこまった。

「フェンウィックを先に助ける必要があった」クリストファーは冷静に応じたが、鼓動はとどろくばかりのはずだ。「ほかに選択肢はなかった」

「たわごとだ。きさまは上官を助けて、栄誉を手に入れたかっただけだ」

「きみは助かるまいと思ったからだ。それにフェンウィックが捕虜にとられたら、敵にあらゆる機密情報を吐かされる」

「だったら、やつを撃って、わたしを助ければよかっただろう」

「気でも狂ったか」クリストファーはぴしゃりと言った。ベネットのような男に言うべきせりふではないが、ベアトリクスには夫を責められなかった。

「無防備な男を平然と殺せだと？　どんな事情があろうと不可能だ。その相手がたとえフェンウィックだろうと。そんな理由でわたしを撃ちたいのなら、さっさと撃つがいい。だが、わが妻の髪の毛一本でも傷つけたら、地獄まで道連れにしてやる。アルバートにもいっさい手を出すな——あのとき、あいつはきみのそばにいて、それで敵にけがをさせられた」

「嘘だ」

「わたしがあいつに、そばにいるよう命じた。フェンウィックを運んで戻ってみると、あいつは銃剣で殴られて血を流していた。耳が片方、ちぎれかけていた。そうして、きみの姿はなかった」

ベネットは目をしばたたき、疑わしげにクリストファーをにらんだ。それから視線をアルバートに移すと、驚いたことにその場にしゃがみこんで、犬に手招きをした。

「こっちに来い」

アルバートは動こうとしない。

「あいつは銃がどんなものか知ってる」クリストファーがぶっきらぼうに教えた。「そいつを下ろさないかぎり、きみのそばには行かない」

ベネットはためらったが、やがてゆっくりと拳銃を地面に置いた。「来い、アルバート」と呼びかける。犬は困惑して鼻を鳴らした。

「行け、アルバート」クリストファーが低い声で促す。

犬は用心深く、けれども尾を振りながらベネットに近づいた。ベネットがアルバートの頭を撫で、首をかいてやる。荒い息を吐きながら、犬は彼の手を舐めた。

「そうだ、こいつはあそこにいた」ベネットが最前とはちがう声音で言った。「わたしの顔を、舐めていた」

「戻るつもりがなかったら、そいつをきみのそばに残したと思うか？」クリストファーが詰問する。

「知るか。立場が逆だったら、わたしはフェンウィックを撃ち、きみを助けていた」

「ばかを言うな」

「いいや、絶対に助けた」ベネットは震える声で訴えた。「わたしはきみとはちがう。きみのように立派な男じゃない」地面に座りこみ、アルバートのもじゃもじゃの毛に顔をうずめる。つづく言葉はくぐもって聞こえた。「せめて、わたしを殺してくれたらよかったんだ。そうすれば捕虜にとられることはなかった」

「だがわたしはそうせず、きみは無事に生き延びた」

「生き延びるために、どんな目に遭ってきたか。きみにはわかるまい。あの苦しみを抱えて、これからも生きていくなど不可能だ」ベネットがアルバートを放し、苦悩に満ちた目をかたわらの拳銃に向ける。

彼が手を伸ばそうとする前に、ベアトリクスは「くわえて《フェッチ》、アルバート」と命じた。犬はすぐさま拳銃をくわえ、彼女のもとに持ってきた。「お利口さんね」拳銃を受け取り、アルバートの頭を撫でてやる。

ベネットは両腕で膝を抱えて顔をうずめ、なにごとかつぶやいている。傷ついた動物のそういう姿を、ベアトリクスは何度も見たことがあった。

クリストファーが彼のかたわらににじり寄り、たくましい腕を相手の背中にまわした。
「聞いてくれ、ベネット。きみには友だちがついているんだ。頼むから……うちに来てくれ。なにがあったのか話してほしい。わたしが全部聞いてやる。そうしてふたりで、苦しみとともに生きていく方法を考えよう。あのときはきみを救えなかった。今度こそ、あきらめたくない」

ふたりで屋敷に連れ帰ると、ベネットは疲労と飢えと心痛で昏倒した。ミセス・クロッカーはクリストファーの説明を待つまでもなく、状況を把握し、メイドや従僕に指示を与えた。なにしろフェラン邸の使用人は、病人になにが必要かよく心得ている。寝室と風呂が用意され、味つけは薄いが栄養たっぷりの食事が運びこまれる。着替えや食事がすむと、ミセス・クロッカーはベネットに強壮剤とアヘンチンキを飲ませた。

旧友の寝室を訪れたクリストファーは、すっかり面変わりした顔をじっと見つめた。苦痛の日々が、友の内面も外面も変えてしまった。だがきっと元のベネットに戻る。クリストファーには、それがわかる。

希望を胸に抱き、明確な目標が見えてきたとたん、クリストファーは、またひとつ赦しを得たのだと気づいた。心もとない赦しではある。だがベネットは生きていた。山のように背負った罪の、少なくともひとつはこれで下ろすことができる。

ベネットがぼんやりと見上げてくる。かつては生気にあふれていた黒い瞳が、いまは光を失いかすんでいる。

「元気になるまで、ここにいてくれ」クリストファーは懇願した。「出ていこうなんて、考えないでくれ」

「ほかに行くところなどない」ベネットはつぶやき、眠りに落ちた。

寝室を出たクリストファーはそっと扉を閉め、ゆっくりとした足どりで屋敷の別翼に向かった。

ハリネズミのメデューサが、廊下をのそのそと歩いている。近づいていくと、メデューサは立ち止まった。クリストファーは口元をほころばせた。身をかがめて、ベアトリクスに教わったとおり、両手ですくい上げる。仰向けにして顔をこちらに向けると、トゲが自然と寝た。くつろいだ様子でいつもの笑みを浮かべながら、メデューサは興味津々にクリストファーを見つめた。

「メデューサ」彼は優しく呼びかけた。「夜は檻から出ちゃだめだぞ。メイドに見つかったら、いったいどうなると思う？　流し場に連れていかれて、壺磨きにされるからな」二階の居間にハリネズミを運び、檻のなかに下ろしてやる。

ベアトリクスの寝室に向かいながらクリストファーは考えた。きっと彼女はベネットのことを、傷ついた動物のように思っているのだろう。屋敷に連れ帰るときもためらいすら見せなかった。まったく彼女らしい。

音をたてずに寝室に入ると、ベアトリクスは化粧台の前に座って、ラッキーのつめにやすりをかけているところだった。猫は退屈げに飼い主を見上げ、だるそうに尾を振っている。

「……長椅子のクッションにはさわっちゃだめよ」妻は猫にそう諭した。「ふたりして、ミセス・クロッカーに叱られるからね」

ほっそりと優雅な妻の体の線を、クリストファーはまじまじと見つめた。ランプの明かりを受けて、モスリンのナイトドレス越しに曲線が浮かび上がっている。

彼の気配を感じたのだろう、ベアトリクスは立ち上がると、しとやかだが気取りのない身のこなしで夫に歩み寄った。「頭が痛むの？」と心配そうに問いかけ、背伸びをして、こめかみに貼った小さな絆創膏に触れる。ベネットを連れ帰ってからずっとあわただしくて、ふたりきりで話すこともできなかった。

クリストファーは身をかがめ、ベアトリクスに優しくくちづけた。

「いいや。わたしは頭が硬いから、銃弾もはねかえしてしまうんだ」

ベアトリクスは彼のこめかみに手をあてたまま、

「フェンウィック中佐との話はどうだったの？　あなたを撃とうとしたりしなかった？」

クリストファーはかぶりを振った。「わたしを撃とうとするのは、友だちだけだ」

少し笑ってから、ベアトリクスはまじめな声音で応じた。

「ベネット中尉は正気を失ってなんかいないわ。ゆっくりやすめば、きっとよくなるはずよ」

「だといいな」

青い瞳が、クリストファーの瞳をのぞきこむ。「自分を責めているんでしょう?」

クリストファーはうなずいた。

「あの時点でできる、最善の選択だったとは思う。だからといって、その結果をたやすく受け入れられるわけじゃない」

ベアトリクスはしばし身じろぎもせず、なにか考えをめぐらしている様子だった。やがて身を引き離すと、化粧台のところに戻った。「渡したいものがあるの」と言い、正面の小さな引き出しのなかをあわただしく探って、折りたたんだ羊皮紙を取りだす。「手紙よ」

クリストファーは優しく、問いかけるように妻を見つめた。「きみから?」

ベアトリクスは首を横に振った。「お兄様から」と応じて手紙を差しだす。「亡くなる前に書いたそうよ。オードリーが、あなたに渡すべきかどうか迷っていて。でも、もう読んでも大丈夫だと思うの」

手紙を受け取りかけたクリストファーは、伸ばした手でベアトリクスを抱き寄せた。ゆらめく漆黒の髪に手を差し入れ、自分の頬にあてる。

「読んで聞かせてほしい」

ふたりでベッドに向かい、並んで腰を下ろした。クリストファーはベアトリクスの横顔に視線をそそぎつづけた。彼女が手紙を広げ、読みはじめる。

思っていたよりも、わたしに残された時間は少ないようだ。正直言って、あまりにも短い人生に驚いている。振りかえってみると、まちがったことにばかりかかずらって、本当に大切なものを置き去りにしてきた気がする。だがその一方で、他人よりずっと恵まれた人生だったとも思う。おまえに、オードリーと母上の世話を頼む必要はないだろう。おまえなら、ふたりがもういいと言うほど十分に、ふたりの面倒を見てくれるにちがいないから。

この手紙を読んでいるということは、おまえは無事に帰還を果たし、跡継ぎとしての責任に向きあわされているところなんだろう。責任を果たすための準備を、あいにくおまえはいっさいしていない。だからわたしから、少し助言をしよう。生まれたときから、おまえを見てきた……絶えずなにかを求め、なにを手に入れても満足しない子だったな。おまえには、愛する人を勝手に理想化して、けっきょくその人たちに失望するというところがある。そうして、自分自身にも同じことをしてきた。愛するクリストファー。おまえの最大の敵は、おまえ自身だ。完璧なものなどこの世にない。だから他人にも自分にも、完璧を求めるのはやめろ。そうすれば、おまえがいつも見過ごしてきた幸福が、目の前に現れるはずだから。

死にゆくわたしを赦してほしい……そして、生きつづける自分を赦してやれ。

これがおまえに与えられた人生だ。一日たりともむだにするな。

ジョン

クリストファーはしばらくなにも言えずにいた。胸が締めつけられた。いかにも兄らしい手紙だった……愛情にあふれていて、少し説教臭くて。「兄貴に会いたいよ」クリストファーはささやいた。「弟のことを、よくわかっているんだな」

「本当のあなたをね」ベアトリクスが指摘した。「でも、あなたは変わった。もう完璧は求めていない。そうじゃなかったら、わたしを好きになるはずがないもの」

クリストファーは妻の頬を両の手で優しくつつみこんだ。

「きみは完璧だよ、ベアトリクス・エロイーズ」

ベアトリクスが身を乗りだし、ふたりの鼻と鼻が触れる。「自分を赦した？」彼女は静かに問いかけた。「生きつづける自分を」

「赦せるよう、努力するよ」薄いナイトドレスにつつまれただけの温かな体をすぐそばに感じて、クリストファーはもう我慢できなかった。ベアトリクスのうなじに手を伸ばし、首筋にキスをする。彼女が鳥肌をたてるのがわかった。切望感に爆発しそうになるのを懸命にこらえ、ナイトドレスを慎重に脱がしていく。結ばれたいという強烈な欲望に全身がうずいたが、クリストファーは優しく、軽やかに手を動かそうと努めた。両手をベアトリクスの全身に這わせ、言葉で称えてきた美しさを指先でたしかめていく。愛を与え、愛を創りだし、ともに喜びにのまれた。情熱に駆られて互いに触れあい、触れあいが互いの歓喜を呼ぶ。

口のなかを舌でまさぐられながら、クリストファーは彼女のなかへと入り、波のように広がる黒髪をつかんだ。ベアトリクスが動こうとするのを押しとどめて、いっそう奥深くへと喜びをそそぎこむ。やがて彼女の呼吸のひとつひとつがあえぎ声となり、全身がとめどなく震えだした。

ベアトリクスはかかとをキルトに押しあて、夫の背中につめを立てている。彼女が痛みに耐えて眉間にしわを寄せるさまを、陶然とした表情を、クリストファーは愛した。ベアトリクスの刻むリズムが速度を増し、水彩画の赤が透きとおった肌に広がる。けれども彼は、激しい飢えに襲われてもなお、味わっていたかった。痛いほどの切望に駆られつつ、彼女のなかにとどまりつづけた。

ベアトリクスが叫び、腰を突き上げる。「クリストファー、お願い――」

「しーっ……」クリストファーは彼女を押しとどめ、喉元にキスをし、唇をゆっくりと乳房のほうへ下ろしていった。つぼみを口に含み、舌と歯で愛撫を与えて、湿った熱い息を吹きかける。切望に満ちた声が彼女の喉からもれ、結ばれた部分がリズミカルに収縮するのがわかった。ベアトリクスのリズムに合わせて、クリストファーはいっそう奥深く沈ませた。挿入のたびに、きつく締めつけられる。「わたしを見て」そうささやきかけると、まつげが上がって、瞳の奥の魂まで見透かすことができた。

クリストファーは片手でベアトリクスの頭を支え、唇に唇を重ね、かつてない深さまで沈みこませた。完全に結ばれると、ベアトリクスは両の手足を彼にからませてきた。ふたりのリズムが荒々しさと速度を増していく。容赦のない腰の動きに合わせ、彼は本能のおもむくままにベアトリクスを愛した。彼女が背を弓なりにし、激しく身を震わせる。なかがきつく締まり、さざ波を起こしたとき、クリストファーも痛いほどの絶頂に達した。

それからしばらくのあいだ、ふたりは陶然としたまま、動くこともできなかった。無防備な解放感に身を浸しつつ、クリストファーはぼんやりと、畏敬の念を込めてベアトリクスの肌を撫でた。彼女が伸びをし、ほっそりとした脚をクリストファーの脚の上に、片腕を胸の上にのせる。さらに身を寄せてきたと思ったら、胸毛に唇と鼻をすり寄せた。妻の温かな肌を感じつつ、クリストファーは彼女に好きなだけ胸毛とたわむれさせた。

ようやくベッドを出たときには、ふたりとも疲れてめまいに襲われるほどだった。クリストファーはベアトリクスを風呂に入れ、体を拭いて、髪にブラシもあててやった。彼が風呂を使うあいだは、ベアトリクスは夫のローブを持ってきたり、浴槽の縁に座って様子を眺めたりした。そうしてときおり、身をかがめて夫の唇を盗んだ。ふたりは互いに、相手を愛する新たな方法を見いだしていった。夫婦らしい優しい愛撫は、とくに意味はないけれど、とても大切なものに思えた。ふたりはそれらを、あたかも言葉や思い出のように集めては胸にしまった。そのどれもが、ふたりのための特別な響きを持っていた。

サイドテーブルに置かれたランプの明かりだけを残し、ベアトリクスは部屋の明かりをすべて消した。「もう寝る時間よ」とつぶやく。

クリストファーは戸口に立って、彼女がキルトの下に潜りこむさまを見つめた。緩く編んだ髪が片方の肩を覆う。ベアトリクスは、いまではすっかり見慣れた視線をこちらに向けている……忍耐強く夫を誘う、ベアトリクスだけのまなざし。

彼女ほどの女《ひと》と、人生をともにするだけではもったいない。

深く息を吸い、クリストファーは心を決めた。

「左側がいいな」彼は言い、最後の明かりも消した。

妻のベッドに入り、彼女を腕に抱きしめる。

それからふたりは、朝までぐっすり眠った。

エピローグ

ロンドン、ハイドパーク　一八五七年六月二六日

　ライフル旅団とともに、クリストファーはハイドパーク北側の広場で待っている。横八〇〇メートル、縦一二〇〇メートルほどの広場に、全九〇〇〇人の兵士が整列している。海兵隊、騎兵隊、軽騎兵隊、近衛騎兵連隊、高地連隊などなどの兵士が、降りそそぐ陽射しの下できらめきを放っている。風のない暑い朝。英国初のヴィクトリア十字勲章授与式に参列する一〇万人の人びとは、これから日に焼けることになる。

　軍服を着こんだ兵士たちは、ある者は暑さのため、またある者は妬みのため、すでにうんざりした様子だ。

「うちの軍服は、帝国一お粗末だな」ライフル旅団のひとりがぼやき、近くに立つ軽騎兵の、ずっと華やかな軍服に目をやった。「この陰気臭い深緑がよくないんだ」

「深紅に金色の軍服じゃ、前線で匍匐前進するときにすぐに標的にされちまう」別のライフル兵が、冷笑交じりに指摘する。「尻を吹っ飛ばされるぞ」

「かまうもんか。赤い上着のほうが女にもてる」

「尻を吹っ飛ばされてでも、女が欲しいか？」

「おまえは？」

無言の返事は、〝欲しい〟という意味だろう。

クリストファーは口元をほころばせた。グロヴナーゲート付近に設けられた観覧席を見やる。七〇〇〇人の観覧者のなかには、ベアトリクスとハサウェイ家の面々、クリストファーの祖父、オードリー、その他数人の親族がいる。この仰々しくも面倒な式典がすんだら、クリストファーは家族と義理の家族とともにラトレッジ・ホテルに向かう。身内だけで祝宴を楽しむ予定で、ハリー・ラトレッジによれば、なにやら特別な余興も用意されているとか。きっとラトレッジのことだから、三人組のオペラ歌手が歌を披露してくれるとか、猿の軍団が芸を見せてくれるとか、そんなところだろう。とりあえず、たしかなことはふたつだけ――ハサウェイ家がロンドンに一堂に会するということ。だから、とてつもなく賑やかな夜になるということだけだ。

晩餐では、家族以外の客人もひとりくわわる予定だ。マーク・ベネットである。ベネットは将校職を売り、実家の海運業を継ぐ準備に取りかかったところだ。戦地での体験を克服するには数カ月かかった。まだ完全に克服しきったとは言えないものの、フェラン邸での暮らしは効き目があったようだ。一歩一歩、自分を取り戻していく作業は、困難ではあったがどうしても必要なものだった。理解ある友人たちの助力のおかげもあり、ベネットは少しずつ元どおりの彼に戻りつつある。

日を追うごとに、かつてのさっそうとして気さくなベネットに近づいていくのがわかる。田園地帯を時間をかけて遠乗りすることで、顔色がよくなり、生気もあふれてきた。筋肉も取り戻しつつある。グロスターシャーの実家に帰ってからも、リヴァートン領に引っ越したクリストファーとベアトリクスの新居にしょっちゅう顔を出してくれる。二週間の予定でリヴァートンに滞在していたオードリーにベネットが出会ったのも、そうした訪問の折だった。

長身に黒髪の元軍人に対するオードリーの反応には、大いに困惑させられた。いつもほがらかな義姉が、ベネットがそばにいると妙におどおどして、しぐさもぎこちない。

「それは、ミスター・ベネットが虎だからよ」ベアトリクスは夫婦だけのときにそう解説した。「オードリーは白鳥でしょう？　だから虎がそばにいると緊張してしまうの。彼にすごく惹かれているのに、自分に似つかわしい相手ではないと思いこんでいるのね」

ベネットはといえば、オードリーをかなり好ましく思っているようだった。だが彼が用心深く近づくたび、彼女のほうは逃げてしまう。

ところがいきなり、ふたりの間柄は親友へと発展した。それからは一緒に遠乗りや散歩に出かけ、離れ離れのあいだは手紙のやりとりをするようになった。ロンドンでは、いつもふたりで過ごすという。

かつてのぎくしゃくした関係からの唐突な変化にとまどい、クリストファーはいったいなにがあったのかとベネットにたずねてみた。

「戦争で負傷したせいで、生殖能力を失ったと打ち明けたんだ。そうしたら、緊張を解いてくれた」

仰天したクリストファーは、おそるおそる質問した。「本当なのか？」

「まさか」ベネットはむっとして答えた。「彼女があんまりおどおどするものだから、そう言っただけのことだよ。なかなかうまくいった」

クリストファーは冷やかすように親友を見た。

「義姉にいずれ、あれは嘘だったと言うつもりか？」

いたずらっぽい笑みがベネットの口元に浮かんだ。

「じきに、オードリーに治してもらおうと思ってるよ」

クリストファーの表情に気づくと、彼は慌てて、まじめな気持ちなんだとつけくわえた。

あのふたりならお似合いだ。それにクリストファーが思うに、兄のジョンもきっと認めてくれるだろう。

皇礼砲が響きわたり、重砲がとどろいた。国歌が演奏され、閲兵が行われ、全軍が軍旗を下ろして捧げ銃をする。やがて、女王ご一行が馬にのってゆっくりと現れた。閲兵が終了したところで、女王と護衛兵、近衛騎兵の分遣隊が、観覧席中央、首相と外交団のあいだへと進む。

ここでちょっとした騒動になった。予定では観覧席中央の演壇で馬を下りるはずの女王が、馬にまたがったままだったからだ。どうやら女王は馬にまたがったまま、夫君と並んで、ヴイクトリア十字勲章を授けたいらしい。

受勲する六二人の軍人が、演壇の前に呼ばれた。ほかの多くの者同様、クリストファーも終戦とともに将校職を売ったため平服である。だがほかの者とちがい、彼の手には引き綱が握られていた。綱の先には犬がいる。なぜかは知らないが、式典にはアルバートも連れてくるよう通達を受けていた。ライフル旅団の仲間たちが、飼い主についておとなしく歩くアルバートに声援を送る。

「がんばれよ！」

「お利口さんだな！」

「陛下の前でへまするなよ！」

「いまのは全部、おまえに言ったんだからな、アルバート！」誰かが言い添え、忍び笑いが広がった。

仲間たちをひとにらみしてから（余計に笑われただけだった）、クリストファーはアルバートとともに女王の前に進みでた。

女王は、思っていたよりも背が低く、肉づきがよかった。ワシ鼻で、顎がほとんどなく、瞳は鋭い。深紅の乗馬着をまとって、肩には軍最高司令官のサッシュが、乗馬帽には深紅と純白の羽根飾りが輝いている。太い腕には慣例により、黒の喪章が巻かれている。演壇のとなりで馬にまたがっていると、受勲者と目の高さがだいたい同じになるようだ。

授与式での女王の事務的な態度が、クリストファーにはありがたかった。列になった受勲者はひとりひとり女王の目の前まで進み、そこで立ち止まって、深紅のリボンのついた青銅の十字勲章を女王じきじきに胸に刺してもらう。それがすんだら、さっさと向こうに追いやられる。このぶんなら、授与式は一五分ほどで終わりそうだ。

ところがアルバートとともに演壇の前に出たところで群衆から歓声がわき起こり、クリストファーはまごついた。歓声はどんどん広がり、大きさを増して、耳をろうするばかりだ。だが、自分が人より多くの喝采を浴びる理由などない――軍の誰もが、その勇気と気高さを等しく認められるべきだ。にもかかわらず、仲間たちまでが歓声をあげているのを見て、クリストファーはかえって恥ずかしくなってきた。アルバートも不安そうに飼い主を見上げ、かたわらにぴたりと寄り添っている。「落ち着け」彼は声をかけてやった。

目の前に立ったひとりと一匹を、女王は興味深げに見やった。

「フェラン大尉。国民もみな、あなたの武勲を称えているようですね」

クリストファーは慎重に口を開いた。

「この栄誉は、英国軍で戦ったすべての兵士に属するものです。それと、兵士たちの帰還を待ちつづけた家族に」

「慎み深くて大変けっこうです、フェラン大尉」女王の目じりのしわが、かすかに深くなった。「前へ」

クリストファーが言われたとおりにすると、女王は少し前かがみになって、深紅のリボンがついた青銅の十字勲章を彼の胸に刺した。クリストファーは下がろうとした。ところが女王に手振りで制止され、「待ちなさい」と命じられてしまった。女王の視線が、演壇に座って首をかしげ、興味津々に見上げるアルバートに移る。「連れの名前は？」

「アルバートと申します、陛下」

女王の口元が、笑いかけたかのようにゆがんだ。つかの間、その視線がかたわらの夫君に向けられた。

「アルバートは、インカーマンとセヴァストポリであなたとともに従軍したそうですね」

「はい、陛下。兵士たちの安全を守るため、難しく危険な任務をいくつもこなしました。ですからこの十字勲章の一部はアルバートに属します――敵軍の砲火をかいくぐり、負傷した将校を救出する際にも手を貸してくれたのです」

勲章を女王に渡す役目を帯びた将校が、女王に歩み寄ってなにかを渡した。あれはひょっとして……犬の首輪？

「前へ、アルバート」女王が促す。

アルバートはすぐさま命令に従い、演壇の端に座った。女王が手を伸ばし、いかにも手慣れた様子で首輪をつける。そういえば女王も何頭か犬を飼っていて、コリーがとくに好きだという話をクリストファーも聞いたことがあった。

「その首輪には」女王がアルバートに、人間にするように話しかける。「あなたの軍への貢献と、戦場での栄誉を称える言葉を刻みました。銀章は、あなたの武勲と、英国軍への忠誠心を称えるものです」

首輪がしっかりとはめられるのを待って、アルバートは女王の手首を舐めた。

「不作法ですよ」

女王が小声で叱り、犬の頭を撫でる。次の受勲者のため演壇の前から下がるクリストファーに、女王は一瞬、控えめな笑みを向けた。


「おいでアルバート」その日の夜、ラトレッジ・ホテルのスイートルームで、ベアトリクスは床に座って笑いながらアルバートを呼び、新しい首輪をしげしげと眺めた。「女王様とお友だちになったからって、うぬぼれたり、気取ったりしないでよ」

「きみのご家族の前ではしないさ」クリストファーは応じ、上着とベストを脱ぎ捨て、クラヴァットもはずした。長椅子に横たわって、部屋の涼しい空気にほっと息をつく。アルバートはボウルに入った水のところに行き、ぴちゃぴちゃと音をたてて飲んでいる。

ベアトリクスがやってきてクリストファーの上に覆い重なり、両の腕を彼の胸にまわした。「今日のあなたは誇らしかった」と言って、ほほえんで夫を見つめる。「それにちょっと気分がよかったわ。女性がみんなあなたにうっとりして、ため息をついているのに、一緒に帰るのはわたしなんだもの」

片眉をつりあげて、クリストファーは問いかけた。「ちょっとだけかい？」

「ううん、すっごく気分がよかった」ベアトリクスは彼の髪をもてあそびはじめた。「授与式もすんだことだし、あなたと話しあいたいことがあるの」

まぶたを閉じたクリストファーは、指先が地肌を撫でる心地よさに浸った。「なんだい?」

「家族が増えることについて、あなたどう思う?」

またいつもの質問か。リヴァートンに引っ越して以来、ベアトリクスはペットの数をますます増やしており、動物関連の慈善事業などで始終忙しくしている。先日は、ロンドンに新設された博物学協会に報告書も出した。老いた昆虫学者や鳥類学者、その他の動物学者からなる協会に若く美しい女性の入会を納得してもらうのは、どういうわけか、いたって簡単だった。鳥の渡りや植物の循環系統など、動植物の生息環境および行動についてベアトリクスが何時間でも話せるとわかると、ほとんど大歓迎された。しまいにはベアトリクスを役員会に迎え、自然史博物館の新設計画に参加してもらって、女性ならではの視点を採り入れようという話まで出た。

目を閉じたまま、クリストファーは気だるくほほえんだ。「今度は哺乳類かい? それとも鳥類? 魚類かな」最前の質問に、質問で応じる。

「どれでもないわ」

「ほう。すると外来種か。いいよ、どこから来るんだい? オーストラリアに捕まえに行くのかな。アイスランド? ブラジル?」

ベアトリクスが全身を震わせて笑う。

「それがね、もうここにいるの。でもまだ姿を見ることはできないわ……そうね、あと八カ月待たないと」

クリストファーはぱっと目を開いた。ベアトリクスは笑みをたたえて夫を見下ろしている。照れくさそうな、熱に浮かされたような表情を浮かべ、心から誇らしげだ。

「ベアトリクス」クリストファーは慎重に身を反転させ、彼女の上に覆いかぶさった。妻の頬に手のひらをあてる。「たしかなのかい?」

ベアトリクスがうなずく。

喜びに圧倒されて、クリストファーは彼女の唇を唇でふさぎ、熱烈にキスをした。

「愛するベアトリクス……きみはなんて素晴らしい……」

「じゃあ、家族が増えていいのね?」くちづけの合間にベアトリクスがたずねる。答えなどもうわかっているだろうに。

歓喜の涙があふれて、すべてがぼやけ、きらめいて見える。クリストファーはうるんだ瞳で妻を見つめた。

「夢にも思わなかった幸せだよ。わたしにはもったいないくらいの」

ベアトリクスの腕が首にまわされる。

「あなたにこそ、ふさわしい幸せよ」

彼女はそう告げ、クリストファーの顔をあらためて引き寄せた。

訳者あとがき

ザ・ハサウェイズ・シリーズ最終作『優しい午後にくちづけて（原題 *Love in the Afternoon*）』をお届けします。シリーズ第一作『夜色の愛につつまれて』の邦訳出版から足かけ四年もかかってしまいましたが、こうして無事に最終作をお届けすることができて感無量です。まずは邦訳版の出版を楽しみに待っていてくださった読者のみなさまに、心からの感謝を。

物語の舞台はハンプシャー。ときは一八五四年一〇月から一八五七年六月まで三年弱にわたります。『夜色の愛〜』ではまだ一五歳だった本作ヒロインのベアトリクス（ビー）・ハサウェイも、すでに二一歳。現代の日本で考えれば中学三年生の少女が成人式も終えたれっきとした女性に成長しているわけで、その変貌ぶり（と相変わらずの変人ぶり）を、大いに楽しんでいただきたいところです。

そんなビーが恋に落ちる相手は、読者と家族の予想を一八〇度裏切るかのようなキャラクターです。本作のヒーローは、母方が伯爵家という貴族の血筋ながら、次男坊という立場からそれなりの放蕩暮らしを楽しみ、現在はクリミア戦争に従軍中のクリストファー・フェラン大尉。ハンプシャー出身のためビーとは数年前からの顔見知りですが、互いへの印象はけっしてよくはありませんでした。

ふたりの出会いのきっかけは戦場からの一通の手紙。その思いがけない出会いから、紆余曲折を経て愛をはぐくむまでのドラマをご堪能ください。

あのベアトリクスが主人公とあって、彼女ならではのユーモアあふれる言動や、動物たちとの愛情あふれるやりとりも本作の大きな読みどころなのですが、最も興味深いのはやはり、彼女の本当の人となりを描いた部分でしょうか。

ベアトリクスは過去のシリーズ作において要所要所で気の利いたせりふを口にし、なにかと活躍してはいたのですが、じつはその性格についてはあまり多くは語られていませんでした。そのため彼女については、幼いころに両親を亡くし、それがきっかけである悪癖ができてしまったのが悩み、という以外にはこれといった苦悩もなく、ひたすら動物を愛でては、おもしろいことばかり言う「変わり者」という印象が強かったように思います。兄姉たちが彼女の本心をすくいとって語る、という描写もほとんどありませんでした。これは本シリーズでは珍しいことで、たとえばレオについては折に触れて妹たちが「お兄様は〜だから」とその複雑な人柄の理由を語ってきたのとは対照的です。

ベアトリクスの本心はこの最終作でようやく明らかになるわけですが、これがまた予想外でした。詳しくはもちろん本作をお読みいただきたいのですが、意外と現実的な考え方をする三人の姉に比べて、ビーはレオによく似ているというか、とてつもないロマンチストなんですね。愛情表現もストレートかつ情熱的で、あのビーが……と正直びっくりしました。

対するクリストファーは、クリミア戦争に従軍したことでそれまでの闊達な青年から、苦悩に満ち満ちた元戦士へと変貌しており、その苦しみをベアトリクスがいかにして癒やすのかが本作のもうひとつの読みどころです。

作品の背景情報について少し書いておきましょう。何度か言及される「丘を越えてはるかに《オーヴァー・ザ・ヒルズ・アンド・ファー・アウェイ》」という歌ですが、検索すると出てくるのはハードロックな曲ばかり。もちろんこれらの曲のわけはなく、ビーとクリストファーが愛するのは、ジョン・ゲイの『乞食オペラ（ベガーズ・オペラ）』でも歌われるトラディショナルソングのほうです。

また本作ではクリミア戦争従軍者に対するヴィクトリア十字勲章の「国内初の授与式」が一八五七年に行われますが、実際の「国内初の授与式」は一八五六年一月です。史実とは異なるわけですが、ここは小説での効果を狙った部分ですので、原文通りの描写を生かしました。この授与式でのヴィクトリア女王の描き方もなかなか秀逸です。

とりとめもなく書きましたが、これでザ・ハサウェイズ・シリーズもついに終幕。四年間のご愛読を本当にありがとうございました。リサ・クレイパスの新しいヒストリカル・シリーズの開始がいまから楽しみでなりませんが、ひとまず本シリーズを読みかえしながら、吉報を待つこととしましょう！

二〇一二年九月

ライムブックス

優《やさ》しい午《ご》後《ご》にくちづけて

著　者　リサ・クレイパス
訳　者　平林《ひらばやし》 祥《しょう》

2012年11月20日　初版第一刷発行

発行人　成瀬雅人
発行所　株式会社原書房
〒160-0022東京都新宿区新宿1-25-13
電話・代表03-3354-0685　http://www.harashobo.co.jp
振替・00150-6-151594
ブックデザイン　川島進（スタジオ・ギブ）
印刷所　中央精版印刷株式会社

落丁・乱丁本はお取り替えいたします。
定価は、カバーに表示してあります。
 ISBN978-4-562-04438-2　Printed in Japan